台灣の讀者の皆さんへのコメント

海を越えて旅したことのない私の書いた小説が、
海を越えて多くの讀者の皆様のもとに届いていることを、
心から嬉しく思っています。
この作品も、どうぞお樂しみいただけますように！

致親愛的台灣讀者

從未出國旅行的我，
這次很高興自己寫的小說能跨海與許多讀者見面，
希望這部作品能帶給您無上的閱讀樂趣。

宮部みゆき

宮部美幸 作品集/31
Miyabe Miyuki

無名毒

名もなき毒

宮部美幸
劉子倩——譯

宮部美幸

作品集 / 31
Miyabe Miyuki

無名毒

Contents

總導讀——傅博

宮部美幸的推理文學世界「增補版」

日本當代國民作家宮部美幸

近年來在日本的雜誌上，偶爾會看到尊稱宮部美幸為國民作家。怎樣才能榮獲這個名譽呢？好像沒有確切的答案，然而綜觀過去被尊稱為國民作家的作家生涯便不難看出國民作家的共同特徵。

明治維新（一八六八年）一百多年以來，被尊稱為國民作家的為數不多，夏目漱石和吉川英治是最早期的國民作家。夏目漱石是純文學大師，其作品具大眾性，一九一六年逝世至今，已歷九十年，其作品在書店仍然可見，代表作有《我是貓》、《少爺》等等。吉川英治是大眾文學大師，其作品有濃厚的思想性，對二次大戰戰敗的日本國民發揮了鼓舞的作用，其著作等身，代表作有《宮本武藏》、《新．平家物語》等等。

屬於戰後世代的國民作家有松本清張和司馬遼太郎。松本清張是社會派推理文學大師，其寫作範圍十分廣泛，除了推理小說之外，對日本古代史研究、挖掘昭和史等，留下不可磨滅的貢獻。司馬遼太郎是歷史文學大師，早期創作時代小說，之後撰寫歷史小說和文化論。這兩位作家的共同特徵是，著作豐富、作品領域廣泛、質與量兼俱。他們的思想對一九六〇年代後的日本文化發揮了影響力。

上述四位之外，日本推理小說之父江戶川亂步、時代小說大師山本周五郎，以及文學史上創作量最多、男女老少人人喜愛的赤川次郎也榮獲國民作家的尊稱。

綜觀以上的國民作家，其必備條件似乎是著作豐富、多傑作；作品具藝術性、思想性、社會性、娛樂性、普遍性；讀者不分男女，長期受到廣泛的老、中、青、少、勞動者以及知識分子的閱讀。

宮部美幸出道至今未滿二十年，共出版了四十三部作品，包括四十萬字以上的巨篇八部、長篇二十四部、中篇集四部、短篇集十三部，非小說類有繪本兩冊、隨筆一冊、對談集一冊。以平均每年出版兩冊的數量來說，在日本並非多產作家，但是令人佩服的是，其寫作題材廣泛、多樣，品質又高，幾乎沒有失敗之作。所獲得的文學獎與同世代作家相較，名列第一，該得的獎都拿光了。質的成功與量成比例，是宮部美幸文學的最大武器，也是獲得國民作家之稱的最大因素。

宮部美幸，本名矢部美幸，一九六〇年十二月二十三日生於東京都江東區深川。東京都立墨田川高中畢業之後，到速記學校學習速記，並在法律事務所上班，負責速記，吸收了很多法律知識。一九八四年四月起在講談社主辦的娛樂小說教室學習創作。

一九八七年，〈吾家鄰人的犯罪〉獲第二十六屆《ＡＬＬ讀物》推理小說新人獎，〈鎌鼬〉獲第十二屆歷史文學獎佳作。一位新人，同年以不同領域的作品獲得兩種徵文比賽獎項實爲罕見。

前者是透過一名少年的觀點，以幽默輕鬆的筆調記述和舅舅、妹妹三人綁架小狗的計畫所引發的意外事件，是一篇以意外收場取勝的青春推理佳作，文風具有赤川次郎的味道。後者是以德川幕府時代的江戶（今東京）爲時空背景的時代推理小說。故事記述一名少女追查試刀殺人的凶手之經過，全篇洋溢懸疑、冒險的氣氛。

要認識一位作家的本質，最好的方法就是閱讀其全部的作品。當其著作豐厚，無暇全部閱讀時，則是先閱讀其處女作，因爲作家的原點就在處女作。以宮部美幸爲例，其作品裡的偵探，不管是系列偵探或個案偵探，很少是職業偵探，大多是基於好奇心，欲知發生在自己周遭的事件眞相，而做起偵探的業餘偵探，這些主角在推理小說是少年，在時代小說則是少女。其文體幽默輕鬆，故事收場不陰冷而十分溫馨，這些特徵在其雙線處女作之中已明顯呈現。

繼處女作之後的作品路線，即須視該作家的思惟了；有的一生堅持一條主線，不改作風，只追求同一主題，日本的推理小說家大多屬於這種單線作家——解謎、冷硬、懸疑、冒險、犯罪等各有專職作家。

另一種作家就不單純了，嘗試各種領域的小說，屬於這種複線型的推理作家不多，宮部美幸即是罕見的複線型全方位推理作家。她發表不同領域的處女作——推理小說和時代小說——同時獲得肯定，登龍推理文壇之後，此雙線成爲宮部美幸的創作主軸。

一九八九年，宮部美幸以《魔術的耳語》獲得第二屆日本推理懸疑小說大獎，拓寬了創作路線，由此確立推理作家的地位，並成爲暢銷作家。

宮部美幸作品的三大系統

這次宮部美幸授權獨步文化出版社，發行台灣版《宮部美幸作品集》二十七部（二十三部中有四部分爲上下兩冊），筆者以這二十三部爲主，按其類型分別簡介如下。

要完整歸類全方位作家宮部美幸的作品實非易事，然其作品主題是推理則毋庸置疑。筆者綜合故事的時空背景以及現實與非現實的題材，將它分爲三大系統。第一類爲推理小說，第二類時代小說，第三類奇幻小說，而每系統可再依其內容細分爲幾種系列。

一、推理小說系統的作品

宮部美幸的出道與新本格派崛起（一九八七年）是同一時期，早期作品除可能受此影響之外，文體、人物設定、作品架構等，可就是受到赤川次郎的影響了。所以她早期的推理小說大多屬於青春解謎的推理小說；許多短篇沒有陰險的殺人事件登場，大多是以日常生活中的家庭糾紛爲主題，屬於日常之謎系列的推理小說不少。屬於本系列的有：

1. 《吾家鄰人的犯罪》（短篇集，一九九〇年一月出版）收錄處女作以及之後發表的青春推理短篇四篇。早期推理短篇的代表作。
2. 《完美的藍——阿正事件簿之一》（長篇，一九八九年二月出版／獨步文化版·宮部美幸作品集01——以下只記集號）「元警犬系列」第一集。透過一隻退休警犬「阿正」的觀點，描述牠與現在的主人——蓮見偵探事務所調查員加代子——的辦案過程。故事是阿正和加代子找到離家出走的少年，在將少年帶回家的途中，目睹高中棒球明星球員（少年的哥哥）被潑汽油燒死的過程。在搜查過程中浮現的製藥公司的陰謀是什麼？「完美的藍」是藥品名。具社會派氣氛。

3.《阿正當家——阿正事件簿之二》（連作短篇集，一九九七年十一月出版／16）「元警犬系列」第二集。收錄〈動人心弦〉等五個短篇，在第五篇〈阿正的辯白〉裡，宮部美幸以事件委託人登場。

4.《這一夜，誰能安睡？》（長篇，一九九二年二月出版／06）「島崎俊彥系列」第一集。透過中學一年級生緒方雅男的觀點，記述與同學島崎俊彥一同調查一名股市投機商贈與雅男的母親五億圓後，接獲恐嚇電話、父親離家出走等事件的眞相，事件意外展開、溫馨收場。

5.《少年島崎不思議事件簿》（長篇，一九九五年五月出版／13）「島崎俊彥系列」第二集。在秋天的某個晚上，雅男和俊男兩人參加白河公園的蟲鳴會，主要是因爲雅男想看所喜歡的工藤小姐一眼，但是到了公園門口，卻碰到殺人事件，被害人是工藤的表姊，於是兩人開始調查眞相，發現事件背後的賣春組織。具社會派氣氛。

6.《無止境的殺人》（長篇，一九九二年九月出版／08）將錢包擬人化，由十個錢包輪流講自己所見的主人行爲而構成一部解謎的推理小說。人的最大欲望是金錢，作者功力非凡，藉由放錢的錢包揭開十個不同的人格，而構成解謎之作，是一部由連作構成的異色作品。

7.《繼父》（連作短篇集，一九九三年三月出版／09）「繼父系列」第一集。一個行竊失風的小偷，摔落至一對十三歲雙胞胎兄弟家裡，這對兄弟的父母失和，留下孩子各自離家出走，於是兄弟倆要求小偷當他們的爸爸，否則就報警，將他送進監獄，小偷不得已，承諾兄弟倆當繼父。不久，在這奇妙的家庭裡，發生七件奇妙的事件，他們全力以赴解決這七件案件。典型的幽默推理小說集。

8.《寂寞獵人》（連作短篇集，一九九三年十月出版／11）「田邊書店系列」第一集。以第三人稱多觀點記述在田邊舊書店周遭所發生的與書有關的謎團六篇。各篇主題迴異，有命案、有日常之謎、有異常心理、有懸疑。解謎者是田邊舊書店店主岩永幸吉和孫子稔。文體幽默輕鬆，但是收場不一定明朗，有的很嚴肅。

9.《誰？》（長篇，二〇〇三年十一月出版／30）「杉村三郎系列」第一集。今多企業集團會長今多嘉親之司機梶田信夫被自行車撞死，信夫有兩個未出嫁的女兒，聰美與梨子。梨子向今多會長提議，要出版父親的傳記，以找出嫌犯。於是，今多要求在集團廣報室上班的女婿杉村三郎協助姊妹倆出書事務。聰美卻反對出書，杉村認爲兩姊妹不睦，藏有玄機，他深入調查，果然……

10.《無名毒》（長篇，二〇〇六年八月出版／31）「杉村三郎系列」第二集。今多企業集團廣報室臨時僱用的女職員原田泉與總編吵架，寄出一封黑函後，即告失蹤。原田的性格原來就稍有異常，今多會長要求杉村三郎調查眞相。杉村到處尋找原田的過程中，認識曾經調查過原田的私家偵探北見一郎，之後杉村在北見家裡遇到「隨機連環毒殺案」第四名犧牲者的孫女古屋美知香，於是捲入毒殺事件的漩渦中。杉村探案的特徵是，在今多會長叫他處理公務上的糾紛過程中，因其正義感使他去解決另外的事件。

以上十部可歸類爲解謎推理小說，而從文體和重要登場人物等來歸類則是屬於幽默推理、青春推理爲多。屬於這個系列的另有以下兩部。

11.《地下街之雨》（短篇集，一九九四年四月出版）。

12.《人質卡濃》（短篇集，一九九六年一月出版）。

以下九部的題材、內容比較嚴肅，犯罪規模大，呈現作者的社會意識。有懸疑推理、有社會派推理、有報導文體的犯罪小說。

13.《魔術的耳語》（長篇，一九八九年十二月出版／02）獲第二屆日本推理懸疑小說大獎的社會派推理傑作。三起看似互不相干的年輕女性的死亡案件，和正在進行的第四起案件如何演變成連續殺人案。十六歲的少年日下守，爲了證實被逮捕的叔叔無罪，挑戰事件背後的魔術師的陰謀。宮部美幸早期代表作。

14.《Level 7》（長篇，一九九〇年九月出版／03）一對年輕男女在醒來之後失去記憶，手臂上被印上「Level 7」；一名高中女生在日記留下「到了 Level 7 會不會回不來」之後離奇失蹤。尋找自我的男女，和尋找失蹤女高中生的眞行寺悅子醫師相遇，一起追查 Level 7 的陰謀。兩個事件錯綜複雜，發展爲殺人事件。宮部後期的奇幻推理小說的先驅之作、早期代表作。

15.《獵捕史奈克》（長篇，一九九二年六月出版／07）持散彈槍闖入大飯店婚宴的年輕女子關沼惠子、欲利用惠子所持的槍犯案的中年男子織口邦雄、欲阻止邦雄陰謀的青年佐倉修治、欲去探望臥病妻子的優柔寡斷的神谷尚之、承辦本案的黑澤洋次刑警，這群各有不同目的的人相互交錯，故事向金澤之地收束。是一部上乘的懸疑推理小說。

16.《火車》（長篇，一九九二年七月出版）榮獲第六屆山本周五郎獎。停職中的刑警本間俊介受親戚栗坂和也之託，尋找失蹤的未婚妻關根彰子，在尋人的過程中，發現信用卡破產猶如地獄般的現實社會，是一部揭發社會黑暗的社會派推理傑作，宮部第二期的代表作。

17.《理由》（長篇，一九九八年六月出版）二〇〇一年榮獲第一百二十屆直木獎和第十七屆日本冒險小說協會大獎。東京荒川區的超高大樓的四十樓發生全家四人被殺害的事件。然而這被殺的四人並非此宅的住戶，而這四人也不是同一家族，沒有任何血緣關係。他們為何僞裝成家人一起生活？他們到底是什麼人？又想做什麼？重重的謎團讓事件複雜化，事件的眞相是什麼？一部報導文學形式的社會派推理傑作。宮部第二期的代表作。

18.《模仿犯》（百萬字長篇，二〇〇一年四月出版）同時榮獲第五十五屆每日出版文化獎特別獎，二〇〇二年同時榮獲第五屆司馬遼太郎獎和二〇〇一年度藝術選獎文部科學大臣獎文學部門獎。在公園的垃圾堆裡，同時發現女性的右手腕與一名失蹤女性的皮包，不久凶手打電話到電視公司和失主家中，果然在凶手所指示的地點發現已經化爲白骨的女性屍體，是利用電視新聞的劇場型犯罪。不久，表面上連續殺人案一起終結，之後卻意外展開新局面。是一部揭發現代社會問題的犯罪小說，宮部文學截至目前爲止的最高傑作，推理文學史上的不朽名著。

19.《R・P・G》（長篇，二〇〇一年八月出版／22）在食品公司上班的所田良介於杉並區的建築工地被刺死，在他的屍體上找到三天前在澀谷區被絞殺的大學女生今井直子身上所發現的同樣纖維，於是兩個轄區的警察組成共同搜查總部，而曾經在《模仿犯》登場的武上悅郎則與在《十字火焰》登場的石津知佳子連袂登場。是一部現今在網路上流行的虛擬家族遊戲爲主題的社會派推理小說。

宮部美幸的社會派推理作品尚有：

20.《東京下町殺人暮色》（原題《東京殺人暮色》，長篇，一九九〇年四月出版）。

21.《不需要回答》（短篇集，一九九一年十月出版／37）。

二、時代小說系統的作品

時代小說是與現代小說和推理小說鼎足而立的三大大眾文學。凡是以明治維新之前為時代背景的小說，總稱為時代小說或歷史．時代小說。

時代小說視其題材、登場人物、主題等再細分為市井、人情、股旅（以浪子的流浪為主題）、劍豪、歷史（以歷史上的實際人物為主題）、忍法（以特殊工夫的武鬥為主題）、捕物等小說。

捕物小說又稱捕物帳、捕物帖、捕者帳等，近年推理小說的範疇不斷擴大，將捕物小說稱為時代推理小說，歸為推理小說的子領域之一。捕物小說的創作形式是日本獨有，其起源比日本推理小說早六年。一九一七年，岡本綺堂（劇作家、劇評家、小說家）發表《半七捕物帳》的首篇作〈阿文的魂魄〉，是公認的捕物小說原點。

據作者回憶，執筆《半七捕物帳》的動機是要塑造日本的福爾摩斯——半七，同時欲將故事背景的江戶的人情和風物以小說形式留給後世。之後，很多作家模仿《半七捕物帳》的形式，創作了很多捕物小說。

由此可知，捕物小說與推理小說的不同之處是以江戶的人情、風物為經，謎團、推理為緯而構成的小說。因此，捕物小說分為以人情、風物為主，與謎團、推理取勝的兩個系統。前者的代表作是野村胡堂的《錢形平次捕物帳》，後者即以《半七捕物帳》爲代表。

宮部美幸的時代小說有十一部，大多屬於以人情、風物取勝的捕物小說。

22.《本所深川詭怪傳說》（連作短篇集，一九九一年四月出版／05）「茂七系列」第一集。榮獲第十三屆吉川英治文學新人獎。江戶的平民住宅區本所深川，有七件不可思議的事象，作者以此七事象爲題材，結合犯罪，構成七篇捕物小說。破案的是回向院捕吏茂七，但是他不是主角，每篇另有主角，大多是未滿二十歲的少女。以人情、風物取勝的時代推理佳作。

23.《幻色江戶曆》（連作短篇集，一九九四年八月出版／12）以江戶十二個月的風物詩爲題，結合犯罪、怪異構成十二篇故事。以人情、風物取勝的時代推理小說。

24.《最初物語》（連作短篇集，一九九五年七月出版，二〇〇一年六月出版珍藏版，增補一篇作品／21）「茂七系列」第二集。以茂七爲主角，記述七篇茂七與部下系吉和權三辦案的經過，作者在每篇另有記述與故事沒有直接關係的季節食物掌故，介紹江戶風物詩。人情、風物、謎團、推理並重的時代推理小說。

25.《顫動岩——通靈阿初捕物帳1》（長篇，一九九三年九月出版／10）「阿初系列」第一集。破案的主角是一名具有通靈能力的十六歲少女阿初，她看得見普通人看不見的東西，而且一般人聽不到的聲音也聽得到。某日，深川發生死人附身事件，幾乎與此同時，武士住宅裡的岩石開始顫動。這兩件靈異事件是否有關聯？背後有什麼陰謀？一部以怪異取勝的時代推理小說。

26.《天狗風——通靈阿初捕物帳2》（長篇，一九九七年十一月出版／15）「阿初系列」第二集。天亮颳起大風時，少女一個一個地消失，十七歲的阿初在追查少女連續失蹤案的過程中遇到邪惡的天狗。天狗的眞相是什麼?其陰謀是什麼?也是以怪異取勝的時代推理小說。

27.《糊塗蟲》(長篇,二〇〇〇年四月出版/19・20)「糊塗蟲系列」第一集。深川北町的鐵瓶大雜院發生殺人事件後,住民相繼失蹤,是連續殺人案?抑或另有陰謀?負責辦案的是怕麻煩的小官井筒平四郎,協助他破案的是聰明的美少年弓之助。本故事架構很特別,作者先在冒頭分別記述五則故事,然後以一篇長篇與之結合,構成完整的長篇小說。以人情、推理並重的時代推理傑作。

28.《終日》(長篇,二〇〇五年一月出版/26・27)「糊塗蟲系列」第二集。故事架構與第一集一樣,在冒頭先記述四則故事,然後與長篇結合。負責辦案的是糊塗蟲井筒平四郎,協助破案的除了弓之助之外,回向院茂七的部下政五郎也登場,作者企圖把本系列複雜化,或許將來作者會將幾個系列納爲一大系列。也是人情、推理並重的時代推理小說。

以上三系列都是屬於時代推理小說。案發地點都在深川,但是每系列各具特色,有以風情詩取勝,也有以人際關係取勝,也有怪異現象取勝,作者實爲用心良苦。宮部美幸另有四部不同風格的時代小說。

29.《扮鬼臉》(長篇,二〇〇二年三月出版/23)深川的料理店「舟屋」主人的獨生女阿鈴發燒病倒,某日一個小女孩來到其病榻旁,對她扮鬼臉,之後在阿鈴的病榻旁連續發生可怕又可笑的不可思議的事,於是阿鈴與他人看不見的靈異交流。一部令人感動的時代奇幻小說佳作。

30.《怪》(奇幻短篇集,二〇〇〇年七月出版)。

31.《鎌鼬》(人情短篇集,一九九二年一月出版)。

32.《忍耐箱》（人情短篇集，一九九六年十一月出版／41）。
33.《孤宿之人》（長篇，二〇〇五年出版／28．29）。

三、奇幻小說系統的作品

史蒂芬．金的恐怖小說和奇幻小說《哈利波特》成爲世界暢銷書後，原處於日本大眾文學邊緣的奇幻小說獲得成長發展的機會，漸漸確立其獨立地位，而宮部美幸的奇幻小說就在這欣欣向榮的機運中誕生。她的奇幻作品特徵是超越領域與推理小說結合。

34.《龍眠》（長篇，一九九一年二月出版／04）榮獲第四十五屆日本推理作家協會獎的長篇獎。週刊記者高坂昭吾在颱風夜駕車回東京的途中遇到十五歲的少年稻村愼司，少年告訴記者：「我具有超能力。」他能夠透視他人心理，愼司爲了證明自己的超能力，談起幾個鐘頭前發生的事件眞相，從此兩人被捲入陰謀。是一部以超能力爲題材的奇幻推理傑作，宮部早期代表作。

35.《十字火焰》（長篇，一九九八年十一月出版／17．18）青木淳子具有「念力放火」的超能力。有一天她撞見了四名年輕人欲殺害人，淳子手腕交叉從掌中噴出火焰殺害了其中的三個人，另一個逃走了。勘查現場的石津知佳子刑警，發現焚燒屍體的情況與去年的燒殺案十分類似。也是一部以超能力爲題材的奇幻推理大作。

36.《蒲生邸事件》（長篇，一九九六年十月出版／14）榮獲第十八屆日本ＳＦ大獎。尾崎高史爲了應考升學補習班上京，其投宿的飯店發生火災，因而被一名具有「時間旅行」的超能力者平田次郎搭救到一九三六年二月二十六日的二．二六事件（近衛軍叛亂事件）現場，兩名來自未來的訪客能否阻止起義而改變歷史?也是一部以超能力爲題材的奇幻推理大作。

37.《勇者物語—Brave Story》(八十萬字長篇,二〇〇三年三月出版/24・25)念小學五年級的三谷亘的父母不和,正在鬧離婚,有一天他幻聽到少女的聲音,決心改變不幸的雙親命運,打開幽靈大廈的門,進入「幻界」到「命運之塔」。全書是記述三谷亘的冒險歷程。一部異界冒險小說大作。

除了以上四部大作之外,屬於奇幻小說的作品尚有以下四部:

38.《鴿笛草》(中篇集,一九九五年九月出版)。

39.《僞夢1》(中篇集,二〇〇一年十一月出版)。

40.《僞夢2》(中篇集,二〇〇三年三月出版)。

41.《ICO——霧之城》(長篇,二〇〇四年六月出版)。

以上三十九部是小說。另有四部非小說類從略。

如此將宮部美幸自一九八六年出道以來,一直到二〇〇五年底所出版的作品,歸類爲三系統後,再按時序排列,便很容易看出作者二十年來的創作軌跡,也可預見今後的創作方向。請讀者欣賞現代,期待未來。

二〇〇七・十二・十二

本文作者簡介

傅博

文藝評論家。另有筆名島崎博、黃淮。一九三三年出生，台南市人。於早稻田大學研究所專攻金融經濟。在日二十五年以島崎博之名撰寫作家書誌、文化時評等。曾任推理雜誌《幻影城》總編輯。一九七九年底回台定居。主編「日本十大推理名著全集」、「日本推理名著大展」、「日本名探推理系列」以及「日本文學選集」（合計四十冊，希代出版）。二〇〇九年出版《謎詭．偵探．推理——日本推理作家與作品》（獨步文化），是台灣最具權威的日本推理小說評論文集。

那天，雖已進入九月中旬，白天最高氣溫仍高達攝氏三十三度。他在下午將近四點時離家，帶著愛犬小白。仍是幼犬的小白不畏殘暑，頻頻催他散步去。

小白有固定的散步路線，出了自家玄關後穿過小巷，在大馬路右轉後直走一段路，經過兩個大型十字路口，右邊就會出現一座公園。雖然公園裡禁止犬隻亂跑，不過如果飼主只是牽著狗經過，通常不會被園方刁難。

公園的四面都有出入口。他從西口進去，以逆時針方向繞行園內，再從北口穿越街道。天氣炎熱，園內的遊樂設施空無一人，清潔工正在打掃位於東南角的公廁；西口旁沙坑邊的長椅上，坐著一對剛放學的高中生情侶，正聊得起勁。

根據我後來打聽，這對學生情侶和清潔工紛紛指證，的確有一個牽著小柴犬、年近七十的老男人，一邊用脖子上的毛巾擦拭臉上汗水，一邊穿越公園。據說，當時他還在對柴犬說話，學生情侶聽到他的聲音，但是聽不清楚說話內容；清潔工則表示，聽到他對柴犬如此發牢騷：

「眞熱啊！爲什麼你還這麼有精神。」

穿過公園後繼續散步，小白不時在電線桿和路邊護欄上抬腿做記號。散步時，他總會帶著處理狗屎的塑膠袋和小鏟子、手套。這些東西放在廉價的小紅袋裡，斜揹在肩上。

沿路的居民，經常看見他和小白每天繞行固定路線的身影。

「那隻小柴犬，和揹紅袋的老爺爺。」也有孩童留下這樣的印象。

有些家庭主婦如果湊巧在家門外遇上他們，也會跟他們打招呼。這個夏天熱得異樣，所以菜販遇上他時，總會有這樣的對話：

「今天也很熱呢！」

「的確很熱啊。」

菜販說，他是個殷勤有禮的人。

散步路線的折返點，是一家小型便利商店，大約三年前開張的，這裡本來是一處投幣式停車場，小白向來習慣在原路折返前，在這座停車場的收費計時器上做記號。便利商店開幕之後，牠有好一陣子顯得倉皇不安。這是他女兒從他那裡聽來的，他女兒那時還提醒他，不能讓小白在便利商店外面的垃圾桶或客人停放的腳踏車上做記號。他當時還回答別擔心，因爲小白不是笨蛋，只要告訴牠不可以，牠就不會做。

當他抵達便利商店時，已經過了下午四點半，來回一個小時的散步路線，正好走了一半。以前還是投幣式停車場時，據說他會坐在水泥擋車塊上抽根菸，然後才踏上歸途。便利商店開張之後，有時他會進店裡逛逛，有時就直接回家，據說兩者的比例各佔一半。不過，這個夏天畢竟太熱了，所以他往往會走進店裡納涼，這時候，他會把小白綁在店前的護欄上，然後花錢買點什麼，就算只是便宜的小東西也好，通常都是買菸，不過自從他在十個月又十天之前戒菸後，就改買便宜的零食和冷飲了。

他之所以戒菸，並不是因爲事到如今才對自己的健康狀態感到不安，他從十八歲就開始抽了，還不是一直活得好好的。

只是有一天，他突然感覺菸抽起來一點也不香，口感不佳，很苦。他心想那就乾脆戒了吧，打從這麼想的那一天起，他就毫不費力地戒掉了。

「看來什麼事都有收手的時候。」

據說他當時笑著這麼說。這也是從他女兒那裡聽來的。

那天，他在便利商店買的是裝在方型紙盒中的烏龍茶，是紙盒側邊貼附吸管的那一種。他說烏龍茶可以降高血壓，所以常喝，但他不愛喝罐裝的。

一走出便利商店，他就帶著小白，踏上歸途。本來應該跟來時一樣，安然無事地走回家。

在便利商店的收銀台結帳時，他制止店員將紙盒放進塑膠袋，就這麼拿在手上離開了。這一幕也被對準收銀台的監視器拍了下來。

走了三十分鐘，大概是口渴了吧。或許打從一開始，他就沒想過把飲料帶回家，打算在路上喝掉。

以成年人的腳程來算，從便利商店約需步行十分鐘，差不多等於他的歸途三分之一處，有一間修車廠，足足有三間店面大，面向人行道的大門整天都是敞開著。

這一天，廠裡有六輛車要修理，伏臥在車體之間工作的三名工人，起先只聽見某人彷彿被驚嚇地叫了一聲「啊」，接著猛然響起狗叫聲。當時，其中一人的上半身躺在車底下，另外兩人本來採取蹲姿，頓時起身猜測前面的人行道上出了事。

最靠近外面的工人從車體之間鑽出，起身走到門口。

然後在那裡發現了他。

他倒地不起，滿地打滾，一邊呻吟一邊口吐白沫，四肢胡亂揮舞。而那隻嬌小的柴犬，正在他四周不停打轉吠叫著。

「哇！這是怎麼回事？」

修車工大叫。喂，不好了，快叫救護車！工人一邊朝裡面的辦公室大喊，一邊跑到他身旁。柴犬立刻撲上來，咬住工人的袖子。就在工人努力想扯開狗之際，倒地不起的男人已在步道上痛苦掙扎，猛翻白眼，就像蝦子一樣弓起腰，脊椎骨都快折斷了。這時，另一名工人跑來，安撫著柴犬把牠拉開，按住牠的項圈。總算重獲自由的第一個工人，這才試圖抱起噴吐白沫、痛苦掙扎的男人。

原本在人行道上滿地打滾的他，就在這時候斷氣了。抱起他的工人，手臂頓時感到一陣斷氣的痙攣，工人說至今都忘不了，還說每每在惡夢中反覆重現。

「搞什麼，怎麼會這樣？這應該不是……車禍吧？」

周遭看不出車禍的痕跡，現場只有一個剛斷氣的男人，他的遺容遠遠談不上安詳，表情因痛苦而扭曲，充血的眼睛瞪得幾乎暴凸。

遲了一步才出來的第三名工人，被眼前的慘狀給嚇慌了，踉蹌之下，踩扁了掉在人行道上的烏龍茶紙盒。噗滋一聲，盒中殘留的液體噴出，濺濕了人行道。

柴犬不停地尖聲吠叫。沿路居民聽到工人們的騷動，紛紛聚集而來，來往車輛減速慢行，駕駛從車窗探頭窺望。

救護車的警笛聲終於接近。

這是從下午四點四十分至五十分之間發生的經過。急救員抵達現場後，雖然做了急救措施，但終歸徒勞，他在五點十二分正式被宣告死亡。

只是牽著狗像平時一樣出門散步一個小時的他，身上沒帶任何足以證明身分的證件，只有腰間皮帶上掛著裝在套子裡的手機。

急救員感到此事可能涉及刑案，於是向警方通報。從這支手機的電話簿裡選出「曉子」這個代號並打電話過去的，是趕來處理的某位巡查（註）。

接電話的，是古屋曉子這位四十二歲的女性。她任職於日本橋的外商證券公司托瓦梅爾東京總公司第二管理部門，當時正在開會，不過她還是接了，因爲來電顯示的「父」字，令她當下察覺不對。她父親除非眞有急事，否則絕不會打給正在上班的女兒。

聯絡上她之後，自然確定了死者身分——古屋明俊，六十七歲，在兩年前的六十五歲生日那天，離開了多年來忠心賣命直到退休、之後每週有三天持續以特約僱員身分任職的某大型金屬加工公司，並對於「無業」這個頭銜非常氣憤的老人。

不管在誰看來，這種死法相當異常。所以他的死亡現場，立刻出現竊竊私語。某人先說出，然後一個傳給一個。

註：巡查爲日本警察制度中最低的階級。由下而上依序爲巡查、巡查長、巡查部長、警部補、警部、警視、警視正、警視長、警視監、警視總監。

（這是第四個了。）

（是第四起了。）

（沒想到就在這麼近的地方發生。）

古屋明俊，可能是首都圈自三月起連續隨機毒殺案的第四名犧牲者的報導，旋即在三個小時之後出現。

這次攙進紙盒裝烏龍茶內的，同樣也是氰酸性毒物。

條然垂眼，放在桌子中央的那台錄音機紅燈已經熄滅。只顧著說話，不知不覺單面錄音帶已經轉到底了。

對於我察覺到的這一點，坐在我對面的人也察覺到了，他眼角的笑紋皺得更深，整張臉都笑開了。

「哎呀，停下來了。」

看來好像是，我一邊回答，一邊拿起錄音機打開蓋子，喀嚓作響地把錄音帶翻面。

「還沒進入正題，只顧著講廢話就把帶子錄滿了。唉，眞不好意思。」

我笑了，「別這麼說，那不是廢話。」

我任職的「藍天」編輯部，多的是遠比我現在使用的錄音機更好更新的機種。人物訪談，對於「藍天」設定的目標——「以今多財團所有員工爲讀者的全面性社內報」而言，應該是一直視爲主力的重要單元，爲此添購所需用品絕不手軟。

但是，我卻寧願棄MD和IC錄音器材而擇錄音帶，而且偏愛這款連自動倒帶功能都付之闕如的老朽機型。

我的訪談向來無法保持均一水準，有時聊得興起，可以源源不絕地引出對方的話題；有時候則完全相反，怎麼說都是錯話，連訪談架勢都擺不出來。這就是門外漢做採訪的悲哀。

這時候，老式卡帶錄音機發出的細小聲音及帶子捲完的喀嚓聲，往往可以拯救我，那會形成一種強弱對比，替帶子翻面的動作，其實也能緩衝氣氛。

如果換成容量大的ＩＣ，或是具備無聲自動換面功能的錄音機，對於我的脫線和奮戰苦鬥，想必只會機械式默默錄下吧，絕不可能替我解圍。

「如果我是建設公司或居家用品公司的職員，就算再怎麼聊居家事務都無所謂。」

今天我的訪談對象；今多物流倉儲股份有限公司管理部第二部次長黑井寬治先生如是說。

「可是我做的是物流，而且專管貨架，畢竟不能脫軌，所以還是得從頭來過。」

他一邊搔著太陽穴，一邊拿起攤在面前的問卷，視線開始沿著一條條內容逐項看去。那是一個星期前，我用社內快遞事先交給他的大綱。

這次的訪談是系列企劃，今天是第五次，標題名爲〈次長大人揮劍出擊！〉聽起來頗爲勇猛。把焦點放在身爲中間管理職之中的中間管理職，既不媚上也不驕下，一邊輔佐課長和部長，同時也負責統領現場的「次長」這個職位上，挖出他們（和少數她們）的心聲，以及對公司的建言。

這並非編輯部想出的企劃，而是採用讀者投書的企劃案。雖然提案者匿名（「藍天」以不記名方式廣邀各方意見），但自稱是現任次長的職員，他的提案是：

「有一次，我的小孩問我：爸爸名片上的『次長』是在做什麼？這個『次』是次於誰？爸爸到底是不是大人物？我竟然無法回答這個問題。事實上，次長的確是個不可思議的職位。別人究竟需不需要，自己有無權限，連自己都無法確定。『次長』到底是何等角色？眞有存在的意義嗎？我很想聽聽財團旗下各公司次長們的心聲。」

「當然不可能有什麼權限。」

我們那位向來果斷的總編，不屑地吐槽說這是個無聊的提案。這時，我連忙主動請纓，因爲這陣子，我一直待在編輯部做排版和校對工作，很想找機會出去走走。我多少也是懂得玩點手段的人，所以一聽到我精明地補上一句「我們已經兩年多沒採用讀者投書的企劃了，再不給個交代不太好喔」，總編哼了一聲。

「你倒是挺有心的嘛。」

「偶爾也得討好讀者。」

「眞不可思議。一個明明只需討好會長的人，居然會想到這種事。」

有話直說的人，不見得是毒舌派。就算某次發言聽起來像是毒舌損人，也不見得眞的藏毒。我笑了，只回了總編一句：「因爲我認爲這應該是個有趣的企劃。」

即便在後來，好歹也算是我助理的某位編輯部女職員嘟起嘴說：「總編老是對杉村先生特別嚴耶，我覺得這樣太過分了。」我還是叫她不用放在心上。我說：「在園田總編和我之間，那種過招方式等於是日常寒暄。」

女職員卻一臉受不了地說：「杉村先生，虧你還能心平氣和。」

我欣然執行企劃案。「次長」這個職位，是以嚴謹的年功序列制度爲基礎，這是日本特有的上班族社會所打造，構成秩序等高線的一條線。那條線會因公司和部門單位而異，有時粗，有時細得必須瞇眼才看得見。有時和「組長」的線難以分辨，有時和「主任」的線同色，略微橫越那條線上方。即便如此，那仍是「次長」，不是「組長」或「主任」，這一點令我覺得很有意思。

實際會晤過的「次長」們，有些人和我抱持著同樣看法，有些人高聲堅持這個職位的存在意義。他們說，有一種地形唯有這條等高線方可標示。這個差異也令我深感好奇。

因此，前四次的訪談都超時，事後整理內容時不得不大幅刪減。但這一次不同，純粹在談題外話。但，容我再嘮叨一次，這絕非廢話。我和黑井次長之間，有一個現在很想熱烈交換意見的共通話題。

那就是生病的「家」。

我們都是頭一次見面，所以起先對彼此一無所知。我們按照慣例打招呼，交換名片，說聲今天請多多指教後，就在會議室的椅子落座。一坐下，黑井次長就「啊」的一聲，手撫著作業服前襟，說聲失陪一下便匆忙起身。

原來是他放在胸前口袋的手機響了。次長走到牆邊，半背對著我接電話。我本來以爲是公事，沒想到次長對著電話說：喂，是我，早苗怎麼樣了，沒事吧—這下子令我吃了一驚。

是他家裡——想必是他妻子打來的吧。凡是有家室的男人都能輕易察覺的事態，頓時浮現在我腦中。早苗八成是他小孩的名字。那孩子出了什麼事，所以妻子打電話通知他。是急病？還是受傷？而且這通電話顯然不是第一次通知，想必是報告後續經過。

電話又繼續交談了一陣子。我雖然沒有豎耳刻意偷聽，但是房間小，還是聽得見，也聽見了醫院名稱和人名。聽了一會兒之後，我得知早苗這孩子（應該是）的病況似乎並無大礙，這才安下心來。

「唉，眞不好意思。」

黑井次長一收起手機，就向我深深一鞠躬。

「平常我不會在上班時間做這種事，可是沒辦法，我女兒她……」

他用右手摩挲著額頭像要抹去汗水。果然是爲了小孩。對於這個剛認識的人，我忽然萌生一種親切感，雖然我只是個連次長都當不上的小職員，卻同樣身爲人父。

「請別放在心上。既然是孩子的事，你會擔心是當然的。」

黑井次長抬起頭，但眼眸的焦點，仍然射向遠方女兒住院的病房。

「她有氣喘，今早發作得很嚴重。」

雖然被救護車緊急送醫，但是醫院表示沒有空床，就這麼東轉西兜，好不容易才安頓下來。我看看時鐘，已經過了上午十點。

「眞是的，怎麼會變成這樣呢。」

黑井次長搖搖頭說：「你知道嗎？所謂的Sick-house症候群，呃……，是個莫名其妙的洋名詞。」

我瞠目以對。沒想到會在這裡撞上這個話題。

我當然知道，怎麼可能不知道。

「老實說，我家現在就在討論這個話題。」

我誠實相告。黑井次長的瞇瞇眼頓時瞪大。

「那，府上也有小朋友生病嗎？」

「不，幸好沒有。我們買了一棟中古屋重新裝修，我內人非常緊張。」

黑井次長雙手往桌上一放，深深頷首。

「那就好，你最好小心一點。我家當初要是多注意一點就好了。」

於是他說出原委。去年秋天，他們一家搬出公司宿舍，終於得償宿願在橫濱市內擁有了自己的房子。那是一棟格局普通的雙層樓洋房，據說是縣內某知名業者蓋的房屋。

「這是一輩子一次的大買賣，因此我和內人事前也做了不少功課，自認爲還算有點知識，所以關於Sick-house症候群，我們並不是毫不知情。報紙和電視新聞都報導過這個話題。可是，畢竟還是覺得事不關己吧。我本來以爲只要是正派建商推的案子，買方應該用不著擔心這麼多。」

住宅用的建材和塗料、壁紙用的黏著劑等用品所含的化學物質會對人體造成不良影響，引發過敏性皮膚炎和氣喘、頭痛等各種疾病—簡單而言，這就是Sick-house症候群。

「社會上開始討論這個話題應該已經有四、五年了吧？最近法規也越來越嚴格，所以我以爲這個問題已經解決了。」

實際上，我也以爲新蓋的成屋和出售公寓這個問題不再受到矚目了。難道這只是媒體炒新聞的熱度減退，報導事例減少罷了？記得東京都內某所小學在老朽校舍改建後，在學童之間爆發Sick-house症候群，最後不得不再次全面改建，這則新聞好像是一年前看到的。當時，媒體也是以「Sick-house症候群不止是住宅問題」的角度處理，強調的是公共建築也該嚴加規範和監督。

「次長府上的問題，查明原因了嗎？」

我用比較委婉的方式問道。因爲我不好意思開口問是不是業者欺騙消費者或偷工減料。

「說到那個，偏偏就是搞不清楚。」黑井次長皺眉，露出痛苦的表情。「我還以爲是業者說謊呢，所以大加討伐，沒想到一檢查，我們懷疑的化學物質數值竟然都在安全基準內。只不過，發現有黴菌，是黴菌的孢子，據說那應該就是造成我女兒氣喘的原因。他們說不可能有別的理由。」

室內空氣中隱含的黴菌孢子及塵埃，也就是所謂的室內灰塵，的確是引起過敏的原因。但，如果只有這樣，應該算不上是Sick-house症候群吧。

「黴菌的數量比一般的平均值高出很多嗎？」我問。「雖然我不知道這種東西是否有所謂的平均值……。」

「我也不知道。」黑井次長苦笑。「恐怕連業者也不知道吧。只不過，我家的狀況，並非壁紙發霉或滲水嚴重。至少，肉眼所見的地方不是。所以我內人懷疑，也許是看不見的地基滲水，才會導致發霉。」

據說業者矢口否認。

「本來健健康康的孩子，一搬進來就開始氣喘。在內人看來，當然會認定原因一定是出在新家。她說：『老公，這一定就是所謂的Sick-house症候群。』於是，我們翻遍書籍又上網搜尋，還跑去聽演講，拼命地做了一點小小的研究，到現在已經快一年了，我們對這個問題已經熟悉到業者完全不是對手的地步。」

他說在這一年當中，已經找過三家調查公司。第一家是建商請的，費用也由對方負責，但之後的兩家是黑井家自掏腰包。

「結果還是只找到黴菌嗎？」

「三家公司的調查結果各有不同，還扯出什麼甲醛的東西。」黑井次長苦笑道。「我聽了很多次還是記不住名稱。有的說查到那種化學物質，可是數量根本不足以造成問題，而且據說也不是引發氣喘的物質。我內人聽了變得很歇斯底里。這當中我女兒還是動不動就發病，簡直教人受不了。」

這已經是第二次叫救護車，據說第一次也住了院。

「令嬡幾歲了？」

「國二，如果再拖下去馬上就要準備升學考試了，所以內人才會變得更積極。」

其實她小時候就有小兒氣喘，他接著說道。

「在她唸幼稚園的時候，不過上小學以後症狀就消失了，從此再也沒讓人操過心。」

「可是這次的氣喘和過去不同吧？」

「我們是這麼覺得。可是業者卻說，我們家小孩既然本來就有氣喘病史，當然比一般人更容易產生過敏，站在公司的立場，除非超過法定標準值，否則無法繼續對我們負責，這就是他們的說法。」

我能理解業者會這麼說。

「內人揚言要打官司，我倒覺得用不著弄到那種地步……」

他吞吞吐吐地說完，又補上一句：總之，只要女兒身體健康就夠了。

「杉村先生府上改建，是公寓還是獨棟洋房？」

他把話題轉到我身上。

「獨棟洋房。內人和我都很喜歡那棟房子的格局，不過前任屋主可能是喜歡地毯吧，到處又鋪又貼的，連樓梯和廁所地板都沒放過。」

「那可麻煩了。」

「是啊。全部都得撕下來。」

乍看一眼，我妻子菜穗子就大叫：「這簡直是塵蟎的巢穴嘛！幾乎可以聽見塵蟎蠕動的聲音了。」

「所以，一旦決定改建，內人也做了一點功課。」

「對對對。」黑井次長開心地發出笑聲。「簡直就像颱風來襲前的老人家一樣拼命對吧？」

他這個妙喻極為貼切。麻煩來了，這下子要做的事可多了，俗話說有備無患，說著還捲起袖子——每當颱風一接近，我爺爺和父親總是這樣卯足全力，甚至看起來像是很高興颱風要來。說起來，菜穗子現在的亢奮，就跟他們一模一樣。

「最近，連我都聽不懂的艱深塗料成分和化學藥品名稱，她卻可以滔滔不絕。」

「說得很溜吧？嫂夫人也會吧，而且說得可溜了。說什麼女人不懂化學，那根本是以訛傳訛。仔細想想，女人本來就對化妝品如數家珍，甚至清楚到令人懷疑她們怎麼會連這種事都知道。所以她們怎麼可能不懂化學。」

壁紙的黏著劑和地板亮光劑這種東西的成分，雖然不能和乳液或美容液混為一談，但的確言之成理。

所以我們就這麼聊著聊著，才會把錄音帶用完了。

等我重新掌控局面，結束訪談時已是午餐時間，於是我和黑井次長一起前往今多物流倉儲橫濱分公司的員工餐廳。因為他大力推薦這裡的每日特餐相當美味。

物流現場的忙碌，和坐辦公桌的事務性工作截然不同。最能夠看出這一點的，就是用餐時段。大家都吃得很快，單是我和黑井次長坐的這張桌子，短短十分鐘內，就不斷有員工來來去去。大部分都是穿著和次長同款工作服的男員工，從領口有無條槓和槓數的多寡便可看出職位高低。

「女職員不會來員工餐廳。」

次長一邊戳著烤魚，一邊笑著說道。

「之前調侃她們是要去外頭吃更好的，還惹得她們生氣呢。她們說是嫌這裡的定食太鹹太油。現在的女孩子都自己帶便當，聚在沒有臭男人的會議室或咖啡座一起吃飯。」

飯後，我也去了那個咖啡座。無論是剛才的特餐或此刻裝在紙杯中的咖啡，都是黑井次長用餐券請客。餐券就像回數券一樣是整本的。

「聽說厚木分公司已經比我們搶先一步改用ＩＣ卡了。」

我們正在交談之際，一個年輕男人興沖沖地在次長旁邊的空椅一屁股坐下，手上同樣拿著咖啡杯。

「次長，風光的訪談已經結束了嗎？」

對方是個五官立體、輪廓算是「深邃」的青年，工作服領口沒有條槓，年紀大概二十歲左右。

「總算順利結束了。我已經把自己為你們受了多少罪全都告訴人家了。」

次長的年輕部下，嬉鬧地拍打著上司的手臂。「不行啦，怎麼可以這樣發牢騷，應該學學那個節目〈X計畫〉（註）才對。」

接著，他欲言又止，一邊把目光轉向我。頓時，他的表情凝固。

「咦？這不是杉村先生嗎？」

我對他毫無印象。困惑之下，我眨了眨眼。次長問他：

「怎麼，你在總公司受過人家照顧嗎？那你還不趕快好好道謝。」

年輕的部下頓時綻放笑容。

「才不是呢，次長。這一位，可不是像我們這種小角色能夠幸蒙照顧的人。」

他的語氣輕鬆開朗。我微笑，因爲我雖然不記得在哪裡和這個年輕職員扯上關係，但我很明白接下來他想說什麼。對我來說，那完全不是什麼稀奇事。

「次長，你不知道嗎？壓根兒不知道？完全不知道？那你慘了，眞的慘了。」

他故意吊人胃口，大眼睛滴溜亂轉。黑井次長一臉迷惑。

「傷腦筋！對不起，我們次長就算說了什麼冒犯之詞，也請您千萬不要向會長告狀。」

年輕職員故意起身，深深朝我一鞠躬。黑井次長來回審視著部下和我。我保持微笑開口說：

「他好像誤會了……」

「哪是誤會啊。傷腦筋，拜託您就饒了我吧。」

散坐在周圍餐桌的其他員工也紛紛朝我們看來。

註：NHK的報導性節目，報導各行各業的無名英雄爲了開發企劃案所進行的挑戰與努力。

「這位杉村先生，就是今多會長的乘龍快婿！」

輪廓深邃的年輕職員一手頻頻拍打上司衣袖，另一手忙不迭地恭敬朝我伸來，說：「是我們今多財團龍頭老大的乘龍快婿耶！不，可不是會長自己的夫婿喔。不是不是。」

一點也不好笑，但他似乎自以爲在說笑。

「杉村先生是今多會長千金的夫婿。」

黑井次長微微開口，發出啊的一聲。我輕輕朝他點個頭，仰望站在我面前這個雙眼發亮、身穿制服的小伙子。

「我們在哪見過嗎？」

「入社典禮時，您不是來採訪過我們嗎？」

「去年春天嗎？」

「是的。是後來人事部的人告訴我們的，害我聽了亂興奮的，眞的。」

因爲那可是飛上枝頭變鳳凰耶，他再次扯高嗓門說道。

「那應該是所有上班族的夢想吧，我也會努力的。杉村先生如果生了女兒，到時候我第一個報名應徵女婿，還請多多指教。」

啪的一聲巨響。是黑井次長一巴掌擊打再次行禮的部下背部。

「你在得意忘形些什麼啊，笨蛋。」

部下誇張地喊痛，嬉皮笑臉地不當一回事。

「啊？可是次長，有什麼關係，我只是隨口說說嘛。」

「什麼應徵女婿。像你這種人，還不如先把工作做好，免得被炒魷魚。」

次長看看手錶，離席站起，我也跟著起身。

「那我不打擾了。」聽我這麼一說，挨罵的部下完全沒學到教訓，

「請記住我的長相喔。可是打小報告就免了，拜託拜託。」

他再次油腔滑調地耍嘴皮，連周圍的員工都笑了。

黑井次長和我朝著正面玄關大廳走去。次長邊走邊說：

「年輕人不懂規矩，對不起。」

哪裡哪裡，我說。不然還能說什麼？

「這年頭啊，像他那樣的年輕人很多，既不懂得看場合，也搞不清楚自己的身分，連什麼玩笑可以開都不會分辨。」

我輕輕點了點頭，然後對著苦瓜臉的次長報以一笑。

「我太太的確是會長的女兒，但和今多財團毫無關係，那應該是今多家的家務事吧。」

這次，輪到次長慌忙點頭。看來似乎沒注意聽，只想趕緊敷衍帶過。

「所以，我太太對公司也不具備任何影響力，我只是個普通小職員。或許一開始就該向你表明，但我通常不會意識到這一點，所以才……」

那是謊言。雖是謊言，但我還是搬出這個當藉口。

「沒想到反而失禮了，該道歉的應該是我才對。」

不，千萬別這麼說，黑井次長說著垂下眼。

走到大廳，匆匆做完公式化確認，打聲招呼後我們就分手了。朝著對開的自動門邁步走出後，我才想起有件事忘了講。

「關於令嫒的事，還請多多保重，但願能早日查明原因。」

黑井次長眨眨眼，就像剛才在咖啡座時一樣，露出愕然的表情。他似乎很驚訝，原來早已忘了這回事。看來，從我的身分被揭穿的那一刻起，對他來說，我就已經變成完全不同的另一個人了。不到一個小時前，還在為了買房子的辛苦、改建裝修時該注意的地方、Sick-house症候群的問題、老婆只要一扯上房子就會像颱風來襲前的老人家一樣，變得歇斯底里等等話題，那個聊得那麼起勁的人，似乎已不再是我，我已變成不在場的其他人了。

但他還是欠身行禮，客氣地說聲「謝謝」。我也鞠躬回禮，穿過自動門走出去。

抵達車站，搭上橫須賀線電車，落座後我開始思索。

黑井次長是否正感後悔？後悔向我推心置腹地說了那麼多，大概也很擔心吧，擔心他身為今多財團的職員之一，處在地位曖昧的「次長」這個職位，是否在與會長有直接關聯的人物面前，說了不該說的話或什麼輕率之詞；是否隨意批評高層，對公司現在的方針提出異議。想必，也開始漸漸感到氣憤吧。杉村那小子搞什麼鬼，簡直像個間諜嘛，會長也太沒品了，居然讓女婿當社內報的記者。

整個財團包括社員和準社員多達數萬人，會長應該不至於在乎每一個人的發言吧。就算杉村去告狀，自己也不會突然工作不保吧。即便如此，心裡仍然不是滋味，被騙了。

接著他大概會這麼想，雖然杉村那小子說什麼房子裝修很麻煩，又抱怨老婆囉唆，其實和我根本不一樣嘛。有錢人拿搬家當消遣，怎能跟我們這種小小上班族從微薄薪水中拼命省錢買房子的夢想和辛苦相提並論，眞是僞君子！在他心底，想必正嘲笑我和他有天壤之別吧。

他是否眞的這麼想，我不明白也無從得知。然而，對於忍不住猜測他會這麼想的自己——即便再怎麼自認爲早已習慣——還是感到卑屈。那種卑屈苦苦折磨著我。

九年前，在銀座的電影院，由於一場小意外，促使我認識了今多菜穗子這個年輕女子。我對她抱有好感，幸運的是她也喜歡我，我們交往了一年左右便結婚了。

如果寫成文章不過如此而已。圓滿收場，皆大歡喜。

可惜現實比較麻煩。

歸根究柢，是我太遲鈍，早在自己對菜穗子陷入熱戀前，早在我們彼此認定再也無法回頭之前，在那段過程中，即便一次也好，我早就應該試著問她了。

「對了，妳這個『今多』的姓氏很罕見，該不會和那個今多財團有關吧？」

人生最重要的，就是在正確時刻，向正確的對象，提出正確的問題。我卻疏忽了這一點。

現在回想起來，當我們一起外出時，在電車廣告和書店門口的海報上，應該看過不少次她父親的名字。菜穗子的父親今多嘉親，是財界大老，由他擔任會長所統領的今多財團，是日本首屈一指的大企業。他的發言經常被雜誌放在刊頭引用，他的照片登上經濟雜誌封面的次數更是難以計算。

就算一次也好。我應該指著他的名字，指著他的照片或肖像畫發問，那是不是她父親，菜穗子應該會老實承認吧。

而我應該會爲之愕然吧，會雀躍不已，然後會赫然清醒吧。我應該會醒悟，就算再怎麼愛這女孩，就算在一起有多幸福，我也絕不可能有緣與她廝守吧。我起碼還有這點常識。

可是，我卻沒有問這個問題。甚至沒察覺到必須發問。實際上，當菜穗子在我面前回答「對呀」時，我的心已無退路，至少沒有自力救濟的退路。

相對的，我已有被趕走的心理準備。被誰？被今多嘉親？不，我還沒那麼自動。我以爲會拿棒子打我、把我從他的掌上明珠身邊趕走的，鐵定是他的秘書。而且頂多派個第三秘書就很不得了。當時的我，甚至連今多嘉親有幾個秘書也搞不清楚。

可是我這個心理準備，實際上卻落空了。今多嘉親沒有派秘書打發我，而是親自出馬。他來見我，跟我談話，答應了我和他女兒的婚事，雖然附帶了幾個條件，但仍可說是爽快得令人跌破眼鏡。

當然，在那之前，想必他已經詳細調查過我的家世背景，肯定也和菜穗子談過了，大概也發生了不小的衝突與爭執吧。然而，一旦接受女兒的心願，答應了這樁婚事，不管之前經過多少波折，至少在我面前，他完全沒有表現出足以讓我看出蛛絲馬跡的舉止。

反倒是說服我的父母兄姊，遠遠更加困難，而且終告失敗。我父母至今仍未原諒我，兄姊也對我嘆息不已。

即便如此，我還是和菜穗子結婚了，至今仍維持婚姻關係，也生下了女兒。

岳父提出的幾項條件，除了其中一項，其他甚至可說是我主動提議的。無論在何種形式下，都不能打著菜穗子的招牌，企圖奪取今多財團的經營權；不得讓菜穗子捲入商場鬥爭，保證讓她過著平穩的生活；不得利用菜穗子名下的資產自行創業。

第三項條件，還有附帶條件，那是我個人絕對想不到的事。

那就是我得在今多財團總公司就職，當一名社員。

當時的我，任職於「藍天書房」這家小出版社，是個負責製作童書的編輯。我喜歡這份工作，也覺得做得很有意義，沒有非辭職不可的理由。

在今多財團，我能做什麼？我問。岳父回答：有個由我本人擔任發行人，製作社內報供全體員工閱讀的編輯部。我想讓你去那裡上班，你應該派得上用場。

當我搭電車時、泡澡時、一個人發呆時，至今仍會不時思索，岳父到底中意我哪一點，才會判斷我足以成爲菜穗子的丈夫呢？第一優先事項是什麼？是因爲我好歹也是個編輯嗎？抑或因爲我是個不可能操控菜穗子向今多家族挑釁、謀奪鉅額財產，連丁點野心也沒有的安全男人？究竟是哪一個？

關於菜穗子不參與今多家族事業的理由，我之所以向黑井次長解釋爲「今多家的家務事」，並非只是隨口敷衍。今多家和菜穗子，的確都有難言之隱。

菜穗子雖然是今多嘉親的女兒，卻非元配之女。過去在財界，菜穗子母親的存在似乎廣爲人知，她經營一家畫廊，是今多嘉親長年來的情婦。

她早已過世了，死於心臟病，菜穗子也遺傳了同樣的體質。我的妻子略有心臟肥大的毛病，自小就體弱多病，我們能生下一個孩子，全靠醫學發達和幸運之神的眷顧。

今多家的正統繼承人是兩個兒子，這兩個早已在財團中樞忙碌工作的兄長，和菜穗子的感情不錯。岳父諄諄告誡過兒子們：你們這個同父異母的小妹，絕對不可能成為爭奪今多家族事業與財產的對手。另一方面，他也向菜穗子保證，一定讓她終生不受俗世雜務煩擾，可以安享寧靜富裕的生活。菜穗子也對此感到很滿足。所以她的丈夫，也必須是個懂得嚴守這種分際的男人。

我就是那個符合條件、正如岳父所期望的傀儡。

再加上我是編輯，不是我自誇，就編輯者的表現而言我絕非傀儡。

我辭去「藍天書房」的工作，在同事們有人祝我麻雀變鳳凰、有人冷笑的目送下，靠著裙帶關係成為今多財團的小職員，加入一群不知該以何種面目迎接我這個會長女婿的新同事陣容。

「杉村先生，或許你打算以空降身分來當總編，可惜總編是我喔。」

總編輯園田瑛子，開口的第一句話就是這麼說的。我說，既沒有人叫我來當總編，我也沒聽過有這回事，即便真有人這麼命令我，由於我過去做的是童書，對社內報的編輯一竅不通，所以也不可能突然勝任總編之職。她一聽才欣然接受。

「是嗎？那就好。你的桌子在那裡。」

無論彼時或現在，她都沒有改變，雖然有時會惡意作對，但那也只有在她刻意扮演壞人的時候。像這樣的人，其實很少。

2

從新橋車站走路兩分鐘，緊貼著今多財團總公司大樓後面，悄然蹲踞在高層科技大樓腳邊、被員工稱爲「別館」的三層樓舊棟，就是「藍天」編輯部的所在地。

我一上樓，正好和下樓的同事擦身而過。對方是入社第五年，由今多房地產公司調來的加西，他說接下來要拍卷頭的彩照。由於他急著赴約，我也腳下不停地繼續前行。

「對了，杉村先生。」他稍微留意四周後，靠近我小聲說：「原田小姐又……」他誇張地皺起臉，「和總編……」

這樣喔，說著他用左右手的食指比個叉。

「又來了？什麼時候？」

「大約一個小時前吧。結果原田小姐哭了。」

還提早下班了呢，他說。看他一副極爲困擾的表情，我也只好配合一下，用手掌在額上啪地拍了一下。

「傷腦筋。」

「說不定她打算辭職。要眞是那樣也好啦。」

「嗯……」

「唉，沒辦法。」

他的表情雖然困擾，說出來的話卻很無情。我多少能理解他的心情。

「看來我回來的時機不巧。」我俯瞰一樓大廳。「好像應該先避一下風頭再上去。」

大廳的店面租給「睡蓮」這家咖啡店。這是我很喜歡的店。

「沒關係啦。現在只剩總編一個人了。」

那我走了，加西說完就衝下樓。我目送他離去，想了一下，結果還是直接走上二樓。

園田總編正坐在桌前，蹺著二郎腿倚著椅背看書，嘴上還叼著菸。隔著裊裊青煙，只有眼珠子一轉對我投以一瞥。

「我回來了，聽說我回來的時機不對。」我說道。

「長舌男。」總編說。應該是指加西吧，我還沒說幾句話哩。

然後她把書往桌上一放，封面掀著，就這麼反手一叩。我妻子嗜書如命，絕不會這樣對待書本，她說這樣會弄傷封面，我也經常不小心做出和總編同樣的動作，每次都會挨罵。

我放下公事包，脫下薄外套。這個夏天熱得像是高氣壓發瘋，不過漫長的殘暑一結束後，跳過秋天直接進入初冬。想必到了下個星期，這件外套已經不夠保暖了吧。

「到底是哪裡出問題？」

「我不想說。」

看來她的心情相當糟糕。

「照她的說法，我根本沒有當別人上司的資格，因爲我隨心所欲不負責任又無能。」

我本來想模仿剛才的加西，也誇張地做個淺顯易懂的困擾表情，可惜不太成功。

「那可是非常傷人的批評。」

「小小一個助理，你就不能好好管一下嗎？起碼先教教她怎麼說話。」

「對不起。」

原田泉是我們編輯部的女職員，就是那個感嘆「杉村先生，虧你還能心平氣和」的助理。她是領時薪的兼職員工，和今多財團或集團企業都毫無關係，是看了我們招募工讀生的廣告跑來應徵，由我們直接錄取的。招募時我們寫的工作內容是「編輯庶務」，沒想到名額只有一個，卻有八十八個人來應徵，令我們大吃一驚。

「藍天」編輯部是個只有員工六人的小部門，區區一個社內報的編輯部，就算是直屬會長室的組織，畢竟仍是閒職，誰都不是志願前來的，除了沒有選擇餘地的我。

不過，社會上還是有這麼多人想進來工作。記得好像是加西吧，他說當時望著成堆寄來的履歷表，忽然頗有感觸，覺得自己還眞是一個幸運兒呢。

「那個女孩，很奇怪吧！」

總編向我拋來的，不是疑問而是確認句。她一邊摁熄香菸，一邊瞇起眼。

「是有點不尋常。」

我斟酌著用字說道。

「之前那一個雖然也怪，至少個性開朗很好使喚。想一想還眞懷念她。」

之前的女孩指的是來當工讀生的大學女生椎名。她精通電腦，不僅庶務工作，連排版和色樣校對都可以一手包辦，正如總編所言是個開朗活潑的女孩。一來上班就立刻和大家打成一片，成爲可靠的生力軍。大家都喊她椎名妹。

那個椎名妹在今年春天由於學業關係不得不辭去工讀之職，我們固然惋惜，她自己也很遺憾，在小小的送別會上還掉下大顆眼淚。

我個人，也曾在私生活方面受到椎名妹的照顧，這話倒沒有曖昧之意。去年夏末，受岳父之託，我涉及某起案件。當時，椎名妹也幫了忙。如果沒有她的協助，單靠我一個人像無頭蒼蠅般四處瞎轉，那件案子恐怕沒那麼容易解決。

至今，我和椎名妹仍不時互寄電子郵件。她似乎過得忙碌充實，和她那個在九州唸大學的男朋友談的遠距離戀愛，好像也進展順利。

在我們「藍天」編輯部——正確名稱應該是「集團廣報室」，總是能把彼此看得很清楚，也看得見別人手上在做什麼，聽得見動靜。在這種場所，就算只是個工讀生，地位也絕對不輕。再加上前一任又那麼能幹，站在我們的立場，自然抱著更高的期待。

原田泉，就是在這樣的情況下，從八十八取一的競爭率中脫穎而出受到錄用。她今年二十六歲，根據履歷表的記載，自都內某著名私立大學文學系畢業後，在經營商業書籍的編輯公司有過三年多的工作經驗。她說在那裡雖然做得起勁，可惜工作太忙，把身體累壞了，只好勉強離職。現在身體康復了，但是她怕再次發生同樣的狀況，不想再當正式職員，轉而透過兼差和人力派遣尋求編輯工作。這是面試時，我坐在園田總編身邊親耳聽她說的，她給人的印象也不壞，看起來認眞又勤快，表情豐富，十分沉穩。

誰也沒料到，她竟然會是這麼恐怖的惹禍精。

我問起具體上到底發生了什麼事，總編又點燃一根菸，這才告訴我。搭配連載專欄的插圖稿遺失，似乎是這次糾紛的導火線。在慌張尋找之下，雖然馬上就在一疊印刷稿中找到，但據說當時的對話過程引爆燃點，使得原田泉暴跳如雷。

「我眞的不覺得自己說了什麼特別毒辣的字眼，也沒有責備她。可是，她卻突然歇斯底里。」

「剛才加西說，原田小姐說不定一氣之下就不幹了。」

「那可難說了。」總編皺起臉。「我沒那麼樂觀。她打的主意應該不是自己離職，而是逼我辭職吧？」

「怎麼可能。」我對她一笑。「妳以爲她有什麼本領？」

總編想了一下，說：「比方說發起簽名連署運動之類的。」語畢，她也露出苦笑。「不過她有放話，說要向工會投訴。」

「哪個工會？」

今多財團內部的工會總數，比旗下公司的數目還多。因爲依照職種、僱用形態分門別類。

「再不然或許打算去勞動基準監督局投訴吧。」

「人家才不會受理。不說別的，首先我們編輯部就沒有人做過足以遭到控訴的事。」

「眞的？」

「眞的，妳要拿出自信。」

「我才沒有喪失自信呢。」

嘴上這樣說，總編還是無精打采，平時總是爽然揚起的嘴角，現在卻往下撇。既生氣又沮喪，想必滋味不好受吧。

不只是總編。到目前爲止，爲了原田泉，部裡不知發生過多少次無謂的糾紛與爭吵，大家都累了。

「已經沒辦法了。」我說。「還是請她走路吧。我認爲這是最好的辦法。」

總編看著我，菸灰，倏然從嘴邊掉落。

原田泉一來報到，我們便立刻發現她對於編輯工作好像不熟悉——至少不像她自己在履歷表中宣稱得那麼熟悉。她常常弄錯校對記號，也不懂得在電腦上使用PDF（Portable Document Format）。不僅如此，光是用文字處理機打字都拖拖拉拉，也不會整理稿件，叫她彙整到剪貼簿，她都能搞得亂七八糟。發稿和取稿也總是一波三折。

只要有人指出她的錯誤，她就會辯解那是因爲做法不同於之前的工作單位。她說是電腦的機種不同，說我們用的系統太落伍。起先大家覺得或許眞是如此，也就睜一隻眼閉一隻眼。然而，事態毫無改進。

漸漸地，我們六人背著她竊竊私語起來。的確，我們編的是社內報這種內部版品，對於外面遼闊的世界並不了解，也許我們眞的自有一套作業流程，這一點我們很清楚。但是，一個曾任職於業務繁忙的編輯公司，忙到連身體都搞壞的前任編輯，居然不懂連我們這種小角色都知道的東西，我們視爲日常業務的工作都不會——這豈不是太奇怪了？

即便如此，對於她，我們還是沒有直接質疑。當她不知所措，不懂得如何處理時，我們會主動教她。人有失手馬有亂蹄，誰都有可能出錯，只要盡快習慣就行了，我們樂觀地這麼想。我們這群被財團內部評爲「流放荒島」的「藍天」編輯部同仁，自知不如外人，所以對自己人向來互相體諒，也很團結一致。

可是，事態還是不見改善，就算已經過了一段時間了，編輯工作的瑣事還是得從頭教過。相較之下，她卻很喜歡談論以前的工作單位有多忙，多麼有活力的云云。

她宣稱認識很多知名作家，還說曾經合作過，並且毫不遲疑地舉出那些作家在她協助搜集資料下出版的著作，她也表示自己經手過許多企業的宣傳刊物。當我們問她是什麼企業、何種內容的宣傳刊物時，她舉出的也都是相當有名的大企業。

事情越來越奇怪了——我們開始這麼想，私底下的議論也更起勁了。

「我看了幾本原田小姐自稱很熟的作家著作，可是沒有一本是她任職過的編輯公司出版的。」

「她以前那家編輯公司經手的宣傳刊物，我弄來一看，根本不是委外編輯，人家企業內部就有自己的編輯部。」

「喂，她還說做過壽險公司的A社和B社的宣傳刊物，可是兩家敵對的公司怎麼可能同時委外給同一家編輯公司呢？」

到了這時候，各種疑問已經累積到達頂點。不知爲什麼，園田總編遲遲不願表態，副總編谷垣先生遂找出原田泉的履歷表，打電話去她宣稱任職過的那家公司。

那家公司位於中央區，名叫「ACT」。去電後立刻有人接起，不過對方的聲音很年輕，似乎搞不清楚狀況，在一段很久的保留音樂後，總算有一個聲音比較年長、似乎算是主管級的女人接起電話。

谷垣先生向來極注重禮儀，所以他先詳細報上姓名，然後才客氣地詢問對方是否任用過原田泉小姐這樣一位職員。對方反問了一次原田泉的姓名做確認。然後，非常簡單地答道：「對，她在這裡做過。」

「對方說有耶。」

谷垣先生捂住話筒壓低嗓門，偷偷告訴我們。

「請問她在貴公司做了多久？」

對於這次的問題，對方回答了一大串。我把耳朵貼在谷垣先生手邊一起聽。對方正在大談特談什麼個人隱私問題。簡而言之，大概是說事關個人隱私，即便對象只是一個離職員工，也不可能僅憑一通電話就隨意洩漏。

「要解釋一下我們的原委嗎？」

「那，杉村先生你來跟她說吧。」

當我接過電話時，電話彼端的女人正好說到這句：

「總之，我們無法奉告，還請見諒。」

然後電話就被掛斷了。我們面面相覷。

「唉，對方說的也有道理啦。」谷垣先生很爲難。

「乾脆直接上門調查一下吧。」

我這個提議，令向來對「個人隱私」反應過度的加西皺起臉。

「做到那種地步，恐怕有點過分吧。」

的確不是令人愉快的事。

「我看算了啦。反正已經知道她的確在這家『ACT』公司待過了。」

總編的意見，讓這件事就此帶過。既已確定履歷表上的記載並非作假，對我們而言，原田泉雖有種種問題但畢竟是同事，要去刨根究柢地打聽她的底細終究不是什麼愉快的事。所以在那種情況下，總編的一聲令下等於是拯救了大家。

然而疙瘩依然存在。我們這邊既有這種氣氛，對方自然也感受得到。從那時起——大概是原田泉被錄用的兩個月之後吧——她的態度就開始改變了。

如果指出她的錯誤，以前她會立刻道歉改正，現在卻開始回嘴，也開始找一堆複雜的藉口替自己辯解。最後，甚至變得充滿攻擊性。

「可是，一開始明明是你叫我這樣做的，我只是聽命行事，這根本不是我的錯。」「這種事，我根本沒聽說過。」「爲什麼老是怪到我一個人身上？因爲我只是兼職的？這樣太不公平了。」

她是我的助理。因此，我也勸過她很多次，也試著居中調解，這個方法有一陣子曾經換來和平。但，不久之後又開始爲了瑣事起糾紛，她又故態復萌了。這段期間，就這麼不斷地舊事重演。

「我已經到忍無可忍的地步了。總編應該也厭倦這種動不動就被咬一口的日子吧。」

其實老早就該請她走路了。反正是兼職的，用不著像僱用正式員工那樣受限於重重法規。

「妳還忍了眞久。老實說，連我都覺得不可思議。」

園田總編挑起她那用眉筆勾勒出美麗弧型的眉毛。

「我知道大家都覺得奇怪，我爲什麼沒把她踢出去。」

「妳有妳的理由吧？」

「是有一點。唉，算是我的……面子作祟吧。」

她仰望著灰色水泥天花板笑了。

「別看我這樣，其實我也想表現一下，讓你們見識我有這個本領駕馭那種麻煩人物。你也知道的，我們部門就像一灘溫水，我向來率性而爲。」

我當下醒悟。「妳是被誰說了什麼嗎？」

「誰知道。」說著，她一臉恍惚。「不過，就一個老姑婆粉領族的流放地點而言，這裡的總編應該是個肥缺吧。我這人向來過得逍遙，好像有點對不起大家。我覺得偶爾也該吃點苦，因爲大家明明都很辛苦，還在咬緊牙關賣力工作。」

「哪來的大家？有這樣的人嗎？」

「當然有。沒禮貌。」

園田總編是男女僱用機會均等法實施前就職的那一代。跟她同期入社的女職員，大部分很快就離職了；因結婚而離職的人佔了壓倒性多數，不過也有少數是跳槽到別家公司。而人數更少的「苟延殘喘組」，一旦和男職員並駕齊驅會做得很辛苦，但是如果眼看著男職員升官晉級，自己卻被撇在後頭又不是滋味，總之無論哪種立場都不好受。以前，這種情形屢有所聞。

女強人也好，老大姊也罷，大家都是在咬緊牙關努力……吧。

「偶爾做一下自我反省，這我當然不反對，不過就算不爲此自找麻煩，光是指揮我們每個月的工作，妳就已經夠努力了。」

「算了，你不用勉強誇我。」

「我才沒有誇妳。」

「你眞沒愛心。」

我們倆都笑了。

「我做夢也沒想到，總編竟然是爲了這種想法才忍受她。」

其他同事想必也沒料到吧。

「像原田小姐這種人，無論到哪裡八成都會惹出同樣的問題，並不是總編妳的本領不夠才駕馭不了她。鑽這種牛角尖想不開，未免太不像妳的作風了。」

「好像是喔。嗯，我知道了。」

她嘆口氣，拿起倒扣在桌上的書，啪地闔起。外面包著書店送的書衣。她當著我的面，拆下來給我看。

書名是《開除者與被開除者》，內容寫的是正確裁員的方法。這是前一陣子登上暢銷排行榜的商業書籍。

「好歹我也該研究一下。」

「只是個兼職員工，用不著看得太嚴重吧。」

「可是，這是我第一次基於自己的意思開除某人。你應該也沒這種經驗吧？」

被她這麼一說，還眞的沒有。我們小職員根本沒這種權力。

「我不懂開除的程序。」

「等她來了，總編和我就直接告訴她吧。沒什麼程序問題，只要告訴她，我們不需要她再來上班就行了。」

「怎麼，你願意陪我？」

「原田小姐畢竟是我的助理。不過，妳可別忘了當初決定用她的也是妳。」

「我那時想說如果不趕快找人補上椎名妹的缺，你一個人會很辛苦。」

「眞是令人感激得掉淚。」

我終於得以回座工作。漸漸地，外出的同事也陸續歸來。六個人一到齊，總編再次正式談起原田泉的開除問題，大家都露出如釋重負的表情。副總編谷垣先生說，光是她今天對總編出言不遜，就足已構成開除的理由了。谷垣今年五十五歲，在我們之中年紀最大，是個脾氣溫和總是笑咪咪的人，今天卻破例動怒。對他這一輩的企業戰士而言，對上司說出那麼無禮的話，是絕對不可原諒的。

那晚，回到家後，我像平日一樣與妻女圍桌共進晚餐。在馬上就要過五歲生日、益發耳聰目明、語言能力也突飛猛進的寶貝女兒面前，我刻意避免提及公司裡的狀況。

相對的，女兒滔滔不絕地告訴我，白天在幼稚園畫的花海、新學會的歌，還有跟好朋友吵架的事。據說是在排隊等候盪鞦韆時，爲了誰推誰、誰被推、誰又沒推而惹出的問題，聽得我一頭霧水。

在我們家，哄女兒睡覺是我的任務。通常，只要坐在枕邊唸書給她聽，要不了三十分鐘她就會睡著。可是今晚的情況有點不一樣，我唸的故事明明正要進入精采高潮，她卻聽得心不在焉，在枕頭上動來動去，一下子把被子裹在身上，一下子又伸出腳扭來扭去。

「爸爸！」

我從書中抬起眼。「什麼事？」

「明天，桃子會跟小茜說對不起嗎？」

我女兒名叫桃子，至於小茜，是白天跟她在幼稚園吵架的那個好朋友。不過，光聽這句話誰聽得懂，我迷糊了。

女兒一雙大眼睛瞪得老大，眼珠泛著水光。看來她的身體雖然渴睡，心裡卻仍被白天吵架的亢奮牽絆著，無法關掉電源。

我沉默了一下，然後緩緩地，一字一句地反問她：

「桃子是在擔心，明天，能不能好好地跟小茜說對不起嗎？」

「嗯……」

五歲小孩雙眉之間那塊光滑的皮膚，怎麼樣也擠不出皺紋。但，即便如此，五歲的孩子還是試著做出我們大人「皺眉」的表情，也不知在哪跟誰學來的。抑或，我們人類的遺傳基因中，本來就已被輸入「皺眉就是正在思考艱難問題的象徵」這種瑣碎資訊？

「嗯，桃子會說對不起，所以小茜應該也會跟我說對不起吧。」

「桃子，妳想跟小茜說對不起嗎？」

女兒難以啓齒地嘟起嘴。

「嗯……，因爲我有推她。」

「妳覺得推人是不對的。」

「嗯。」

「那，妳放心。妳一定可以好好地跟她說對不起。」

「這樣的話，小茜也會跟我說對不起嗎？」女兒兩眼發亮。「因爲小茜也有推。比我先推。」

說到比我先推這句話的時候，她的語氣中帶著熱切。我對女兒投以微笑。

「桃子在想，推小茜是不對的，很想跟她說對不起，那就跟她說對不起吧，是這樣嗎？」

「嗯。」

「既然如此，那妳就先說吧。」

「可是小茜也有推我。」

「那，妳要放棄說對不起嗎？桃子也有推，小茜也有推，所以兩邊扯平。」

女兒兩手抓著被子，往上一直拉到鼻子。這下子她更清醒了，本來快睡著的情緒又活躍起來。

女兒是以五歲小孩的邏輯在思考——我推了她，她也推了我，我要道歉，所以她也應該道歉。

「桃子說對不起，小茜卻不說對不起？」

圓亮的眼睛轉動著仰視我，嗓音有點沙啞。

「這個現在還不知道。要等到明天，桃子跟小茜說對不起之後才知道。」

「小茜如果不說對不起，那桃子如果說了，小茜會不會說是桃子的錯？」

她的意思大概是「如果只有桃子道歉，那桃子與小茜之間，會不會變成是桃子一個人的錯」吧。這令她感到不服。

「那可不一定喔。妳仔細想想，桃子如果說了對不起，小茜會因爲只有桃子說對不起就說是桃子的錯嗎？小茜是桃子的好朋友吧？她會是那種把錯都推給桃子的小孩嗎？」

桃子就這樣和我一問一答整整十分鐘，最後終於達成「總之明天要跟小茜說對不起」這個簡單的結論。我對這樣的結果很滿意，在女兒身邊一直待到她完全睡著才離開。

回到客廳，妻子喊住我：「你在偷笑什麼？」

我把原田泉的事告訴妻子，之前發生的狀況她也知道（當然都是我逐一報告的），她似乎很關心。

「我忍不住拿來和桃子與小茜的事比較。」

今晚原田泉是否會這樣想：園田瑛子都沒說對不起，要是我說了對不起，就變成我一個人的錯，這樣豈不是不公平？抑或總編也會這樣想：如果我先說對不起，那女孩是否也會說對不起？

不可能。大人和小孩，即使做的事情相同，處理方式也不一樣。

「不過話說回來，爲了怎麼處理這個原田小姐，居然會這麼苦惱，看來園田小姐個性還眞是正經耶。這讓我有點驚訝，我本來以爲她是個更豪放的人。」

我也有同感。這種正經，如果換個角度來看，其實也可以說是膽怯。園田總編居然會膽怯，誰會想得到？

「當然，大家一邊吃苦一邊努力，所以自己也得付出一些努力——能有一些想法，是很值得敬佩的。」

妻子滿臉沉思的表情低語著。最近，她把頭髮剪短了，從某些角度看起來就像小男生一樣。然而，在光線的作用下，有時候看起來遠比三十歲這個實際年齡還要成熟，就跟我只在照片上見過的她的亡母一模一樣。

「不過，我認爲這種努力沒必要用在原田小姐這種問題兒童身上。雖然我並不認識她本人，這種說法或許並不公平。」

接著，她談起目前對自己而言最公平的話題，那就是新家的裝修計畫。她搬來大本的活頁檔案夾和裝有資料的嶄新信封。

「人家建議我用這種地板和訂做家具的塗料，這種新產品即使舔了也沒關係……」

我們一家三口現在住的是位於麻布十番的某高樓公寓一室，屬於妻子名下的財產——正確說來只是一部分的財產。光靠我的薪水根本買不起這種房子。

妻子對這間房子很滿意。至於我嘛，覺得自己實在高攀不起，不過還是很滿足。怎麼可能不滿足，而且桃子也在這個房子出生長大，這裡充滿了回憶。

那麼我們爲何要搬家呢？爲了桃子上學，說穿了也就是爲了所謂的「升學競爭」，以及日後上下學的方便。

那間新房子亦然，本來憑我的薪水根本住不起。

和妻子東拉西扯地討論著，倏然間，我感到心靈的某部分緩緩地飄出自己的軀體，騰空的部分似乎被一種非現實感逐漸滲入。這真的是我的人生嗎？我真的可以享受這種狀況嗎？我是否已經不小心付出了什麼做爲代價。

當初不同意我的婚事，放話宣稱「我就當你這個兒子已經死了」的母親，說我付出的代價，是身爲人的尊嚴。她說我付出的是大男人絕不容許寄生於別人財產、賴以糊口的面子。

「我可不記得有養過你這麼沒出息的兒子，居然讓女人養活你。」

我並未靠妻子養活，我有正當的職業，也有薪水。我可以理直氣壯地這麼回答母親。儘管我知道那不算謊言，卻也不是眞話。我也知道母親氣的不是這個，雖然我可以這麼轉移焦點。

「既然這麼想跟菜穗子結婚，那就私奔算了。菜穗子索性也把她爸爸給的財產扔下不就結了。爲什麼不能這樣做？你爲什麼不肯這麼做？」

母親當時這麼說道。她的意見極有道理，爲什麼我不能這麼做？爲什麼做不到？

菜穗子的父親今多嘉親同意了我和菜穗子的婚事，他並沒說如果菜穗子選擇我這個男人做爲終身伴侶，就要收回財產。所以，菜穗子自然也沒必要和我私奔，用不著拋下之前的生活方式，她只要老老實實地在人生中，加上「丈夫」這個要素就行了。

這是再單純不過的加法，沒有人會算錯，我們夫妻很幸福，一直很幸福。

「我認爲，杉村先生的爸媽很了不起。」

以前，椎名妹曾經這麼說過。她對於我的事，知道的比社內流傳的小道消息稍微多一些。因爲她就像個聰穎的妹妹，有時我會零零星星地向她透露一點。

「你爸媽當初宣稱，如果你和你太太結婚，他們就要跟你斷絕關係吧？」

「已經斷絕了。」

「這一點很了不起耶。他們沒有說什麼三郎啊你幹得好，這下子杉村家不愁吃穿了，大家都可以仰賴你那個有錢的老婆生活了。反而認爲這是可恥的行爲，斷然……」

說到這裡，她慌忙搖頭：

「你可別誤會，我沒說你現在和你太太的生活很可恥喔，我完全沒那個意思！」

我知道啦，我報以一笑。心裡卻想著：就連開朗公正的椎名妹，在評論我和妻子的生活時，終究也忍不住要瞻前顧後。

我有一對兄姊，他們也沒說過「三郎啊，幹得好」。兄姊雖未與我斷絕關係，卻也沒有來往。到目前爲止，舉凡想像得到的任何形式下，他們都不曾做出對我妻子的財產有所圖謀的發言或行動。

我哥說：「你是個笨蛋。」

我姊說：「你總有一天會醒的。」

雖然可悲，但你這個婚姻不會長久。或許有許多好處，卻不能保持日久天長的關係——這也是我姊說的。

自從我們開始爲了桃子搬家和裝潢新家而努力，我越來越常在不知不覺中，出乎意料地想起我姊說過的這句預言。和我心中對於目前這種生活的非現實感正好相反，每當我想起這句預言，就益發增添現實感。我把它壓回去，努力試著擺脫。

3

隔天和再隔一天，原田泉都沒露面，也沒有打電話進來。我們決定不主動跟她聯絡，先觀望情況再說。

就這樣過完一個星期，自從吵架之後已經過了整整一個星期，看來她是眞的打算離職了，對我們來說也變得比較好處理。

她獨居，家裡好像沒有裝自用電話，編輯部只知道她的手機號碼。

「傷腦筋。像這種時候如果打手機通知，好像不夠愼重，我實在不想這樣。」

園田總編嘴上這麼抱怨，還是打了她的手機，但打了又打還是沒人接，也沒有語音信箱可以留言，只有鈴聲響了又響。

「該不會是看到來電顯示，知道是我們打的，故意不接吧？」加西說。「說不定她已經在找新工作了。」

「現在的人的確都很冷漠。」谷垣副總編回應。在谷垣先生看來，加西其實也屬於「現在的人」，看他們倆深有同感、相對點頭的模樣還眞令人忍俊不禁。

最後我們都覺得，好吧，那就算了。如果要重新徵人，基本上必須先向會長室報告和申請。早上，等全體到齊後，我們針對是否還需要另聘新人，抑或暫時先這樣湊和著應付一陣子進行了討論。

由於和印刷廠約好碰面，另外也要去採訪，會一開完我立刻出門了，回到辦公室已是下午四點左右。不知爲什麼，同事們個個一臉憔悴，園田總編的額頭上還貼了一塊很大的ＯＫ繃，用正式醫療用膠帶固定。

「是她幹的。」總編說。「大概過了兩點吧，終於聯絡上她，我告訴她，要解除兼職契約。」結果，還不到一個小時，她自己就找上門來了，然後再次爆發口角。或者該說，原田泉從一開始就激動異常，根本無法和她溝通。

「這個，是她拿來砸我的。」

總編說著，指向放在桌邊上的膠台。

我有點難以置信。這種東西要是被迎面砸到，肯定會受重傷。

「妳去看過醫生了嗎？」

「在那邊看過了。」

她是指隔壁總公司大樓的診療所。

「也照了X光，醫生說骨頭沒有異狀，只是腫了一個包，有點破皮。」

「幸好及時閃開，只是從頭上擦過，才受了這點輕傷。」谷垣先生說。「她可是對著園田小姐的臉砸呢，眞是惡劣的女人。」

當時大家想制服她，但她又叫又嚷地抓起手邊的東西拼命亂砸，以致大家束手無策。據說在某個同事跑去叫警衛，大家都亂了手腳之際，原田泉就趁亂逃走了。

「報警了嗎？最好還是報個案。這可是確實的傷害案。」

可是總編搖搖頭。「用不著那麼誇張。」

「可是……」

「這樣會給公司惹麻煩。況且如果歸根究柢，也是我管理不周。」

騷動過後，現場應該已經收拾過了，但是仔細一看，辦公室內還是比平日雜亂。這場風波的餘韻，化爲金屬類的氣息，依然在空氣中飄散。

「她到底來抱怨什麼？」

總編吞吞吐吐，我只好聽同事們七嘴八舌地轉述。據說她表示：「爲什麼沒有人來向我道歉，錯的明明是你們。」「僅憑一通電話就突然開除我，這已經違反契約了。」

說到最後，谷垣先生的臉色鐵青，我很擔心他的血壓。

「因爲她滔滔不絕地說得實在太任性了，我忍不住回嘴：雖然妳炫耀自己有編輯經驗，其實根本什麼都不會，全部還是得靠我們從頭教起。照理說，光憑這一點老早就被開除了。」

結果，原田泉一聽就哭了出來（又發作了），大吼大叫地說這是嚴重的侮辱，她要控告我們，叫我們等著瞧云云。

在這遼闊的世間，想法超乎我們所能理解範圍、並根據那種模式行動的人，遠比我們想像得還多。這一點，尤其在都市生活的人，就算不喜歡也會逐漸明白。但，一旦以這麼震撼性的形式在近距離出現，畢竟還是不知該作何反應。心裡既怒又怕，但就是不知該做出什麼具體行動。

那天，大家一起離開編輯部。我因爲不放心，所以和園田總編一起坐計程車，送她回家。可能是藥效過了吧，在車上她的傷口似乎很痛。

由於比平時晚歸，我把事情原委告訴妻子。她不僅心臟弱（或者該說那是原因），也很會瞎操心。我用相當強烈的語氣說，原田泉不是強壯的大男人，只是一個瘦小的年輕女子，如果當時我在場，一定可以制服她，越想還眞是越不甘心。我還說，如果她敢再上門鬧事，我一定能擺平。

「你可要小心。」妻子還是憂心忡忡地說道。

接下來那幾天，同事們上班時，盡量不讓編輯部唱空城計，尤其小心不讓總編一個人落單。我們並未事先約好，但自然而然就變成這樣。

週末來臨。星期六那天，我和妻子一起爲了桃子的升學考試去參加升學預備班（非常時髦地自稱是prep-school）的教學見習會，接著又上了一堂傳授家長心得的課程。星期天，我們一家三口到處參觀販售衛浴設備和系統廚具的展示中心，順便小小地兜個風，在外面吃完飯才回家。原田泉鬧的風波，暫時遠離了我的心。

我們是時鐘和月曆的俘虜。有時那是痛苦的元凶，有時也可以帶來淨化。即便沒有特別的理由和根據，有時單單是時間與歲月的流逝，便可沖淡心頭上的疙瘩。

新的一週來臨，星期一和星期二都安然無事。誰也不曾主動提起原田泉的名字。毋寧覺得，最好別再去想。如果不去想什麼辦法解決，就這麼擱置一週、十天、半個月，事情應該會自動平息吧……

我們想的太天眞了。

事情發生在星期四早上。我一進辦公室，在辦公桌前坐下，電話就響了。是內線，接起一聽，

「冰山女王」的聲音傳來。

「早安，杉村先生。」

您早，我也彬彬有禮地回答。「冰山女王」是會長室首席秘書遠山小姐的綽號。命名者不是我，也不是我認識的人，但是大家都知道，高掛在夜空中的那個天體，是誰命名為「月亮」的？誰也不是。但，人人都知道那是「月亮」不是別的東西。這是同樣的道理。

「會長找你。離高級主管會議只有三十分鐘，所以請你立刻來會長室一趟。」

她的「請你立刻來」，也就等於是「快過來」。我站起來，把剛脫下的西裝外套穿上。

「幹嘛？」總編眼尖地問道。

「召集令來了。」我回答，就這麼離開編輯部，小跑步衝出別館。

會長室，位於總公司大樓的頂樓。無論就物理上或心情都是高不可攀，要爬上那裡頗費工夫。我在直達電梯前向警衛出示員工證件，快步疾行。這段走路的時間也包含在主管會議召開前的三十分鐘內。

電梯到達頂樓，我一走出來，秘書室的小姐已在電梯前等候。對方是冰山女王麾下精銳部隊的一員，在她的帶路下，我沿著走廊前進。

連著經過兩個房間，「冰山女王」的位置在第三間，最靠近會長辦公室。今早，她穿著筆挺的銀灰色（好像被煙燻過）套裝，站在白板桌旁，她一看到我，又說了一次早安。

「請快點。」

我點個頭匆匆走過，有人替我開門，我走了進去。

我的岳父——今多財團的會長今多嘉親，坐在那張造型獨特、被他女兒戲稱爲「巨人腎臟」的大桌前，正在看報紙。

「您早。」

我一邊想著不知有幾十天沒見過岳父了——不是在「公事」方面，是「私人」方面——一邊打招呼。

岳父從報紙後面倏然露臉，老花眼鏡掛在鼻梁上。

「一早就把你叫來，不好意思。」

「哪裡。」

今多財團的會長今多嘉親，生於一九二四年，已滿八十歲了，身材矮小乾瘦，頭髮稀薄，眼眶四周的皺紋很深，皮膚枯槁乾癟。就外觀而言，絕非氣勢逼人的人物。

有時我會幻想，如果岳父脫下量身訂做的高級西裝，換上皺巴巴的運動服會是什麼模樣。如果穿著那身衣服，走在船橋或錦系町一帶的場外馬券場會是什麼模樣。那時，他渾身上下還是會和現在一樣散發著凜凜威風嗎？今多嘉親身上散發的威嚴，有幾成是與生俱來，又有幾成是來自衣著呢？

以前，我曾經在晚酌時藉著酒意，試問過菜穗子這個問題。妻子笑著想了一下，如此回答：

「父親的鷹勾鼻，不管在哪裡都一樣顯眼。場外馬券場，是販賣賭馬馬券的窗口吧？」

「嗯，對呀。」

「我猜，父親看起來一定像是那種很有領袖氣質的賭馬情報販子。那種特殊的氣勢，就算穿什麼衣服也不會消失。」

妻子居然知道「情報販子」這個名詞，令我很驚訝。

「我是在經濟小說上看到的。內容寫的就是這種情報販子，如何變成兜町（註一）大人物的故事。」

妻子雖然偏好浪漫的故事，有一點倒是異於一般家世良好的讀書人，那就是她不挑書，簡直是有什麼看什麼，而且她的書架上，無論是白朗蒂姊妹（註二）或珍．奧斯汀（註三），乃至當今一砲而紅的暢銷作家，全都不分類別地按照日文五十音順序排列。

「今早，我收到這玩意兒。」

說著，岳父放下報紙，拿起眼前的白色信封，朝我遞過來。我輕輕鞠個躬才走近，雙手接下那個信封。

白色信封的角落散佈著粉彩色小花圖案，信封上的字體也很女性化。不過，筆跡不太漂亮，習慣性往右上角歪斜，像雕刻似地用力寫著「會長　今多嘉親先生　收」。

翻到信封背面，我不禁眨眼。沒有寄信人住址，只用同樣筆跡寫著：

註一：日本的證券市場、金融街。

註二：英國小說家，著有《簡愛》和《咆哮山莊》等名作。

註三：英國小說家，代表作有《傲慢與偏見》和《理性與感性》等。

「集團廣報室　約聘職員　原田泉」

我抬起臉。岳父把老花眼鏡往下拉至鼻梁一半處，看著我。

「你唸唸看。」

在他的催促下，我取出裡面的信。兩張和信封成套的信紙上，用相同的特殊筆跡寫得滿滿的。

看完之後，這次我無法立刻抬臉。

「這個姓原田的，與其說是約聘職員應該是兼職的才對吧？」

「是的，會長這邊應該也曾收到履歷表。」

「剛才我叫遠山找出來，大致看了一下。她才做了半年嘛。」

「是的。上個星期已經被開除了。」

我想說明原委卻被岳父制止，他緩頰一笑。

「你先別緊張。」

看來我似乎已臉色大變。

「這封信寫的是事實嗎？」

我提高音量：「完全與事實不符。」

原田泉的信上寫滿了令我難以置信的描述。她說，自從入社以來，就受盡集團廣報室的各種虐待，大家不但逼她做合約上沒註明的工作，假日上班和加班也沒付加班費。只因爲她不是正式員工，就遭到歧視與排擠。

她還說，其中以園田總編與谷垣副總編對她更苛刻，這兩名主管不僅沒有制止其他職員施加的虐待，甚至還帶頭歧視她，對她施以語言暴力。園田總編私吞了應該付給原田泉的薪水；谷垣副總編再三對她性騷擾，她一抵抗就威脅說要開除她……

「滿紙謊言，園田和谷垣都不是這種人。我們……」

岳父輕輕搖頭，打斷了我的話。

「用不著激動，我明白。好歹我也是集團廣報室的室長。」

「藍天」的總編是園田瑛子，發行人則是今多嘉親本人。

「對不起。」我欠身致歉。

是的。這正是這封信寄給今多嘉親的用意所在。

信末，原田泉宣稱已聘請律師，開始爲這半年來在身心受到的傷害採取法律途徑。

就算眞的打起官司，「藍天」編輯部也不怕，她所說的都是漫天大謊。誰怕誰。但是，直屬於今多會長麾下的社內報編輯部竟然發生惡質虐待與性騷擾事件，導致受害者提起告訴的「事實」，萬一被社會大眾知道了會有什麼下場？

編輯部的同仁當然無所謂。雖說只是暫時性的，又無憑無據，但是這樣將會令今多嘉親蒙羞。

「都是我們過於輕率，才會給會長添麻煩，實在很抱歉！」

「那倒是無所謂。」岳父說道。他用手指把滑落的老花眼鏡推上去。

「既然如你們所言純屬虛構，接下這件案子的律師只會自取其辱。」

「可是……」

「用不著慌。」說著，他露出慵懶的笑容。「你眞的很嫩。對方說什麼聘請律師，根本是唬人的。」

「是這樣嗎……」

「當然是。如果是正牌律師，就這種情況，絕不會讓當事人自己寫信，應該是以律師的名義寄文件通知，表示他已受理被害者的某控訴，如今由他擔任代理人。」

幸好，我到目前爲止還沒有這種經驗，同事們想必也是吧。我們對法律程序既無知識也毫無免疫力。

「說吧，這個原田泉，到底是什麼樣的女人。」

我針對她引起的一連串問題匆匆說明。不是因爲激動才越說越快，而是怕如果拖太久，「冰山女王」就要來喊岳父了。雖說純屬誣告，但我還是不想讓女王聽到這麼不名譽的事。

岳父就像在聽氣象預報般一臉悠哉，甚至覺得我又氣又急的模樣很有趣。

「如此說來，她和園田好像特別合不來。」

「應該是。不過，不只是總編，其實我們跟原田的關係都很緊張。」

「谷垣呢？」

「就我所知，他從未罵過原田或對原田動怒，反而是我們當中最有耐心和原田相處的人，因爲他的脾氣本來就很溫和。」

「那，信上爲什麼會特別舉出他的名字呢？」

我能想到的理由只有一個。

「當她上門興師問罪時，谷垣先生氣憤之下忍不住說她沒有編輯經驗，照理說早該被開除了。」

原田泉當下哭了出來，反擊說這是侮辱，要控告他，據說還放話要他「等著瞧」。
「我懂了。所以才把矛頭對準谷垣啊。」
「這是唯一可能的理由。原田在部裡本來是我的助理。」
「之前那個助理倒是個好女孩。」
岳父是指椎名妹。
「是的。您也認識嗎？」
「是聽你說的。上次為了梶田的兩個女兒，你說她也幫了不少忙。」
那是之前我受岳父委託處理的一起事件。
「可惜難以相提並論。」
岳父面露微笑，向後倚著會長寶座的椅背。
「你在員工教育上也有過失吧？」
「您說的是。」
「說來應該算是處理不當吧。早在一開始，當你們發現原田泉缺乏在履歷表上寫的那種本領時，就該斷然處置了。你們這些人就是太善良了，所以才會被她看扁。」
我無話可說。一方面也是因為她只是兼職員工，我們沒想太多。
「會在履歷表上造假的人，多得數不清。主管的責任，就是要分辨眞假，懂得如何駕馭部下。」
這話說得很重。
「我看這件事就由你負責處理，將功贖罪吧。」

「是，對不起！」

我再次鞠躬。岳父笑了。

「別擺出那種臉。我是不方便讓園田和谷垣知道，所以才交給你。」

「不用通知他們嗎？」

「如果讓他們知道了，恐怕又是一場風波，哪還有心思處理。」

的確。園田總編要是知道有人指控她私吞工讀生的薪水，八成會氣得抓狂。至於谷垣副總編，想必連一分鐘也無法忍受蒙上性騷擾的不白之冤吧。

「而且她還打傷了總編。」

「當時，醫生有開立診斷證明嗎？」

「不清楚。聽說是在我們公司的診療所看診的，我回去再問問看。」

「最好是有證明。雖然我不認爲事態會嚴重到需要那玩意，不過還是有備無患。」

我點點頭說聲知道了，馬上從口袋掏出記事本，寫下這件事。

「你能聯絡到原田泉嗎？」

「我有她的住址和手機號碼。」

「那，你立刻跟她本人聯絡，告訴她今後一切找你交涉。當然，如果對方眞的要打官司，到時候我會派公司法務部的人出面，不過我想應該用不著。」

重點是——他翻個白眼對我投以一瞥。

「你要盡快收拾，以免演變成那樣的事態。」

「當然，我也是這麼打算。」

「不過，稍微向對方透露一下法務部的存在或許也有好處。像這種麻煩人物，通常膽子很小，只要我們擺出眞的要跟她槓上的態勢，光是這樣就能嚇得她縮起尾巴。」

這是會長親自傳授的特別講座。

「首先，要清楚地告訴她，我們已經收到信了吧。」

「沒錯。不過你在跟她見面之前，最好也準備一下資料。」

「您指的資料是？」

「當然是指履歷表。你們只是覺得她疑似造假，並沒有查證過吧？」

原來如此。

「我去調查詳細一點。」

「嗯，早該這麼做了。」說著，又補上一句「她只是個兼職的嘛」。「總之，這種事不值得大驚小怪。你就當作是個學習經驗，好好處理。不管以什麼方式用人，都會發生這種情況。」

我就像剛結束研習課程的新職員一樣正襟肅立，回答「我知道了」。

我和前來通知會長準備開會的「冰山女王」錯身而過，走出會長室。走回別館時，覺得自己就像被級任導師叫去訓話的小學生，不禁苦笑。

就當作是個學習經驗，得好好處理。是，小的遵命。我可是一個三十六歲、有家室的男人。

一走進編輯室，總編立刻問：「什麼事？」

同事們也看著我。大家對於發行人的態度免不了特別敏感。

「是家務事。爲了桃子，這星期我們要一起外出。順便，託我調查一些事。」

「在岳父大人手下做事眞辛苦。」

「感謝您的聲援。啊，還有……」我故作輕鬆地說，「關於我們辭掉一個工作態度不佳的兼職員工，我也順便做了一個口頭報告。會長倒是沒有特別說什麼。原田小姐本來是我的助理，如果今後她又來找碴的話，一切由我負責。」

「不好意思。」谷垣副總編說，「不過，我想她應該不會再來找麻煩了。」

「年輕女孩本來就分身乏術嘛。」說著，我擠出笑容。「對了總編，看妳的傷好像沒事了，妳不打算向原田小姐索取醫療費嗎？」

園田總編眨眨眼，反射性地抬手摸摸額上的傷。紗布和ＯＫ繃已拿掉了，但是額上還留著疤，被她用瀏海遮住了。

「事過境遷，算了吧。那樣反而只會自找麻煩。」

「妳不氣嗎？」

「當然不爽啊，但我覺得跟那種人，還是別扯上關係比較好。光想到就煩。」

雖然用詞粗俗，語氣卻很正經。

「只要她肯離開，我就感激不盡了。」

透過這段對話，我發現這次的事總編受到的打擊遠超過我的推測。她只想趕快忘掉這些不愉快。

利用上午處理公事的空檔，我偷偷從人事檔案抽出原田泉的履歷表，藏在文件夾中。吃完午餐，我在部內聯絡板寫上外出洽公便離開了，今天的工作都不急，很容易挪出時間，幸好現在是月中的空閒期。

走出別館，過了馬路，我走進車站前的公用電話亭。談話內容很敏感，我不想使用可能因收訊不良突然中斷的手機。

打去「ACT」之後，立刻有人接起，是個聲音聽起來很疲憊的女人。我一說想過去拜訪，她就用習以爲常的口吻告訴我公司地點和路線。大概是編輯工作室這種職場，本來就人來人往吧，她並未問及造訪的理由。

地址在新富町。據說附近有中央會館這種區立公家設施，我對那一帶的地理環境倒還有點了解，很快就找到了「ACT」所在的商業大樓。

那是一棟老舊不堪的五層樓建築。搭上電梯，在四樓一走出電梯，眼前就是「ACT」的招牌。從敞開的對開大門往裡面探看，幾張桌子和堆積如山的紙箱，把狹小的室內擠得雍塞不堪。沒看到半個人影。

「有人在嗎？」

我一出聲，眼前的紙箱後面立刻探出一個腦袋。染成栗色的蓬鬆亂髮，用一支大髮夾夾著。

「誰？有什麼事？」

是剛才接電話那個女人的聲音。

她站起來，俐落地從桌子與紙箱的夾縫中走過來，年約三十歲上下吧，一身牛仔褲和毛衣的休閒裝扮。我向她行個禮並遞上名片。

「冒昧來訪不好意思。剛才，我打過電話來請教貴公司地址。」

女人一邊說啊是是是，一邊仔細打量我的名片。

「杉村先生。這個今多財團——是那個有名的今多財團？」

「是的。呃，這個集團廣報室是社內報的編輯部。」

「眞的！」

她的臉啪地一亮，原本疲憊困倦的表情頓時有了生氣。

四處堆積的紙箱當中，有些箱蓋敞開著，內容物也坦露出來。那是企業的宣傳刊物和免費贈閱的報紙，八成是「ACT」經手的「商品」吧。她以爲我是來委託工作的客戶。

「對不起，其實我來拜訪不是爲了工作。」

她的個性似乎很率直，表情立刻一暗。

「是喔。」她洩氣地說，「我就知道沒有這麼好的事。」

「對不起，我是爲了半年前在敝社上班的原田泉小姐而來的。」

霎時，她的臉龐閃現異於剛才的光采，眼睛瞪得老大。

「原田泉？」

「對，她曾經在貴公司任職過吧？」

「當然有。」她用力點頭，隨即壓低嗓門。「那個人又闖了什麼禍？現在還在你們公司吧？」

「正確來說，應該是待過。因爲我們已經辭退她了。」

我就知道，我就知道，她開心地如此重複道。

「請、請等一下，我現在就去請社長過來。」

右後方有一個用隔板區隔、附有房門的小房間，她慌慌張張地走近，嘴裡嚷著沼田先生！沼田先生不得了啦！看來社長姓沼田。

小隔間的房門打開了，一個頭髮跟她一樣蓬亂的男人探出頭來。我朝那邊行了個禮。

三個案子一起交了貨，所以今天幾乎所有員工都休假。

「連電話都沒響，就是這個緣故。不過，當然也不只是這個原因啦。」

我被帶進社長室，就是那個小隔間。裡面有一套沙發和咖啡桌，不過事實上幾乎毫無容身的空間，紙箱軍團也侵略了這個房間；至於平面場所，全都堆滿了未整理的校對稿、照片及印刷稿。我來訪時，沼田社長似乎正在午睡，三人座的沙發上放著毯子。現在，被壓在他的屁股下。

「房間沒整理，不好意思。」說著，他抓抓頭。邋遢的服裝和髮型，使得他看不出實際年齡。不過可以確定的是，他處於「看似年輕」和「故作年輕」的曖昧界線之間。

剛才那位小姐自稱是「編輯岸井」，才消失不久，馬上又拿著三罐咖啡回來，在雜亂的桌上，找個空隙放下。

「現在這麼不景氣，像我們這種弱小的編輯工作室，只能以量取勝，搞得大家瀕臨過勞死邊緣。」

果然，社長也累得一臉浮腫。

「你難得休息，貿然打擾實在很抱歉。」

「哪裡哪裡，沒關係啦。反正也得有人負責接電話，況且有時候也會有客戶臨時上門。」

「幾乎沒有。」岸井小姐說，「剛才眞是不好意思，明知像今多財團這種大公司不可能上門委託，還是忍不住做了一下白日夢。」

我笑了。看得出來他們經營得很辛苦，但兩人的說話方式依然輕鬆。

「那麼，呃……，你是杉村先生吧，原田小姐怎麼了？」

沼田社長一邊打開罐裝咖啡，一邊傾身向前。

「這次她又闖了什麼禍？」

兩人都露出興味盎然的眼神。

「首先，我想請教一下。她的確在這裡工作過吧！」

社長和岸井小姐面面相覷。社長回答：「對，她在這裡待過。」

「做了三年左右……，沒錯吧？」

「怎麼可能！？連一年都不到吧！」

社長向岸井小姐確認。她斷然表示：

「她只做了十個多月。不過，嚴格算起來應該是九個月，因爲她三天兩頭請假。」

兩人互望著點點頭。

「她在給我們的履歷表上，寫著大學畢業後立刻來貴公司上班，做了三年多。」

「啊，那是騙人的。」社長說的很肯定。「她給我們的履歷表上，寫的是另一回事。那家公司叫什麼來著？同樣也是吹噓說她在那裡累積了編輯經驗，可惜那也是假的。」

岸井小姐起身離席，匆匆走回編輯室。「社長，她的履歷表還留著吧？」

「不知道。說不定因爲太噁心已經被我扔了。」

我看著沼田社長，他的臉上冒著鬍碴。

「她在貴公司也惹出很多麻煩？」

社長一臉憔悴地點頭承認。「沒錯，把我們整慘了。」

「貴公司專門出版商業書籍？」

「她是這樣說的嗎？」

「對，沒錯。」

「看起來像嗎？」他一邊苦笑，一邊抬手朝紙箱陣一揮。

「好像以宣傳刊物居多。」

「都是企業外包給廠商，廠商再下單給我們。這沒什麼好丟臉的，我們可是正派經營，只不過做的是小生意，沒那個本事參與出版。」

「根據原田小姐的說法，她是在這裡學到編輯的入門知識。」

沼田社長噗哧一笑。「至少學會了怎麼寫入門這兩個字吧——就樂觀的期待而言。對了，怎麼樣？原田小姐在你們公司表現得稱職嗎？」

「很遺憾。」

「我就知道。她根本是個騙子。」

社長剛睡醒的眼睛，浮現濃重的怒色。說不定，原田除了在工作上惹麻煩，還對社長的私生活也造成困擾。

「不行不行，我找不到履歷表。」

岸井小姐回來了。

「早就跟你說過那種東西不能隨便亂扔。」

「我連看到都煩。」

岸井小姐來回審視著社長憤恨的臉色和我的困惑，最後轉向我。

「原田小姐沒有工作能力，不肯學習，和同事也處不好。如果說她兩句，她就立刻發飆，對吧？」

「對！」我簡單說明原委。彷彿我的說明滲入兩人的腦袋與內心，逐漸具體化，似乎連固型過程的聲音都聽得見。

「啊，果然一樣。」岸井小姐懷著深深的同情說道。「不管什麼事，她都堅稱自己沒錯，還說大家都在欺負她。」

「岸井小姐也是受害者嗎？」

「我當然也吃了不少苦頭。」她說著嘆了一口氣，看著社長。「不過，沒有社長那麼慘，對吧！」

沼田社長點點頭。「我還被當成變態跟蹤狂咧。」

由於原田泉的工作態度不佳，社長警告過她幾次。她還有不假曠職的毛病，所以社長也打過幾次電話給她，還去她的住處找過她。據說就是因爲這樣被指控爲變態。

「她跑去警察局報警，說我迷戀她、糾纏她，還捏造一堆煞有介事的鬼話，害我被警察找去問話。」

雖然他向警方說明了原委，但是……

「這年頭，像這種情況往往會比較相信女方的說法，就算我再怎麼堅持清白，頂多也只能爭取到灰色地帶似的待遇。所謂灰色，也就是推定有罪。」

我想起蒙上性騷擾這種不白之冤的谷垣副總編。原田泉如果如此大聲控訴，恐怕他也會受到這種對待吧。

「手法果然一樣。」

我避開谷垣先生的名字不提，只是簡單地敘述他的遭遇。沼田社長的臉色益發顯出嫌惡感。岸井小姐深深頷首。

「眞是不知悔改的女人。」

「就是啊……」

「她是在什麼情況下離職的？是主動辭職嗎？還是被開除？」

「算是開除吧。我們也採取了反擊。」

說到這裡，他的說話方式總算痛快多了，語氣也恢復了活力。

「我們調查了她的身家背景，結果發現不止是學歷和資歷，連年齡都是謊報的！於是我們就用那個當底牌，威脅她如果再謊稱被我跟蹤騷擾，我也要抖出她的底細，她才不甘願地嘀嘀咕咕離職。」

「才不是嘀嘀咕咕，根本是大哭大鬧。」

「對喔，記得那時好像連玻璃都破了。」

「那時候才慘呢。」

「你們說的玻璃，是窗玻璃嗎？」

岸井小姐指向門口，上面鑲著一塊方形玻璃。

「她把那裡打破了，扔東西砸破的，好像是書擋吧。」

這點也一樣。

「看來她好像無法控制自己的情緒。」

「她根本就是控制不了自己。我真懷疑她到底是怎麼變成那樣的人，到現在還覺得不可思議，真想看看她父母是什麼德性。」

「實際上，你們跟她父母聯絡過嗎？」

沼田社長抬起手在面前猛揮。

「找不到。連她的老家在哪都查不出來。」

「她好像已經和父母斷絕關係了。」岸井小姐說著，戳戳社長的手臂。

「社長，與其在這兒說得亂七八糟，我看不如直接請人家過去吧？」

「找誰？」

「當然是北見先生。」

噢——說著，沼田社長瞪大了眼，同時維持那個表情回看我。

「呃，當時我們是委託一家事務所調查她的背景。不過，說是事務所，其實只是小型個人工作室。」

「是徵信社嗎？」

「嗯……，我也不知道，算是吧。」他瞪著天花板思索。「就我個人來說，比較喜歡稱他是私家偵探。」

岸井小姐笑了。「幹嘛，你也太誇張了吧。」

「啊，說到這裡才想起，那女人的履歷表說不定也交給北見先生保管了。」

社長問我要不要去見他。就我的立場而言，既已騎虎難下，當然也不好意思婉拒了。

「不過，就算我突然跑去，對方也不可能把你委託的資料告訴我吧？」

不管是哪一類的調查事務所，只要是正派經營，照理說應該有義務替客戶保密。但，沼田社長毫不在意。

「那倒是不用擔心，我會打電話給他。實際上，他並沒有正式掛牌對外營業，所以不受任何制約。你只要說是我的朋友，他一定會把必要事項都告訴你。」

這個偵探還眞好說話。

沼田社長也不管我的遲疑，逕自起身去打電話。岸井小姐一邊喝罐裝咖啡，一邊對我報以微笑。

「不好意思。我們太積極了，反而讓你覺得奇怪吧？」

她很敏銳。

「因爲我們社長對你們的遭遇心有戚戚焉。看來，他到現在還在氣原田小姐，連我都很驚訝。」

「無論是誰，蒙上這種不白之冤，都會無法忍受。」

「他還差點因此離婚咧。」

我一頭霧水地看著她。

「社長被當成變態跟蹤狂，搞得他和老婆之間也出了問題。」

「啊，原來如此。」

「有一陣子連公司客戶都用異樣眼光看他，因爲原田小姐還寄信給我們客戶。」

這也太狠了吧。

「社長覺得沒人肯相信他。沒想到他的信用這麼不堪一擊，連一個歇斯底里的女騙子都比不過，所以幾乎喪失了自信，非常沮喪。想一想他還眞可憐。」

「他現在沒事了吧？」

「工作上是啦，不過跟他老婆還是分居。在社長看來，就算原田小姐的事解決了，卻還是得不到老婆的信任。這件事好像在他們夫妻之間造成了很大的隔閡。」

說完，岸井小姐突然眼珠子滴溜一轉，「咦」了一聲。

「之前，你們該不會也爲了這件事打過電話來吧？」

的確有，我回答。我說之前我們也打電話請教過原田泉的事，可是接電話的人說這是個人隱私不方便透露。

「對對對，我記得，應該是說我想起來了。」

她按著腦袋，邊笑邊點頭一鞠躬。

「對不起喔，那時候太敷衍了。接電話的人就是我啦！」

那時，湊巧是某位特約作者接的電話，聽到他轉達來電者要打聽之前在公司待過的原田，沼田社長和岸井小姐當場都愣住了。

「我當下心想，哇，果然找來了。」

一定是原田小姐新的工作單位打來的，她八成又闖禍了，怎麼辦？

「坦誠相告當然也是一個辦法，可是社長怕了，說那樣不好，萬一原田小姐被開除了，怪我們從中作梗亂告狀，說不定又會上門來找麻煩，你說是吧？」

我能夠理解。「對，的確有可能。」

在那種情況下，想必會被原田泉指控爲「ACT」的人說謊，捏造故事，惡意中傷。她絕對會這麼做的。

「所以，我只好用保護個人隱私當藉口，故意裝傻，眞的很抱歉。」

不過還眞不可思議耶，岸井小姐說著，俏皮地歪起腦袋。

「她怎麼會老實地把我們公司寫在履歷表上呢？」

「可能是怕我們萬一去查證，寫出來至少可以避免被發現全部造假吧。」

否則就會百口莫辯。就算要強辭奪理，也很難堅持自己的說辭。

岸井小姐沉吟。「說的也是。說不定她早就料到我們怕了她，不敢說出眞相。嗯……，她應該不至於設想得那麼周到吧。」

她索性自問自答了起來。

「說謊還眞是不容易。看她這樣，令我不禁有種感觸，就算大費周章編造故事，還是得在哪裡摻雜一些事實，那樣很耗精力，恐怕還是無法做到無懈可擊。」

馬腳往往就是這樣露出來的吧……。她用不勝唏噓的語氣咕噥著。

沼田社長回來了，一副迫不及待的架勢。

「我找到北見先生了。他說你今天就可以去找他，我已經把原委都告訴他了，要我陪你一起去嗎？」

「不，那樣太麻煩你了。」

我客氣地婉拒。「對我們公司來說，這種事畢竟不便張揚，你肯幫我介紹已經足夠了。謝謝。」

啊，這樣嗎，說著，社長露出小孩子找人玩耍卻被拒的眼神。

怒氣無從發洩，也無法縱情報復。即便已是個成年人，有時候還是會爲這種事耿耿於懷。沉睡的孩子本該讓他繼續睡，卻被我不小心吵醒了。

那既非徵信社，也不是調查事務所，純屬個人營業，沒有掛牌。這個來歷不明的北見，全名是「北見一郎」，說不定連名字也是假的，我毫無根據，純屬直覺。如果光看字面，就跟我的姓名「杉村三郎」一樣平凡不顯眼。

我拿到的住址在南青山二丁目，我對那裡同樣有點熟悉。但是，找到目的地時，拿著沼田社長寫給我的地址，還是忍不住站在原地沉思了一陣子。

那裡，是老舊的都營住宅。

就在摩登大樓和花園洋房之間，唯有那兒黯然無光，也可以說是唯一有生活感的地方。一共有六棟並排，大概在整修吧，面向我左邊的第一棟搭建鷹架，灰色牆壁被塑膠布整個包覆住。

都營住宅往往出人意料地位於交通便利的地段，就算位於南青山，也沒什麼好驚訝的。然而，不可否認的是，這的確讓我越來越摸不清「北見一郎」的底細。他究竟是何方神聖，以什麼爲正業呢？

都營住宅的社區內有一座停車場及小公園，公園裡有沙坑及鞦韆，卻不見小孩蹤影。庭院和步道處處綻放著花朵，灌木叢洋溢著綠意。照理說秋天已盡，行道樹早已落葉飄零，想必是居民熱心照料，在秋天種上當季的花木吧。其中也有小棵栗樹，搖曳生姿的枝頭上垂掛著長刺的栗子。

他住在三號棟的二〇三號室。我爬上陡峭的樓梯。

沒有對講機，老式的窺視窗，從裡側掛著窗簾，顏色雖已褪淡，但花樣很可愛。我舉起手敲門。

隔了一拍，裡面傳來一聲「來了」。

有些人，你越靠近越摸不清他的底細。北見一郎就是這種人。

站在門內的人看似五十幾歲，或許已經六十了吧，是個身材瘦小、面無血色、宛如病人的男子。一點也不像幹練的調查專家，倒像是深受胃潰瘍所苦的區公所辦事員。

「請問你是北見先生嗎？」

「你是那位今多財團的先生吧？之前有打電話過來。」

沒等我回答，他就直接請我進屋。我垂眼一看脫鞋處，發現那裡除了一雙舊的男用拖鞋，還有兩雙學生鞋——是兩雙女孩子的鞋。

「不好意思，我屋裡有客人，她們馬上要走了，請你先在這裡等一下好嗎？」

北見用平穩的聲音說道。他身上穿著白襯衫外罩灰背心，下面是一件看似運動褲的黑色長褲，腳上穿著毛絨絨的室內拖鞋。他遞給我一雙乾淨的普通拖鞋，大概是給客人用的吧。

屋內格局是二房一廳，房間並排橫列，從玄關處就能一覽無遺。北見之前就在那個起居室，隔著那套客餐兩用的桌椅，和兩個女學生相向而坐。

或者正確說法應該是直到剛才還在相向而坐。他回到女學生那裡之後，就這麼站著，朝著那兩個仰望著他的少女，用同樣平穩的語氣，像是要諄諄勸誘似地說：「事情就是這樣，不好意思，妳們回去吧。」

其中一個女學生對另一個低語：「小美，走吧。」她察覺我的出現，不時偷瞄。我把目光轉向牆壁。

被稱呼爲小美的女學生，視線垂落在桌上動也不動。兩人穿著一樣的制服，只有胸前的蝴蝶結顏色不同。

「走啦，小美。這也沒辦法。」

小美就像生了根似地文風不動。起先說話的女學生拉著她的手臂，輕輕搖晃。

「下一位客人已經來了，這樣對人家不好意思，走了好不好？」

兩人默默起立，一語不發地離開了。不是「小美」的那個女學生臨走前還行個禮，「小美」卻一直低著頭，即便北見跟她說對不起，她也沒有回頭。

「好像打擾你們了，對不起。」

對於我的客套話，北見報以微笑。

「是附近的小孩，有事來找我商量，但我向來不接受未成年者的委託。」

雖是最低限度的說明，卻已足夠。

我跟在北見身後，來到前一刻還被女學生佔據的位置，公式化地取出名片自我介紹。

「我沒有名片可以給你。我叫北見一郎。」

北見毫無愧色地說道。好像早已習慣在自我介紹時搬出這句台詞。

「請坐。」

我在「小美」剛才坐過的椅子坐下。突然間，覺得自己很像壽險公司或銀行的業務員，拜訪陌生家庭，坐在桌前和家裡的男主人面對面。

室內，生活用品似乎一應俱全。家電用品和家具雖已使用多年卻很乾淨，絕非令人不舒服的環境。

但，這裡不是事務所，也不是辦公室，再怎麼看都是「住家」。我這個上班族置身在這麼濃郁的家常氣氛中，還沒練出那麼厲害的功力，二話不說俐落地表明來意。

「你好像嚇到了。」

北見對我一笑，令我很尷尬。

「大家通常都很驚訝，這是正常的。」

「是『ACT』的沼田社長介紹我來找你。」

「我知道，大致情況他都在電話中告訴我了。」

北見起身，走進狹小的廚房，打開餐具櫃，拿出兩個玻璃杯。雖然我請他不用招呼，他還是繼續打開冰箱，拿出寶特瓶裝的冰茶。

他說聲「請用」，送上的冰茶很好喝。室內很溫暖，是坐北朝南的方位，隔壁那間六張榻榻米大的和室正沐浴在午後暖陽中。

「沼田先生這個人性子很急，或許沒跟你解釋清楚。」

北見親切地解釋，表情柔和地看著我。

「我並非正式從事調查工作。以前我當過警察，多少懂一些門道，有時候親友託我幫忙，我就調查一下而已。因此，我並不是靠這個賺錢糊口。」

原來他以前是警察啊。是屆齡退休嗎？或是生病退職呢？

我不好意思探問，北見看起來也不太想說。他直接切入正題。

「關於原田泉小姐的事，她在『ACT』惹麻煩時，我受託做過一些調查。雖然沼田社長叫我把查到的資料通通告訴你，但站在我的立場恐怕不便這麼做。」

「你說的對。」我點頭同意。

「我也不想仔細打聽你是基於何種理由想要了解原田小姐的經歷。對我這種初次見面的人，像你這種大公司的員工，也不可能劈頭就對我坦誠相告吧。沼田先生雖然貴爲社長，卻老是不懂得這方面的基本常識。」

他再次露出微笑。原本是單眼皮的瞇瞇眼，笑起來就變成了一條縫。

他任職於警界，執勤時不知是什麼模樣？待在哪種單位？難以想像，如果是巡迴各中小學指導交通安全我還能想像。對了，這個人身上有種教師氣質。

「原田泉小姐看來似乎有僞造個人經歷的習慣。」

「好像是。」

「就我調查所知，除了『ACT』，她也在很多地方待過。形式上屬於正式職員的好像只有在『ACT』的那十個月，其他地方都是做特約社員或兼職，等於是打工族。她在每家公司都是僞造經歷。」

我說明她在履歷表上寫的學經歷。

「她生於埼玉市，自當地的公立中學畢業，高中唸的是私立學校，才唸一年就輟學了。」

「噢，她自稱有編輯經驗。」

「這一點很可疑。不過，無論是哪種形式，她的工作地點都和貴公司一樣，多半與出版或編輯有關，可能是個人喜好吧。她也在書店待過，通常待個半年就辭職或被開除了。『ACT』算是待很久了。」

不過，還是有查不出來的部分，他這麼說。

「我聽沼田先生說，查不出她的老家在哪裡。」

「地址倒是知道。不過，她家人都搬走了，她家裡有父母和哥哥，但是聯絡不上。就算聯絡得到，我看恐怕也無法指望他們。」

女兒離家後一去不回，父母也遷居他處。的確，像這種家庭關係，大概很難指望他們提供協助吧。

「說不定在家裡也闖了什麼禍。」

聽我這麼說，北見只是微笑以對並未回答。

「如果原田小姐在貴公司也引起類似在『ACT』那樣的糾紛，想必又吵著要找警察和上法院吧。」

「的確有這個傾向。」

「她光是嘴上說說，並不會眞的採取行動。」

「可是我聽說沼田社長被警察找去問話。」

北見的笑意變成苦笑。

「那是因爲沼田先生的處理方式太笨拙了。說穿了，是他太害怕。他錯就錯在慌張，頻頻打電話給她，又跑去她家好幾次——而且不是在正常的訪客時間——如果換個角度來看，的確很像跟蹤狂會做的行爲，難怪警方會懷疑他。」

我也差點苦笑，不過想起沼田先生正色發怒的表情，總算勉強憋住。

「原田小姐的確是個麻煩人物，不過她其實膽子很小，面對今多財團這種大企業，應該不敢全面宣戰。況且她比誰都清楚，就算她想鬥也沒有武器。她扯的那些謊話，只要稍加調查就會被揭穿。」

她是個可憐的女人，他說道。

「這件事，杉村先生奉命全權處理吧？或者，集團廣報室的上級也會採取行動？」

我給的名片就放在桌上。但，北見連瞧也沒瞧，就流利地說出我的姓名和所屬部門。

「不，全權由我負責。」

「既然如此，容我多事說句話，我認爲你只要去找她，好好跟她講道理，應該就能解決了。如果她不聽，報上我的名字也沒關係。」

「北見先生跟她見過面嗎？」

「她離開『ACT』時，我們談過。當時，她的態度倒是頗有悔意。」

看來她又故態復萌了，說著，他的眼神有點飄向遠方。

「不過，我建議你最好選白天跟她見面，約在咖啡店那種有很多人進出的公共場所。她只有在那種鬧起來會嚇壞相關人士的地方才會抓狂。不過，飯店裡的咖啡座可不行喔。我想你應該知道爲什麼。」

這次，我眞的露出了苦笑。北見也笑嘻嘻的。

「我想應該不至於那樣。不過，如果她向你們提出用金錢交換她不再惡意造謠的條件，我認爲斷然拒絕才是明智之舉。」

「不管是基於何種意圖付的錢，都會留下把柄。不過說是『把柄』好像也有點奇怪就是了。」

「的確。」

這個世界上，本來就有各式各樣的人，北見說，接著又補上一句「我也是其中之一」，然後開懷一笑。

我把冰茶喝得一滴不剩，感謝他抽空跟我見面，便起身道別。

臨走時，某種難以言喻的盲目衝動忽地衝上腦袋，我不禁開口問道：

「說這種話或許很失禮，不過北見先生的名字該不會是筆名吧？」

「筆名？」

「我總覺得不像本名，也許你有寫書，所以才……」

北見有點目瞪口呆。

「杉村三郎是你的本名吧？北見一郎同樣也是本名。」

然後，他拿起我那張一直擱在桌上的名片，朝我遞來。

「還給你。」

我很困惑。北見繼續說：

「對於我這種來歷不明、初次見面的人，身為大企業廣報室的成員，不該隨便遞上公司名片。」

我以為是因為迂迴問他「是否用假名」，才得罪了他，但北見的臉上依然掛著溫煦笑容。

「不，請收下。北見先生的身分，我已聽說了。」

「說不定我是在說謊。」

看樣子，他是在逗我。

「一般人不會隨便捏造自己的身分。」

他垂眼看著我的名片，說：「我們往往都一廂情願地如此認定。以爲只有騙子和他的同類才會做這種事，普通人絕對不會這麼做。可是在現實中，普通人有時也會用普通面孔做這種事。」

我想起岳父說的話，在履歷表上造假的人多得數不清，但北見說的好像和岳父的意思有點不太一樣。

「原田小姐的情況……，恕我說句不好聽的話，那不叫普通。」

北見嘴角泛笑，斷然駁回我的話：「不，很普通。她是這年頭極爲普通、誠實的年輕女孩，甚至可以說過於誠實。」

接著，他問我是自己開車還是從哪一站搭車過來的，言下之意是這段談話就此結束。我說我知道該怎麼回去，便走向門口。

陽光比來時減弱，我走下變暗的樓梯。

走在穿過建築物之間的步道上，赫然發現剛才在北見先生家看到的高中女生，就坐在公園的鞦韆上，是那個叫「小美」的少女，我是看她胸前蝴蝶結的顏色知道的，她把書包放在腳邊，獨自坐著。沒看到她的朋友。

她正頹然垂首。

而且正在哭，淚水滴滴答答地落在格子裙上。

我在公園旁駐足。她雖然背對著我，但距離只有兩公尺。

我不知所措。

不知道出了什麼事，但那畢竟與我無關，我只要默默地走開就行了。

然而，我於心不忍。「小美」正抖動著肩膀哭泣。

「請問……」我採取了毫無創意的招呼方式。「妳是剛才在北見先生家的那個女孩吧。」

「小美」依然低著頭。她沒轉身。

「雖然我不知道妳來找北見先生商量什麼事，這麼說或許很多管閒事，不過妳最好不要一個人待在這種地方，馬上就要天黑了。」

秋天的這個時節，陽光反而比嚴冬更短。就像現在，在建築物宛如灰色積木的陰影籠罩下，這座小小兒童公園已被整個吞噬。

「小美」依舊把頭垂得低低的，抬起右手按著臉，她是在擦拭眼角。

那我走了，我笨拙地拋下這句話，決定盡快離去。我邁步走出，離開公園。因爲不放心，便轉頭看了一下。

就在這時，「小美」的身體輕飄飄地往旁一歪，從鞦韆上跌了下來。

我著實地嚇了一跳，衝回鞦韆旁，一邊大喊「喂!同學、同學!」一邊抱起「小美」。她的臉色蒼白，雙眼緊閉。臉上和頭髮都沾了沙子。情急之下，我想量她的脈搏，卻發現她的手腕異常冰冷。

我聽見某人跑來的腳步聲。抬頭一看，是北見。他穿著拖鞋跑來，筆直來到我們身後，在「小美」身旁蹲下。

他喊著「古屋小姐!古屋小姐!」少女沒有反應，癱軟無力。

「打電話叫救護車吧。」我掏出手機。「這裡叫什麼社區？」

「只要說是南青山第三住宅，對方應該就知道了。」

我撥打電話時，北見像是要保護少女似地抱著她，看起來就像是撿起一個不小心掉在地上摔壞的洋娃娃——雖然不是自己的，卻是某人的心愛之物——正爲無法挽回的失策而心慌的小男孩。

4

「你沒有跟著一起上救護車嗎？」妻子問道。

我舉起拿筷子的手指著自己。「如果上車，現在就不會在這裡了。」

北見也坐上那輛搭載「小美」的救護車。目送他們離去後，我才走向車站。

「救護車？」桃子發言了。「爸爸，你坐了救護車？」

「沒有，爸爸很健康。」

「桃子，乖乖坐好吃妳的飯。」妻子嚴肅地說。「爸爸媽媽正在談很重要的事，妳安靜一點。」

好！我的寶貝女兒答道。妻子教育小孩相當嚴格。

「那，你就這麼回來了？」

「那當然。雖然不放心，可是也幫不上忙。」

況且我跟他們又沒熟到那種地步，我補充說道。

「是啊，我就是在等你這句話。」

我這才終於察覺，妻子好像有點生我的氣。
「老公，你太愛管閒事了。那個高中女生，打從一開始你就不該喊她，應該默默走開才對。」
「我也這麼覺得。」
可是，我就是有點看不過去。
「也不知道那女孩是什麼來歷。一個大男人獨居的住處，她居然也敢自己送上門。」
「她不是一個人去，是和另一個朋友一起去。」
「就算是那樣，」妻子氣得嘟起臉。「我還是覺得這種舉動太沒常識了，難不成是我對現在的高中女生有偏見？」
「多少有一點吧。」我回答。「不過，妳的意思我很明白，今後我不會管閒事了。」
接下來，我又費了十五分鐘才讓妻子消氣。換言之，那是我讓她的腦袋切換到新家整修計畫的進度及準備搬家的相關話題所耗費的時間。
我自己，其實在這一刻，以為再也不會見到北見和「小美」了，想必也沒那種機會吧。
更重要的問題是原田泉那邊。原本，那才是主題。
翌日，我等到下午才打她的手機，是她本人接的。
我報上名字，想表明來意，但她不肯聽。
「如果是關於那件事，我已經找律師商量了。」
「妳指的那件事，是信上提的嗎？」
「那當然。」

今天也是個豔陽高照的好天氣，但她的心情似乎在颳暴風雨。

「妳打算堅稱那些事眞的發生過嗎？」

「信，已經收到了吧。」

「收到了。」

「那麼，爲什麼不是會長的秘書或顧問律師來找我？爲什麼是杉村先生出面？顯然你們看不起我。我告訴你，這就是問題所在！」

尖銳的語氣連珠炮似地咄咄逼人。她向來如此，先是自己生氣，然後形諸於語言，再被自己說出來的話煽動，變得更憤怒。這種惡性循環以車輪疾駛的速度運轉，因而周遭的人根本跟不上一瞬間就衝上憤怒頂點的她，只能任由她單方面地大肆放話。

「總之，我會請律師代爲轉達各種通知。在正式提起訴訟之前，律師叫我不要跟你們說任何話。」

電話掛斷了。當初到底是誰忠告我還有一招，叫我向她透露我們也可能派法務部出面迎戰。會長，人家根本連一絲機會也沒給我。

不過，如果原田泉眞的請了律師，反而比較省事。至少那個律師，應該比她更能心平氣和地對話。

我決定等她的那個律師出面。無法做任何辯駁令我恨得牙癢癢的，尤其沒能展開回擊，告訴她我們已經知道她的經歷都是假的，也知道她過去發生過無數糾紛，這一點也讓我覺得很窩囊。可是就算再打一次電話，恐怕也只是同樣的下場吧。那才是眞的幼稚。

我又回到平日的工作作息。

三天後的下午，突然有一位自稱是古屋曉子的女性打電話找我。有一瞬間，我還以為是原田泉聘請的女律師。所以，對方開始說話之後，我當下一陣愕然。

「有位北見一郎先生介紹我跟你聯絡。我叫古屋曉子，是古屋美知香的母親。上次，美知香給你添了不少麻煩。」

對方說話非常簡潔明瞭，一時之間，我反而跟不上。在毫無廢話的說明中，有兩個我初次聽說的名字。就連「北見一郎」，也是上個星期才聽說的名字。

「古屋小姐……嗎？」

「是。上個星期四，美知香去北見先生家，結果身體不舒服。當時，聽說杉村先生也曾照顧她。」

「啊，那個啊！」我大聲說。編輯部同仁紛紛好奇地看著我。我連忙揮手示意表示沒什麼沒什麼。

「這樣啊。那位小姐叫美知香啊。」

美知香，就是「小美」。

「對，實在很不好意思。」

「哪裡，一點也沒麻煩到我。倒是令嬡的身體怎麼樣了？」

「託你的福，不怎麼嚴重。在醫院打過點滴後，立刻就好了。」

「噢，那就好，原來不是重病啊。」

「對，只是營養不良。」

一時之間我還眞不知該如何回話。不是感冒也不是貧血，「營養不良……，是嗎？」

「對。因爲某些原因，我女兒最近吃東西不太正常，我也一直很擔心，可是她就是不肯聽我的。所以，才會在外面引起那樣的騷動。」

她用非常明快的公事化口吻說道。與其說是一個憂心的母親，更像是在跟顧客解釋業務過失的職員。

「耽誤你的時間很不好意思，但我想帶女兒過來拜訪，好好向你當面道謝和致歉。不知幾時方便？」

不敢當，妳千萬別客氣，我說。

但是對方堅持不肯妥協。聽她的聲音和語氣，想必是位嚴肅的女性吧。對女兒的管教似乎也很嚴格。

結果，還是說好了要見面。我多少也被勾起了一點好奇心。

古屋曉子說今天見面也行。那就越快越好，我說，不如就今天下午兩點，在我們這棟大樓一樓的咖啡店「睡蓮」碰面。她俐落地道謝後便掛斷電話。

隔壁桌的加西正在打電腦，我小聲問他：「年紀輕輕的女孩營養不良，你猜是什麼情況？」

他的眼睛盯著螢幕，想也沒想地回答：「那是飲食障礙吧。」

「是厭食症嗎？」

「是的。不過，據說那種毛病，通常會有厭食和暴食的症狀交互出現。」

他停下操作滑鼠的手，掃視了我一眼。

「該不會是你女兒吧？」

「不不不，我女兒才上幼稚園。」

「說的也是。不過這年頭，聽說從小學高年級就會出現這種問題了。」

聽來真教人不安。

「睡蓮」是我的地盤。咖啡和簡餐都很美味。午休時我自願留守辦公室接電話，下午一點才開始休息，點了一份招牌三明治當午餐。兩點要在這裡會客，所以拜託老闆給我靠裡面的卡座。

「客人是女的？」老闆問道。

「沒錯。」

「那麼，一定是美女囉。杉村先生和美女特別有緣。」

老闆不說話的時候看起來就像一流大飯店總經理的紳士，可是一開口立刻變成碎嘴的歐吉桑。

「記得很久之前，你忘啦，不是也常跟美女在同樣的卡座見面嗎？那兩個美女，還輪番來這裡報到。」

那幾乎是一年前的事了——他指的應該是梶田姊妹吧。對我來說，那是帶著淡淡苦澀的回憶。

說到這裡才想起，那時我和她們姊妹的確也是在那個卡座碰面。

「今天要見的是一對母女檔。」

「倒也別有一番樂趣喔。」

老闆顯然有美麗的誤會。

一個人吃午餐能花多少時間可想而知。兩點之前的這段時間，我靠著仔細閱讀「睡蓮」提供的各種報紙打發。東京新聞的生活版有一則關於「升學考試」的專題報導，我看得特別起勁。據報導，面試時校方對家長人品和態度的重視，果然還是勝過學童本身。

攤開的報紙上倏然落下老闆的身影，我抬起頭。

「你約的客人來了。」

老闆讓路給他身後的高眺女子，女子以漂亮的動作欠身行禮，於是躲在女子背後的小美—古屋美知香也露出身影來。她穿著便服，表情卻還是跟我上次在公園裡看到的一樣晦暗。

我連忙摺起報紙，起身行禮。高眺女子退後半步，遠比我更優雅地繼續致意。

「我是打電話給你的古屋曉子，臨時做出這種不情之請，謝謝你特地抽空出來見面。」

那個在電話中聲音乾脆俐落的主人，眞實的聲音也同樣流暢明快。她剪了一個露出整個耳朵的短髮，穿著今年流行的貼身粗呢套裝和黑色低跟便鞋，揹著看似用了很久的黑色肩揹包，大小約可容納B4的檔案夾，一看就是「職業婦女」，而且很能幹，年紀大約四十歲吧。

「我是杉村。妳這麼客氣眞是不好意思。」

我請她們坐下，母親催促女兒坐在靠窗的位子，自己也輕快地往女兒旁邊落座，動作非常流暢優美。上高中的女兒一坐下，眼神就飄向窗外，似乎覺得光線很刺眼。

老闆端來冰水，察覺古屋美知香的眼神。

「啊，很刺眼吧。我把遮陽簾放下來好了。」

他親切地說道。美知香立刻轉眼仰望他，斷然表示：

「不用了，這樣就好。」

這是我第一次聽見她的聲音。

接下來，古屋曉子一個人大唱獨角戲，我傾聽她客氣地道歉與致謝。雖然我既未遭受讓她如此鄭重道歉的麻煩，也沒做過令她如此感謝的義舉，但她的語氣很誠懇，聽起來極爲順耳。

從她遞過來的名片，得知她任職於托瓦梅爾外資證券公司，是金融企劃專員，隸屬於第二管理部門。換言之，這個明快的聲音和語氣，一半是與生俱來的天生麗質，另一半應該是職業所需吧。

她一邊說話，眼睛不時瞥向靜坐一旁的女兒側臉。美知香對此毫無反應，覺得陽光刺眼的表情也消失了，再次垂落視線。

「不過話說回來，能恢復健康眞是太好了。」

談話告一段落時，我盡可能地擠出大大的笑容，對美知香說道。

「當時，我眞的嚇了一跳，腦中一片空白。」

對不起！做母親的再次鞠躬致歉。坐在一旁的美知香，僅僅垂頭不語。

「要是北見先生沒趕來，我一個人恐怕只會驚慌失措吧。後來，妳見過北見先生嗎？」

我是對著美知香說話，回答的卻是她母親。

「就在昨天，才剛去道過歉。那天，在醫院碰面時，我也慌了手腳，所以沒有好好打招呼。」

「喔，不過那也不能怪妳。做母親的會慌張是理所當然。美知香小姐和北見先生談過了嗎？」

我還惦記著美知香那天委託北見遭到拒絕後，一個人哭泣的那回事。我總覺得她會「吃飯不太正常」，以至於營養不良，好像和她的「委託」有某種關聯。

再一次地，由她母親回答。「不，昨天是我一個人去的。北見先生沒什麼時間。」
「啊，這樣啊。我和北見先生後來也沒有聯絡……」
「那位先生眞的很親切。」
古屋曉子露出端麗的笑容，對我點點頭。我感覺想說的話被她打斷了。她好像在暗示，是啊，北見先生是個大好人，除此以外，沒什麼可說的了。
相較之下，美知香依然堅持沉默。
我忽然發現，古屋曉子看起來是那種過度干涉的母親，卻又有點不太一樣。因爲古屋曉子在搶答我的問題之後，並沒有轉頭對著女兒，霸道地說聲「對吧」，並強迫女兒附和她的說詞，只是盡情述說自己想說的。而美知香也同樣我行我素，一逕地對母親的擅自回答報以沉默。看來，母女倆彼此心知肚明，也沒把對方放在眼裡。
老闆沿著走道朝這邊走來，向我使個眼色。
「杉村先生，你的電話。」
我對女士們說了聲失陪一下，便跟在老闆身後離去。這家店的電話在吧台後方。但，一走進吧台內，我立刻發現電話並未處於保留狀態。
仔細一想，不管是妻子或哪個同事有事找我時，都不曾打過這裡的電話，他們知道我有手機。
老闆拽著我的袖子，像是要避開古屋母女，刻意躲進並排陳列的咖啡豆罐子後方，壓低了嗓門說道：
「杉村先生，你不知道那個人是誰吧？」

「你說誰？」

啊，你果然不知道！老闆說著，神色緊張。

「我也只聽過聲音，但我想應該不會錯。因爲那場記者會，電視新聞播過很多遍。」

「記者會？」

他到底在說什麼。

「那個人，該不會姓古屋吧？古老的古，屋頂的屋。」

「對，沒錯。」

「啊，還眞的被我猜中了。」

老闆伸出厚實的大掌，啪啪地拍著我的肩膀。

「就是那個嘛，你不記得了嗎？那個呀，上次那個氰酸鉀事件，不是有好幾個倒楣鬼遇害，那個古屋，也是受害者之一。」

我瞠目以對。

「請、請等一下。」

老闆不肯等。「古屋的命案，我記得應該發生在九月中旬吧，是幾號來著？詳細日期我忘了，他帶狗出去散步，在便利商店買了瓶烏龍茶還是牛奶喝，結果在路邊倒地不起。」

「那，你是說烏龍茶裡有氰酸鉀？」

「對呀，杉村先生，你該不會對那個案子一無所知吧？有一陣子，電視上每個新聞節目都在報導這件案子。」

關於一連串氰酸鉀隨機毒殺案，我當然也知道。第一起命案應該是發生在初春；一個月之後，不，應該是一個半月之後吧，又發生了第二起命案，接著第三起命案又有人遇害，之後……我的記憶很模糊。這一陣子，報紙和電視新聞不再有關於這一連串案件的後續報導了。既然沒看到新聞報導警方宣佈破案，想必還在偵辦當中。

「可是老闆，古屋小姐明明活蹦亂跳地坐在那裡。」

老闆瞪大雙眼。「拜託，我又沒說那個人就是被氰酸鉀毒死的人。那個高個子美女是死者家屬啦，是那個死者的女兒。」

「啊，這樣。」

「案發當時，那個人曾出席記者會喔，我看到了，當然只是在電視上啦。她雖然沒露面，不過聲音沒有經過變造處理。那個人，聲音有點低沉，而且很好聽，對吧！」

被他這麼一說，或許是吧。

「聽起來很耳熟，況且古屋這個姓氏也很少見。」

我頻頻點頭，看著老闆。

「我了解，所以呢？」

「什麼『所以呢』？」

「不是，我是說我……」

老闆再次用力拍拍我的肩頭。

「少來了，杉村先生。你振作一點好不好。去年，你不是一個人漂亮地解決了那個駕車肇事逃逸的案子？」

這下我可慌了。「老闆，你在說什麼？是不是哪裡誤會了？」

「什麼誤會，你不是逮到了撞死會長司機的那個犯人嗎！杉村先生。」

早在集團廣報室在這棟古老三層樓建築成立之前，這個老闆就已租下樓下店面，算一算已經十二年了，可說是超級資深前輩。雖然店名換過好幾次，營業內容也略有改變，但基本上一直都是賣咖啡和簡餐，風評頗佳，所以每次的店面翻新，想必純粹只是老闆自己想轉換心情吧。

在一個地方生意做久了，自然會有一定的人脈。就結果而言，老闆雖然窩在店裡，卻成了今多財團和相關事物的消息通。許多我壓根兒不知情的總公司內部人事異動或公司與客戶之間的糾紛，老闆全都瞭如指掌，每每令我萬分驚訝。

但，老闆掌握的消息畢竟來自流言，既是以流言爲主體，細節難免不正確。現在就是這種狀況。

「我不是刑警也不是偵探，根本沒有解決什麼駕車肇事逃逸事件之類的事。」

「眞的嗎？但我聽說找出犯人全是杉村先生的功勞。」

「我不知道是誰告訴你的，但那是錯的，我什麼也沒做。那起事件是警方認眞搜查之後破案的。況且，說什麼駕車肇事逃逸也太誇張了，因爲那是自行車。」

老闆好像有點賭氣。

「管它是四輪還是兩輪，肇事逃逸就是肇事逃逸。就算是自行車，撞到人也一樣會讓人受重傷。」

「我知道，因爲我也被撞過。」

「這樣啊！虧你還能平安無事。」

門開了，一群男女客人走了進來，是幾個上了年紀的高雅紳士與淑女。這附近，有間私人美術館專門展覽某知名銀行家收藏的藝術品，因此白天經常有這類的客人光顧。老闆伸長脖子，殷勤地招呼了一聲「歡迎光臨」。

「剛才那件事，你是聽誰說的？」

「就跟你說是看到電視上的記者會。」

「不是那個，我是說肇事逃逸的案子。是我們總編嗎？」

園田總編很愛吃這裡的墨西哥炒飯。

「我忘了耶。來了來了，馬上來。」

他拿起菜單，溜到新來的客人那桌去了。

沒辦法。我只好走出吧台，走回自己的座位。古屋母女背對我的方向坐著，美知香依然垂著頭，她母親擺出微微傾頭的姿勢。看來即使兩人獨處，彼此還是沒有交談。

我很爲難。剛才聽到的半吊子情報，不能在臉上流露蛛絲馬跡，但我又不知該藏在哪裡。

「不好意思。」

我回座，姑且先喝一口冷掉的咖啡。古屋曉子依舊歪著脖子凝望著我。

「對不起，剛才打斷妳的話。」我殷勤陪笑。「呃……，對了，說到北見先生是吧。其實，那天是我第一次見到他。因爲工作上的事情，有人介紹我去找他。」

「聽說你到的時候，美知香已經在那邊了。」

「是的。」

我又喝了一口咖啡。不知怎地就是很不自在。

這時，古屋曉子嫣然一笑。

「請問，莫非……」說著，她伸直脖子，正面看著我。「你已經知道我們家的事了。是店裡的人發現的嗎？」

猜對了。不過，在點頭回答之前，我不由得偷看了一下美知香。她文風不動，宛如沐浴在秋陽下的垂首少女雕像。

「啊……對。」

我呆呆地回應。

古屋曉子呼地吐出一大口氣，嘴角緩緩地泛起微笑。

「果然，早知道就不辦什麼記者會了。都是我上司建議的，他叫我跟新聞媒體好好見一次面，交換條件是從此謝絕採訪，媒體不得跑到我家或學校堵人。在他們國家，這種爽快的作法或許管用吧……」

她任職的托瓦梅爾證券公司是美商公司，上司大概是美國人吧。

「對不起。」我道歉。

「不不不，沒關係。」

古屋曉子輕輕搖動指尖，動作非常洋化，而且做得非常道地。她的姿勢之佳、語氣之俐落，一舉一動除了帶有美感，同時還讓我有種不尋常的感覺。我終於恍然大悟，這個肯定英文流利的女子，雖然身在日本，卻是個熟諳英語圈文化的商場女強人。

「被氰酸鉀毒殺的是我父親。他叫古屋明俊。」

說到這裡，這是她頭一次露出愛憐的溫柔眼神，回顧著身旁的女兒。

「同時也是美知香的外公。他是個……非常溫柔的人。」

我端正姿勢，欠身行禮。「我不知該說什麼來表達慰問之意，請節哀順變。」

「謝謝。」

她的眼光一直沒離開美知香，只以沉穩的聲音回答。

「就算再怎麼哀嘆、憤慨，家父也回不來了，我們只能好好活下去。」

來回審視著她的眼神和一直垂著頭、不發一語的美知香，我明白她接下來想說什麼。

（但是，那並非易事。）

突然間，美知香猛地站起，桌上的咖啡杯和玻璃杯跟著一晃。

「我要回去了。」

她粗魯地推開母親，企圖從桌旁離開。

「美知香！」

「我要先回去，讓開！」

我可慌了。「啊，請等一下。呃、那個……」

我不敢隨便碰她，只能慌慌張張地猛搖手。

「我呃，眞的不是抱著看熱鬧的心情打聽這麼痛苦的事，而且我也根本沒幫上什麼了不起的忙，卻讓妳們特地來一趟，眞是令我惶恐不安。謝謝！」

我盯著古屋曉子的眼睛，「請吧，妳該離開了……」我催促她。

古屋曉子朝我點點頭，從椅子往旁滑出。美知香像等不及似地推開母親，一走到走道上，便頭也不回地跑了出去。

做母親的也隨後追趕，低跟便鞋鞋跟叩叩作響，大門忙亂地開了又關。我佇立原地目送兩人，然後重重地坐下。

老闆從吧台裡探出身子觀望。他見我一個人留下來，似乎想掀起吧台的隔板走出來，而他也眞的把手放在吧台上，可是不知爲何又立刻轉身，很不自然地擦起玻璃杯。

我吃了一驚。店門開了，是古屋曉子沿著走道回來。

「剛才不好意思。」

她簡短地道個歉，便在我對面坐下。我愣住了。

「請問，令嬡她？」

「她說要在附近散散步，大概會去書店吧。現在是大白天所以不用擔心。」

她向我拋來一個有點僵硬的笑容。

「沒事的。像這種時候，讓她一個人靜一靜反而比較好。」

她的目光瞥向窗戶，露出目眩神迷的表情。

「杉村先生，可以再耽擱你一點時間嗎？」

「啊？好，我無所謂。」

「謝謝你。」

她這才第一次伸手拿起咖啡杯。一直沒碰的咖啡早已冷透了，我抬手向老闆比個手勢。兩杯咖啡。老闆嗯嗯有聲地猛點頭。

「如果說這樣正好，或許有點語病。」

古屋曉子把杯子放回碟子上，說道。

「今天，我本來還在猶豫該不該帶美知香過來。既然要道謝，照理說那孩子應該一起來，可是我……有事想請教杉村先生，那樣的話，美知香最好不要在場。」

老闆火速送了咖啡過來，他迅速把桌面收拾乾淨，放上新的杯子，順便把遮陽簾也放下一半。

老闆離開後，古屋曉子繼續說。

「美知香昏倒之前，去找過北見先生吧？」

「是的……，妳不知道詳情嗎？」

「美知香不肯告訴我，或許是因爲這樣吧，北見先生好像也不方便說。」

我大致說明了拜訪北見之後，美知香在兒童公園昏倒的經過。

古屋曉子那雙畫得很完美的眉毛微微皺起，低聲說：「果然……」

「果然？」

「嗯，我早就猜到是這樣。陪美知香一起去找北見先生的應該是木野同學，她是美知香的同學。」

「她們是好朋友嗎？」

「對，算是吧。」

她的回答含著苦澀。隱約聽得出站在母親的立場，並不歡迎女兒的這個朋友。

「木野同學就住在那個社區。」

「喔，難怪。」

北見曾指著那兩個高中女生，說她們是「附近的小孩」。

「我一開始就反對，也嚴厲警告過美知香。可是，她還是拜託木野同學帶她過去，那孩子在醫院裡都沒提到木野同學。」

她的語氣已超越苦澀，微微蘊含著怒意。雖然不清楚箇中原委，但美知香在醫院急診室面對趕來的母親，之所以不提木野這個朋友，想必是因爲早就明白會有這種後果吧。

「那位北見先生，聽說是什麼調查員吧？」

「是什麼調查員」這句話隱約帶刺。

「好像是。我也是那天才認識他，不太清楚。」

「可是，杉村先生是爲了公事去找他吧。那是今多財團的工作吧？」

我報以苦笑。「是沒錯，但和總公司毫不相干，我只是爲了我們僱用的——所謂的我們，是指我隸屬的集團廣報室——某個兼職員工的履歷，去找他查證一下而已。」

喔？古屋曉子說著，瞪大了眼。

「這樣子啊，喔，那我明白了。」

她露出總算想通的表情。

不論男女，只要是隸屬於公司組織，在判斷一個人的時候，往往會把對方屬於哪個組織視爲第一優先的考量要素。古屋曉子也是如此。

在她看來，以個人身分從事「什麼調查員」的北見一郎，光是這樣就夠可疑了，所以才會嚴禁美知香在朋友介紹下，委託北見調查某件事。但，美知香的昏倒事件，使得北見一郎這個人身上，出現了「好像正在替今多財團這個大企業工作」的新要素。這一點該如何解讀，她大概很困惑吧。或許她認爲應該視情況對北見這個人重新評價。

「那麼，杉村先生當然也不知道北見先生是什麼樣的人囉。」

「呃，可以這麼說。」

「你已經查證完畢了嗎？」

「對，已經解決了。」

「那麼，你今後還會委託他調查嗎？」

「應該不會吧。」

古屋曉子用力點了兩次頭。我從那個動作中看出，她已經把「北見一郎」這號人物揉成一團，毫不客氣地扔進了垃圾桶。

到頭來，她專程來找我，也只是想弄清楚這一點吧。最好的證據就是，她忽然像完成一項工作似地，這次沒等到咖啡變冷就拿起來品嚐。

不過，我可沒這麼好打發，如果把我在北見家看到的美知香的表情，以及她在兒童公園昏倒是因爲「沒有吃飯」導致營養不良，還有她外公橫死的事實放在一起思考的話……

「我無意刺探府上的隱私，」我先聲明這一點，才緩緩地切入正題。

「在北見先生家碰面時，美知香小姐她……，該說是很認眞嗎，好像很鑽牛角尖的樣子。所以她才會在被北見先生拒絕後一個人跑去公園。」

古屋曉子的眼色一沉。

「那孩子昏倒時，木野同學也在場吧？」

「不，當時她已經不在了。美知香小姐被北見先生拒絕時，看起來好像不肯死心，是木野同學再三勸她，才把她帶出去的。至少在我看來是這樣，木野同學似乎也很擔心她。」

雖然跟那個高中女生只見過一面，但我還是忍不住想替她說話。

「美知香小姐是從木野同學那裡聽說，住在同社區的北見先生是個能幹的調查員，所以才會去委託他吧。啊，對了！」

我想起「ACT」的沼田社長說過的話。「介紹我去找北見先生的人，說他是個私家偵探。」

「私家偵探？」

古屋曉子挑起一邊眉毛，跟著複誦，聽起來比她剛才說「是什麼調查員」的語氣更加帶刺。

「不曉得美知香小姐委託他調查什麼。」

即便聽起來是這樣，其實這是一個很委婉的疑問句，我早就知道答案了，而古屋曉子也知道我已明白。

這家店的咖啡，好喝到連平常不喝黑咖啡的人都會改變心意，甚至會覺得加糖和奶精太糟蹋。

但，喝完那杯咖啡後，她抛來的回答充滿了苦澀。
「好像是想委託他調查家父的命案。」
除此之外也別無可能吧。
「美知香小姐失去外公後，受到了很深的傷害，吃不下飯應該也是這個原因吧？」
「對，沒錯。」
一絲帶著憤怒與疲憊的嘆息，從古屋曉子的口中逸出。
「在發生那件意外之前，她本來是個健康寶寶，有點胖，整天喊著要減肥，可是都持續不了幾天，因爲她太愛吃甜食了。」
現在的美知香雖然還不到瘦成竹竿的地步，不過她實在看不出來需要減肥。
「家父死後才短短兩個月，那孩子就瘦了八公斤。有一陣子她什麼都吃不下，只要一吃東西，就會吐出來。不過，這半個月以來總算勉強有點起色，一天好歹可以吃上一餐。」
「她正是發育的年紀，那樣根本不夠，難怪會營養不良。」
古屋曉子垂下眼。頓時，她那微微低垂的臉，看起來和美知香極爲相似。
「我正在公司接受心理輔導，我們公司有聘請心理諮詢方面的醫生。」
果然像是外商公司會有的員工福利。
「家父的事，連我自己都有一段時間幾乎發狂，睡不著也吃不下。」
「這是難免的，我可以理解。」
謝謝！古屋曉子一絲不苟地回禮。

「我之所以勉強振作，全靠心理醫生的輔導。那是個好醫生，所以我找上司商量，希望也能讓美知香接受治療，上司也答應了，可是那孩子居然說不要去醫院。」

我需要的根本不是什麼醫生，媽媽應該也一樣吧——據說美知香當時這麼怒吼。

「那她需要什麼？」

我的問題令古屋曉子屏息。她瞪著空氣中的某一點像在忍著什麼，然後說：「她說是正義。」眞教人心疼。

「她的意思是，要抓到犯人嗎？」

「她說希望早日抓到兇手，判處死刑。」

古屋曉子搖搖頭，前面的頭髮一亂，落在額上。

「其實我的心情也一樣。可是，就算再怎麼希望，我覺得那也只是空想。因爲日本的警察從來都沒辦法偵破類似的案件。過去也發生過下毒事件，卻從未聽說有哪個犯人被逮捕。」

「目前警方偵辦的進度如何，妳知道嗎？」

「警方什麼也不肯說。我們明明是死者家屬，卻被排除在外。」

記得曾在什麼地方讀過，據說最近，警方的這種祕密主義已稍有緩和。但，那純粹是概論，想必還停留在理想論的階段吧。

「或者該說，就因爲是死者家屬所以更不能透露。」

我還來不及問她這句話的意思，她的嘴角就浮現不自然的笑容，說道：「我是嫌疑犯喔，現在恐怕也是。」

「妳的意思是……」

「警方之中，有些人懷疑是我殺了家父。」

我做出誇張的驚訝表情。

「怎麼可能!?那明明是隨機毒殺事件。」

「也就是說，家父的案子被解釋爲並非隨機作案。他們說我利用之前發生的案件，僞裝成隨機殺人，其實是我毒死了家父。」

我默默地凝視著古屋曉子。

「很過分吧？」說著，她露出微笑，雖然笑容很僵，但既不激動也不憤怒，只是眼神看似疲憊。美知香在身旁時，她沒出現過這種眼神。

「老實說，我不太記得那一連串命案的詳細情形。」我坦白招認。「不過，報紙和電視新聞好像都一面倒，說這是同一個兇手犯下的連續隨機毒殺案。我沒聽過其他說法，如果眞有妳剛才說的那種可能，應該會掀起很大的騷動……」

古屋曉子點點頭。「杉村先生說的沒錯。基本上，這陣子，這個案子已經從新聞報導中消失了吧？這一點倒是讓我很慶幸，一想到被媒體渲染成我有殺父嫌疑，不禁毛骨悚然。不過，之前警方眞的在懷疑我，美知香也被仔細盤問過。」

她又做了一個很洋化的動作，漂亮地聳聳肩。

「在家父發生那件事之前，其實我對於之前的命案也不怎麼在意。況且那三起命案並不是發生在東京都內。」

「好像是。」

「是啊，第一起命案發生在埼玉市，接著是橫濱，第三起又在埼玉。第一件和第三件的案發現場相隔不遠。啊，所以……」她壓低嗓門說，「當警方對我發動審問攻勢時，我也稍微刺探了一下，感覺警方好像也對第二起命案有所懷疑，他們還說那件案子另當別論，似乎認爲是死者身邊的人下的毒手。」

意思是說眞凶利用第一起命案故佈疑陣嗎？

「所以，那叫什麼來著……專案小組？好像也意見分歧、各自行動。不過這純粹是我個人的感覺。」

這是置身於炸彈核心區的人觀察後的感想，不可能完全捕風捉影吧。

「美知香小姐就是對這種現狀感到不耐煩，才會起意僱用偵探吧。」

「小孩子就是這樣。」

嘴上這樣說，古屋曉子的語氣卻變得溫柔多了。女兒的憤怒與焦躁，其實她一清二楚。

「瘦死的駱駝比馬大，警方就算再怎麼不濟，畢竟還是警方，這麼大的組織都辦不到的事，個人怎麼可能解決得了。」

「那也要看情況吧。」

不可能，她冷漠地駁斥。

「那孩子，對我接受心理治療、拿藥吃的作法，好像也看不順眼。她說我這樣是在自舔傷口，妄想自癒，其實是在逃避，自欺欺人。她還問我，外公死得那麼慘，難道我都不會不甘心、不生氣嗎？」
她一隻手握緊了拳頭。
「我也一樣不甘心，一樣生氣啊。我希望父親回來，我想找出兇手宰了他。可是，我一個人又能怎樣？留在世間的人，必須設法好好地活下去，光是這樣就費盡力氣了。」
我無話可說，甚至無從安慰她。
「對不起。」
一陣沉默後，古屋曉子從皮包取出手帕，按著鼻子。
「這件事其實跟杉村先生毫無關係，眞不好意思。」
「哪裡，妳別放在心上。」
「我無意把你捲入我們家的麻煩中，眞的只是想向你道謝而已。對不起，我該告辭了。」
看她慌忙想起身離席，我說：「這樣說或許冒昧，不過能否替我轉告令嫒幾句話？」
古屋曉子一臉愕然地看著我。
「如妳所見，我只是個普通的上班族，對犯罪調查也不是特別了解。不過，在去年的這個時候，我曾經幫過某位因車輛肇事逃逸而失去父親的人一點小忙。」
「幫忙？」
「那位……同樣也是年輕小姐。她有個心願，想把她父親的回憶集結出書。湊巧，她過世的父親是我岳父認識的人，再加上我又有編輯經驗……」
連我都覺得自己語無倫次。

「所以我岳父要求我協助她寫書。」
本已弓腰準備起身的古屋曉子，又把皮包放回膝上重新坐好。
「後來，那本書出版了嗎？」
「沒有，沒出版。因爲已經沒有那個必要，犯人也逮到了。」
肇事逃逸的是未成年者，正確說來並不是逮捕，所以細節就不用追究了。
「美知香小姐說的沒錯，正義很重要。」我說，「伸張正義，不僅可以告慰外公在天之靈，對古屋小姐來說也很重要。不過，撇開這個不談，我認爲就算是讓美知香小姐治療（或者安定）自己的心情，也需要這種方式。」
古屋曉子直視著我。
「我協助的那位小姐曾經說過，在籌備寫書的階段，雖然並沒找出犯人，可是把各種想法寫下來的過程中，自己的心情逐漸釐清，變得穩定多了。書寫這種行爲，大概就像接受心理治療一樣，可以讓人獲得慰藉吧。」
古屋曉子微微移開視線，表情動搖了。
「我覺得美知香小姐不妨也試試看。當然，我是外行人，說的或許純屬謬論。但是，我認爲美知香小姐之所以痛苦不已，大部分原因或許是自己的心情混亂，甚至不知到底哪裡受了什麼傷吧。所以呃……，爲了治療……」
「叫她出書嗎？」
「不，用不著做到這樣。只要試著寫寫看就夠了，不用給別人看也沒關係，只要把自己的心情用文字記錄下來，我想應該就能得到平靜。不是用嘴巴說——或者該說，就是因爲用嘴巴說不清楚才會那麼痛苦。」

她一臉認眞，微微歪起腦袋。

「像失戀時寫日記那樣嗎？」

「這個嘛……不，不能這麼說吧。跟那種和平牧歌式的層次不同。」古屋曉子微笑。「可是，也有人因失戀而死喔。」

「啊，說的也是。」

我冒出一身冷汗，我幹嘛要這麼多嘴呢。

「我也不太會解釋，對不起。不過，如果有什麼我能做的，我很樂意幫忙。因爲寫文章，本來就是我工作的一部分。」

「知道了。我會跟美知香說說看。」

這次，她眞的起身離席。

「謝謝你幫了這麼多忙。」

當她離開時，我一路送她到門口，站著目送了一會兒，她在走出大樓時，又轉身向我行禮。我也連忙回禮。

回過神時，才發覺老闆就站在我身後，視線也正尾隨著她。

「她的背影看起來很悲傷。」他說。

「我們外人是無法理解的。」

「如此說來，她果然是那位古屋小姐。」

「是的，你猜對了。眞讓人揪心。」

「警方爲什麼還不趕快找出犯人。」

「要是有千里眼就好了。」

就是啊，老闆說著，頻頻打量我。「不過杉村先生，你跟命案還眞有緣。」

「並沒有。我和古屋小姐應該不會再聯絡，今天也是，要不是你跟我說那些，我根本察覺不出來。」

「是這樣嗎？我可不認爲喔。是杉村先生把案子召喚來的。」

開什麼玩笑，我心想。

5

回到編輯部，我撇開工作，坐在電腦前，心想只要搜尋一下和犯罪案件有關的網站，應該找得到隨機毒殺案的報導紀錄吧。

前後不用五分鐘。我列印出來，仔細閱讀，其中有些報導還有印象，有些是初次見到。

第一起命案發生在今年三月十四日，地點在埼玉市。一名二十歲的大學生喝下在便利商店購買的盒裝綠茶後，於自宅暴斃。警方驗屍之後，確定是死於氰酸鉀中毒，紙盒中也驗出氰酸鉀。被害者完全找不出自殺動機，盒子上又留有針孔，因此被視爲第三者下毒的殺人案，一夜之間成爲媒體競相報導的熱門話題。

五月一日發生的第二起命案被害人是一名五十五歲的自營業者，案發現場在橫濱市神奈川區。被害人喝下從自動販賣機購買的提神飲料，隨即昏倒在地，被發現時已氣絕身亡，死因是氰酸鉀中毒，提神飲料的瓶子裡似乎也攙有毒物。出問題的自動販賣機，就在被害者經營的ＯＡ辦公機器公司的大樓旁邊，除了被害者，據說員工們經常在這裡購買飲料。

這一天是五月的黃金週連假，公司放假，只有身爲社長的被害人獨自到公司整理帳簿。發現屍體的人是他妻子，當時買完東西順道過來找他。

第三起命案，同樣發生在五月。五月二十日，案發地點又回到埼玉市。被下毒的是住宅區某家麵包店冷藏櫃裡的烏龍茶，同樣是盒裝飲料。案發後警方調查發現，與第一起命案一樣，紙盒上都留有針孔，毒物氰酸鉀則三度出現。

這家麵包店店面狹小，佔地僅四坪，只有一座冷藏櫃，進出的客人幾乎都是當地居民。乍看之下，要查出哪個兇嫌把有毒飲料放進冷藏櫃應該很容易，但，搜查工作卻出乎意料地陷入僵局。由於那是一間家庭式小店，店內沒有裝設防盜監視器，店員也只待在收銀台，冷藏櫃任由客人自由開取。店裡的客人雖然多半是老主顧，但由於這家店曾經被雜誌介紹過幾次，所以有些客人是慕名遠道而來，而且無法查出被害者購買烏龍茶的正確時間也是一大問題。看樣子，受害者並非買來立刻喝下。

足以支持「攙了氰酸鉀的烏龍茶是在該麵包店買的」這個推論的，只有那名二十八歲女性被害者的丈夫所提供的目擊證詞，事實上並沒留下發票，店裡也沒有紀錄。

這對夫婦結婚兩年，育有一名才出生半年的女兒。列印出來的雜誌報導所引用的文章，還附了一張丈夫在妻子的喪禮上抱著嬰兒，一臉無措、木然佇立的照片。我實在心酸得不忍再看，索性把這張照片遮起來。

接著，第四起命案的受害者就是古屋明俊。案發地點在東京都大田區，便利商店購買的盒裝烏龍茶、氰酸鉀、紙盒上頭的針孔，時間在九月十七日下午四點過後。

我把相關內容按照時間先後排列出來，這才發現一件事。第一起命案，發生兩個星期後就不再有後續報導。第二起命案一發生，因爲被推測爲連續隨機毒殺，媒體報導變得比第一起命案更熱烈，但同樣也在兩個星期後消聲匿跡，至少社會版已經找不到這則新聞。第三起命案發生後又再度喧騰一時，這次僅僅過了十天就無下文。第四起命案，在案發後的頭幾天雖然報導的篇幅比之前幾件命案都大，但是一個星期後就再也沒有後續報導，而這是有原因的，正好在那時，東南亞的度假區發生大規模的恐怖炸彈攻擊，日本觀光客也遭受波及，有人不幸受傷。

之後就再也沒有相關報導。據說一直到現在，警方的偵辦是否有進展，是否已鎖定特定嫌犯，全都一無所知。

「你在做什麼？杉村先生。」加西從旁湊過來窺視。「咦，這個案子。」

「你還記得？」我把列印出來的資料朝他那邊攤開。「最近完全沒有報導了。」

「被你這麼一說還眞的是耶。」

加西拿起列印資料，仔細端詳。

「人真是不中用啊。一旦事情和自己無關，就會立刻忘記。」

「也不算是完全無關吧。自己說不定哪天也會遇到同樣的下場。」

「對對對。有一陣子，我都不敢去便利商店買東西。」說著，他笑了。「不過，那也撐不了多久。像我這種光棍，便利商店等於是我的生命線。」

他說，就算一年三百六十五天都吃便利商店的便當也沒問題。

「只是，我一直不敢再買盒裝飲料，從此只喝寶特瓶飲料。」

「我家也是這樣。」

妻子則向來都是委託女傭去買菜。

「這個案子，我記得有人在網路上貼過犯案聲明。」

「但是內容並不是那麼明確。」

據說有人在好幾個網站貼了一篇內容令人起疑的文章。這件事在我搜尋到的報導中也提及了，但是警方和新聞媒體事後似乎並未深究，那人的活動很快就消聲匿跡了。

「該不會是一查之下，發現純屬惡作劇吧。」

「我看八成是。」

加西翻動那些列印資料，飛快地瀏覽。

「重點是，你不覺得報導的焦點反而都放在犯人可能是利用網路取得氰酸鉀的這件事上？」

斗大的標題全是〈網路購物缺乏法令規範及其負面影響〉或〈國中生也能買到槍〉云云。

「對對對！這一點應該不會錯吧。不過，就算是這樣，恐怕也不可能透過販賣毒藥的管道找出兇手。畢竟只要有心，可以隱瞞眞實身分進行交易的方法多得是。」

以往也發生過利用氰酸鉀下毒的隨機毒殺案。大概在我唸國中的時候吧。當時，除了醫療人員和從事化學研究者，一般人能取得氰酸鉀的管道極爲有限，只有板金塗裝之類的工廠人員才有辦法。

可是，在網際網路無限普及的現在，情況已截然不同，只要有足夠的錢，上網搜尋和交易時謹愼一點，管你是毒藥還是違禁藥品，甚至連槍砲彈藥都能輕易入手，想必警方也難以搜查。不過，印象中早年發生的類似案件，犯人也從未落網，可見得這類型的案子本來就難以調查吧。

「倒是這家店，居然沒有裝設防盜監視器。」

加西拿著列印資料嘀咕著。命案發生在「拉拉．巴西利」這家便利商店。

「沒有完全監視到商品陳列架。所以，並沒有那盒問題烏龍茶的冷藏櫃附近的影像……」

這次，同樣也沒發現任何犯案線索。網路上之所以會出現僞犯案聲明，據說是在這件事被報導之後。

「因爲『拉拉．巴西利』是新崛起的小規模連鎖店嘛。犯人或許要教訓大眾，即便去便利商店買東西，也得挑大型便利商店。」

「應該不會這樣吧。」

「杉村先生，你要用這些資料寫什麼文章嗎？」

加西一臉認眞地問道。他雖然是這年頭常見的輕浮小子，心地倒是挺好的。集團社內報「藍天」編輯部調查這起案件，意味著被害者或相關人士是集團員工，所以他才會擔心。

「完全不是。跟工作無關，我只是在摸魚。」
「喔，那就好。」
我匆忙收起列印資料，重拾工作。不久，外出的谷垣先生回來了，把我叫去。
「我拿到秋山先生的稿子了，你幫我看一下好嗎？」
他興奮得滿臉通紅。
「就是那篇散文嗎？虧他肯執筆！」
「就是啊，總之你先看一下。」
秋山省吾是最近剛走紅的年輕記者，四、五年前起，開始發表以社會問題爲題材的冷硬派寫實報導，描寫一名小職員檢舉公司腐敗內幕的新作也上了暢銷排行榜，年紀輕輕才三十二、三歲，就已展現非凡手腕。
這樣的人，在早年無法光靠寫作糊口的時代，也曾以兼職身分在今多財團旗下工作過短短半年。現在爲了其他報導，正在採訪該系列公司的高級主管，湊巧被谷垣先生得知這個消息。從此，谷垣先生就追著這個當紅記者到處跑，纏著人家非替我們寫篇稿子不可。
令人驚訝的是，竟然是手寫原稿，寫在類似信箋的紙上，約有一千字左右吧。
「他習慣手寫嗎？」
「不不不。」谷垣先生猛搖手，露出苦笑。「他用電腦打字。據說平常交稿也用電子郵件傳送。」
這篇散文聽說是他趁著和別人洽公的空檔，在咖啡店一氣呵成寫好的。

「果然是烈女怕纏郎。」

「嗯，秋山先生也笑著說，他對我的毅力甘拜下風。」

谷垣先生起先喊人家「秋山老弟」。我和加西勸他說，對方已經不在社內上班了，現在又是名氣響叮噹的作家，喊人家老弟太失禮了。

「可是，我們畢竟是吃過同一鍋飯的公司同仁。」

谷垣先生相當不以爲然。像這種小地方，他頗有古代武士作風，對年輕人的態度很強勢。我們習慣了還能一笑置之，若換作別人或許會出問題。

爲了該怎麼刊登這篇幸運拿到的稿子，辦公室掀起一陣熱烈討論，也讓我得以揮開連續毒殺的陰影。正如加西所言，人對於和自己無關的事總是立刻拋諸腦後。只是，對於「如果運氣不佳，災難說不定也會降臨到自己身上」這件事，總是在遺忘之際萌生一抹心虛。這個心情上的疙瘩，也久久揮之不去。

那一週的星期日，爲了新家交屋前的最後一次驗收，我和妻子前往新家。在我看來，接近裝修完工的新家，一切看起來盡善盡美，可是從妻子和約好在現場碰面的設計師一邊互相比對驗收清單，一邊仔細檢查屋子每個角落的樣子看來，顯然還不夠完美。

我對著正在廚房和洗手間做最後細部作業的工人們殷勤陪笑，盡量保持低調。

不過這樣還是感到很無聊，於是我決定在不干擾施工的情況下，參觀一下房子外圍。從陽台走出去，院子裡的樹已經種好了，我在怎麼看都像是超出園藝設計範圍的某個地方，發現一種葉片肥厚、開著黃花的植物，種成縱橫的十字形。環顧四周，照理說這裡應該是通道……

「啊，不好意思。」

聽到聲音回頭一看，一名穿工作服的年輕人，正朝著放在院子角落的工具箱走去。我回了一聲辛苦了，然後指著那些植物問他：「這個種在這裡沒關係嗎？」

噢，那個啊，他笑咪咪地回答。

「交屋時會挖除。」

「可是，正在開花呢。」

「那是試驗用植物。」

「試驗用？」

「土壤污染的試驗。」說完，他又連忙補充：「當然，這只是以防萬一，正規調查已經通過檢驗了。」

我試著追溯記憶。被他這麼一說才想起，當初決定買下這棟房子時，妻子好像說過這麼一回事。她說這裡雖然是甲種住宅專用區，這塊土地也一直都蓋有房子，但爲了預防萬一，還是要找人檢查一下有沒有土壤污染。

「這裡的土壤沒有被污染吧？」

「對，那當然！乾乾淨淨，絕對安全。」

年輕的工人肅然立正。

「我們老闆很謹慎。一旦土壤有問題，從這種植物的花和葉子的生長情形就可以立刻知道，若是有問題，不是變形就是變色。」

我頭一次聽說。

「這是杉村先生買下這裡之後才種的。杉村太太也這樣要求。」

如此說來，已將近半年。我蹲下來，試著觸摸可愛的花朵。

「好像很正常嘛。」

「是的，太好了。」

他從工具箱取出類似小型電鑽的東西，客氣地又說了一次不好意思，就走回屋內。

試驗用植物；也就是類似「礦坑裡的金絲雀」嗎？是這種植物代替我們，先試試看新家有沒有毒嗎？

對關於這棟房子的要求，妻子可是完美主義者。不過我最佩服的，是她為了追求完美，並未全權交由設計師和施工包商處理，自己也很用功做研究。對於這點我只能苦笑以對。

正在院子裡曬太陽之際，手機響起簡訊送達聲，是桃子寄來的。今天她和我大舅子夫婦及她的表哥表姊，一起去赤坂的音樂廳欣賞古典樂。一看簡訊內容，她說現在是中場休息時間，正在吃冰淇淋。聽說那是家庭式音樂會，但她畢竟只是個幼稚園小朋友，休息時間的冰淇淋顯然吸引力更大。

我用假名拼音回傳簡訊，告訴她如果聽到好聽的曲子要記起來，回家告訴爸爸喔。起身正想告訴妻子，這次又響起鈴聲。

是原田泉打來的。

我都快忘了這個人，所以吃了一驚，正想接起卻掛斷了。然後，又再次響起。

這次我及時接起。「喂，我是杉村。」

電話立刻掛斷。哎呀呀。

又響了，接起、掛斷、再次響起、接聽、掛斷。還沒走到正在二樓喊我的妻子身邊，這樣的情形就已經重複了五、六次。

「老公，你過來。」

走廊深處，預定做爲主臥室的房間傳來呼喚。這邊請，負責施工的老闆含笑地舉起手。

「請。」

一進入房間，妻子站在設計師身旁，滿面笑容。

「你來這邊看看，這邊這邊。」

她拉起我的手，橫越過陽光射入的窗前，經過房間。

「那邊是儲藏室吧？」

「以前是。不過，這是南邊的房間，當儲藏室太可惜，所以我把它改裝了。」

妻子非常興奮。

「你要小心腳下喔，因爲有台階。」

原來如此，有三級左右的台階。

「你打開來看看。」

乍看之下像是一道牆壁。這兒按照妻子的要求貼了裝飾壁板——不，有握把，變成活動拉門。門無聲而流暢地滑開，我著實嚇了一大跳，裡面闢出了多達六張榻榻米的空間。

書架和桌子都是量身訂做的，也有照明設備，還有天窗，採光充足。桌旁多出來的空間，正好可以容納我為新家特地購買的電腦桌。

「這是你的書房，很像祕密基地吧！你喜歡嗎？」

「我把隔壁房間的櫥櫃打掉，加大了空間。」設計師說明道。

「其實我本來想做成小閣樓，可是沒辦法大幅改建。不過，這裡正好在屋頂斜面的下方，所以還是有點閣樓的味道吧？」

小時候，我很憧憬屋頂的閣樓。家鄉的好友家是老式的茅草屋頂，早年盛行養蠶時，閣樓有一塊空間專門用來放蠶架，那裡後來就被當作兒童房。每次去玩耍時，我都羨慕得要命。

妻子還記得我的那段回憶。

「我太喜歡了，謝謝。」

我忍不住發出孩子氣的讚嘆。事實上，我的心情的確回到孩提時代。

「太好了，成功了耶，設計師先生。」

妻子對設計師投以微笑。

設計師也笑逐顏開，「夫人要求先別告訴您，所以這個房間的詳細格局，沒有畫在申請建照的藍圖上。」

的確，我看到的藍圖上，這裡依舊是儲藏室。

「內部裝潢是根據我的喜好設計的，不過還是可以改喔。」

「不不不，這樣就好。」

「到時候桃子一定也想進來這兒，可是不行喔，這是你的聖地。」妻子戳了一下我的腹側。
「交換條件是，你要自己打掃。」
「嗯，我一定會保持乾淨。」
襪子底部踩著嶄新拼木地板的光滑觸感，冰冰涼涼的很舒服。空調和照明設備的開關在這裡和這裡……，一邊聽著解說，我已飄飄然地心不在焉。
這時，手機再次響起，一看來電顯示，還是原田泉。
接起。我還來不及發話，又掛斷了。我遲疑了一瞬間，索性關機。
「怎麼了，關機沒關係嗎？」
「嗯，沒事。從剛才就一直有人打錯電話，我都快被煩死了。」
雖然不知道原田泉在打什麼主意，但是此刻，我才懶得管她那麼多，隨她去吧。
「那麼，要不要也看一下桃子的房間？」
我如在夢境般任由妻子拉著手帶路。
接下來的那一個小時，我四處遊逛，妻子忙著確認和檢查，約好下星期交屋的時間，這才離開。我們前往赤坂，和大舅子他們會合。那晚，就直接在外頭吃了熱鬧的一餐。
我的妻子菜穗子，是今多嘉親情婦生的女兒，也就是所謂的私生女。在今多家，有嘉親和元配生的兩個兒子，對妻子來說是同父異母的兩個兄長。
菜穗子的母親，在菜穗子唸高中時去世了。之後，菜穗子就被父親接回家撫養，和兩個兄長也相安無事。

大哥比菜穗子年長二十歲，二哥年長她十八歲。或許該感激這樣的年齡差距吧。也或許是因爲今多嘉親早就宣告，菜穗子即便是今多家族的一份子，也不可能成爲事業繼承人。所以，兩個哥哥對這個小妹妹頗爲呵護疼愛。

妻子成年後不久，便從她父親那裡分到一筆相當龐大且可持續運用的財產，但是她對今多財團的事沒有任何發言權。五年前，岳父趁著七十五歲生日辭去社長之職，轉任會長。繼任者是她大哥，現在他是社長，二哥擔任總經理。和兩人相比，菜穗子的地位輕如鴻毛，但她對這點從來沒有任何不滿或疑慮之詞。

今多嘉親誰不好挑，偏偏同意讓我這樣的男人當女婿的最大理由，在此清晰浮現。因爲我是個不抱野心的凡人；因爲我既沒有鬥志，也沒有那種才能，得以自不量力地和妻子的兩個哥哥競爭；因爲我是個安分守己的男人，可以保護菜穗子，和她共築家庭，給她安穩的生活。

理所當然地，大哥和二哥也都有美滿的家庭，大哥的獨生子早已成年，大學畢業後，去年進入某都市銀行就職。等他在外頭工作幾年，磨練夠了，應該就會被找回去成爲集團繼承人吧。二哥的一兒一女在同一年的年頭和年尾出生，一個唸高中，另一個唸國中。

兩個哥哥和他們的妻子，各自保持適當的距離感與關心和我們夫婦來往。但，自從面臨桃子的升學問題以來，妻子好像變得很依賴不久前才有過同樣經驗的二哥夫婦，結伴出遊的機會也增加了。今天，桃子去聽音樂會以及這頓聚餐，也是二嫂惠理子邀約的。

二哥孝之還是一樣忙得分身乏術，飯吃到一半就提前離開，回去工作了。據惠理子說，星期日的白天他能抽出一段完整的時間和家人共度已經是「難得一見」了。

我置身在惠理子和妻子快活的閒聊，以及桃子在表哥表姊陪伴下開心的笑聲中，只有滿心的幸福感。

手機就這樣一直保持關機狀態。直到翌晨，要上班時我才發現。

一進辦公室，報應立刻臨頭。

看似剛到的谷垣先生，公事包還來不及放好，就忙著接電話。他一看到我，便慌忙招手。

「請等一下，我現在讓杉村接電話。」

他按下保留鍵，轉身面對我。

「是原田小姐。」

我啪地拍了一下額頭。「昨天，她有打我的手機。」

「她說打了很多次你都拒接。」

「那太過分了吧。」

我把實情告訴他。谷垣先生的嘴角往下撇。

「糟了……。不過，被她那樣再三騷擾，也難怪杉村先生會關機。」

「我來跟她說吧。」

谷垣先生打斷想拿話筒的我，說：「原田小姐一知道接電話的是我，就罵我是色老頭。你說她這是什麼意思。」

我有點張口結舌。「她的個性就是這樣，應該沒什麼意思吧。」

是這樣嗎？說著，他有點不安。

「對不起，接下來由我處理，你別放在心上。」

我解除保留鍵，慢條斯理地說：喂，我是杉村。但無人應答。

「原田小姐？我是杉村，讓妳久等了。」

一陣宛如鼻息的粗重雜音，接著冒出聲音：「你幹嘛不接電話？」

「妳是指昨天的事？」

「對呀，那還用說。你幹嘛不接電話？幹嘛要逃避？」

「我沒有逃避。」

電話彼端，原田泉尖聲高叫。

「你明明就在逃！你關機了吧？你知不知道我打了多少次！」

看到谷垣先生畏怯的表情時，老實說，我也渾身一寒。但，這種驚慌倏然褪去後，我反而鎮定下來。

意外的是，事情往往如此。人際關係就像天秤，如果一方打從一開始盛氣凌人，另一方就會退卻。

原田泉的聲音在顫抖，與其說是憤怒，毋寧說是落淚吧。不知是幸或不幸，我很少在電話中讓女人哭泣，但我還是猜到了。

爲何哭泣？只因爲我沒接電話，可我又不是她的情人。

這就怪了。她不是找了律師，說要打官司，宣稱沒有商量的餘地，把話說得很絕嗎？

什麼律師，根本就不存在，她是孤單的。果然就是這樣。

我把目光瞥向編輯室的窗口。今天也是個晴朗的秋日，碧空蔚藍如洗。

這麼舒服的日子，一名年輕女子，卻從一大早，就面對著被自己扯進麻煩的對象，邊哭邊吼。

昨日的幸福感依然縈繞心頭。換言之，那也等於是成功地躲開了幸福感源頭隱藏的一抹羞愧之心。所以，不知爲何我忽然同情起她來。

「原田小姐，我們見面談一談吧。」

沒回應，只聽見粗重的喘息。想必她握著話筒的手，正顫顫發抖吧。

「我們的問題，恐怕不是在電話中三言兩語就能解決的，還是找個地方見面吧。麻煩妳也這麼轉告妳聘請的律師好嗎？我可以去他的律師事務所跑一趟。」

這並非故意刁難，我只是按照正常程序如此表明。好，這下子看她怎麼回應？

沉默了一下，顫抖的聲音才回答：「沒有律師。已經被我開除了。」

哈，來這招！

「這麼說，妳沒有代理人了？」

「誰教他一點也不中用，只會強辭奪理，難道律師全是那種德性嗎？眞令人失望。」

跟我抱怨有什麼用。

「那麼，就我們倆單獨談談吧。請問妳幾時有空？」

接下來，原田泉一下子說沒時間，一下子說沒心情，又問我是不是想唬弄她，說這樣只會讓她更火大所以她不想約，總之找了一大堆藉口。我什麼話也沒說，一直保持沉默。

「喂？你在聽嗎？」

大概是急了吧，她又吼了起來。

「我在聽。今天下午三點可以嗎？」

「這麼快……」

「我認爲越快越好。原田小姐應該也不想一直爲這種事煩惱吧。早點做個了斷，另謀高就不是比較愉快嗎？」

她還在嘀嘀咕咕，於是我快刀斬亂麻地繼續說：「至於地點，要麻煩妳跑一趟，就約在我們大樓一樓的『睡蓮』咖啡店吧。那一家妳也知道。」

我曾在「睡蓮」請她吃過好幾次午餐。那時，我還在徒勞無功地試圖讓她和大家打成一片。看她還想抱怨，於是我斷然宣告：「我們會付妳車馬費。」然後把時間和地點又重複一遍後，就掛斷了電話。

在我講電話的過程中，園田總編和同事們都已經進辦公室了，我把情形告訴大家，並吩咐他們今天下午三點以後不要接近「睡蓮」。

「我還不想見到她咧。」園田總編叼著菸說道。「你一個人去行嗎？」

「請放心。」

「可是，推給杉村先生一個人不好吧。」谷垣先生說，「我陪你一起去。」

「不用了。原田小姐本來就是我的助理。況且，會長其實也吩咐過我。」

現場的氣氛似乎頓時爲之一緊，大家迅速交會了一下視線。

「是會長親自跟你說的嗎？」加西問。

「嗯，在家裡見面時我跟他提過，結果他要我負責處理。」

「喔，這樣啊。那好吧。」園田總編挑起嘴角，露出古怪的笑容。「那就交給你了。反正在這裡，有個會長大人的全權委任大使嘛。」

沒有人出面緩頰說，妳也犯不著用這種語氣說話吧——即便是開玩笑的語氣。全體，包括我在內，都發出那種既尷尬又安心的乾笑聲，就這麼敷衍過去。

算準午餐時段最忙碌的時刻已過，我下樓去「睡蓮」，向老闆預訂靠裡面的卡座。

「附帶聲明，這次既不是美女，也不關犯罪刑案。」

「拜託，被你說得好像我多愛看熱鬧似的。」

我笑了，把原田泉的事告訴他。理所當然地，老闆早已聽說這場風波，大概是總編告訴他的吧。

「我會先幫你把桌子四周可以拿來砸人的東西全部撤掉。」

離三點還有十分鐘，我前往「睡蓮」，在老闆隆重放上「預約席」牌子的卡座坐下。

十五分鐘後，我依然獨自枯坐。

三十分鐘後也是。

四十五分鐘後還是。

過了一個小時，老闆過來替我換上新的咖啡。

「她沒來耶。」

我早已料到。原田泉若不是遲到很久，就是放我鴿子。

想必她渴望掌握主導權。她想把我（和我所代表的編輯部）耍得團團轉，想惹火我們，讓我們憂心，想把我們吊在半空中處於不安狀態。

因爲，她自己就是這樣。她被自己引起的現實狀態操弄，因而憤怒不安、心頭七上八下。她爲此感到氣憤，所以才想把這些情緒丟給我們，好讓我們也受苦。

而我，漸漸明白原田泉這個惹禍精的心態了。我想，無論任何事，她大概都不期望解決。問題一直在發生，有人跟她牽扯不清，爲之憂心憤怒，向她低頭道歉——這種狀態恐怕才是她所要的吧。她主動打來又掛斷，就是最好的表徵。

那麼，站在我的立場，就得採取行動斷絕她的期待。爲了製造她放我鴿子、不願出面跟我談判的「實際成果」，我才故意等這麼久的。而且只要有必要，同樣的事情就算要我重複幾百遍都行。

等到地基打穩了，到時只要告訴她，「我不會再理妳」就行了。

結果，我等到傍晚六點，喝了三杯咖啡，把買了快一個月卻一直苦惱看不完的那本經營書幾乎看完了。

今天就到此爲止吧，起身離席時手機響了。果然，是原田泉打來的。

我是杉村，我說。她不發一語。我掛斷電話。然後，她立刻又打來。

「我是杉村。原田小姐，出了什麼事嗎？妳沒有來。」

不是我多心，我眞的聽見偷笑聲。

「我臨時有事不方便。」

「這樣嗎？既然如此，妳應該早點通知我才對，害我等到現在。」

「啊？你還在店裡嗎？」

她顯然很高興。

「我還以爲你已經回辦公室了呢。」

「這個約會很重要，所以我一直在等妳。」

我的腦海浮現她的面孔，想必她得意萬分。

「我們重新約個時間吧。」我公事公辦地繼續說道，聲音聽起來應該不氣惱也不煩躁。我也的確如此，反而還得忍住不露出苦笑。

「我明天沒空，如果約後天上午倒是有時間。你可以嗎？」

輕而易舉就約好了後天上午十點見面。那是因爲原田泉壓根兒不打算赴約，我也心知肚明。下次的見面地點改在別家咖啡店，在公司附近，同樣也是她熟知的店。

那天她還是沒來，我等了四個小時，正要離去時手機響了。

「我身體不舒服……」

她愉快地找理由解釋。

我們再次約定時間和地點，又換了一家咖啡店。

那天她依然沒來，這次我硬撐了五個小時，這已經是最長紀錄了。才剛付錢結帳，手機又響了，我早有預期，所以把手機拿出來等著。

「原田小姐。」我不慌不忙地喊她，「今天妳也沒來。」

她愉快地開始找藉口。「我臨時有事，所以……」

我語氣不變地喝斥她。「不，妳不用解釋了。這次已經是會談第三次流產。從第一次約定見面，到今天正好十天。站在我的立場，只能判斷跟妳已經沒什麼好談的了。」

她原本婉轉愉悅的聲音，頓時失控破嗓。「你、你這什麼意思！等一下，你這是什麼態度！」

我淡淡地把該說的告訴她。

「過去三次約會，不管妳有什麼原因，既然當天有事不能來，只要立刻通知我一聲，我也不用浪費時間枯等。可是，看來妳並沒有這個想法，妳本來就不打算坐下來好好談吧。」

「是誰這麼說的？」

「根據之前的經驗，我不得不這麼判斷。」

「你太自作主張了。我……」

「我已經努力尊重妳的意見和主張，也等妳等得夠久了，我認爲我已經仁至義盡。」

「仁至義盡個屁！你倒是說說看你做了什麼!?」

「我會寫一份報告交給會長，到時候會長自有裁決。再見！」

我掛斷電話，順便關機。經營這家咖啡店的老夫婦，憂心忡忡地看著我。這裡和「睡蓮」一樣，都是我視若珍寶的店家，每日午餐便宜又好吃。

「眞不好意思。」

我笑著鞠個躬。我已事先向老夫婦解釋原委，萬一將來眞有必要，他們可以替我證明我的確在這裡等了好幾個小時。我在上次那家咖啡店也做了同樣的事前準備，至於「睡蓮」更不用說了。

「這樣正好讓我可以順利完成工作。」

我把電腦和原稿還有校正稿全都帶來了。

「沒問題吧！」

「是的，請放心。」

「不，我們是無所謂啦。」老先生慌忙說，「辛苦你了。」

那天晚上回到家，我就翻出手機使用說明書，心想可以設定拒接來電號碼。但我一看到這種機器使用說明就頭暈，妻子比較厲害，最後還是請她幫我設定，順便把事情經過告訴她。

「眞是辛苦你了。」

「也不會啦。反正打一開始就知道會空等一場，所以我做自己的工作就行了。」

「可是，還是得跟她正面對決一次吧？你向來不擅長做這種事。」

「那是在電話裡，因爲看不到臉。」

「只怕她不肯善罷干休。」妻子滿臉憂心。「就算設定拒接來電，原田小姐如果打公用電話，還是打得通。」

「到時候，我會斷然表示跟她沒話好說。」

「你眞的要交給父親決定？」

「我會呈交報告，和他商量看看。不管怎樣，我也只能這樣做了。」

比起這種話題，還有更重要的事，那就是搬家。這個星期六終於要搬家了。我們已請搬家公司來看過，家中的紙箱堆得一天比一天多。雖然我們選的是所謂的「統包型」服務，所有家當都交給搬家公司代爲打包裝箱，不過還是有些東西需要自己收拾。

「根據氣象預報說，星期六是晴時多雲的天氣。總之，只要不下雨就好了。」

妻子一副幹勁十足的模樣，表情就像期待運動會來臨的小朋友。

「菜穗子小姐，」我故意耍寶，以客氣的語氣說，「請別忘了您的心臟不好。」

妻子咯咯笑。她從小就體弱多病，稍微一點小感冒也會體力不支，好幾次都在鬼門關徘徊，費了七年光陰才從小學畢業，國中和高中的體育課也一律在旁邊見習，大學甚至不得不中途輟學。對這樣的女子來說，這已是極爲健康的笑聲了。

所以我才擔心。等到在新家安頓下來，亢奮冷卻之後，說不定她會臥床好一陣子。

「放心。我好歹也是一家的主婦，包在我身上。」她自己倒是意氣昂揚。

翌日，我抱著必死的決心寫好要給岳父的報告書，交給「冰山女王」。原田泉並未跑來集團廣報室的編輯室找麻煩，也沒有打電話。或許她自己也正咀嚼著這次的戰略性失敗。至少，我希望她是個還有這點智慧的女人。

快下班時，「冰山女王」打內線電話進來。

「關於那份報告書，會長交代我轉告杉村先生一句話。」

回覆來得很快，我洗耳恭聽。

「會長的意思是請你先暫時觀望一陣子。」

「知道了。」

「杉村先生，其實會長是這麼說的——少管閒事。」
我忍不住笑了。「冰山女王」的聲音頓時又冷了五度。
「不知道這個指示是關於什麼事情。秘書室好像也該先了解一下吧。」
「不，我想應該沒那個必要，除非會長交代。」
我就算膽子再大，也不敢回她「少管閒事」。
星期六幸好是個晴天，搬家公司派了很多工人過來，岳父和大舅子家的女傭也來幫忙，因而人手甚至嫌多。但妻子還是英勇地帶頭指揮，可惜兩、三下就累壞了，剩下的工作只好任由大家處理。
桃子一早就興奮得又蹦又跳，我還得滿頭大汗地管住她。她年紀雖小，畢竟和這個即將離開的舊房子也有感情，對於新家和自己的新房間，則是抱著喜悅與好奇。這次搬家，是她這短短五年的人生中，感情起伏最劇烈的一場盛會。
星期天又忙了一整天，總算暫時讓紙箱從新家消失，該收的都收起來了，廚房和浴室也可以使用了。妻子和我學習怎麼設定保全裝置，爲了怕忘記密碼，還各自找個地方寫下來。
「不過，眞正累的還在後頭呢。」
一邊滿足地環視屋內，一邊摩拳擦掌地把袖子重新捲起的妻子，到了半夜就發燒了。我很快便記住附近便利商店的地點，就在我去買了冰塊之後。

6

星期一的早上很忙碌，我打電話告知園田總編會晚點進辦公室，然後把桃子送去幼稚園，返家之後再帶妻子去醫院。那是一家財政名人與藝人常去的私立醫院，設備豪華，氣氛也很明朗。我事前打過電話向妻子的主治醫師預約，因此並沒有等太久，但爲了謹愼起見做了各項檢查，最後還是耗到中午。

「大概是搬家太累了吧。」

看完病把妻子送回家，交給女傭照顧後我才去上班。一進辦公室，總編劈頭就調侃我：「照顧會長的小寶貝還眞辛苦。」「怎麼樣，沒事嗎？大小姐向來心臟不好吧。」

「嗯，不過這次不是那方面的問題，只是太累了。今早已經退燒了。」

「你有沒有給她喝點提神飲料？啊，那種低俗的東西人家看不上眼吧。傷腦筋耶。」

是啊，的確傷腦筋，我苦笑著附和。

桌上有三張給我的留言，兩張和工作有關，一張是私事，私事那通電話是上午十一點三十分打來的，來電者是「桑田的窪田喜代子女士」，是長我三歲的姊姊。

桑田是山梨縣內的小鎭，也是我的故鄉。姊姊在那裡當小學母親。

姊夫窪田在國中當教務主任。桑田是個小地方，小學和國中各只有一所，所以姊姊和姊夫認識鎮上的每一個孩子，對他們瞭若指掌。姊姊雖然沒生小孩，相對的，卻是鎮上所有小孩的母親。

依姊姊的個性，一定是打來問我搬家的情況吧。有趣的是，即便和我「斷絕關係」的父母，偶爾還是會不甘願地打電話到我家，可是沒跟我斷絕關係的兄姊，反而總是打公司的電話或手機找我，絕不會打去家裡。

不，我哥和我姊，或許就是爲了維持與我的手足關係，才不得不忽視弟弟娶的那位門不當戶不對的千金小姐吧。

我把留言貼在顯眼處，打算找時間回電。不久，我哥也打來了，聊了一下搬家的事，我沒提起菜穗子病倒。

因爲不放心原田泉的動向，我極力避免外出，刻意留在編輯部。

在出版界，據說「總編」就是「接線生」的別稱。四處採訪是部下的工作，總編的工作就是鎮守編輯部，這一點對社內報也一樣。所以這一週，在情勢所逼之下，我和總編單獨相處的機會多了起來。

這時候，她總會問起原田泉的事，問我後續的情況。

我把前段種種省略，只告訴總編我曾試著和她會面，但三次都被她放鴿子，所以不再管她了。順便補上我樂觀的預期——應該就此風平浪靜吧。

「眞是個怪人。」

「是啊，的確很怪。」

「還眞的被杉村先生猜中了。」
「猜中什麼？」
「對她來說，惹出問題、有人跟她牽扯不清，才是她想要的狀態。」
「喔，是啊。」
「她一定很寂寞。」總編流露出少女的眼神，如此說道。
「如果不鬧點事，她就寂寞得受不了。」
「假如要這麼說，其實大家都一樣。每天的生活不就是如此嗎？」
「嗯，可是，她就是受不了。她覺得自己的人生不該這麼無趣。」
「原田小姐應該沒有那麼高尙的想法吧。」
「不，她就是這麼想。」說著，總編笑了。「杉村先生過的是一點也不無趣的生活，所以大概無法體會吧。」
即便只有我們兩人，總編依然不改她那半開玩笑的揶揄和毒舌，但也只有兩人獨處時才會說出這種話。
「我的人生看起來眞有那麼高潮迭起嗎？」
「那當然，非常戲劇化。」
「因爲我娶到千金小姐？」
「對對對。」
「可是一旦關起門來，過的生活還不是都一樣。」

「我想也是。可是……」她想了一下歪起腦袋。「我覺得原田小姐應該不知道你的事，我是指你是會長女婿這件事。」

大概吧。

「她跟誰都不熟，想必也沒機會聽到小道消息。只要我不說，她應該不知道。」

「那你要不要跟她說說看？告訴她其實你很有權力，惹火你就要倒大楣了。」

「我可沒那個權力……」我正經地再次提醒她。「不過這樣只會造成反效果吧。要是知道我可以直接見到會長，恐怕她會鬧得更凶。她太情緒化了。」

「難說喔。嗯……」

才看她在沉吟，沒想到突然冒出一句「對不起」。

「怎麼了？」

「把燙手山芋丟給你。」

然後，她起身說要去上廁所，就這麼結束話題。

那天下班時，谷垣先生叫住我。

「要不要去喝一杯？」

我很驚訝，當下就答應了。

我進入今多財團（也就是這個集團廣報室）已經八年了，除了歡送會、迎新會和尾牙聚餐，和同事相約去喝酒的次數屈指可數。首先，不可能有人主動約我。這也難怪，誰會去邀會長的女婿？和一個不能發公司牢騷的對象一起喝酒有什麼樂趣？

集團廣報室，其實是一個人事調動非常頻繁的地方。成立以來，一直沒調動過的只有園田總編和我。

最大的原因，是因爲大家都認定這裡是「會長的祕密警察組織」，是直接聽命於會長的間諜。當初成立時就有這樣的傳聞流竄，這種印象至今仍深植人心。

沒有人會自願調來這種單位，如果眞的有，人事部反而不會讓他得逞，因爲難保這種人在打什麼主意。

實際上，想必很多員工看了我們八年來出版的「藍天」後，應該也已體認到，「啊，這些人根本不是什麼間諜嘛。」但，今多財團太大了，員工人數龐大，一開始的負面印象太鮮明，最重要的是，「直接隸屬會長室」這個頭銜還是太猛，因而至今我們依舊是「祕密警察」。

最好的證據，就是我知道某些人私下謠傳「園田瑛子是會長的情婦」。她自己也知道，因爲，這個謠言就是她告訴我的。

那時，園田總編還告訴我，她和當時的上司約好「只做五年」，才會答應接下這個職務。

「五年後就把我調回人事部的研修組，最後大概會去資料室或社史編纂室養老，如果到時我還沒辭職的話。」

以五年爲期，是因爲要把「藍天」做出一番規模至少需要這麼長的時間。至於爲何會看上她呢？

「這是我上司說的，可不是我自吹自擂喔。據說是因爲我口風緊，還有，雖然以前學的早就忘光了，但我好歹也是大學新聞系畢業的。」

五年後，她主動跑去找會長，說期限已經到了，卻被繼續留任，就這麼待到現在。

「大概是沒有人願意接手吧。想接手的人又太危險了，所以也不行。」

園田小姐是最佳人選，我說。她笑了，說那是因爲她沒什麼損失。

「就算謠傳我是會長的情婦，我既沒虧到也沒賺到。會長當然也是如此。只要表示驚訝一下當作笑話聽聽就算了。我這種人才，在這種大型組織其實不多。」

這一點也可以套用在編輯部的其他成員身上，所以會派來集團廣報室的，要不是加西這種小伙子，就是谷垣先生這種即將屆齡退休的老兵。新兵一旦在這裡理解今多財團的全貌後，立刻會被調到其他單位，老兵則是依序退休。

很和平。但，就算再怎麼與世無爭，這裡畢竟是職場，即便被外人視爲「祕密警察」的同仁，也不可能想找會長女婿這個「祕密警察中的祕密警察」剖心置腹地把酒言歡。

唯有加西另當別論。他不是因爲我是會長女婿才不跟我來往，而是打從一開始就沒有和公司主管（我好歹也算是）喝酒的念頭，就像時下的年輕人，交情僅限於上班時間。

谷垣先生提議到一家「他常去的店」，便把我帶去一家居酒屋。那是位於新橋車站後巷，瀰漫著串烤香味的小店。和店主隨意打聲招呼後，他就一臉熟稔地往吧台最裡面的位子坐下。我不禁想起以前和出版社同事常去的居酒屋。

「這種店你很少來吧？」

谷垣先生一邊拿起小毛巾擦臉，一邊問我。我也邊用小毛巾邊點頭。

「對啊，眞令人懷念。以前倒是常泡在這種店。」

「你現在要顧慮的比較多嘛。」

不是「顧忌比較多嗎」，而是「顧忌比較多嘛」。我只能不置可否地曖昧一笑。

小菜送了上來，我拿了生啤酒。谷垣先生明年三月底就要退休了。接下來，他講了半天在集團廣報室之前待過的職場，是財團主業——物流部門的營業處，等於是最前線。

「這大概就是所謂的丈八燈台照遠不照近吧。」我說。「應該採訪谷垣先生，寫篇報導才對。這篇報導就交給我吧。」

「不不不，不敢當。我這種上班族生涯根本是平凡無奇。」

谷垣先生害羞地頻頻搖手。雖然很快就從啤酒改喝起燒酒，不過喝的其實不多，他卻已滿面通紅。

「雖然是平凡人生，可是一旦離開公司，還是會有那麼一些感慨湧上心頭，連我自己都覺得意外。」

他用力嚼著烤軟骨說道。谷垣先生推薦的果然沒錯，串烤美味得驚人，不過他現在咀嚼的，想必不止是軟骨吧。

「那當然。你在公司待了幾年？」

「三十七年。」他想也不想地回答。「高中一畢業就進公司了。起先那四、五年在倉庫，負責檢查生產線，整天跑來跑去。考取叉式升降機的執照時，我好高興，覺得自己總算出師了。」

我不時點頭附和，專心傾聽。

「後來就一直待在第一線，過了四十歲以後才調去做業務。當時編制整個大改組，我適應不良，熬得很辛苦，人家叫我去拉客戶，我根本不知道該怎麼拉；人家叫我衝業績，我也不知道該怎麼做。別說是如墜五里霧中了，簡直是五十里霧中。捅了一大堆紕漏，到現在回想起來還是恨不得挖個地洞躲起來。」

就連過去的失敗，一旦成為回憶，頓時也變得溫暖愉快。可是笑得越歡，喝得越醉，谷垣先生看起來反而越寂寞。

兩個小時以後，谷垣先生的那瓶燒酒只剩下一半，他突然眨眨眼，倏地坐正。

「對不起，今天邀你喝酒並不是為了讓你聽老頭子的回憶。」

「別這麼說，我很開心能聽到這麼動人的故事。」

「呃，該怎麼說……」他開始有點大舌頭了。「我馬上就要退休了。」

這些年來謝謝你的照顧，說著，他突然向我鞠躬。

「千萬別這麼說，我才該感謝你的照顧。」

「不不不，我在集團廣報室是個廢物，這一點我很清楚，雖然掛著副總編的頭銜，其實只是個虛名。」

我很感謝你，說著他再次行禮。

「公司把我這個小毛頭變成大人，還讓我討了老婆、生了孩子，也買了房子，現在連孫子都有了。快要退休之前，還弄個副總編的頭銜讓我風風光光下台，我很感激。就算離開公司，會長的大恩也永難忘懷。我內人也這麼說。」

我默默笑著。

「我是不是拖累了大家？」
「啊？怎麼說？」
「我是說在編輯部。因爲我根本不會編輯社內報。」
「你不是做得很好嗎!?」
谷垣先生露出醉漢特有的遲緩卻認眞的表情。
「那個……，原田小姐她啊，」
「啊，是。」
「後來，沒事了嗎？」
原來他在擔心那件事啊。
「公司對我有大恩大德，最後還讓我調來直屬會長室的單位，如果這時候給會長惹出麻煩，那我非切腹自殺不可。眞的沒事嗎？那個人應該抱怨過我吧。」
我的心頭一緊，同時，也後知後覺地暗嘆岳父眞是慧眼獨具。他把原田泉寄的信交給我，嚴格命令我不能讓園田和谷垣知道。因爲岳父早就知道，像谷垣先生這種一輩子對公司忠心耿耿的員工，聽到那種惡意中傷會被傷得多重。
甚至不惜切腹。
「沒事的，你不用擔心。」
我拍拍谷垣先生的肩。就算有事，我也一定會讓它沒事——我在心中暗自發誓。
「而且谷垣先生，你從剛才就一直聊退休的事，其實距離你退休還有將近四個月，『藍天』還要出刊四次，得靠你好好加油呢。」
是，我一定盡力，谷垣先生回答。然後又說了一次，我一定全力以赴。
「杉村先生啊，杉村先生。那麼，你就當作是順便聽一個老頭子囉唆。」
「是。」
「我們總編園田小姐，她那個人，嘴巴很壞。」
不不不，她對我們倒是不會啦，他慌忙又補充說道。
「可是對杉村先生，她每次講話都很毒吧，動不動就虧你是女婿大人。」
「那是開玩笑的啦。」
「就算是開玩笑，也該有個分寸。杉村先生，你一定很生氣吧。」
「谷垣先生，你在替我擔心嗎？」
「我啊，把杉村先生當成好同事。眞的，我眞的只有這麼想，不管你是娶了會長的千金還是怎樣，在職場上都毫不相干。」
「謝謝。」
這不是表面話。我眞的很高興聽到他這麼說，就算不是眞的，至少他肯這麼說。
「可是園田小姐，她很在意這個。她們女職員，可能還是跟我們不一樣吧。」
園田瑛子更在意的，或許是被谷垣先生喊成「女職員」，我暗忖。
「那樣不好，對會長也很失禮。你不覺得嗎？杉村先生。」
「總編她……」

「但是請你別生氣，拜託。」
谷垣先生根本不聽我的回答，逕自滔滔不絕。
「園田小姐她啊，也沒有結婚，生活裡就只有工作，命都賣給公司了。這一點雖然跟我們一樣，但是女職員如果把命賣給公司，會比男人更寂寞。萬一哪天被公司開除了，就眞的一點辦法都沒有了。」
想必總編對這一點也有異議吧，但我讓腦海中的園田瑛子暫時閉嘴，繼續洗耳恭聽。
「杉村先生或許不知道，她呀，到處宣傳說自己是會長的情婦。」
我本來想告訴他其實不是那樣，想想還是算了。
「這件事很多人都知道。我覺得她那樣眞的很不好，這關係到會長的名譽。可是，流言終歸是流言，誰也無法當面追問，你說是吧？所以，她對杉村先生特別苛刻，大概是想讓人家覺得她可以跟你平起平坐吧。」
其實她不是壞女孩，他喃喃說。說到最後已經變成「女孩」了。
「請你別生氣。我想，她應該也快調走了，到時候杉村先生就會升爲總編，你現在就忍耐一下吧。」
我們再喝吧，谷垣先生說著又開始調燒酒，也替我倒了一杯。大概意味著這個話題已經結束了吧。
其實我本來可以就此打住。但，爲了我腦海中的園田瑛子，還是想替她說句話，於是我說：
「總編八成是爲了我，才故意那樣做吧，我想。」

「啥？」

「既然無法隱瞞我身爲會長女婿的身分，若是她先帶頭拿我當話題的話，其他員工就不好再說什麼了。她是因爲這樣才故意扮壞人的。」

谷垣先生失焦的眼睛茫然看著空中，想了一想後展顏一笑。他頻頻拍打我的背，然後輕撫著說：「杉村先生眞善良。你啊，是個好人，眞的是大好人，會長有一個好女婿呢。喝吧，喝吧。」

喝吧，喝吧，我也這麼說著，大口喝下。

喝醉的谷垣先生並沒有拖拖拉拉地賴著不走，快到最後一班電車的時間就規矩地放下酒杯，帳也是他付的，我只好讓他請客，因爲這裡是谷垣先生的地盤。

我送他到新橋車站的剪票口，在那裡分手。谷垣先生走過車站大廳的背影好小，只見灰樸樸的西裝和公事包。

看了一會兒，我忽然想起家鄉的父親。父親不是上班族，這兩人在形象上毫無共通點。可是，卻令我驀然想起了父親。

7

翌日，我帶著宿醉，昏昏沉沉地一走進辦公室，就發現物流倉儲的黑井寄了郵件過來。

上週，我把他的訪談原稿寄去，請他過目審核，沒想到這麼快就寄回來了。打開一看，內容幾乎完全沒改，倒是附了一封很客氣的信，信上說他很榮幸訪談能刊登在「藍天」上，還請多多指教。

附帶一筆——

「上次，跟你見面時不巧家裡打電話過來，令我很不好意思。後來小女換了一家醫院，換了主治醫師後，治療方法和用藥也隨之改變，也許因此而奏效吧，病情現已穩定下來。不過內人依然憂心不已，戰鬥仍在繼續。」

我彷彿聽到了黑井說話的聲音。如果這是採訪原稿，末尾想必會加上一個（笑）字。

只見谷垣先生若無其事地開始工作，我卻整個上午都處於行屍走肉狀態。薑果然是老的辣，我猛灌咖啡，勉強打起精神。

下午，我窩在電腦前，和據說更新後已追加新功能的排版軟體苦戰。我不禁不爭氣地想，要是椎名妹在就好了。

同事通知有客人來訪時，已經過了三點。抬頭一看，編輯部門口，站著身穿高中制服的古屋美知香，我們四目相對。少女欠身行以一禮。

一時之間，我轉了很多念頭，但是最後還是帶她去「睡蓮」。幸好總編不在位子上，不用找藉口開溜。

我們坐在和上次相同的卡座。她坐在上次她母親坐的位子，她把叮叮噹噹掛了一大串裝飾品的深藍色大書包放在身旁，面無表情，一逕默然。嘴唇上塗的護唇膏，在窗口射入的陽光下淺淺發光。

「妳好。」

明知很蠢，我還是這麼開口打破僵局。滿臉好奇的老闆，送來我的咖啡和她的紅茶，死都不理我頻頻拋去的眼色。

「對不起。」美知香小聲說。「貿然跑來之後，我才想到，應該先打個電話的，因爲你正在上班。」

「沒關係，我只是有點驚訝。」

我自認爲和顏悅色。

「我聽我媽說了。」

「嗯。」

「你勸我寫點東西。」

「嗯。」

是爲了妳外公的事吧，我說。美知香垂眼點點頭。

「我向來不擅長寫作文。」

「是嗎？」

「我想寫寫看，卻不知該怎麼寫。」

「這樣啊。」

越來越蠢了。

「我跟小海商量過，可是她也不擅長寫作。」

「小海？」
「啊，就是陪我一起去北見先生家的那個朋友。」
「噢，木野同學啊。聽說妳們感情很好。」
「她的名字叫做『海』，木野海。很怪吧？」
她終於肯抬眼。我對她一笑。
「是她爸媽喜歡海嗎？」
「聽說是因爲姓氏已經有樹木和草原了，所以再加上海洋。」
然後世界就此成立。
「其實她的『海』按照訓讀應該唸成『umi』，可是按照音讀唸成『kai』比較順口，所以大家都這麼喊她。」
「這是個好名字。不過妳的名字也很美。」
美知香又把頭低下。然後，突然「啊」了一聲。
「對了，寫這樣的事就行了吧。」
「嗯？」
「美知香是外公替我取的名字。起先是用平假名拼成michika，後來被我媽改成漢字。」
「原來是這樣。」我點點頭。「是啊，只要想到類似的事時隨手寫下來就可以了。如果覺得難受或傷心，趕快停筆不要硬撐，等到哪天又想寫了，再把想到的寫下來。很簡單的。」
「那個請杉村先生幫忙出書的女人，也是這麼做嗎？」

「後來書沒有出版。不過，她寫的就是類似這些。」
「聽說那女人失去了父親。」
「嗯，她父親是被車撞死，對方肇事逃逸。」
「就是有這種人，就是有這種事。我本來還以爲只有我們才會遇上。」
她小聲嘀咕，一邊用右手抓左手手背。她的指甲修剪得很整齊。
「這是非常不幸、可悲又沒天理的事。」我刻意鄭重地說道。
「周遭的人，只能說一聲請節哀順變。想想眞沒用。只能說我知道妳很難過。這種話妳已經聽膩了吧。」
意外的是，美知香竟然微笑了一下。
「不過，大家都很好心，拼命安慰我。」
「看來妳交到了好朋友。」
「可惜，大家都不會寫文章。」
這次我也笑了。
「傷腦筋。」
「妳試著和老師商量過嗎？」
美知香像要甩去什麼似地用力搖頭。
「我討厭老師。」
我只回了一句是嗎，沒問原因。高中女生討厭老師的理由，從正當的到不正當的，至少比煩惱的數目多吧。

「所以我才來請教杉村先生。」對不起，說著，她再次鞠躬。「我很厚臉皮吧。」

「一點也不，這本來就是我建議妳母親的。我跟她說過，如果幫得上忙請儘管吩咐。」

「把你的好意當眞就是厚臉皮。」她非常認眞地頂回來。「如果是我媽一定會這麼說，她會說這種話只是客套。」

「妳母親在競爭激烈的商場努力奮鬥，對事物的看法自然比較愼重，那並非壞事。我認爲那是一種很了不起的處世態度。」

美知香沒回答，但是光看表情，就已充分表達出她對母親的反感。看到她的眉毛挑起，我才發覺，原來這女孩並沒有畫眉，是渾然天成的端整眉型。

「起先，我也想過，是不是該去找北見先生。」美知香說著聳聳肩。「這樣三顧茅廬的話，說不定他會答應我的委託。」

可惜那個人住院了，她說。我瞿然一驚。

「北見先生哪裡不舒服嗎？」

初次見面時，他給我的印象是「宛如病人」，看來我的直覺果然沒錯。

「是癌症，肝癌。」

「這樣啊……」

「兩、三年前就開過一次刀，可是又惡化了，好像是上週末吧，已經住院了。是小海告訴我的。」

「聽說他們住在同一個社區。」

「小海的爸媽是社區管委會的委員，所以和北見先生很熟，聽說北見先生剛搬來時，大家都防著他，因爲他是個奇怪的單身漢，又看不出到底是做哪一行的。」

唉，這也難怪。

「可是觀察一陣子之後，發現他不是可疑人物，也知道他生病，而且不久人世了。」

我的腦海裡浮現那張溫和體貼、唯有視線格外尖銳的面孔。

「他自己應該也知道吧。」

「對，北見先生沒有家人，他離婚了。醫生大概也只能告訴他本人吧。」

「聽說他以前是警察。」

「對啊，他辭去警職後，說要當私家偵探，所以老婆才會離開他，還把小孩也帶走了。」

北見先生一個人很孤單，她說。語氣中隱含著同病相憐的共鳴。

「他之前雖然也在醫院進進出出，可是小海的媽媽說，這次恐怕眞的不行了。」

「聽了眞教人難過。」

「北見先生已經看破紅塵了。」

從高中女生的口中，突然冒出這麼古意盎然的字眼。

「聽說他已經有心理準備了。」

這八成也是小海媽媽的觀察吧。我決定言歸正傳。

「關於妳的『作文』，如果不嫌棄，我可以幫忙。」

「眞的可以嗎？」她並未流露喜色，只是淡淡地說道。

「嗯，妳想讓我怎麼幫？」

「我寫好的東西，你可以幫我看嗎？如果有奇怪的地方，請你告訴我。」

換言之，她現在應該不是「寫不出來」，而是覺得「雖然寫了，但怎麼看都很拙劣」，所以才感到困擾吧。如此說來……

「可以。不過，妳是爲了自己而寫，其實，就算寫得怪也不用在意。」

「我想貼在網頁上。」

果然，她打算給別人看。

「我建議妳母親的，是讓妳試著抒發心聲，純粹只是書寫。」我盡量柔聲說，以免讓她覺得我在罵人。「如果給別人看，乃至在網路上公開，到時候又會出現另一種痛苦喔。」

「反正現在也一樣痛苦，我不在乎。」

她的回答像網球的空中截擊般既快又狠。

「犯人說不定也會看到。我想那個人一定會看，所以，我想好好寫。」

我放個高球，瞄準網球場的最後方。

「妳說的網頁，是準備要架設嗎？」

「我和小海正在弄。」

「上面都寫些什麼？」

「日記，類似交換日記。」

「有留言板嗎？」

「那個太麻煩了我沒弄，不過等我把外公的事寫出來，打算弄一個，或許可以收集情報。」

我交抱雙臂，不置可否地發出沉吟。

「收集到重大情報的可能性，我認爲相當低，說不定還會被人搗亂。難道不能只利用電子信箱嗎？」

「我現在也用電子信箱。」

「那麼，維持現狀就好了。至於交換日記妳有什麼打算？還是要維持下去嗎？」

「不知道，到時候看著辦吧。」

我開始後悔了，眞不該隨便出餿主意。

「妳打算寫出外公的事，放在網頁上。妳決定這麼做，跟妳母親說過嗎？」

霎時，美知香白皙的臉頰掠過怒氣。

「非告訴她不可嗎？」

「妳不覺得瞞著她不太好？」

「爲什麼？」

「畢竟那也是妳母親的父親。」

「她早就把外公忘了。」

她的怒氣更深了，不是在生我的氣，她氣的是她母親。

「她沒忘。這可不是我亂猜的，我跟妳母親談過。」

「她還接受什麼心理治療。」

「那不是壞事，是妳母親用來熬過痛苦的方法。」

美知香抿緊嘴巴不語。

「聽說妳母親也勸妳接受同一位心理醫生的治療。妳不考慮看看嗎？」

「我死都不去！」

這一次不是空中截擊，是弓箭槍的箭矢。

當我正在苦思該怎樣避免直接問理由來詢問她爲何如此排斥之際，第二箭已經射來。

「她才不是自己這麼想的，她只是乖乖聽人家的。」

「妳母親嗎？」

「對。」

「聽誰的？」

「她的男人。」

我瞠目結舌。美知香露出誇耀勝利的眼神。

「你不知道吧，就是這麼回事。」

關於古屋家的家庭成員，我並不清楚。遇害的古屋明俊、女兒曉子，以及外孫女美知香。除了他們三人之外，我不知道是否還有其他成員。

美知香敏銳地看出我的困惑。「我媽，是未婚媽媽。」

我益發像個傻瓜般猛點頭。

「我沒看過我爸。小時候，我還以爲自己是混血兒，因爲我以爲我媽的情人是同事，可是我錯了，對方好像是她在別的地方認識的。她現在的男朋友是外國人。」

「啊，是公司的人？」

「她的上司。」

說到這裡才想起，古屋曉子的對話中，的確出現過「和上司商量」這樣的說詞。

「我猜她很想再婚，其實想嫁就嫁嘛，反正對方也離過婚，目前單身。如果他們眞想結婚，隨時都可以。」

之所以沒有再婚是爲了妳吧——我沒有冒出這種成年人的愚蠢台詞，只是緊閉著嘴。

「那，妳家只有三個人？」

「是的。」

「妳外婆……」

「外公離婚了。外婆在我媽很小的時候離家出走了，聽說在外面有了男人，外公一個人把我媽撫養長大，眞的吃了很多苦。」

美知香的怒意中，攙雜著強烈的悲哀。那不是自己的悲哀，而是外公被辛苦養大的女兒輕易遺忘的悲哀。

那純粹只是美知香的假想。不過，就算是假想，對她來說也是眞的。這下子越來越麻煩了。

「妳外婆還健在嗎？」

「她有來參加喪禮，跟她老公一起。我媽太久沒見她了，一時之間好像還認不出來。」

這個回答不用多問也已表明了一切。

「就是因爲有那樣的外婆，才會有這種媽媽。奇怪，這是遺傳嗎？我們家的女人眞是傷腦筋。」

我忍不住笑了，邊笑邊道歉：「對不起。我不是在笑你們家。」

「有什麼不對嗎？」美知香一臉不可思議地猛眨眼。

「我剛剛才跟別人聊過所謂的戲劇化人生，所以忽然想到。」

這下子美知香更糊塗了。這也難怪。

「說到戲劇化，被那樣殺害才是最戲劇化的。」

我的笑意消失。不管是基於什麼意味而笑，現在都不適當。

「警察眞笨，又不負責任，什麼都不做。」

美知香嘟起嘴，再次顯露出憤怒與悲哀，這種悲哀是眞實的。

「所以妳才會起意去委託北見先生。」

美知香咬唇點點頭。

「況且我也不希望我媽被警方懷疑。」

古屋曉子說過，美知香被警方盤問了半天。嗯，我聽說了，我簡短地說。

「如果委託北見先生，我想他一定會很公正地幫我調查，因爲他沒有偏見。」

「警方有偏見？」

「對呀，要不然怎麼會懷疑我媽。」

我鬆了一口氣。本來還在擔心如果連美知香都懷疑她母親該怎麼辦，同時也有點高興，這女孩其實是想替母親洗刷冤屈。

「我媽的男朋友是美國人，那個國家的人動不動就喜歡打官司，對吧？所以他說要聘請律師，控告警方破壞名譽。也不想想那一套在日本根本不管用。」

「是啊，妳母親也說過，警方好像不肯透露偵辦的進展。」

「一點都不透露。」

「所以妳更痛苦。」

我不甘心，美知香說道。這句簡單的話，聽起來強烈得幾乎令人窒息。

「那麼，我看這麼辦吧。」我啪地兩手一拍。「妳來寫，寫好了就用電子郵件寄給我。當然沒有交稿期限，如果妳改變心意，不想給我看也沒關係，也不用把妳寫的全部給我。我會把我的意見告訴妳，要不要採用隨妳。我們先這樣進行一陣子，至於貼在網頁上的事，暫時先保留。」

美知香發出不滿的抗議。

「對不起，不這樣做的話，我沒辦法答應。妳沒有切身經驗所以不怪妳，但是老實說，把自己寫的東西公諸於世，其實是很可怕的。」

「其實我之前也一直在日記裡提到外公的事。」

「那和特意寫給犯人看是兩回事。」

憤恨地睇眼的美知香，和我大眼瞪小眼，最後我贏了。薑是老的辣。美知香拿起杯子，大口喝著冷掉的紅茶。

她用力把杯子鏗然放回碟子上。然後，下定決心似地抬頭，傾身向前。

「我是真的對犯人……」

就在這時，窗外的近處忽然有東西閃了一下，我和美知香把目光轉向那兒。

我不敢相信自己看到了什麼。隔著窗子，在灌木叢彼端的步道上，正站著舉起拍立得相機的原田泉。

「啥？」美知香發出愕然的疑問。「那是幹嘛？」

原田泉的視線跟我一對上，便得意地冷然一笑，然後猛地轉身，拔腿就逃。

我無法理解剛才發生的事，只能木然呆坐。搞什麼鬼？那女人做了什麼？她拍了照片呢。

「杉村先生認識那個人嗎？」

美知香問，看著一臉呆然的我，不知該說是觀察力敏銳還是憑直覺，她的臉上開始浮現了然的神色。

「呃，那個人該不會是杉村先生的太太吧？」

我還在發愣。「啊？不，完全不是，她是我的部下。不，是以前的部下。」

笨蛋的二次方是笨蛋，笨蛋的平方根也是笨蛋。我說了一個無可救藥的愚蠢答案。

「以前的部下。只是以前的部下嗎？」美知香像唱歌似地問道。

「一個以前的普通部下，居然在咖啡店外面埋伏偷拍，然後冷笑著逃走。拍的還是杉村先生和高中女生獨處的照片。這該怎麼解釋呢？狀況很不妙吧！」

美知香理解的速度比我還快，她在暗示什麼？

「不妙？什麼事不妙？」

「被毫不知情的人看到了，恐怕不妥喔。我又是個高中女生，搞不好看起來像是援交？不過，我是無所謂啦。」

美知香終於忍俊不禁。

「杉村先生，你對那個人做了什麼嗎？」

別開玩笑了，我扯高嗓門否認。我知道老闆正回頭看我。

「可是……」美知香笑不可遏。「杉村先生，你都冒汗了。」

「連我自己也不知道爲什麼。不，我知道。那女人有很多問題……，不，不是跟我有問題。」

原田泉究竟在打什麼主意？

8

沒多久，我就知道答案了。因爲僅僅隔了一天，家裡就收到一封指名寄給「杉村菜穗子女士」的信。

在那封信從舊家轉寄到新家之前，我已經先把事情跟妻子報告過了。她覺得有趣的不是事件本身，而是我的態度。

「眞好笑，難道男人都是這樣嗎？又沒做虧心事，只不過被人拍到和高中女生在一起，就慌成這樣？」

一收到信，妻子立刻通知我。當時我正在公司，午休時間我趕回家，和妻子一起拆信。

那張快照，截取了在「睡蓮」與我隔桌對坐的古屋美知香猛然朝我湊近的那一瞬間。如果換個角度來看，的確是足以誘人做出各種解釋的一幕。原田泉雖然個性惡劣，攝影技術倒是不錯。

隨函附上的信，只有草草幾句。

「妳知道嗎？妳先生正在向高中女生買春，這張照片就是證據。」

電腦列印的幾行文字中，散發著冰冷的惡意。

「你向這個美知香小姐解釋過原田小姐是什麼人嗎？」

「我怕她會想歪，所以告訴她了。」

「那就不用擔心了。」

妻子說完後，有點詫異地補充：「原田小姐知道的，只有我們舊家的地址吧？」

「那當然。」

不過，暫時還是多留意身邊的狀況，我提出抽象的忠告。妻子正色地點點頭。比起這封信，讓我和妻子更覺得毛骨悚然的，不如說是原田泉竟然知道妻子的全名（連公司的通訊錄上都沒有這項資訊）。

我在家吃完午餐後，正準備回公司時，手機響了。

是岳父打來的。

「我現在要去『KINGS』，大概會待上一個小時。你能不能來一下？」

「KINGS」是岳父常年光顧的紳士服裁縫店，位於銀座。我連忙搭計程車趕過去。

我猜得出岳父爲何找我。正因如此，我隱約開始流汗。
「KINGS」的店面很小。備受財界人士信賴、專門製作與販售道地英式紳士服的店主，和岳父是同一個年代的人。
一進店裡，我立刻被帶進後面。岳父站在鏡前，正由店主親自替他進行假縫。新訂製的西裝是典雅的銀灰色。
店主只對我點個頭，便沉默地繼續他的作業。而岳父，一看到我就倏地笑了。
「看您的臉色，顯然會長室也收到了。」
「嗯，收到了。」
「是原田泉幹的。」
「我想也是。」
我開始解釋。假縫室裡有幾張皮製扶手椅，但店主始終沒開口請我坐下，我也繼續站著說話。長幼尊卑就是這麼一回事。
「編輯部那邊怎麼樣？」
年輕時被稱爲「猛禽」，現在雖已八十歲，目光依然不減銳利的岳父，對於我的狼狽解釋，始終和顏悅色地聽著，甚至還露出調侃的表情。但，一談到寄來我家的信，他的臉色頓時一變。
「菜穗子怎麼樣？」
「她沒事，她本來就知道事情經過。」
「你有沒有跟高中女生援交不重要，我只想知道菜穗子是否感到不安。」

岳父大人，您的千金已是道地的成年人，是一個孩子的媽，一位成熟的女性——我很想這麼說，但是當然沒說出口。

「想必心裡還是會不舒服吧，對不起！」

岳父一邊留心插在假縫西裝上的大頭針，一邊在鏡子前面轉了一圈。店主依然跪在地上，用研究者注視顯微鏡的眼神看著他。

「這件事以後還是由我這邊處理吧。」岳父看著鏡中的自己說道。「既然已經演變到波及家人的騷擾行動，就不能再繼續放任不管了。」

他轉身看著我，微微揚起嘴角。

「是遠山拆的信，差點沒鬧得雞飛狗跳。雖然我說要自己處理，把信帶出來，不過這下子你又扣了不少分數。」

「或許分數早就被扣光了。」

岳父揚起下巴笑了。

「今後由法務部來處理，你立刻寫一份報告送來。至於原田泉，我會立刻讓田邊跟她聯絡。」

田邊是會長室的次長。

「你不用再管這件事了，辛苦了。」

「我知道了。沒能達成您的期望，非常抱歉。」

岳父挑起鉤型眉。「你學到了一課嗎？」

「是，這個學習經驗非常慘痛。」

如果原田泉的信只寄到會長室和編輯部，岳父或許還會交給我解決。正因爲牽涉到菜穗子，他才會這麼愼重其事地處理。菜穗子是體弱多病的掌上明珠，也是岳父最大的弱點。

「新家住得怎麼樣？」

「託您的福，非常舒適。」

「沒問題吧？」

妻子囑咐我別把她累到病倒的事告訴父親，因爲怕麻煩。菜穗子雖然深愛這個對她寵愛有加的父親，但她似乎和世上所有的女兒一樣，有時候也會嫌這樣的父親太囉唆。

同時，當然也是顧慮到我。她認爲，我在「冰山女王」心目中的形象被扣多少分都無所謂，但絕不能在父親心目中被扣分。

「沒問題！桃子也過得很好，很開心。」

岳父點點頭，轉而對店主發話，調整長褲的寬度與長度。店主俐落地聽從指示，進行討論。我在旁邊等著。

「今後你也打算繼續幫那個姓古屋的高中女生出主意嗎？」

「基本上，我已經答應幫她看看她寫的東西。」

該不會是要我抽手吧，我暗忖。

「梶田的事，好像讓你和案件結下不解之緣。」

那是去年秋天岳父交給我的任務。

「這次，不會再像梶田先生那時候那樣了，我能做的有限。」

「總之，還是要跟那女孩的母親好好商量。本來，這就不是外人該插嘴的問題。」

「是，我也這麼打算。」

假縫還沒結束，我就獲釋了。走出店外，剛才來不及注意，現在才找起岳父的座車。車子停在店旁，像忠犬一樣靜候著。

我不知道岳父（實際上是田邊次長）做了什麼。那才眞的是祕密警察咧，妻子半開玩笑地說道。

事情擺平了。原田泉就此了無動靜，就這麼平安無事地過了一個星期之後，進入了十二月。早知道一開始這樣處理不就好了，我心裡多少仍覺得有點諷刺。

這段期間，古屋美知香寄過兩封電子郵件，她正孜孜不倦地寫作。我看了第一篇，發現她說自己「不擅長作文」並非謙虛之詞，而是正確的自知之明。

她連最基本的寫什麼，該怎麼寫，按照什麼順序都搞不清楚。她無法將事實與感情整理之後，分開來書寫。

我試著回想自己的學生時代，這才想起以前在學校，雖然有時候老師會叫我們寫「感想」，卻沒有指導過我們「寫出發生的事情」，似乎至今這種作文教育的方針依然沒改變。

我把文章修改之後，加上建議，回信給她，同時也勸她和母親好好談談這件事。不是因爲岳父的吩咐，是我眞心這麼想。但，美知香就是不肯答應。

「我看不用了吧。杉村先生是我的網友，用不著一一向我媽報備。」

那是十幾歲小女孩的說法，不是成年人該有的處世態度。

一進入十二月份，我家立刻搬出聖誕樹開始裝飾，今年更是大張旗鼓，連窗戶和陽台上都掛滿成串燈飾。附近鄰居也有很多戶把窗子和玄關四周妝點得熱鬧非凡。妻子大概是受到鄰居的刺激吧，桃子也跟著幫忙，母女倆連日來忙得連就寢時間已過都渾然不知。

我是個毫無美感與品味的人，除了奉命把裝飾品掛到高處之外，完全派不上用場。那晚也正悠然入浴，妻子過來喊我。

「我快洗好了，等一下。二樓陽台妳可別爬上去。」

聽到我的回答，妻子打開浴室門伸進腦袋。

「不是啦，是電視正在播報新聞。」

據說，那個連續隨機毒殺案的犯人逮到了。

「起先我是看到新聞快報打出字幕，後來才轉到NHK，結果你看。」

記者正在某分局前做現場連線報導。我穿著浴袍正想坐下，這才發現桃子睡在沙發上。

「她睡著了。待會兒你抱她上床。」

「知道了。」

我在地板上一屁股坐下，眼睛離不開電視。妻子拿來毛巾，從我身後替我擦頭髮。

「再向各位重複報告一次。今年三月起，首都圈發生的一連串飲料攙毒隨機殺人案的嫌犯已經落網。」

畫面下方打出的字幕是「埼玉縣警局大宮分局前」。

「今天晚間八點二十分，一名住在埼玉市的男子向大宮分局專案小組自首，坦誠一連串毒殺案是他犯下的，因此被警方依殺人罪嫌收押。現在，專案小組正在詳細審訊這名男子，同時也對男子的住處進行搜索。」

妻子仍舊把毛巾抓在手上，就這麼往我旁邊一坐。「沒想到犯人竟然會去自首。眞的假的呀！」

螢幕上的記者一邊看著手上的筆記，一邊正想繼續報導，此時一旁有人湊上前，在記者耳邊說了些什麼。

記者慌忙轉頭面對鏡頭。

「現在，我們收到最新消息。警方從這名男子的住處找到氰酸鉀。呃，據說找到粉狀氰酸鉀的紙包。呃，從這名男子的住處，發現氰酸鉀的紙包……」

現場再次有人打岔並傳話給記者。

「針筒？是，據說也找到了用來犯案的針筒。這是嫌犯自己的供述？」

現場收到的消息也是錯縱複雜。最後鏡頭拉回攝影棚內，主播看起來似乎神情緊張。

「正如我們剛才爲各位報導的，從今年三月起發生在首都圈，造成四人死亡的連續隨機毒殺案，嫌犯已遭到警方逮捕。接下來，縣警局搜查一課課長預定在晚間十點三十分，於大宮分局的專案小組召開記者會。」

妻子擔心我會感冒，叫我先去換衣服，我連忙起身，順便把桃子抱到床上。

一夜過後，電視新聞幾乎在報導這起事件。都心甚至還有人散發號外傳單，〈嫌犯落網〉的大標題躍入眼簾。

前去大宮分局自首的嫌犯，是一名現年十八歲的無業男子，住在離分局僅十分鐘腳程的某棟公寓。由於嫌犯未成年，電視上稱之爲「少年」，報上也沒寫出眞實姓名。

嫌犯並非一個人去自首，據說還有一個二十歲的女孩陪著他，當初誤報爲「姊姊」，後來才更正爲「女性友人」，簡而言之應該是女朋友吧。女孩目前也在接受警方的偵訊。

經訊問，犯案少年並沒有稱得上動機的動機，也不是打從一開始就預謀殺人。

令人驚訝的是，當初他之所以設法弄到氰酸鉀，竟然是爲了自殺。他說今年一過完年就在所謂的「自殺網站」買到藥物。

「因爲我覺得這樣繼續活著也了無生趣。」他本人如此供述。

少年唸的是當地高中，但很快就輟學了。從此整天在家遊手好閒，和譴責他這種生活態度的父母口角不斷，一年半前開始搬出來獨居。住在離父母家只有一站距離的公寓，房租由父母負擔。

有時候，他還會找個短期的兼職工作，所以應該不算是時下所謂的「宅男」，但他似乎沒有要好的朋友。他常常逛網站，因此才弄得到氰酸鉀，但在網路上，好像也沒跟誰混得特別熟。

集團廣報室的編輯室有一台老式的內鍵錄放影機型電視。打從一早，我們就盯著電視不放。

「喂，最近常聽說這個名詞，『自殺網站』到底是什麼？」叼著菸的總編問道。

加西回答：「就是想自殺的人聚集的網站。」

「那種地方在賣毒藥？」

「也不能一概而論。不是我要替他們說話，自殺網站其實也分很多種，有很多人其實是掙扎著想要求生，或是有相同苦惱，他們聚在這裡互相打氣。像這種地方，有時候就會把毒藥當成『護身符』互相分享。」

有了這玩意兒，眞的很痛苦的時候隨時都死得成。想必是這種意思的「護身符」吧。

「你倒是挺清楚的嘛。」

「自從出現網路自殺，媒體不是有很多相關報導嗎？啊，也有出書喔。」

「你眞的上網看過？」

被我這麼一問，加西露出苦笑。

「只是看了一下。我想知道那是什麼感覺，可是馬上就放棄了，因爲看起來太累。」

犯案少年進行藥品交易的網站雖然尚未被媒體揭露，不過警方遲早會找上那些網站管理者吧。

不管怎樣，少年買到了氰酸鉀。但，他沒有立刻嘗試自殺，繼續過了一陣子孤獨單調，想必也很無趣的日常生活。直到有一天，他再次覺得自己還是很想死。

他終於決定服毒，但事到臨頭忽然有點擔心，因爲他想起網站上曾有人留言提醒，氰酸鉀接觸到空氣就會變質，毒性會被稀釋，所以保管時一定要小心。

「我開始擔心服下這個是否眞的死得成，同時也想先確認一下，到底會以什麼方式死去。」

於是他在三月十四日，於埼玉市內的某便利商店犯下第一起案件。正如他供稱的「利用熟悉的店」，做案地點距離他的公寓走路只需五分鐘。

「我從別的超市買回盒裝飲料，再把氰酸鉀溶於水中，用針筒注射進去。」

「那家店在那一帶是出了名的管理鬆懈，店內常有人行竊。就算把紙盒飲料放進冷藏櫃也沒人發現。」

於是，買下那盒飲料喝掉的二十歲大學生不幸死亡。

氰酸鉀的確有效。服下這個就會死。少年的「實驗」成功了。但，他依然不安。

「這個案子雖然轟動媒體，但是被害者到底是怎麼死的，並沒有詳細報導。因此，那個大學生是否眞的死了，總覺得沒什麼眞實感。」

所以他又試了一次。那是五月時，同樣發生在埼玉市的麵包店命案。

據說他在警局很配合地主動招供，說得口沫橫飛、滔滔不絕，有時甚至快得連審訊官都來不及跟上，簡直像在嘔吐。

決定要自殺，爲了確認毒藥的效果，先殺死別人。這種跳躍式的想法和偏差觀念，首先就不是我們能跟得上的。況且，如果要追溯他的思考邏輯，既然都已經殺死兩人充分「實驗」過了，爲何接下來並沒有以身試藥，爲何拖到現在才出面自首，爲何要一五一十地全盤招認，這些問題眞是疑點重重。

掌握謎底關鍵的，看來似乎是他的女友。

在五月犯案後，他缺錢過活，於是又找了一個短期兼職工作，而且工作內容就是在三月作案時購買盒裝飲料的那家超市負責出貨，這一點也頗令人驚愕。

他和女友就是在那裡認識的，他們同樣是兼職員工。八月中旬，他在工作中受傷，傷勢嚴重到不得不叫救護車。當時她也在場，據說非常親切地照顧他。對少年來說，這是有生以來，除了母親以外第一次有異性對他這麼溫柔。

兩人就此親近了起來。和她交往之後，少年放棄了自殺的念頭。同時——

「我開始厭倦隱瞞自己犯下的罪行，我想讓她知道。」

不過他還是拖了一段時間，最後才向她坦白。據說他是在自首的三天前，才把一切告訴女友。

「因爲她答應陪我自首。」

兩人這才前往大宮分局投案。

我們撇下工作，在編輯部針對這起案子大發議論，時怒時驚、或愕或嘆地過了忙碌的一天。

「簡而言之，這證明女人的力量果然偉大。」

不知爲什麼，總編很神氣。

「可是園田小姐，如果男友告訴妳這種祕密，妳會高興嗎？」谷垣先生的眼睛瞪得老大。「難不成妳還支持他犯罪？居然陪著他一起去自首，我眞是無法理解。」

「不然你說該怎麼辦。」

「當然是報警呀。那是義務。」

「話是沒錯啦……」

「最重要的是，這名嫌疑雖然在乎自己和女友的關係，卻對別人的性命漠不關心，這種冷酷才是問題所在吧。」

谷垣先生太氣憤，連總編都不敢再貧嘴。

而我，卻懷著只有我才看得見的憂慮等待著。我在等古屋美知香寄來的電子郵件，她現在不知怎樣了？是否正在學校，可能還沒有像我這麼密切地追著新聞報導，所以尚不知情？

我越想越不安，索性去「睡蓮」報到。老闆是唯一跟我有同樣憂慮的人，而且比我更嚴重，他立刻湊了過來。

「你聽到新聞了吧？」

「聽到了。」

「沒提到古屋先生的案子呢。難道說，那個案子果然另當別論？比方說是模仿犯幹的。」

沒錯。自首的少年坦承「自己幹的」案子，只有三月與五月發生在埼玉市內的那兩起，並未提及五月一日的橫濱命案，以及九月十七日大田區發生的古屋俊明命案。

我回想從古屋母女那裡聽來的消息。警方懷疑第二起命案和第四起命案都是被害者身邊的人幹的，專案小組內部也是意見分歧，各自行動……

這表示那兩起案子的嫌犯另有其人？犧牲兩名無辜者的隨機毒殺案，是不是和另外兩起凶殺案混淆在一起？

這不是模仿犯幹的，而是借刀殺人。

我越想越不放心，傍晚，先寄了一封電子郵件給美知香。內容很簡單，只有一句：妳還好嗎？

沒有回信。

我等著。這段期間依舊有後續報導，我已得知犯案的詳情。少年在偵訊中的供詞是：「我想要全部了斷，然後和女友一起開始新的人生。」

原來如此，他還活著，所以可以重新來過，對於被他殺死、遭他奪走人生的受害者，他卻從頭到尾都沒說過一句對不起。

之後，少年並沒有承認犯下另外兩起案子，他招認的始終只有埼玉市的那兩起。

想到美知香，我擔心得胸口發悶幾乎得仰賴胃藥。

在四天後的下午，她終於和我聯絡。編輯部的電話響起，我接起一聽。

「我現在在上次那家咖啡店。」

我匆忙趕到時，老闆正在和她說話。我看到美知香，霎時愣住了。

她憔悴得雙頰凹陷，兩眼充血，應該不是哭泣而是睡眠不足吧。

老闆看到我，立刻讓出走道，一邊招呼我坐下，一邊對美知香說：「不用跟我客氣，馬上就好。」然後小聲對我囁語：「她說從昨天就沒有吃東西。我現在馬上去煮起司燉飯。」

那是老闆最自豪的「義式病人餐」，只要吃下這個就會恢復元氣。

我在美知香的對面坐下。美知香身穿便服，但襯衫領口發皺，今天連護唇膏都沒擦，嘴唇乾燥而龜裂。

我還沒發話，美知香已搶先開口：「眞是個雞婆的大叔。」

她指的是老闆。我點點頭。

「不過，妳眞的該吃點東西。」

美知香用力咬著嘴唇。千言萬語，也被咬得碎碎地吐了出來。

「我媽每天被警察找去問話。」

我的心臟咚地一沉。

「怎麼回事？」

「因爲那個嫌犯被捕了。」

「所以就把妳母親找去？」

「起先或許不是那樣。警方說有一些細節部分要核對。呃，就是跟那傢伙的供詞核對。」

可是風向很快就變了。因爲犯案少年否認涉及橫濱與大田區的命案。

「警方還跟我媽說，古屋小姐！很快就要眞相大白了。」

「眞相大白……」

「他們說：妳已經逃不掉了，無法再賴在別人頭上了。昨晚，我媽一回來就哭了。」

哭這個字眼成了引爆點，美知香的眼淚也開始掉個不停，她胡亂用袖子抹去淚水，說了聲對不起。

「我很想找人談談，可是誰也不在，我只想到杉村先生。」

「沒關係。」

我凝視著美知香那通紅的鼻頭。

「我們每晚都吵。」

「跟妳母親？」

「嗯，不過是我的錯。」她呻吟似地說，因爲忍不住責怪媽媽。「我怪她爲什麼會被這樣懷疑。我說這太奇怪了，該不會是妳眞的有問題吧。我明知一旦說出這種話就眞的無法挽回了。」

我斥責她：「其實妳自己也並非眞的這麼想吧，可是妳還是忍不住脫口而出，因爲妳很痛苦、不安、氣憤，最重要的是爲了妳母親。我相信妳母親一定也明白妳的這番心意。」

美知香沒有回話，她不再試圖抹乾淚水。

「妳母親，已被警方收押……」

「沒有，可是從大清早一直審訊到深夜。」

據說是當地的分局。

「她一直向公司請假，再這樣下去說不定會被開除。」

「不，那倒不會。」我當下否定。「外商公司在這方面，對於經營者的約束比日本企業嚴格多了，不可能因爲被警方偵訊就把從業員解僱。如果眞的那樣做，其他員工也不會默視。妳放心吧！」

美知香微微點頭。

老闆送來了燉飯，他熱心地提醒還很燙要小心喔，看到美知香被淚水沾濕的小臉，又不曉得從哪裡拿來一盒面紙。美知香抹去淚水，擤掉鼻涕。

「慢慢吃，要細嚼慢嚥。」

「好。可是，我身上沒什麼錢。」

「這是什麼話，這頓算我請客。」

她拿著大湯匙，開始靜靜地用餐，然後小聲說，很好吃。

正在吃東西的孩子，無論是誰家的小孩、今年幾歲，都一樣令人愛憐。此刻又加上了心疼，幾乎令人胸口作痛。

讓她專心吃了一陣子之後，我才試著開口問：「妳母親不打算請律師嗎？」

美知香驚愕地停下湯匙。

「就算沒被警察抓，律師也肯接案子嗎？」

「那當然。這一點問妳母親的上司……」說著，我看著她。「應該最清楚。」

「不得見吧。」美知香歪著腦袋。「每次一提到那個人，我只有更火大。」

她用湯匙攪著盤子裡的燉飯，嘴角微微一震，頻頻眨眼。

她的視線一逕地垂落盤中，說：「我覺得我媽好像有什麼事情瞞著我。」

「妳是指這次的事？」

「嗯。」她抑制著怒意與淚水，沉重的不安，霎時就令她的臉頰染上陰影。

「我覺得她會被警方懷疑，或許也跟那件事有關。」

「是什麼起因讓妳這麼想？是警察透露了什麼嗎？」

美知香搖搖頭。「他們只會一直問問題，什麼也不肯透露。如果我發問，他們就反問我幹嘛想知道。」

我可以想見那種情景。

「到底該怎麼做，才能知道偵辦進度的詳情呢。」美知香的低語，聽起來不像在問我，倒像是走投無路的悲鳴。

「我也想過問新聞記者或來採訪的人。可是，又怕這樣反而會弄巧成拙。那些人的立場，應該也是寧願問我而不是被我問吧。」

「想要順利打聽到什麼恐怕很困難。」

美知香沒有回答我剛才的問題。爲何她會認爲古屋曉子有事瞞著她。

「外公身上有什麼祕密嗎？」

這也是自問自答。她的目光遙遠。

「他發生那種事總有原因吧！我媽知道那個原因，可是她不想讓我知道，所以才瞞著我吧。」

「除了這起案子之外，之前妳也有過類似的感覺嗎？」

「沒有，我想應該沒有，嗯。」

美知香像對自己確認似地點點頭。

「就連她有男友的事，我也是馬上就發現了。」

「可是唯獨這一次，妳卻揮不去這種感覺？」

「感覺非常強烈。我也不太會解釋，總之就是覺得一定有問題。」

這是在一起生活的人的直覺。

我想到一件事，但直到美知香把燉飯吃光爲止，我還在考慮到底該不該說。這本來就不是第三者該插嘴的問題。岳父的話如雷貫耳。

算了，反正我也是個雞婆的大叔。

「要猜猜看嗎？」

美知香倏地抬起頭，瀏海跟著一亂。「啊？」

「根據嘛……，倒也不是沒有，只是不知道能猜中幾分。」

「啥？你在說什麼？」

「其實，我對自己說的話也毫無自信。」

我不是沒想過拜託岳父。但這次的情況，首先，跟岳父毫無關係，而且說穿了，就連我爲什麼要插手也毫無理由。岳父很可能會罵我一頓，叫我適可而止。

何況就算岳父在警界（雖然我不知道是警視廳或警察廳還是公安委員會）擁有強大的人脈，得以從中打聽到相關情報吧，不過他能夠活動的想必也是相當高的層級，如此一來，恐怕得花費不少時間和工夫才能傳達到基層。而這樣只會讓事情變得更不可收拾。我想，如果……，這純粹只是假設性的說法——古屋曉子眞的隱瞞了什麼，說不定只會讓她的立場更不利。

所以我想到的不是岳父，而是去年秋天認識的警視廳城東分局某位刑警。他姓卯月，姓氏相當罕見。

去年，爲了岳父交付的某件任務，我和此人有過數面之緣。同時，也賣了他一個人情（雖然只是一丁點）。不過，對方或許不認爲有欠我人情。

「雖然不知道能做到什麼程度，但我還是先試試看。妳就姑且不抱希望地等著吧。」

「眞不知該說你靠得住還是靠不住。」

美知香笑了。這盤起司燉飯，似乎令她的臉頰稍微恢復了血色。

按時吃飯睡覺、乖乖上學，就算痛苦也要保持規律的生活步調。如果覺得寫點東西可以排遣心情，那就去寫。我讓她一一答應這些承諾後，這才送她去車站。

臨走時，美知香對老闆鄭重地道謝行禮。

「歡迎妳隨時過來。」說著，老闆揮揮手。

9

回到編輯部，我翻閱名片簿，尋找卯月刑警的聯絡電話。

警視廳城東分局刑事課，巡查部長，卯月勝敏。

接電話的是一個語氣幹練的年輕男子。他說卯月出公差去了，可能要後天才會回來。

人不在。我有點失望，另一方面又有點如釋重負，心情很微妙。

關於大田區的命案，城東分局的轄區是江東區，所以我並沒有天眞到認爲卯月刑警會知道內情，然後一五一十地告訴我。頂多只是覺得，透過刑警之間的橫向聯繫，若是他能幫我介紹誰就算走運了。

其實我也料到，即使是這點奢望都不太可能實現。他八成會問我：杉村先生，你爲何要這麼做？是不是又在管什麼閒事？而我也沒把握躲得過他的這種攻勢。

「如果要留話我可以代爲轉達。」

對方的態度很親切。大概是卯月刑警的部下吧。以他的作風，帶出來的部下必然也訓練有素。

我報上姓名，請對方轉達我後天會再來電，然後就放下話筒，嘆了一口氣。

「杉村先生你幹嘛，悶悶不樂的。」

谷垣先生拿著排版樣稿的影本走了過來。

「請你看一下。這個，是秋山老弟的散文，我後來又拜託他好幾次，他才答應把照片借給我。」

他又喊人家「老弟」。

照片是所謂的「大頭照」。一般人拍這種照片，通常看起來會遜色三分。但，秋山省吾看起來依然年輕英俊。與其說是強硬派記者，反倒更像是藝人。

記者嗎……

對了，我赫然想起還有這一招。

「谷垣先生，這張大頭照，你要還給對方吧？」

「對呀。」

「我幫你送過去。」

谷垣先生一臉愕然。「幹嘛專程跑一趟，對方說郵寄就可以了。」

「我想見見他。」

就我記憶所及，秋山省吾沒寫過犯罪報導。但或許可以透過同行之間的聯繫，請他幫我介紹什麼人。

我看恐怕很難喔——雖然嘴上這麼說，谷垣先生還是把秋山省吾的住址和電話告訴我。我立刻打去碰運氣，對方開著答錄機。我這才想起，谷垣先生曾經抱怨過，打電話老是找不到人。

住址在五反田，我決定先去看看。

從五反田到目黑一帶，散佈著許多進口家具專賣店。在搬家之前，我經常和妻子在這一帶散步，也因此對這裡的環境略有熟悉。我很快就找到了距離ＪＲ車站約十五分鐘腳程的老舊四層樓建築。

那不是公寓，是辦公大樓。如此說來，這裡應該是他的工作室吧。房間號碼是四〇三，沒電梯，我只好爬上露天樓梯，輕敲那扇油漆斑駁的鐵門。

「來了！」

一個和老舊環境格格不入的開朗聲音回答。

「辛苦了。」

門開了，一名二十歲左右的女孩倏然露出腦袋。直順烏黑的長髮在腦後綁成一束，身穿印有大標誌的套頭衫和牛仔褲，身材瘦削，個子高䠷。

「哎呀！」她很驚訝。「你不是東風軒的人吧？」

這個時段卡在午餐和晚餐之間，不過看樣子她似乎正在等外送。

「對不起，我是今多財團集團廣報室的杉村……」

我的自我介紹還來不及說完，背後就響起宏亮的嗓音說：「您好，我是東風軒！」

「來來來，不好意思喔。」

外送的小伙子拎著大食盒大步前進，害得我也一起被推進室內。

「呃，這個……」

出來應門的小姐可慌了，我也非常尷尬，只有那個小伙子毫無窘意，一邊說著「來，這是糖醋排骨便當，這是燒肉便當……」一邊從食盒中取出便當往玄關旁的鞋櫃上一放。小姐慌忙把錢交給他。

「謝謝惠顧。」

小伙子消失了，門沉重地關上。

「哈哈……」女孩不好意思地乾笑。「請問，你是哪一位？」

「妳真是不會察顏觀色。」

秋山省吾本人比照片上更有男子氣概，髮尾很長的流行髮型很適合他。大概是剛從哪裡回來吧，穿著西裝卻沒打領帶。不過，開始吃糖醋排骨便當時，他已隨手把西裝外套脫了。

「這也不能怪我嘛。」

挨罵的女孩，用那種向共犯求助的眼神看著我。

「都是東風軒夥計的錯啦，真是對不起。」

「哪裡，是我不好意思。」

事情的發展令我越來越尷尬，但他還是請我進屋，也邀我坐下。這是一間套房，頂多只有十五坪大小，四面牆都被書架擋住，然而還是有很多放不下的書蔓延到地板上。除此之外，比較惹人注目的，只有兩台電腦及大概是秋山的書桌、堆積如山的報章雜誌，以及那位小姐坐的褪色布沙發。其實擺設很簡單，卻異常雜亂。

「我從早上就沒吃東西，不好意思。」

秋山邊說，邊埋頭扒著便當。

「那張照片其實用寄的就行了，你還特地送來也太客氣了吧。」

語氣有點帶刺。

「你在忙卻來打擾，眞不好意思。」

「如果要邀稿，拜託你饒了我。我早就說過只幫你們寫一次。那位谷垣先生，我也跟他再三強調過了。」

女孩送上一杯茶給我。她的便當還沒碰。

「當然，我無意再勉強你抽空寫稿，謝謝你上次的那篇稿子。」

我站起來欠身行禮。秋山悶著臉繼續吃。

這時，那女孩突然生氣了。「阿省，你的態度很惡劣耶。」

我固然吃了一驚，就連秋山也瞪大了眼。「妳、妳幹嘛。」

「你還好意思問我幹嘛，跩什麼啊！就算現在有幾個人拍你馬屁，也用不著這樣吧？」

她把右手握拳舉到鼻子上。意思是罵秋山變成天狗（註）。

「你變了。我認識的阿省可不是這麼臭屁，你以前不管對誰都很親切客氣。」

「妳、妳等一下。」

秋山可慌了。我來回看著他們倆。女孩嘟起嘴。

「妳呀，對我的工作根本一無所知，憑什麼這樣教訓我。」

「工作上的事我的確不懂，但我至少懂得態度。」

「像妳這種乳臭未乾的小丫頭……」

「那怎樣才算大人？人家專程來跟你打招呼，你這麼無禮就叫大人？」

「就跟妳說那是……」

「阿省你好奇怪，這樣不對！我要去告訴阿姨。」

好了好了，我連忙打圓場。於是，這次他們倆都臭著臉，一起瞪我。

「什麼叫做好了好了？」

「你幹嘛，又不關你的事。」

我實在憋不住，終於笑了出來。

秋山抬起那隻還握著免洗筷的手，一臉尷尬地抓抓鼻梁。女孩雖然努力保持怒色，但最後也忍俊不禁。

「眞是太丟臉了。」

「不不不，沒那回事。歸根究柢都是我惹出來的，對不起。」

「那就請你再表現得更抱歉一點好嗎？否則只有我一個人丟臉。」

「誰教你吃便當還講話那麼踐。」

「不能怪我，我餓得半死。」

實際上，他不止餓，看起來還相當疲憊，眼眶下方都有黑眼圈了。想必不規律的不止是用餐時間，整個生活作息也是如此吧。

註：日本的幻想怪物，臉紅鼻高。常用來形容驕傲自負之人。

女孩轉身面對我，乖乖行個禮。「對不起，我們家阿省，一定說了很多失禮的話，做了很多無禮的事。我代他向你道歉。」

「妳少自作主張。」

我再次打圓場。「兩位是兄妹嗎？」

「開什麼玩笑！」秋山用筷子戳向小姑娘。「這種臭丫頭才不是我妹妹，是她硬賴在這裡找我麻煩。」

「什麼叫做這種臭丫頭。你果然態度惡劣！」

我想要是放任不管，八成會沒完沒了。我扯高嗓門，開始敘述自己來此的理由。本來還在跟女孩鬥嘴的秋山，中途開始把注意力轉向我，最後兩人都閉上嘴，對我行注目禮。

「你說什麼？」秋山抬高音量。

「那個連續隨機毒殺案？就是前幾天犯人自首的那個案子？」女孩立刻問道，秋山叫她閉嘴。

「對。雖然我知道這樣很厚臉皮……」

本來有點發愣的女孩，突然伸直手臂指著秋山。

「阿省很清楚喔。」

「笨蛋！妳別多嘴。」

「你不是正在調查嗎？」

「閉嘴！」

我也愣住了。本來只是抱著一絲渺茫希望請他介紹人脈，沒想到竟然正中紅心。

「你正在採訪那個案子嗎？」

苦悶至極——這個形容詞，想必是最適合這個情況的說法。秋山把吃光的便當盒往手邊的雜誌堆上一放，雙手胡亂搓臉。

「怎麼會變成這樣！」

「啊，對不起。」

「你用不著道歉。」女孩主張。「想獨吞情報的人才有毛病。」

「拜託妳安靜一下好嗎？我現在頭都昏了。」

看來他不是隨便說說。女孩也變得有點洩氣。

秋山嘆了一口氣，像是連疲憊的身體中僅存的氣力也一起吐出似地，然後看著我。

「你是杉村先生吧，我看你跟這個小長舌婦不同，應該是個有常識的人，所以拜託你，這件事不能對外公開。」

我答應了。

「到目前爲止，我寫的題材之中從來沒有涉及犯罪，這是第一次。」

他又嘆了一口氣。

「算是有點……爲了應付人情才接這個工作吧。這是月刊雜誌的連載企劃。」

「因爲犯罪寫實報導現在很暢銷嘛。我可以理解出版社的心情，更何況又是秋山先生的稿子，想必很搶手吧。」

他煩躁地撥開垂到眼前的瀏海，有點詫異地瞪眼。

「咦？你這話倒是說得很內行。」

我笑了。「哪裡。我只是在不同領域的童書出版社待過。」

噢，這樣啊，他咕噥著。

「基本上，說好了分三次連載，這個月底要交第二篇。」

「那得忙到年底了。」

「不過，頁數不算多，所以倒也還好。」

聽起來似乎可以輕鬆解決。

「現在我比較困擾的，是對方想增加連載次數，要求我繼續採訪到開庭審理為止。可是我根本不想寫得那麼深入。」

他胡亂地抓抓頭。

「接下這個工作時，我本來還以為案子一定會陷入僵局。因為這種隨機下毒案，很難抓得到犯人。所以該怎麼說……，我以為只要看成是現代社會不安的象徵性事例來寫作就行了。不是完美的報導文學，而是以散文的寫法。那樣的話就不用一路追蹤到破案為止。」

「可是犯人卻出面了。」

「對呀，眞是飛來橫禍。」

這話也未免說得太誠實了。

「可是，你不也還是費了一番工夫調查嗎？」

女孩插嘴說道。

「那當然。既然要寫，起碼得掌握事實關係。」

「噢？阿省眞了不起。」

「少來了。妳到底是要褒要貶自己選一個。」

回嘴的秋山，總算重拾笑容。

「所以，我知道大略內情。我可是下了不少工夫去查證。古屋小姐的女兒如果想知道，我可以告訴她，但是這樣眞的好嗎？」

「你的意思是……」

「她母親應該不想讓她知道。」

果然，古屋曉子有祕密。

「那個由我來判斷。」我說。「雖說是情勢所逼，但畢竟是我主動接下的任務。」

「哼。」他笑了。「那，我考慮看看囉。」

「你會告訴人家吧？你就別賣關子了。」女孩再次插嘴。

「不能免費提供。」

小氣鬼！女孩頓時暴跳如雷，秋山卻不管她，逕自朝我探出身子。

「你能不能幫這傢伙找個好一點的打工機會？憑你們今多財團，工作應該多得是吧？」

他豎起大拇指指的傢伙，正是發怒的女孩本人。

「啊？可是這位小姐不是你的助理嗎？」

「我不用助理也沒有秘書。剛才就說過了，是這傢伙自己賴著不走，她是個包袱。」

「太過分了。」

「一點也不過分，這是事實。」

「人家是怕阿省一個人太辛苦才好心來幫忙。」

「用不著妳雞婆。」

話說得毫不客氣。女孩都快哭了。我轉身面對她。

「妳還是學生吧。」

秋山代她報上都內某女子大學的名號，「她現在大二，不過重考過一次。」說完，挨了她一記白眼。

「會主動上門當秋山先生的助理，表示妳對寫作有點興趣囉？」

「對，我有興趣。」

「你千萬別指望她。她只看暢銷書。」

「很煩耶，阿省你閉嘴啦！」

我想到的，毋庸贅言，自然是原田泉走後的那個空缺。

「我任職的集團廣報室，簡而言之就是社內報的編輯部，妳要不要來？不過，來兼職的人，做的幾乎都是以雜務爲主。相對的，上班時間也很有彈性。」

「今多財團啊……」

「說穿了其實是非常悠哉的社內報。」

女孩歪起腦袋思考，表情似乎有點心動。

才吃過原田泉的虧，馬上又這樣隨便僱用新人或許太莽撞。但是反過來想，既然連那麼愼重其事篩選出來的人都會令我們看走眼，還不如先把握這種意外的機緣。更何況，除了答應秋山的交換條件之外，也別無選擇。

此外，我也開始欣賞這個率眞的女孩。當她斥責秋山「這樣不對」時，簡直是英氣凜然。女孩斜眼偷窺秋山的表情。也許是故意的吧，他視若無睹。

「阿省既然覺得我這麼礙事……」

「礙事到了極點。」

「那我就答應去上班吧。」

她對我一笑。

「這樣杉村先生也能達成任務，還可以幫到那個姓古屋的高中女生吧？」

「幫助可大了。」

「那，就這麼說定。」女孩倏然跳起行個禮。「今後請多多關照。」

她說大學已經開始放假了，所以一直到過完新年爲止，可以天天來上班。秋山聽了，誇張地皺起臉。

「喂，妳眞有這麼閒嗎？還是好好用功吧妳！」

「又不用上課有什麼關係。哼，你自己還不是半斤八兩。」

這次爲了節省時間，我安撫兩人，只想盡快知道案情。

「這下子午睡時間泡湯了，沒辦法，誰教我已經答應了。」

秋山先聲明：「我只用四十分鐘……，不，三十分鐘整理給你聽。」然後開始敘述。他拿出手邊看似筆記本的東西和一本檔案夾，又攤開剪報本，雖然不時垂眼投以一瞥，不過幾乎都是憑記憶講解，令我不禁暗自佩服。

我不想在他百忙中還耽誤到他的時間，便拼命做筆記，只問必要的問題，盡量不表露自己的情緒。但到最後他這麼問我：「怎麼樣？你現在知道她母親為何想隱瞞了吧，這下子你可是責任重大。」

我點點頭。「這一點我會銘記在心。」

我抱著姑且一試的心理，問他能否把那本檔案借給我，果然被斷然拒絕。沒辦法。

來此拜訪已超過一個半小時。空手來訪的我，在短時間之內就得到超出預期的收穫，以及接替原田泉的兼職人選，滿載而歸地回公司。

走向車站的路上，我這才察覺，竟然還不知道她的名字。

「我姓五味淵。五味淵眞弓。」

女孩嫣然一笑，報上姓名。

「阿省是我的表哥。」

「你們的年紀好像差很多。」

「對，正好差了一輪。」

秋山的老家，也就是五味淵小姐她母親的娘家在岐阜。兄弟姊妹加起來據說共有六人，但住在東京的只有她母親，所以秋山打從上東京唸大學，成為窮學生之後，他們就常常見面。

「阿省每次缺錢快餓死時，就會來我家吃飯。直到最近書開始暢銷之前，他一直都是這樣。」

所以五味淵小姐說，從國小、國中的時候，秋山常常幫她看功課。

「我是獨生女，所以，阿省等於是我哥。」

她快活地說著，突然一臉正經。

「對不起，他對你眞的太沒禮貌了。」

「哪裡。」

「阿省這樣眞的很不好，他不該說那種話。」

「哪種話？」

「你忘啦，他剛才不是說，人家拜託他寫那個案子，他卻覺得反正一定逮不到犯人，只想趕快把工作做完交差了事。」

「我想他應該不是眞心這麼想。妳看他不是也採訪得很認眞嗎？」

「是沒錯啦……，但這是心態問題。」

她邊走邊交抱著雙臂。

「阿省終於闖出一點名氣，還得了什麼獎，我們全家都很高興，眞的覺得他是鄉里之光。」

她的用詞古意盎然。

「我當然也很開心。可是最近有點那個。」

她說主要是網路上開始出現許多針對他的批判。

「說他一走紅就跩了起來，還說他最近寫文章變得很馬虎，常常偷工減料之類的。總之寫了一大堆尖酸刻薄的批評。」

她說很擔心，所以才會上門來看看情況。

「我倒覺得那些批評不見得就是眞的。」

「嗯，可是，撇開出版單行本不談，像那種小專欄或雜誌上的文章，就連我看了，有時候也覺得他在敷衍了事。與其寫這種東西，還不如一開始就不要答應人家的邀稿。」

她的批判相當嚴厲。

「阿省自從開始忙碌以後，也不再來我們家了。我們都不知道他現在過的生活怎麼樣。偶爾在電視上看到他，連我爸媽都很不放心，說他連表情都變了。阿省看起來好像充滿莫名的自信。」

在我們一起搭乘的電車車廂上，看到綜合月刊雜誌的廣告。這一期的專題企劃〈二十一世紀的企業倫理〉有秋山的專稿，標題設計得相當顯眼，下面還附有秋山的臉部特寫照片。我們並肩仰望著那個廣告。

「看吧！他的表情很凌厲吧，讓人看了眞想問他在跩什麼。」

「這種照片，任何人拍起來都會被醜化。」

我不清楚秋山現在的工作狀況，所以不便隨意發言。不過，五味淵小姐的不安（該說是家人的直覺吧），我倒也不是無法體會。

即便身爲強硬派記者，既然靠這個混飯吃，就不能避免被視爲一種當紅的生財之道，這就是現代社會。比起正邪眞僞，人們更計較的，首先是好感度與注目度、地位夠不夠顯眼。在這種情況下，若要堅持暢所欲言、恣意寫作，自然不得不變得尖銳。但，人類這種生物很有趣，既可以享受尖銳本身，同時爲了在世間安身，也學著妥協。因爲只要尖銳得夠聰明，別人自然會容忍。所謂工作態度變得馬虎，說穿了就是如此吧。

抵達編輯部前，我們倆先套好話，五味淵小姐是秋山的友人，正巧去找他，我聽說她在找兼職工作，便邀她來試試。

「因爲我怕有些同事如果知道妳是秋山先生疼愛的表妹，說不定誤以爲這下子和秋山先生拉近了關係，可以再向他邀稿。」

「喔？阿省果然紅了耶。」五味淵小姐坦率地發出感嘆。

園田總編和我一樣，似乎沒講兩句話就很中意五味淵小姐。

「妳去便利商店買份履歷表回來。原則上，還是得交一份履歷給公司。」

總編把她打發走後，對我說：「她給人的印象不錯嘛。」

「我是這麼覺得。」

「就算正經八百地面試，看不出來的東西還是照樣看不出來。好吧，就用她試試看。」

看來，總編也做出與我相同的判斷。

之後我還跟別人約了做採訪，於是慌忙出門。幸好對方是個必須小心伺候的大人物，至少在這段採訪期間，我不用爲秋山提供的情報苦惱。

我在快下班時回到辦公室，首先察覺到的，就是堆積已久、早該送進碎紙機的成堆原稿和印刷稿已經消失無蹤。是五味淵小姐一個人清理的。

看來她和同事已經混熟了。大家都嚷著她的名字很特別，可是很難唸。

「妳朋友都怎麼喊妳？」

「小五。」

「那，我們也這樣喊妳吧。」

「啊，可是，」小五用手摸嘴。「我另外還有個綽號。」

「叫什麼。」

「布片人。」

她的身材非常纖細。而且，不止瘦，是整個人很單薄，再加上眉色淺，眼睛鼻子嘴巴很小，膚色又白。聽她這麼一說，還真的與卡通〈鬼太郎〉裡的那個布片妖怪有幾分相似。

除了沒聽說明之前、不知道布片人源由的谷垣先生之外，我們全都笑翻了。小五雖然嘴上抱怨很過分，卻也一起笑了。

原田泉的陰影，似乎終於煙消雲散。

大家都下班後，我打開電腦，取出在秋山的工作室當場速記的潦草筆記，一邊在腦中整理，一邊把內容打進電腦。

古屋曉子隱瞞女兒的事。

她，有殺害父親的動機。

10

翌日，我利用上午把工作做完，照著名片上的電話打過去，沒想到不費吹灰之力就找到古屋曉子。她在上班，這表示警方的猛攻應該告一段落了吧。

我一說是爲了美知香的事，她立刻答應見面。

「隨時都可以，因爲我接下來要休假了。」

電話裡的聲音聽起來有點消沉。

「杉村先生應該聽美知香說了吧。我最近天天被警察找去，給公司添了不少麻煩。雖然我也請了律師，狀況看起來似乎略有改善，不過還不確定之後會怎樣。所以我和上司商量後，決定把沒請完的年假全部用掉。」

等年假請完了就得捲鋪蓋走路了——她自棄地說道。

最後我們說好由我去日本橋找她。托瓦梅爾證券東京總公司，是一棟造型優美，與其說是建築物更像雕塑品的大樓。我們在那棟大樓對面的某家小咖啡店碰面。

古屋曉子累壞了。一方面或許是我有先入爲主的想法吧，就連她身上昂貴的套裝和襯衫，看起來都比上次見面時顯得廉價陳舊。

「美知香小姐爲了妳被警方懷疑的事也非常難過。」

我坦白地切入正題。

「她不知道妳爲何會被懷疑，所以似乎很痛苦。」

古屋曉子低垂著頭，表情與其說是僵硬，根本是凝固了。連日來的偵訊，或許令她的內心傷痕累累。

「我正巧有個消息靈通的熟人……」

霎時，她猛然抬起頭，眼神幾近畏怯。

「所以稍微打聽到一些事。」

沉默降臨。在她開口之前，我打算保持緘默。

幸好用不著等太久。

「我沒殺我父親。」她的聲音有點沙啞。「我們之間的確有問題。可是，我做夢也沒想過要對我父親怎樣。」

古屋明俊身邊，有個從三年前開始偷偷交往的對象，對方是公司後輩的遺孀；一個名叫奈良和子的五十七歲女性。

古屋打算爲她寫一份遺書，把自己的財產全部留給她。爲了這件事，他和女兒曉子起了爭執。

「杉村先生知道多少？」

「應該算是相當清楚。」

「那，事到如今你還想從我這裡打聽什麼？」她翻著皮包，取出香菸，「今多財團的人脈果然厲害，連警察也得買帳嗎？」她嘲諷地低語。

「這件事之所以至今仍未走漏消息，想必是因為媒體認定，這一連串命案都是同一名兇手犯下的。可是現在狀況不同了，被報章雜誌抖出來，已是早晚的問題。妳還不如趁現在趕緊告訴美知香小姐。」

「告訴她什麼？」

「說妳是無辜的，由妳親口告訴她，讓她安心。」

「那孩子在懷疑我嗎？」

她尖銳地反問。我搖頭。

「她沒懷疑妳。她是因為不知道眞相所以痛苦。」

嘴上故意說得彆扭，但自己女兒的心情，想必她比誰都明白。

「古屋先生——令尊沒有考慮再婚嗎？」

古屋曉子嘆了一口氣。她也沒點燃香菸，就這麼往菸灰缸一放。然後，終於和我四目相對。

「他說沒那個意願，因為那樣會讓生活全盤改變。況且……」

或許你也知道吧，說著她笑了一下，

「我父親，以前被我母親拋棄了。」

「是的，我聽美知香小姐提過。」

「所以，他大概是怕了吧。擔心就算再婚，說不定還會再次遭到背叛。」

「他的前妻……」

「現在過得很幸福。那個女人，早已不是古屋家的人了，已經恩斷義絕。」

她看起來像少女一樣寂寞。那張臉，或許她自己沒察覺，跟美知香有驚人的相似度。

「我父親好像以爲我未婚生下美知香，之後也沒結婚，都是他造成的。他說都是因爲他做了一個失敗的示範。」

其實這是一個嚴重的誤會，她苦笑著說道。

「總之，對於他和奈良和子女士的交往，他隱瞞得非常成功。甚至連我都過了很久才發現。況且我去上班之後，白天我父親在做什麼，我也不可能知道。美知香到現在還一無所知。我想，她如果知道了一定會很驚訝吧。」

奈良和子的亡夫與古屋先生很熟，古屋曉子也見過很多次。

「那人是心肌梗塞，當場猝死。我父親去參加他的喪禮，後來好像也從旁照顧和子女士，大概就是這樣才會走在一塊吧。」

「奈良夫婦有子女嗎？」

「沒有。」她像在咀嚼苦澀滋味般撇著嘴唇。「奈良先生工作很勤奮，但是愛賭。過世時，除了房屋貸款，據說還欠了一些債。甚至背著和子女士，把原本投保的壽險也解約拿去花光了。再加上她先生的兄弟在金錢方面手腳不太乾淨……」

據說和子女士在丈夫死後，幾乎沒有拿到任何稱得上財產的東西，一個人被孤伶伶地撇下。

「連丈夫的退休金，也都被他們找藉口搶走了。」

古屋先生不忍見奈良和子身無分文又沒有謀生能力，於是向女兒如此表明：如果沒人照顧她，未免太可憐了。

「和子女士的身體也不太好，無法工作，一直是我父親在資助她。我之所以會察覺他倆的關係，也是從金錢的流動上發現的。」

「所以令尊才會說要把他的財產留給和子女士。」

古屋曉子點點頭。「他說自己還活著時，要怎麼資助都沒問題，可是他一旦死了就完了，所以這麼決定。」

「恕我冒昧，古屋先生是不是基於某種理由，對自己的死期心懷憂慮？」

噢，那個啊，她搖搖頭。

「那倒是沒有。頂多只是有點高血壓和糖尿病，沒有任何具體的毛病值得擔心。」

結果卻是那種死法，眞是世事難料啊——她說。

「我父親指定和子女士爲受益人，投保了一千萬圓壽險。」她繼續說，「如果只是這點小事，我倒也無話可說，反正保費是他自己付的。可是他連存款和股票什麼的都要留給和子女士，我才會發火。我說：那我跟美知香怎麼辦，爸的存款又不是靠爸一個人存下來的，這些年來我也有貢獻。」

「你們現在住的房子是……」

「喔，是租的。我父親和我都沒有買房子，我父親沒那個財力，我也覺得現在用租的就夠了。本來打算等將來父親過世，美知香也獨立了……」

如此說來，並不用擔心因爲剩下的貸款和產權問題引起糾紛。

我這個想法，大概表現在臉上了。古屋曉子的視線倏然一沉，瞪著我說：「你一定在想，既然如此我何必反對，成全我父親的心願不就好了，對吧！」

「不，這個……」

「存款和股票加起來大約有兩千萬吧，因爲我父親沒動用到退休金。可是，他之所以能這樣，還不是因爲有我支付一家三口的生活開銷。」

她的聲音提高了。

「那是一筆鉅款。」

「是啊，你說對了。叫我眼睜睜地看著他把錢交給毫不相干的外人，你說我怎會甘心。可是你知道我父親有多氣人嗎！他居然說我心胸太狹小，他說我在大公司上班，薪水那麼高，不愁將來沒錢養老，一個人也活得下去，可是和子不同。」

這根本是男人的狗屁歪理，她憤恨地說道。

「我說，既然你這麼替她著想，乾脆再婚不就得了。我提了很多次，可是我父親還是下不了決心。他雖然想在和子面前裝好人，卻又害怕把自己剩下的人生賭在她身上。萬一婚姻再次破裂，他就眞的一無所有了。所以，他寧可守著和女兒建立的安全家庭，讓女兒替他養老，可是又想對和子好。」

若說這是裝好人、是男人的自私，的確無話可辯駁。

「所以最後，古屋先生就立下了那樣的遺書嗎？」

「沒有，他還沒來得及立遺書，就在和我嘔氣的期間遇害了。」

她氣憤地說著，把一直放在菸灰缸沒動的香菸拿起來。或許本來打算點燃，結果菸身卻在她的指間折斷了。

古屋曉子扔下菸，說：「就因爲這樣，我才會被懷疑。如果有遺書，警方應該會把懷疑的對象轉向和子女士而不是我。」

她的憤怒理直氣壯，我也無意安撫，但還是抱著指出事實的念頭說：「我想，奈良和子女士也並非完全不受懷疑。因爲還有古屋先生的壽險金。」

既然被指定爲受益人，有無遺書就不重要了。如此一來，奈良和子有了爲保險金殺害古屋明俊的犯案動機。一千萬就夠了。

古屋曉子撩起頭髮。「說的也是。你不說我還沒想到，她的確打過電話來向我哭訴。可是我不理她，之後她就沒再打來了。」

想必奈良和子也被警方列爲調查對象。她失去古屋先生，現在生活大概也有困難吧。

「不過，我不懂。」我說，「古屋先生是喝了在便利商店買的烏龍茶而死。那盒烏龍茶被人攙了氰酸鉀吧。當時，妳正在公司。再怎麼說，都不可能殺死妳父親。」

「所以我不是說了嗎，」古屋曉子煩躁地，像要否定似地搖搖手指。「警方說，那盒烏龍茶是我設下的障眼法。」

「那還眞是迂迴的手法。」

「我也這麼覺得，只要是稍有常識的正常人都會這麼想。可是，警方的想法不一樣。他們說，如果我用正常的手法——這種情況用『正常』來形容好像也很怪。」

說著，她發出不合時宜的高亢笑聲，

「事後我一定會頭一個被懷疑。所以，我才會用這種故佈疑陣、像在賭運氣的殺人方法，他們認定我把它僞裝成連續毒殺案。因爲我知道父親的生活模式和喜好，也常去那家便利商店消費。」

事實上，就在案發當天的早上，她還在上班途中進去那家便利商店消費，她買了提神飲料。

「他們說店內的監視器清楚地拍到我。眞倒楣！」

「不過，本來就沒有妳購買氰酸鉀的證據，甚至連妳試圖購買的跡象都沒有。」

「當然沒有，怎麼可能會有。可是警方根本不肯聽我解釋，他們就是一口咬定我有動機。」

她顫抖著大口喘息，喝下冰水，死命地握緊杯子。上次見面時保養得很漂亮的指甲，現在卻乾澀斷裂。

古屋曉子瞪視著桌面，低聲呢語：「關於第二起命案，橫濱那個。」

「是。」

「那個……好像就是這種類型的案件，是自家人下的手。不過我只是在接受偵訊時隱約聽到一點，所以也不是很清楚。」

我不禁暗自咋舌。早知道也該向秋山省吾打聽第二起命案的詳情與偵辦情況。

看似四起連續殺人案，但是只有第一起和第三起是有關連的，另外兩起都是搭順風車，其實是互不相干的殺人案。警方是這麼判定嗎？原來如此，比起只把第四起古屋命案視爲兇手的模仿性犯案，這樣的確省事多了，更何況還有「犯案動機」。問題是手法……

「便利商店的店長也被警方調查了喔。」

她冷不防地說。我驚訝地抬起眼。這個情報秋山也沒提到。

「警方懷疑他是我的共犯。」

「有那種可能性嗎？」

「警方現在就是認爲有。」她自嘲地揚起嘴角。「反正遲早會抖出來，我就告訴你吧。從去年到今年夏天，有段時期我和店長走得很近。不過我們純粹只是朋友，沒有更進一步的關係。」

外商證券公司的女強人和便利商店的店長。我不清楚店長是何種人物，因而無法驟下斷言，不過這個組合實在令人意外。

但如此一來，也就難怪警方會懷疑她了。

「眞可笑，如果眞的是我拉攏店長殺了我父親，當天早上，我怎麼可能特地跑去那家店？」

我無話可說。見我不回答，古屋曉子的煩躁飆到最高點。

「我是個有常識的人，而且不是我自誇，頭腦也還不錯。」

這點我同意。

「我父親說要爲奈良女士立一份遺書時，我也多方調查過，像那種要把遺產全部留給第三者的遺書，是否眞的能成立，究竟有無法律效力。」

這是賢明之舉。我點點頭催她往下說。

「結果我發現，我是父親的直系繼承人，就算他要把財產全部留給奈良女士，法律還是保障我可以分到特留分（註）。大約等於遺產總數的三分之一，金額雖然比直接繼承的少，但至少不至於

註：所謂的「特留分」，意指法律保障繼承人一定可繼承遺產之比例，在此比例範圍內不受被繼承人以遺囑分配之影響。

一無所得，還是有方法對抗的。到時候我只要申請扣減特留分的侵害額就行了。」

我把聽到的陌生字句轉換成漢字後，終於聽懂了。

「這點，我也向父親說明過。他的半吊子知識都是從電影和電視上學來的，囫圇吞棗，還以為只要按照程序立下遺書，就能如願以償。所以聽了我的說明之後大吃一驚，同時也罵我愛錢如命、冷血無情。但我斬釘截鐵地告訴他，如果他真的堅持那樣做，我也會對抗。他之所以拖了那麼久一直沒寫遺書，想必也是這個原因。起碼他覺得這樣不僅會讓和子女士拿到的遺產變少，和我之間發生那種爭執也很可悲吧。」

然而，即使她在偵訊室再怎麼極力辯解，警方還是不肯相信。

「他們說，這些一定都是我事後調查的。就算有特留分，全額和三分之一還是差很多。總之，他們就是鐵了心想把我當成兇手。」

她握緊拳頭往桌上一敲，咖啡杯和碟子鏗鏘作響。古屋曉子的眼中閃現淚光。

或許是因為埋藏已久的祕密，不管在什麼形式下至少一吐為快了。我們走出咖啡店互相道別時，她看起來好像比較振作，這令我信心大增，當下拜託她讓我和美知香談一談。她雖然沒有給我肯定的承諾，但還是謝謝我這麼關心美知香。

可是，她的道謝反而令我很尷尬，我這樣多管閒事究竟算哪棵蔥？

我有什麼權利去干涉別人的家務事？我到底在幹什麼？

可是，我沒回公司，卻走向大田區。我想去那家出事的便利商店，想去見見店長。

大田區，在不熟悉此區的人看來，或許對於高級住宅區的印象比較深刻，但是在實際走訪之後發現，那只限於部分地區。其實整體而言，這裡是個充斥著小工廠和老舊商家及商店街的地區。只是，在時代潮流的影響下，古老美好的商店街上，觸目皆是拉下的鐵門，大馬路沿線散佈著便利商店，取代傳統店家的公寓櫛比鱗次。

我只是隱約有印象，所以沿路向路人和店家問路，提起那宗命案，這才總算問出眉目。噢，那起氰酸鉀命案的便利商店啊。沿著這條路直走，第一個紅綠燈右轉……

歇業了。

「拉拉．巴西利」這個招牌依舊掛著，玻璃櫥窗上貼著告示——感謝各位的愛護，本店已於十一月底結束營業。牆邊的冷藏櫃和雜誌架、收銀台原封不動，只有商品搬空，貨架上空蕩蕩。那張告示的一角寫著聯絡電話。我用手機打去，一個俐落的男聲接起電話說：「你好，這是萩原貨運。」貨運公司？

事已至此，我還想做什麼？

「啊，不好意思，我想請教『拉拉．巴西利』的事。」

我在說什麼？

「你要採訪嗎？」

「不，是有點……私事。」

「請問是什麼事？」

不，不用了，我掛斷電話。自己都感到羞恥。

「請問……」

聽到招呼聲，我轉身一看。

來人身穿褪色的運動服與牛仔褲，腳上是一雙破舊的球鞋，肩上掛著大紙袋，是個年輕男子，年紀大約二十二、三歲吧。有點駝背，畏畏縮縮地窺視著我。

「請問有什麼事？」

「呃，請問你是……」

「我本來是這裡的員工。」

你是報社的人嗎？他再次發問。剛才在電話中，對方也問我是否要採訪。

「現在還有人來採訪嗎？」

聽到我這麼反問，青年又縮了一下脖子。

「應該說，最近又變多了……」

古屋曉子與店長的關係，以及他們受到的懷疑，顯然正逐漸被媒體察覺。這陣子增加的採訪，想必和之前來的目的不一樣吧。

「我不是記者，只是想來找一下店長。我不知道店已經歇業了。」

青年瞥向空蕩蕩的店內。

「案發後，客人變少了。」

「噢，這樣嗎？」

「本來生意就不太好，所以根本撐不下去。」

說著，青年從大袋子裡取出一些東西。是摺好的垃圾袋、迷你掃帚及畚箕。

「地上會有枯葉和紙屑，我每天只負責打掃店外。失陪了。」

他開始清掃，動作很熟練。

「那，你現在還是店員嗎？」

他笑著搖頭。「已經不是了，只是受人之託。」

這豈不是很感人嗎？

「是誰委託你的？這裡的老闆？」

「對。」

「老闆跟店長不是同一個人？」

「是店長的父親。」

他停下掃帚，眨著眼仰望著我。

「你不是店長的朋友嗎？」

我沉吟著含笑帶過。「這麼說來，店長是本地人？」

青年指著窗上貼的告示。

「這支電話的公司叫做萩原貨運，就是店長的父親開的。」

他親切地告訴我，露出困惑的表情。

「不過，請問你到底有什麼事？」

面對這個眼神不安的正經青年，我情急之下隨口瞎掰：「那個案子的受害者古屋先生，曾經在工作上照顧過我。今天我正巧經過附近，所以該怎麼說，忽然很想親眼看一下案發地點……」
我什麼時候變得這麼會說謊了。真不敢相信我居然又補上一句謊話：早知道應該帶束花過來。
「喔，原來是這樣啊。」青年拿著掃帚與畚箕，頹然垂首。「對不起。雖然現在道歉已於事無補，不過眞的很抱歉。」
「這不是你的責任。」
「不，是商品管理的問題。我們太鬆懈了，要是管理得仔細一點，就不會發生那種事了。」
他的眼神黯然，似乎打從心底譴責自己。近距離觀察下，他的健康狀態似乎不太好。以這個身高來說未免過瘦，而且氣色也很差。或許是爲了命案耿耿於懷。
「你要掃垃圾嗎？我幫你。」
青年一聽可慌了。啊，不好意思。我拉開垃圾袋，讓他把畚箕裡的垃圾倒進去。北風吹過，垃圾袋隨風翻飛。
「古屋先生以前常來，店長和我都認識他，每次結帳時都會打招呼。」
正因如此才更令人痛心，他補充說道。
「古屋先生的女兒說，她也常來這裡買東西。」
青年歪起腦袋。「他女兒嗎？」
「不過，其實已經當媽了。古屋先生連外孫都有了。」
「噢，是個高中女生吧？她好像曾牽著狗，陪古屋先生一起來過。」
說到這裡才想起，那隻狗不曉得怎樣了，他憂心地低語。是那隻古屋先生橫死時也在場的小狗，據說叫小白。

店長和古屋曉子的關係，是否明顯到連員工都看得出來？從這個青年剛才說話的態度看來，他似乎很訝異爲何最近又開始有人找店長。這是否表示，他什麼也沒發現？

「想必店長也很震驚吧，連店都收掉了。」

我以爲青年一定會說「那當然」，所以才故意這樣問，可是青年並未回答。他把垃圾袋的袋口綁緊，放進腳踏車的車籃，收起掃帚和畚箕。有時背對著我。

我正在猜想他是否沒聽見，他卻忽然停手，眼眸更加晦暗地轉頭看我。

「我想，店長應該不要緊。」

他的聲音低啞得幾乎被路過的車輛聲蓋過。

「他本來就無心做生意，早就想關店了。所以……他應該不在乎吧。」

我聽見話中帶著責難的意味。

「就算店長不想做了，畢竟是受人僱用。」

他用力搖頭。「不是的。這塊地是店長父親的，開設這家便利商店也是他父親的命令。」

「你是說萩原貨運的……」

「對，那裡的老闆。他很有錢喔，在這一帶很出名。」

「聽說開便利商店之前，這裡本來是投幣式停車場。」

「你還眞清楚。」青年有點瞠目。「你跟古屋先生一定很親近吧？」

「也沒那麼熟，不過我認識他女兒。」

面對他刺探的表情，我露出殷勤的笑容回答。

「如此說來店長萩原先生，只是奉父命開店，並不是有心從商。剛才你說對商品管理太馬虎，或許也是這個原因吧。」

「你說的沒錯。」

「就算是這樣，你也用不著這麼自責，打起精神來。最不應該的，是做出這種事的犯人。」

這不是敷衍，是我的眞心話。但，他的表情依舊僵硬。

「謝謝！能跟你談談眞好。剛才忘了自我介紹，我姓杉村。」

青年對我鞠躬，並沒有報上他的姓名。我緩緩離去，從電線桿後面目送他推著腳踏車越過十字路口。

沒幹正事卻閒逛了一整天，我筋疲力竭地回到家。這一身疲勞，大部分來自於自我厭惡。我連晚餐也沒胃口，妻子似乎立刻就察覺了。她問我怎麼了，我忽然覺得自己像小孩一樣在撒嬌，雖然那樣也很窩囊，我還是把經過告訴她。

我們家很少看電視，因而桃子這個噪音製造來源一就寢，家中就悄然無聲。在這種情境下自己的聲音一字一句地響起，聽起來有種莫名的凝重，又好像帶著點虛幻。殺人案的內幕本就不適合在家中談論，或許眞的是這樣吧。

「最近，我覺得你好像毛毛躁躁的。」

「會嗎？」

「會，居然還跑去直接採訪秋山省吾，嚇了我一跳。」

簡直像眞正的採訪記者，她笑著說。比起喝酒，還是這個比較好吧，說著她替我泡了一杯熱可可。眞的把我當成小孩了。

「他是怎樣的人？果眞反應很快嗎？」

「我是這麼覺得。給人的感覺也充滿自信。」

「要不然，怎麼可能年紀輕輕就勝任那種工作。」

妻子微笑，用挑逗的眼神看著我。「老公，你對那種工作有點興趣吧。」

我很驚訝。壓根兒沒想過。

「完全沒有。」

「眞的嗎？是你自己沒發覺而已吧。」

「我不可能成爲作家的。」

「可是，你很喜歡跟人見面打聽消息，或是去調查不明白的事吧。」

「我現在看起來也樂在其中嗎？」

「也沒有那麼明顯啦。所以，我才會說你毛毛躁躁的。」

我深刻反省。

「我不會再深究了，保證不多管閒事。」

「你用不著那麼委屈。」妻子噗哧一笑。

「是啊，再繼續打聽下去的確不太好。不過，你的心情我能體會，你是眞的擔心古屋家的母女吧。」

是這樣嗎？我的多管閒事，純粹只是出於善意嗎？

「不，我只是喜歡湊熱鬧。」

妻子露出每當桃子爲了和朋友吵架或才藝練得不順手而沮喪時，安撫她的表情——我知道我知道，媽媽都知道，妳是乖孩子。

「我也很擔心古屋先生的女兒。」

「妳認爲她有嫌疑嗎？」

「那也要看她和那家便利商店店長的關係究竟到什麼程度……」

「妳是指是否親近到足以成爲共犯。」

「嗯，不過，店長似乎也有個人動機。被有錢的父親逼著做生意，他不是很不甘願嗎？」

「根據前任店員的說法是這樣沒錯。」

古屋曉子想要父親的財產，店長渴望結束被父親逼著經營的便利商店。

這時，發生了連續隨機毒殺案，眞是絕佳時機。只要僞裝成是同一名犯人幹下的，古屋曉子就可以把惹惱她的父親「收拾」掉。而店長，也可以獲得結束營業的好藉口。

這是一石二鳥、互蒙其利的妙計。

妻子嘆息。「那個店員也眞可憐。」

「是個氣色很不健康的年輕人。不是常常看到的那種生活頹廢的不健康，是眞的令人覺得他的身體有問題。」

他推著腳踏車踽踽獨行，不知要去哪裡。在他回去的地方有人等著嗎？他有一個什麼樣的家庭呢？他給我一種孤獨的印象。不過，這純粹是我自己的想像。

「爲了兩千萬，你下得了手殺害自己的父母嗎？」

妻子問我。我愣了一下，回看著她。

「一邊是兩千萬，另一邊是父母的生命耶。」

「這不只是金額的問題。不過的確是筆鉅款。」

就算只是爲了兩百萬、二十萬，照樣可以構成殺人動機。金錢對人來說，就是這麼切身需要。

「說的也是。的確是筆鉅款。」

她看似同意的話，背後卻帶著（我實在無法理解）之意。

彷彿在說（我只能憑空想像，很難有切身感受）。彷彿在說（你可以理解吧）。

對，我能理解。

11

媒體開始把古屋明俊命案和連續隨機毒殺案切割開來並單獨報導的時間，比我想像得還晚了一些。此外，中間也經歷了某項過程。那就是第二起命案，發生在橫濱市神奈川區自營業者命案的破案經過。

這起案子也是「兇手」主動自白。

死亡的自營業者是自行服下氰酸性毒物自殺的。他經營的辦公事務機器出租公司出現財務危機，個人也瀕臨破產。必須撫養高齡老母、妻子及三名子女的他，決定用自己的死亡來換取保險金。

自殺也能領到保險金。但他投保的壽險，附有常見的「特約條款」，如果是死於意外或犯罪造成的橫死，死亡理賠金將會加倍。

他獨自擬定計畫，買到毒藥，要求妻子協助，硬是說服妻子幫他說謊。

根據報導，神奈川縣警局的專案小組早就懷疑這起命案有自導自演之嫌，一直在進行查證工作。他的妻子也多次接受警方偵訊。這些消息之所以沒有公開，是因爲那名少年犯下連續隨機毒殺案所造成的煙幕效果。

但是，隨著那兩起命案的偵破，煙幕消失了。他的妻子在律師陪同下出面自首供稱，當那個無厘頭的毒殺犯被捕時，她曾經多次想向警方坦承一切。她已經瞞不下去了。但，每次亡夫都會在夢中出現，叫她別讓孩子們孤苦無依，別讓他白白犧牲，以致她遲遲開不了口。

只用自導自演這四個字道盡一切，實在令人不勝唏噓。

於是，現在只剩下古屋先生的案子了。

之前還受到控制的煞車，頓時如脫韁野馬。媒體雖然還算保留地沒寫出眞實姓名，但古屋曉子和便利商店「拉拉．巴西利」的店長接受偵訊，以及奈良和子的存在，都被電視新聞給報導出來了。這是因爲警方開始放出風聲。

我頻頻發信給美知香，但她毫無回音。只要一打開電視，便可看到古屋家正遭受記者圍攻，或許他們外出避難去了。就算古屋曉子不顧自己的安危，起碼也會保護美知香吧。

而奈良和子，在傍晚的某新聞節目中，以「與被害者關係親密的女性」身分接受電話專訪。她沒有露面，聲音也經過加工處理。即便如此，從她訴說自己毫不知情、對警方絕無隱瞞的話語中，還是聽得出無助、畏怯得幾乎隨時都會哭出來。

我看了那個節目，得知她住的小公寓和古屋家只有一站電車站的距離。據說是在古屋先生的遊說下，兩年前搬來的，房租由古屋先生負擔。

古屋先生除了週末之外，每隔兩、三天會去她那裡一趟。幾乎都是白天過去，悠哉地待到傍晚才走，有時候也會帶著狗一起去，這是她在記者詢問下的答覆。大概是帶著小白，趁著散步順道過去看看吧。

可是案發當天，她表示並沒有和古屋見面。當時，她罹患感冒臥病在床，這一點古屋也知道。他們上午通過電話，古屋詢問她的身體狀況，並問有沒有需要什麼，她回答說不要緊，但是得再躺個一天。古屋表示明天再過去看她，兩人便結束通話。她說這是他們最後一次交談。

於是，嫌疑集中在古屋曉子和「拉拉．巴西利」的店長萩原身上，媒體開始報導兩人共謀說。奈良和子雖然也有動機，卻沒機會，而曉子與萩原則是兩者兼備。

從報導中無法得知兩人目前處於何種狀態，雖未被警方逮捕，也沒有被拘押，不過警方的確緊盯兩人，這種不上不下的緊張關係，連旁觀者看了都會喘不過氣來。曉子聘請的律師，目前也沒有出面。

「說不定阿省知道些什麼。」

小五前去向秋山打聽情報，並且向我展示成果，是在報導開始的三天以後。

「要逮到阿省，比向他打聽消息還難。」

她嘀嘀咕咕地抱怨著。

根據秋山的情報，調查當局目前正極力清查曉子與萩原取得氰酸鉀的方式與管道。反過來說，這也表示警方至今仍未從兩人身上找到這樣的跡象。

「阿省說警方在沒弄清楚這一點之前，應該不會逮捕他們。」

小五一邊唸著草草寫下的筆記，一邊解釋給我聽。

「氰酸鉀——也就是凶器——的來源如果沒查明，就很難起訴。」

畢竟毒物不是烏龍茶本身含有的成分，同樣地，也不是憑空而降。如果換作以前，等犯人被抓回局裡再慢慢逼供或許行得通，可是今非昔比。

「警方好像還在懷疑是網路交易。古屋曉子小姐，呃，據說已主動交出她的筆記型電腦。」

我稍感安心。以這種方式配合警方的調查，應該可以化解她與美知香之間的心結吧。古屋曉子正積極地證明自己的清白。

「好像也有搜索她家喔。」小五臉色一暗。「美知香小姐現在不知怎樣了，我覺得她就像我的朋友，害我好擔心。」

那晚我一回家，妻子已經在等我，她也像小五一樣擔心。我立刻把秋山的情報告訴她，她就拎著我的大衣專心聆聽。

「白天的談話節目有採訪便利商店店長的父親，我幫你錄起來了。」

我匆匆吃完晚餐，桃子還沒睡，於是我躲進書房，一個人看那卷錄影帶。

節目中沒提到萩原社長的姓名，也沒拍到他的臉，不過聲音並未經過變造處理。他從一開始就怒火全開，甚至放話表示沒做虧心事，就算把他們父子的身分公開也沒關係。記者反而要頻頻安撫他。

他年近七十，但體格粗壯結實，穿著相當花俏的格紋外套，嗓門很大。雖然不斷地保護自己的兒子，卻又口口聲聲罵他「笨兒子」、「敗家子」。

「他打從學生時代就熱愛戲劇，簡直是個笨兒子。」

可是他絕對不會殺人。

「他和古屋家的小姐，只是走得比較近，根本沒有深入交往。他就是沒那種毅力，快到四十歲依然遊手好閒。你說說看，他幹嘛爲了那種人搞垮自己。」

記者回嘴，聽說令郎早就想結束營業了，社長一聽更火大。

「所以我才說他是敗家子！不止是這次，他一直都是這樣。我千方百計要讓他走上正軌，不是讓他開店就是替他找工作，不知吃了多少苦。可是那小子每次都落跑，害得我得在後面收拾爛攤子。」

正因如此，這次兒子絕不可能爲了結束營業鋌而走險，他高聲說道。

「如果他不想幹了，只要丟下一切逃之夭夭就行了，那一點也不難。他每次從我身邊逃走，自己在外面過個一年，要是缺錢就會乖乖回來任我掐著脖子。那個笨蛋老是來這一套。」

明知這時候不該笑，我還是忍俊不禁。書房的敲門聲響起，妻子探進腦袋。

「啊，你在笑。」說著，她也綻放笑容。

「看吧！我之前也是，明知不該笑卻還是忍不住笑了。」

她端來紅酒與小菜，在我身旁坐下。

「照他父親的說法，萩原店長好像還搞過戲劇呢。」

「也許是所謂的小劇團吧。」

不知他是演員是編劇還是導演。總之，古屋曉子和他「走得比較近」的原因似乎也在於此。我們倆如此做出結論。

憤怒的父親——萩原社長的訪談結束後，換成女記者站在「拉拉．巴西利」前的影像。她一邊在四周走動，一邊說明案情概要。那家店依舊和我造訪時一樣，毫無改變。

這時，自稱前任店員的青年出現在女記者身旁，雖然沒拍到臉部，但肯定是那個青年。今天大概也是來掃地的吧，肩上跟那天一樣掛著大紙袋。

他和女記者開始一問一答。女記者傾身向前，熱切地發問，但他的回答卻有一搭沒一搭地斷斷續續。

「這就是你遇到的那個男孩吧？」

「嗯，他果然還是無精打采。」

青年說古屋的死令他大爲震驚，還說是店方對商品管理不周，又說：可是店長不是兇手，店長不是那種人，因爲我相信他。

「你見過古屋先生的女兒嗎？」記者問道。

「她是我們店裡的客人。」

「是什麼樣的女性？」

「我覺得是個很規矩的人。」

「你知道她和店長很熟嗎？」

「不知道。店長對每個客人都很客氣。」

這段對話並不長。女記者身後出現幾名青少年，是來湊熱鬧的，他們對著鏡頭拚命揮手擺姿勢，還有人忙著打手機，也許正在通知別人自己上電視了吧。那個年輕店員，就這麼在混亂中被擠出了畫面。

「這種事難道要一直持續下去嗎？」妻子咕噥。就算毒物的取得管道和方式沒查明，但如果案情繼續陷入膠著，警方為了改變這種現狀，說不定會下狠招，我說。警方或許會扣押那兩人之中的某一個，然後再對另一個施壓。

「說到那個在女友陪同下自首的犯人，」妻子說。「那個人幹的好事，大家好像早就忘了。」

她一臉不滿。

「歸根究柢都是因為他做出那種蠢事，才會引發其他案件。」

書房的門開了十公分。從門縫之間隱約可見白色的東西，那是睡衣的袖子。

「小鬼，妳在玩躲貓貓嗎？」

我一出聲，桃子就從門後探出頭。她也臭著一張小臉，顯然覺得只有她被排擠。妻子想逗桃子，故意對她說拜拜。

「哎呀桃桃，晚安囉！」

你們壞壞，桃子跳腳說道。我倆相視一笑，桃子也笑著撲了過來，爬上我的膝頭。

12

兩天後，古屋美知香乍然現身編輯部，她的表情出乎意料地鎮定，忽然像個大人似地向大家客氣寒暄：讓各位擔心了！

她穿著制服，時間是下午兩點過後。妳沒上學嗎？我問。她笑著說沒蹺課不用擔心。

「期末考已經考完了，現在沒什麼課要上。」

美知香說，現在住在好友木野同學——小海的家裡。據說報導一開始出現，小海的爸媽就勸她搬過去住。當然，古屋曉子也同意。

「妳母親怎麼樣？」

美知香沒低頭，筆直地看著我回答：「正在戰鬥，她佔了上風喔。律師也是個好人，幸好。」

「他相信妳母親。」

「對。」

明亮的眼神，正無言地說著（我也相信）。美知香看起來瘦了一些，但臉頰的線條柔和。撇開我有沒有幫上忙不說，看來至少沒妨礙到他們母女倆，這讓我鬆了一口氣。

「和我媽好好談過之後，我心裡的疙瘩都沒了。接下來，就等警方趕快停止那些蠢事，逮到眞凶就行了。」

不過——說著，她誇張地聳聳肩。

「那個人也眞是傷腦筋。」

她在怨嘆自己的母親。

「誰教她要跟便利商店的店長約會，時機也太不巧了。」

對於兩人的交往，她似乎不怎麼震驚。我也因此得以輕鬆地開口詢問。

「那個萩原先生，是什麼樣的人？」

「藝術家。」美知香當下回答，然後笑著補充：「是他自稱啦，自稱。」

「聽說他在玩戲劇。」

「好像是那種前衛劇。是我逼問我媽的，我媽說去看過一次演出，她看得一頭霧水，不知道在演什麼。」

所以才沒發展成男女朋友嗎？

「我媽向來受不了這種誘惑。」

她解釋說：因爲我媽是個實際的人，所以會深受與自己相反的人吸引。

「萩原先生叫做萩原弘，不過他寫劇本的筆名是昴小路。昴耶，那個昴耶，很好笑吧。」

「這名字我沒聽過。」

「當然不可能聽過。」

她的話鋒有點尖銳。

「連我媽都說，那是有錢人家的少爺拿來當消遣。她明白了這一點，激情立刻冷卻了。我媽和萩原先生來往時，其實正有點煩惱，是為了她上司的事。」

那個上司是我媽的情人，美知香說道。

「他們拖拖拉拉地交往了很久，也沒有未來，對方又是外國人，她很懷疑這樣耗下去究竟對不對。當然，一方面也是顧慮到我吧。」

美知香恢復正經的表情，突然又笑開了。

「只因為這樣，就轉而跟天天光顧那家便利商店的店長搞曖昧，她的想法也太直接了吧。真是急性子。」

聽起來不像在談自己的母親，倒像在說年紀相近的姊姊或朋友。

「那家『拉拉．巴西利』的規模很小，不過好歹也是『PIA』（註）的售票窗口，可以買到演唱會或戲劇表演的門票。」

「好歹」這個字眼很辛辣。

「我媽想和公司同事去看歌舞劇，於是利用那家便利商店的購票系統買票，所以萩原先生才會主動跟她搭訕。大概是說一些妳看那種戲嗎，那齣戲很爛，我勸妳別看之類的。」

美知香又笑了。笑到這種程度，已經有一種勉強的感覺，但我還是配合她。

「這種搭訕手法直接到可笑的地步，可是我媽偏偏就吃這一套。她明明很聰明，可是一看到好像比她懂更多的人，聽人家扯個幾句，她就馬上昏了頭。只要對方能教她一些什麼，她立刻滿心佩服並愛上對方。」

她和上司之所以會談戀愛，大概也是這個模式吧。

「妳母親本來就是個美女，萩原店長說不定早就在找機會了。」

「是嗎？哼，原來男人是這麼看她的。」

「她是一位很出色的女性。」

重重的敲門聲響起。我們正在編輯部的小會議室裡，我怕美知香討厭人多的場合，便把她帶進會議室，但總編或許會怒吼「不要公器私用」。

我才要起身，門一開，小五已探進腦袋。她端著放有兩杯咖啡的托盤。

「嗨，打擾了。妳好！妳是古屋美知香小姐吧。我是在杉村先生手下打工的五味淵。請多多指教！」

小五一直很擔心美知香。在這個節骨眼，沒想到當事人精神抖擻地現身，她自然喜不自勝。雖然她自以為認識美知香，但美知香卻對她一無所知。小五這番突兀的自我介紹，令美知香當場愣住。

「這是現煮的咖啡，我沒有煮得很濃，來，請用。」她笑咪咪地把杯子擺到桌上，再把空托盤往胸前一抱，紅著臉連珠砲似地說道，「呃，我知道妳最近很不好受，不過妳要打起精神來喔。正

註：發行情報雜誌並販售各類門票，是日本最大的售票系統。

確的事，就算得花一點時間，也會證明那是正確的。」

她把想說的話說完，立刻一臉害羞地逃之夭夭。美知香傻了眼。

「這人還眞不是普通的活潑。」

「不好意思嚇到妳了，不過她是個好女孩，一直很擔心妳和妳母親。」

「她知道我的名字耶。」

我和小五認識的經過，不便告訴美知香，只能困窘地猛抓頭。

「對不起。」

「沒關係，杉村先生不會惡意地把我的事拿來當作話題，所以我不介意，不過你把我寫的東西給她看了嗎？」

「怎麼可能!?我絕不會在未經妳的同意下做那種事。」

美知香不置可否地嘟起嘴。「我倒是覺得給她看一下也無所謂。」

我還是打算放在網路上，她如此表明。

「北見先生說，如果我對於收到不愉快的電子郵件或被駭客入侵已做好心理準備，那就試試看也無妨。」

「北見先生？」

「他出院了，已經回到社區。」

美知香說幾天前，他們還在那個鞦韆旁遇個正著。

「他變得很憔悴，拄著拐杖走路。我問他身體不要緊了嗎，他笑著說反正已經活不久了，也無藥可醫，他寧願死在家裡，所以才硬逼院方放他回家。」

據說北見一看到美知香就向她道歉。毋庸贅言，自然是爲了美知香昏倒被救護車載走的那件事。

「他這樣反而讓我不好意思。可是北見先生說，他當時應該體諒我的心情，好好向我說明才對。」

小五說咖啡「不濃」，結果並非如此。那味道相當苦，美知香只喝了半杯。我暗忖，早知道應該請她喝果汁或其他飲料。

我覺得舌頭澀澀的。

「不管怎樣，妳還是覺得光是寫東西不夠嗎？」

美知香沉默了一下，然後搖搖頭。

「和之前的意義不同。之前，正如杉村先生說的，我只是渴望有人傾聽我的心聲。而且，最應該傾聽的就是我自己。可是，現在不同了，該怎麼說呢？大概是想讓社會大眾都能正確理解這個現況吧。」

「妳是指妳和母親面臨的狀況。」

「對，包括警方的人講話很遲鈍，媒體也沒有照著我們說的話忠實報導等等。」

美知香說：我想讓大家知道。也許是累了吧，那發音聽起來變成「我想蕩大家吃烙」。打從剛才，她就有點口齒不清……

「的確，如果利用網路，身爲當事人的妳就可以傳達比任何人都正確的訊息。可是，不見得人人都會照妳所寫的意思去解釋喔。」

「照李所寫的意自氣解釋喔」——我的發音是否也怪怪的？

「杉村先生……」美知香皺起臉。「奇怪？好像有點……」

暈暈的，她說。眼神開始渙散。

「是啊。一定是……空調的關係。」

我打算站起來去開窗子，這才發覺身體像沙袋一樣重，我的腳踩在地板上，雙臂試圖用力撐著桌子，但是身體抬不起來。

「好怪，對吧。」

美知香緩緩地眨眼。之所以用手指抓著桌邊，大概是因爲不這樣會跌倒吧。不，即便抓著還是開始歪倒。就像在電車上打瞌睡的人，脖子一軟便往旁倒下。

「好奇怪喔，杉村，先生。」

美知香發出緩慢的囈語，求助似地朝我伸手。那隻手揮舞著划過空中，最後落在桌上。咖啡杯倒了，她沒喝完的咖啡灑了出來，茶色的細小水沫噴濺。

異樣苦味的咖啡。

美知香趴倒在桌上。我從椅子上拖著屁股滑下，雙腿一軟跪倒在地上。我緩緩爬行，伸手去抓門把。握不住……，終於握住了，轉不動。

編輯部的電話正在響，響個不停，總編和谷垣先生還有小五應該都在。

可是，無人接電話。

握把終於轉動，我把整個身體倚向門上，門開了，我就這樣緩緩地倒在地上。
小五蜷伏在走道上，身體縮成一團倚著牆。
小五，妳怎麼了沒事吧——自己的聲音聽起來很模糊。
突然間，包圍我的空氣好像變成黏稠的透明樹脂。一切都好重，光線變得不再透明，牆壁走廊和桌子勾勒出的直線末端似乎無力垂落。
我爬到小五身邊，想要觸摸她的手臂，我的手笨拙地撞到小五，她被撞得順勢向前傾倒，雙眼緊閉，呼吸深沉。
我拼命地，以慢得令人心急的速度往前爬。
失去意識前，我最後看到的，是園田總編在地上伸得長長的腿和她的鞋底。

13

沒有人死掉。就連睡得最久的園田總編，也在十個小時以後於醫院清醒。是的，我們好端端地醒了。
只不過，這不是普通的午睡。這是一起案件。
當我躺在急診室一角的病房內，在推床上睜開眼睛時，身旁是我的妻子，加西也在。妻子雙眼含淚，加西雖然慌亂還是滿面笑容。

「啊，太好了。」

這是他說的第一句話。

「大家都沒事，你放心吧杉村先生。」

我無法立刻出聲，喉嚨好乾，嘴裡有膽汁的味道，自己的唾液怎麼會這麼苦？

「聽說是安眠藥。」妻子握著我的手說。囁語般的聲音，在我耳畔響起。她一開口，就掉下一滴眼淚。

「你們喝的咖啡被人攙了安眠藥。」

「聽說份量多得足以把一匹馬迷昏。」加西補充道，「不過，大家都平安無事。谷垣先生的頭撞了一個包，小五有點嘔吐，啊，總編還沒醒。不過她的呼吸和心跳都很正常。」

有人從身後呼喚，加西扭過頭回應。

「啊，公司也來了不少人，我要去見他們。剩下的事你不用操心，杉村先生。」

他匆匆地走了。他忘了美知香，美知香怎樣了？

「那個小姐，美知香。」

妻子用力握緊我的手，試著對我一笑。

「她也沒事，她是症狀最輕的，剛才她母親來過了。」

我的目光游移，還是說不出話，嘴唇像是掛了一百公斤的鉛塊。

「父親正在路上。」

我閉上眼。如果能開口的話，我真想說：啊！好痛。今多會長御駕親征嗎？

「我想可能會上一下新聞，不過那方面的事交給廣報公關部和社長室應該可以擺平，他們是專家。」

桃子呢——我問。

「在我哥那邊。你別擔心。」

護士過來替我量脈搏和血壓，問我有沒有感覺哪裡疼痛。

「你慢慢地動一動手腳關節。」

接著又檢查我的手臂和腿，確認有無瘀青。幸好我昏倒得很有技巧，渾身上下都沒事。谷垣先生會腫一個包，八成是昏倒時撞到的吧，幸好只是腫一個包。

我抱怨嘴裡發苦。

「喔，那是後遺症，服用安眠藥或鎮定劑常有這種現象，應該過個一天就會消失。你會頭痛嗎？」

「感覺有點重重的。」

「那應該也是藥效造成的，不過如果痛得很厲害就得做檢查了。」

「需要住院嗎？」妻子問。護士對含淚的她報以微笑。

「我去問問醫生。以現在的情況看來應該可以回家。不過……」說著，她瞄了一眼正傳來人聲的走廊，「警察也來了，好像正在輪番找大家做筆錄，在筆錄沒做完之前，我想你最好在這裡等一下。」

我實在很想趁岳父抵達前逃離這裡，看來是不可能了。

「妳要不要先坐著冷靜一下？看妳這副德性，會被勒令住院的可能是妳喔。」我慢吞吞地催促妻子。她的心臟虛弱，這話不是形容「膽子小」，而是她的心臟真的有毛病。

「對不起嚇到妳了。」

「用不著道歉，這是無妄之災。」

她用手帕擦拭眼角，緊繃的臉總算有點放鬆。「不過，剛接到加西先生的電話時，我嚇得心臟都快停了。」

「是加西通知妳的嗎？」

據說也是他發現我們像冷凍庫的鮪魚一樣七零八落地倒在地上。

「對，他年紀雖輕，倒是挺能幹的。起先，他說公司稍微出了一點狀況，接下來在說明之前，叫我先做個深呼吸。」

我笑了。加西也知道我妻子體弱多病。不過，這種預告反而只會造成反效果吧。

「可是加西先生不是叫我『杉村太太』，而是喊『大小姐』耶。」

「別看他那樣，其實機靈得很呢。」

正在聊著，身穿病服、踩著拖鞋的谷垣先生出現了，頭上還壓著冰袋。緊跟在他身後的，是個身材嬌小而豐滿的同齡女性，應該是谷垣太太吧。

「啊，杉村先生也醒了。」說著，他咧出大大的笑容，然後立刻皺起臉。「噢，好痛。」

我們互相問候。谷垣先生爬上我旁邊那張病床。

「剛才我就是睡在這裡。我去照X光了。」

「這個人腦袋硬，所以骨頭沒事。」谷垣夫人逗趣地說道。她一笑起來就看不到眼睛，有張圓潤親切的臉孔。

「現在，港中央分局的刑警，正在對古屋小姐和五味淵小姐做筆錄。」

他說兩人在走廊對面的那間病房。還沒醒的總編被留在急診室，據說還在接受心電圖檢查。

「因爲園田小姐多喝了一杯。」

我們互相詢問對方的感覺。據說當時谷垣先生他們也發覺咖啡特別苦，可是總編表示就是愛這種苦味。

「眞可憐，咖啡是五味淵小姐煮的，所以她有點慌了手腳，剛才好像還在哭呢。」

他說去病房探視過。我越來越擔心了。

「既然正在做筆錄，那我們最好也在場吧。小五又沒有錯，她自己也喝了咖啡。」

谷垣先生用空著的左手做出安撫我的動作。「那倒不用擔心，我已經跟警方說過了，這是外人幹的，我心裡有數。」

「你的意思是？」

聽到我這麼問，谷垣先生一臉意外地瞪大眼睛。「這還用說嗎？當然是那個女的。」

「你是說原田小姐嗎？」

「不然還有誰？除了那個女的，不可能有人對我們下這種毒手。」

是原田泉潛入編輯部，把安眠藥攙進咖啡裡的嗎？

「你不要妄下定論啦，老頭子。」

谷垣太太像斥責搗蛋的小孩一樣喝止他。谷垣先生卻不肯讓步。

「本來就不可能有其他人嘛。況且那個女的，也說過她有睡眠障礙。你忘啦，有一陣子，她不是常常遲到嗎？我們一責備她，她就辯解說什麼她是生病沒辦法，還說她可以拿醫生證明給我們看。」

我沒聽說過。我警告她別再遲到時，她是跟我說有嚴重的低血壓。她的藉口，顯然是因人而異。「低血壓」用來應付我或許管用，可是對老派的谷垣先生來說，有被駁斥爲「妳那是發懶」之虞。所以她才會搬出「睡眠障礙」這種更高級（雖然我不知道哪裡高級）的字眼吧。

不過，就算她平時眞的有服用安眠藥或鎮定劑，我也不會覺得奇怪。如果過著情緒起伏那麼激烈的生活，成天用謊言來武裝自己，想必會有相當大的心理壓力，根本無法安眠。她可能眞的有在看醫生。

事實上，能夠盡快查明咖啡裡攙的東西是安眠藥，還得感謝谷垣先生。加西從外面回來發現我們時，谷垣先生還勉強有點意識。

「頭上這個包，就是我想要站起來時腳步不穩，一頭撞上水泥柱的柱角才造成的，痛得要命。不過，也因此讓我沒有完全昏過去。」

這種苦味、這種身體的沉重感與酩酊感，他說當下令他恍然大悟。

「我內人有段時期也曾向固定看診的醫生拿過這種藥。」

接下來由他太太說明。

「在我遇到更年期時，該怎麼說呢？算是神經衰弱吧，變得很憂鬱，連飯都吃不下。最痛苦的，就是一到晚上便會胡思亂想，不安得幾乎要心碎，怎麼都睡不著。我先生也很擔心，四處帶我看醫生，所以有很長一段時間……，大約兩年吧，我都是靠安眠藥入睡。」

那種藥，谷垣先生說「想試試看是什麼滋味」，他自己也服用過。

「吃下去不到十分鐘，身體就變得好像重達百噸，啪地往被窩一倒，然後睡得跟死人一樣。隔天，頭又痛嘴巴又苦，我眞佩服我太太吃得下這種玩意兒。」

「可是，我倒是因此獲得解脫。」

那叫什麼藥來著，妳吃的那種還算是藥效較輕的，說著冒出一堆洋名。原來還分那麼多種啊。

忽然傳來一聲「打擾了」，病房門口站著兩個穿西裝的男人。一個沒見過，另一個我倒是認識，是會長室「冰山女王」的直屬部下，我記得他姓橋本，年紀比我輕。兩年前，今多財團的主業——物流部門的卡車，在名神高速公路發生車禍造成有人傷亡，就是他獨自負責對外交涉。當時的經過，我還曾經採訪過，只是沒能刊登在「藍天」上。

前面這張陌生臉孔是刑警，此人年約四十歲上下，板著那張下巴尖削、眉頭深鎖的臭臉，拿出警用手冊表明身分。但，一開口說話，聲音卻像配音員般柔和悅耳。

「我是港中央分局刑事課幹員松井。這次眞是無妄之災，身體還好嗎？」

我們異口同聲地回答，要做筆錄毫無問題。谷垣先生甚至摩拳擦掌躍躍欲試。但，就像算準時機似地，護士偏在這時過來喊他，說他得再做一次尿液檢查。谷垣先生不情願地被帶走，他太太也向我行個禮便跟著走了，眞是懂得察言觀色。

「抱歉讓我先說句話。」橋本向松井刑警致意後，把目光轉向我。「鑑識小組現在正在編輯部做調查，不過其他同事都在場，還是可以接電話。杉村先生，請問你今天本來有安排跟誰見面或開會嗎？有沒有什麼地方必須緊急聯絡？」

「那倒沒有，不要緊。」

「那就好。」

他那公事化的笑容無懈可擊。以前總編曾說，「眞正的廣報公關部成員和會長室『直轄』的職員，必須外表亮眼體面才行。不過，重點在於又必須好看得無損知性形象，不會讓人討厭。」

橋本把視線轉向我的妻子，彬彬有禮地一鞠躬。「好久不見。四月時，在會長主辦的賞花活動上曾見過您，我是遠山的助理橋本。」

妻子客氣地欠身回禮。「耽誤你工作，給你添麻煩了。」

「不敢當。夫人，會長要我轉告您。會長本來一聽到消息就急忙趕來，可是正逢年底路上塞車嚴重，接下來又已排滿行程，只好中途打消來意。如果有什麼事需要善後處理，命令我就行了，還請您儘管吩咐。」

「謝謝，要靠你了。」

妻子再次雍容大方地行禮。我暗自撫胸慶幸，幸好都內塞車，萬歲。

「所以，恕屬下斗膽僭越，必須以會長代理人的身分參與杉村先生和警方的會面，松井刑警也已經同意了。」

刑警似乎不在意，爽快地把手邊的凳子拉過來坐下。妻子也請橋本坐下，但他就像恭謹的侍從般退後一步，挺起腰桿站得筆直。

長相凶惡、聲音悅耳的刑警，劈頭就問我：「聽說你是他女婿。」

「啊？喔，對。」

妻子用悄然相助的聲音說：「我是杉村的妻子，也是會長今多嘉親的女兒。」

「這樣嗎？那可是會引起大騷動，幸好不嚴重。」

他迅速地理出頭緒，針對我所經歷的事一一發問。發問、回答、發問、回答，就像在放棋子，想必會交織成漂亮的黑白棋陣吧。這不是黑白棋，一枚黑棋不可能翻倒所有的白棋。

問話告一個段落，松井刑警啪地兩手一拍。

「原來如此。說到這裡，我聽剛才那位谷垣先生說，你們好像鬧過人事糾紛？」

我點點頭並開始說明。一邊說，一邊暗忖，松井刑警顯然已經對原田泉的問題很清楚了，清楚到不單是谷垣先生隨口透露兩句的地步。

於是，我這才慢半拍地醒悟。是橋本，他是「冰山女王」的心腹。我找岳父商量，得到岳父的全權委任，任務失敗後又把燙手山芋拋回給岳父的這一連串問題——包括我瞞著谷垣先生和總編的那封挑起戰火的信——他肯定都知道，並且還告訴了松井刑警。警方找我問話只是做個確認。

「在藥物成分的分析結果還沒出來之前，當然不能妄下定論。」

松井刑警翻開記事本，垂落視線。

「不過攙在咖啡裡的，好像是一種叫做『阿德維靈』的安眠藥。那是沒有處方箋買不到的藥品，據說藥效比開給一般失眠症患者的安眠藥更強。」

「既然分析報告還沒出來，那怎麼會知道藥名？」

對於我的問題，刑警像要說（虧你能發現）似地挑起雙眉。
「是鑑識小組發現了這種藥的包裝。」
我和妻子面面相覷。
「就扔在你們的辦公室——叫做編輯部吧——的茶水間垃圾桶裡。一共兩帖，裡面的藥丸都被拿出來了，總共有二十八顆。一般使用量，成人是一次一顆，正如我剛才所說的藥性很強，通常吃上一顆馬上就會不醒人事。」
「這是……怎麼一回事？」
妻子不止是不安了，她很害怕。
「那種東西被扔在那裡，表示是編輯部的人下的藥……」
「不，還很難說。」刑警露出笑容。一笑，長長的牙齒就引人注目，很像吸血鬼。枉費他有副迷人的嗓音，這下子頓時魅力全消。
「也有人認爲，如果是自己人幹的，不會做得這麼草率。這種下藥案件，通常都得從藥物不知名的情況下揭開序幕，造成更強烈的不安與恐懼。正因爲不清楚攙的是什麼，自然無法做出正確處理。」
「那麼，這個犯人算很好心囉。」
我妻子雖然是個不懂世間險惡的溫室花朵，平時倒也看不出來。但，一遇上緊急狀況就會暴露這一點，給人一種「單純得有點蠢」的感覺。
「與其說是好心，其實是另一種惡意。」我努力掩護她。「在我看來，等於是在囂張地放話說是我某某幹的。或者，犯人故意把包裝紙扔在那裡，想要嫁禍給部門同事。」

「這種解釋也說得通。」松井刑警說著點點頭。連一直默默傾聽對話、連一根睫毛也沒動的橋本，都微微地晃著下巴表示贊同。

「坦白說，這個原田泉小姐好像相當難纏是吧？」

「非常棘手。」

「怎麼樣。谷垣先生堅稱是她幹的，杉村先生的看法呢？她是這種大費周章動手腳的人嗎？」

我也說不上來。我陷入沉思，用問題代替回答：「這種案件，警方通常會怎麼處理？」

「這是在食物中下藥造成的傷害，已經算是標準的刑事案件了。」

也就是說，加害者有可能遭到逮捕起訴。

「我覺得……她的確是個難纏的女人，但同時又非常膽小。」

噢？刑警揚聲說。

「所以，我想她應該不至於做出這種觸法的行爲。」

「說不定她根本不知道自己的行爲已經構成刑法懲戒的對象了。再不然，就是她以爲今多財團一定會把事情壓下來。」

有可能。原田泉對於今多財團這個企業，好像抱有夢幻式的誇大想法，認爲其具有封建領主或皇族般的絕對權力。

其實那在現代這種商業主義社會中根本不存在。

「聽起來，警方好像也已經盯上原田小姐了，是我想太多嗎？」

松井刑警看著橋本，橋本代替刑警發話：「老實說，事發的四個小時之後吧，電視和網路正好開始報導這起事件……」

已經公開了嗎？難怪岳父拼命想趕來這裡。

「會長室接到一通電話。」

就算沒聽完全文，我也猜得出來。原來是這麼回事。

「是她打的吧。」

橋本略微垂眼。

「對方指名要會長接電話，所以是遠山接的。那聲音聽起來是一個非常亢奮的女人，據說激動到一開始甚至聽不懂她在說什麼。」

「她之所以激動，是像我先生剛才說的，打來示威的嗎？」

妻子的問題令橋本浮現苦笑。

「那當然也是部分原因，不過她好像也有點驚慌。大概是沒想到事情會鬧到上電視這麼嚴重吧。」

連自己也不明白為什麼，但那一瞬間，我只覺如坐針氈，一想到原田泉驚慌失措打電話的聲音，以及臉上的表情，我就替她感到羞恥。

「確定是原田泉沒錯嗎？」

「她有報上姓名。」

「實際上這已經被視為犯案聲明了。」松井刑警說。「所以我們前往她在履歷表上填的住址調查，不過她不在那裡。」
「那，她搬家了？」
「應該說是趁夜潛逃吧，家當都原封不動地留著。據房東說，她好像還欠了三個月房租，手機也打不通。」
她會上哪去呢。有地方收留她嗎？
「你們和原田小姐的老家聯絡過嗎？」
「沒有。一時之間還查不出地址。」
「她已經成年了，像這種公司內部的糾紛，的確沒有必要請家長過來。」
可是這次是刑事案件。
「我們現在也正在調查，我想應該不用多久就能見到她父母。她也有可能逃回老家去了。」
我正想發問，妻子已搶先替我說出口：「請問，她有被通緝嗎？」
刑警不置可否地歪起脖子，瞄了橋本一眼。
「總之必須先找到她本人問清楚，所以暫時還不會用那種方式。況且鑑識小組也還在勘驗。」
輪到谷垣先生開始做筆錄，這次換我們識相地離開。橋本腳步輕盈地湊近我。
「記者會等等媒體對應方面一概由我們處理，包在我身上。如果有記者來騷擾，請對方直接找公司廣報部。」
他以雖然細微、但我身邊的妻子也聽得見的音量囁語，妻子似乎鬆了一口氣。
我和妻子一起去美知香與小五的病房探視。兩人並排躺著，兩張病床中央放了張凳子，古屋曉子坐在那裡。

「杉村先生！」

小五一看到我，又開始哭哭啼啼。她不斷地重複著對不起對不起眞的很對不起。美知香一臉困擾地笑著說：「五味淵小姐從剛才就一直這樣，我都已經告訴她這不是她的錯了。」

「可是，煮咖啡的人畢竟是我。」

「妳又沒放安眠藥。」

他們好像已經混得很熟了。古屋曉子也以母親的眼神望著哭泣的小五，看起來不像在生氣。

即便如此，我還是得道歉。

「這次，讓令嬡捲入這場風波，眞的很抱歉。」

妻子也陪我一起欠身致歉。古屋曉子站起來，急忙拼命搖手。

「我說過了，這也不是杉村先生的錯。」

「對呀對呀。」

「可是，呃，我怕又勾起妳們不愉快的回憶。」

古屋曉子的父親，就是被下毒的飲料害死的。現在聽到女兒美知香也喝了來歷不明的東西不省人事，那一瞬間不知受到多大的衝擊。即便得知那是安眠藥，女兒平安無事，心情起伏必然餘波蕩漾。就算她破口大罵，叫我滾出去，我也無話可說。

「美知香和我都沒事。」

古屋曉子，好像比我以爲的還要「成熟」，她應該也是個堅強的女子吧。

「況且，是這孩子自己捲入麻煩的，該道歉的是我。」

她回頭瞪了美知香一眼。

「居然還在人家上班時間擅自跑去打擾。」

美知香吐了一下舌頭。「聽說是那個人幹的耶，就是趁我和杉村先生在樓下咖啡店時偷拍照片然後逃跑的那個人。那個女的，到底是什麼人？」

看來還沒有人把事情全貌告訴她。我扼要說明。小五大聲擤鼻涕和抽泣聲成了伴奏，妻子輕撫著小五的背。

這時，敲門聲再次響起。還沒應答，門已倏然開啓。

「啊，是阿省！」小五喊道。

突然受到注目，秋山省吾一臉愕然地站著。他的裝扮比上次更邋遢，皺巴巴的破牛仔褲露出膝蓋，頭髮也是亂七八糟，滿臉鬍碴。

「妳搞什麼鬼，原來還活著啊？」

「我還活著哩。」

小五本來好不容易要收住的淚水，又泉湧而出。

「一接到警方的電話，阿姨都嚇昏了，姨丈也慌了手腳，急忙打電話找我。我一時無法脫身，費了好大力氣才趕過來。」

「啊！我媽還好吧？」

「被救護車送走了，搞不好比妳還嚴重。」

小五啊啊啊地發出一陣呻吟。秋山笑著補充：「笨蛋。是貧血啦，只是貧血。既然那麼擔心，就不要隨便捲入這種麻煩。連我都忍不住在一瞬間想像妳的葬禮了。」

妻子拉拉我的袖子，眼睛瞪得老大。這個人就是秋山省吾？那個寫強硬派文章的人？就是這個如此年輕、說話如此粗魯的人？

「簡直像個瘦巴巴的當紅美容師。」

「說得好，賞一個座墊。」

美知香好奇得雙眼發亮，古屋曉子一臉困惑。和小五你來我往地鬥完嘴之後，似乎突然恢復正常的秋山也變得很不好意思，於是我一一幫他們介紹。

哇，名人耶，美知香很興奮，病房頓時熱鬧了起來。雖說沒有生命危險，我們畢竟經歷了一場異常體驗，大概是驚嚇過度才會變得這麼亢奮。

不管怎樣，總之大家平安就好，真的。

14

那個週末，我沒被叫去會長室，而是到岳父家報到。我感受到溫情。岳父家只有上了年紀的女傭，連「冰山女王」的影子都看不到。

用檜木圍籬環繞的廣大佔地內，聳立著菜穗子婚前住的岳父家，以及她大哥一家人住的房子。

無論何時造訪，庭園總是整理得有條不紊，隨著四季更替展現不同風情。

我每次都是走後門，所以沿著貫穿庭園的石板路一路走來，這才發覺大舅子家門口的停車處，停了兩輛黑色禮車。有客人。

我單獨造訪岳父家，這還是第二次。上一次是去年秋天，某個晚上的事，那次並沒有事先約好。這次岳父毫不驚訝地歡迎我。

今天，不管是被罵還是被嘲笑，此行都令我有點畏縮。

岳父正在書房等我。他坐在書架環繞的扶手椅上，穿著西裝。

「泰孝那裡有客人，所以待會我得去露個面。」

「您在忙，還來打擾眞不好意思。」

已經過了下午一點。女傭送來紅茶和點心。

「你大概暫時都不想碰咖啡了吧。」

聽到岳父的調侃，女傭停下倒紅茶的動作，安慰我這次眞是無妄之災啊。

岳父已經知道安眠藥事件的經過了。不過，就在昨天，我剛接獲警方某項通知，因此先從那件事開始報告。

「據說已確定是原田泉幹的。」

從她留在公寓的行李中採集到的指紋和掌紋斷片，和警方在集團廣報室茶水間的冰箱門，以及冰箱內裝礦泉水的寶特瓶上所驗出的指紋與掌紋完全符合。

扔在垃圾桶裡的安眠藥包裝上面並沒有指紋，大概是她在下手時特別留意吧。既然如此，我實在無法理解她幹嘛故意扔在那裡。

咖啡壺底的微量咖啡，以及還剩下三分之一的礦泉水中，含有高濃度的安眠藥。當然，我們用過的杯子裡也有藥物殘渣。

「別館的自來水管已經老舊了，所以我們都用礦泉水泡茶和咖啡。」

任何人都得以自由進出茶水間。那天雖是小五煮的咖啡，但我和加西有時也會泡茶。想喝就自己動手，這是公約，礦泉水的採購與管理，沒有特別指定誰來負責。所以，凡是編輯部的人都知道，要泡茶就得燒開水；要煮咖啡時，必須打開冰箱，先拿已經開瓶的礦泉水使用。

原田泉也知道這個習慣。

「她大概是利用上班前或下班後沒人的空檔，偷偷潛入茶水間。事先準備一瓶攙有安眠藥的礦泉水。」

根據小五的記憶，那天煮咖啡用的礦泉水瓶蓋是開過的。同時，已經開過的寶特瓶只有那一瓶。不過，瓶裡的水沒減少，水滿至瓶口。

「那天上午，也煮過一次咖啡。當時是加西煮的，根據他的記憶，他煮完三人份的咖啡後，就把那瓶水用完了。所以他把那個寶特瓶扔了。」

後來，小五選的那個寶特瓶攙了藥。

「如果有兩瓶都被打開過，或許會察覺有點不對勁。可是，只有一瓶開過。也難怪小五會覺得應該有人比自己先用過。」

把紅茶的杯子鏗然放回碟子上，岳父笑了。

「你用不著這麼護著她，我又沒怪五味淵太輕率。」
看來我好像解釋得很用力。
「難不成，有誰罵過五味淵這個小女孩嗎？比方說怪她爲何沒有更小心一點。」
「不，那倒沒有，只是她自己很內疚。」
「記得幾年前吧，」岳父略略瞇眼。「有段時期，到處都發生了類似的下藥事件。」
「的確有。」
案發地點幾乎都在「職場」。
「當時，我記得公司也曾呼籲員工提高警覺。最近大家好像都忘了。如果時時刻刻都得爲那種事提心吊膽，誰受得了。」
而且，那就像定時炸彈一樣——他低語。
「我是說那種手段。不管什麼時候下的藥，遲早會有人喝到那瓶水。」
「不過如果是直接生飲，至少會立刻察覺苦味。」
「這也沒辦法。幸好能夠大事化小。」
我再次行禮致歉。岳父笑著說好了啦。
「編輯部的鑰匙換過了嗎？」
「是的，立刻換了。」
出入口的那扇門，並沒有被撬開的跡象，幾乎可以確定她另外偷打一把鑰匙。眞不知她是什麼時候做出那種事，又是基於何種心態。

「今後，我們也會嚴格管理鑰匙。」

「那棟大樓太老舊了，本來就沒有保全系統。」

岳父邊說邊抬手鬆開領帶。這種在家裡招待客人還得穿西裝的生活，超乎我的想像。幸好菜穗子被排除在今多集團的戰場之外。不，如果她沒有被排除在外，也不可能嫁給我吧。

「與其說是廣報部努力消音的成果，應該說是另外有大新聞發生的關係吧，這件事好像沒上報。」

事發以來，我把所有報紙鉅細靡遺地檢閱過，的確如此。

「幸好沒有。」我大大地鬆了一口氣。

「不過，財經雜誌有來採訪喔。說要做一個企業危機管理的專題報導。」

「該不會是由會長出面答覆吧。」

「你們怎麼都這麼說。爲什麼是『該不會』。」

我啞口無言。

「那麼要接受採訪嗎？」

「偶爾爲之也不壞吧，不行嗎？」

「讓我接受採訪吧，這本來就是我的責任。」

「這樣對方恐怕會很失望。」我的提議被輕易駁回。「我偶爾也想和財經雜誌的記者好好溝通一下。這沒什麼不好吧，反正我也很清楚事情原委。」

我會讓橋本陪同在場，他說。

「對了，園田和谷垣怎麼樣？」

這次的風波，令原田泉寫的那封信被抖了出來。

「他們都很震驚。不過，幸好是在下藥事件發生之後才看到。大家都已經知道原田泉的個性有問題，做出那種事的人說的話沒有人會信，所以反而能坦然接受吧。」

跟兩人談過後，我有這樣的感覺。事實上，谷垣先生恢復得比較快。而園田總編，或許因為彼此都是女人吧，還是很洩氣。

「我是不是哪裡做錯了，才會讓那個人的個性扭曲到那種地步？」

是對方自己要扭曲，並不是因為總編做了什麼，我斥責她。

「聽說警方已經指名通緝了。」

這也是昨天接到的通知。

「她打過足以認定為犯案聲明的電話，站在警方的立場想必也只能走到這一步。至於我們，在沒有找到她之前，警方叫我們還是得留意周遭。」

岳父戴著看書用的眼鏡。我還沒來之前他大概在看報紙，現在他摘下眼鏡，一邊用桌上的拭鏡布擦拭，一邊自言自語地低聲說：「到底是什麼樣的人。」

「您的意思是？」

「看誰不順眼就想下毒……，我是說做出這種行為的人。」說完，他又輕輕搖頭否定。「這不是看誰順不順眼的問題。不管對象是誰照樣下毒手的隨機毒殺案才發生，把那樣的案子和這次的事件等同視之，對嗎？」

我應該問問松井刑警。

「縱使是隨機毒殺案，就廣義而言應該也是針對看不順眼的人吧。不過，前幾天自首的那個犯人，好像供稱是爲了自己尋短，想先了解毒藥的效力。」

「如果他說的是眞的，那他只是個少根筋的笨蛋。」

「我也這麼想。」

好像想起什麼似地，岳父的嘴角隱約浮現苦笑。

「上個星期，我和泰孝談了一下。」

是我大舅子；現任社長。

「他應該也有很多難處吧。難得主動找我抽空跟他見面，我們爺兒倆吃飯時，他一直在發牢騷。」

我覺得好像聽到不該聽的事。

「我知道企業首腦的責任，但與之交換而來的權力是什麼，掌權者該有的態度又是什麼……，可能是喝醉了吧，他淨問些抽象的問題。要是你，你答得出來嗎？」

我決定僞裝成貓咪或觀葉植物。岳父正在對著貓咪或觀葉植物說話，他一點也不期待回答。

「掌權者？」岳父重複了一次爲之失笑。「他竟然得花心思思考這種事，表示那傢伙正陷入人生有史以來最大的低潮。」

「您一定很心痛吧。」

「那傢伙也五十歲了，這是個很好的學習機會。」

肯定的語氣中隱約帶著溫情。於是，我這盆觀葉植物的葉片隨之搖曳。

「會長對權力有什麼看法？」

岳父沉默了一會兒。茶杯已空，我替他注滿。

「很虛無吧。」他給的是這樣的答案。

「虛無？」

「你不覺得嗎？」

「我覺得這不像是會出自會長口中的字眼。」

岳父嗤之以鼻。

「因為我是今多財團的總帥嗎？」

「我是這麼想。」

「我的員工被人下了藥，即使知道是誰幹的，也不能出手。兇嫌跑掉了連找都找不到，這算哪門子掌權者。你不覺得嗎？」

我緩緩瞪大雙眼。直到現在，我才發現岳父對這次的事件打從心底感到憤怒。

「最大的權力，是殺人。」

岳父繼續說。語氣雖然平淡，眼神卻炯炯發光。

「奪走他人的生命，那是人類所能行使的最大權力。而且，只要有那個意願，誰都做得到。所以這年頭，才會有這麼多凶殺案吧。」

我默然地點點頭。

「如果她當時攙的是氰酸鉀，你們早就全死了。」
「這一點我們也討論過。」
正因爲想起來令人毛骨悚然，大家才會不得不一吐爲快。
「只要在礦泉水裡下毒就能輕易奪走五條命。在這種局面下，原田泉對你們來說，就是無從抵抗的掌權者。別跟我狡辯說人沒死、沒被殺害所以不是那回事。就隨意操控他人這點而言，其實是一樣的。」
是的。我們通常把這種人稱爲「掌權者」。
「所以我才會生氣。以這種形式行使的權力，任何人都不是對手。面對這種違反禁忌的權力，我們根本束手無策。哼，這算哪門子今多財團的總帥。說到無力，跟一般小學生其實沒兩樣。」
即便相隔兩公尺的距離、即便隔著桌子，我還是感受到岳父的怒火。那動搖了我的心。
我想到古屋曉子，想起美知香的臉孔，想到她所尋求的乃是正義。
「雖然我知道，您可能沒時間了……」
我吞吞吐吐地開口，岳父眨眼看著我。
「還不急。」
我深深一鞠躬後，一五一十地說出美知香的事。話從我嘴裡源源不絕地冒了出來。
說完，抬眼一看，岳父以手肘頂著桌子，雙手合起宛如教堂尖塔，正目不轉睛地凝望著我。
「你又去惹麻煩了。」
「對不起。」

「當時在會議室裡的高中女生，就是你說的女孩嗎？我還以爲是五味淵的朋友。」
是我故意含糊帶過。
「她一定很生氣吧。」
岳父嘆口氣，垂下眼。
「就算再怎麼氣也氣不夠吧。那女孩的無力感，我多少能體會。」
我默默點頭。
「不能讓那女孩以爲這世上沒有正義。這是我們大人的職責，可是我們卻沒有盡到責任。我們應該打造的社會，什麼時候墮落到這麼慘不忍睹的地步了。」
如果問我的意見……，岳父說著並提高音量。
「殺死古屋明俊的兇手和原田泉都是同一種人。他們都是追求最大權力、再怎麼樣也要行使無上權力的人。」
「追求權力的人……嗎？」
「你知道爲什麼嗎？」
「我不明白。」
岳父在一瞬間，用可怕的眼神瞪著我。
「因爲飢餓，就是這麼深切難耐的飢餓。爲了避免那種飢餓噬穿自己的靈魂，必須把它餵飽，所以利用他人當餌食。」
我父親不是那種會大聲怒吼的人，不過他很喜歡說教，一開口就沒完沒了。就連在鄰居家圍牆上塗鴉或跟朋友一起偷摘柿子這種兒時的小小惡作劇，只要犯了一次，我們兄弟姊妹就得被他訓上老半天。這種長篇大論，最後往往令問題失去焦點。

或許是因爲這樣吧，我們成了習慣說教的大人，鍛鍊出右耳進左耳出的本領。

但，和茱穗子結婚，奉令多嘉親爲岳父後，我有點改變了，我不會把岳父說的話當成耳邊風。我想，那或許是因爲岳父的忠告與意見，把我內心無法成型、始終一片混沌的東西，形諸於語言表達出來。

原來是飢餓。

你眞的要小心，岳父又補上一句。

「不知道還會發生什麼事，別看對方是個年輕女人就大意輕敵。」

「是，我會銘記在心。」

「還有，你插手古屋先生命案也要小心。交給警方處理雖然不甘心，但那就是現實，千萬不要魯莽行動。」

他冷然地斜眼看了我一眼。

「人家該不會拜託你幫忙，說她想找出兇手替母親洗刷污名吧。」

「沒、沒那回事！」

我冒出冷汗。才剛收到美知香通知已架設網站貼文的電子郵件。對，她正想找出眞凶。

我沒設置留言板，但是可以收信。如此一來，犯人說不定會主動來留言。我想他一定會來放話，到時候就有線索可尋了。

我會和北見先生商量，一邊進行，你不用擔心。不過，還是請你照之前那樣幫忙喔，拜託了。

信寫得天眞又熱情。但，同時也很有心機。

杉村先生，我捲入這次的風波，你眞的很內疚吧。其實我和我媽根本不介意。所以，爲了讓杉村先生不再於心難安，我想請你幫個忙。

美知香表示她想和外公的女友奈良和子見面。如果告訴她母親一定會被阻止，她希望我能陪她一起去。

只要你幫我這個忙，我們之間就算是扯平了。好嗎？

欠一個高中女生人情，眞是情何以堪，更別說連還人情的方式都是由對方指定。

我這個人心裡想什麼都會直接寫在臉上，岳父露出深深被我打敗的眼神。

「你也振作點好嗎！要當好人也該有個限度。」

「是，這個我懂。」

「不，你不懂。」

然後他一臉嚴肅地問：「那個姓北見的男人是個正經偵探嗎？」

「聽說他以前做過警察……」

「就算做過警察，也不一定是好偵探。」

我有點意外。岳父既然用好偵探、正經偵探來形容，可見得他對私家偵探這個職業似乎並不排斥。

臨走時，我才慌忙報告菜穗子和桃子的近況。她們都已習慣了新家的生活。桃子很喜歡上才藝班（現在才開始，似乎學什麼都覺得有趣），至於入學考試，她在不知情的情況下正在努力準備。菜穗子也利用桃子不在身邊的時段，重拾單身時做過的工作，在圖書館當志工，唸故事書給小朋友聽。

岳父名符其實地笑得瞇起眼。我在他的笑容目送下，再次從後門走出。

15

星期一上午，集團廣報室出現一位意外的——應該說是驚天動地的訪客；原田泉的父親。是松井刑警帶他過來的。起先，幾乎都是他一個人在講話。

「因爲他堅持一定要跟各位當面道歉。」

當初北見怎麼樣都找不到原田泉的家人，果然還是警察厲害。我們不知所措。我提議找橋本先生過來，卻被園田總編制止。

「原田先生應該是專程來見我們的吧，我們應該尊重他的心意。」

他被請到那間會議室，由總編和我負責接待。小五這天排的是下午班，谷垣先生爲了治療頭上的腫包到醫院去了，松井刑警也回局裡去了。

原田個子矮小，滿頭銀髮按照老式風格梳得很整齊，一身灰色西裝剪裁精緻，想必是手工訂做的。整體而言，給人一種高雅紳士的印象。

即使請他坐下，他仍舊遲遲不肯落座，欠身行了一個九十度的大禮。

「這次，小女闖下這種大禍，我實在不知如何道歉，眞的很對不起。」

在這種情況下，除了這句話恐怕也沒別的可說吧。他的聲音彷彿卡在喉頭。

縱使終於坐了下來，他依然不肯抬頭，肩膀僵硬地聳著，遞上名片時也依舊垂著頭。名片上的頭銜是道友工程技術公司的「札幌分社長」。

「老家也在札幌嗎？」總編問道。

「是的。就我和內人住，我還有個兒子——比小泉大四歲的哥哥，因爲工作關係住在大阪。」

每說一次話，他就像道歉似地猛點頭，眼角刻著深深的皺紋。

「謝謝你專程遠道而來。」

總編緩緩回禮。

「這是應該的，我早就該來拜訪了。」

這句話從他惶恐畏縮的身體擠出，令我無言以對。

「原田小姐已長大成人，況且聽說她很早就離家獨自生活，所以我們並沒有責怪你們夫妻的意思。」

這不是我說得出的台詞。如果桃子——萬一，即便只有百萬分之一的可能性——不管在哪種形式下，如果桃子傷了人，我會做何感想？即使人家這麼對我說，我還是會說這是我的責任，都是我這個做父親的錯吧。那個想像令我頭暈目眩，兩眼發黑。

「您的好意安慰，實在是……」

原田先生這次眞的哽咽了。他深深地一鞠躬，額頭幾乎貼到桌面。

「別這樣，請把頭抬起來。」

雖然沒有眞的碰觸他，但是總編伸手做了一個像要扶他肩膀的動作，催他抬頭。她的眼神平靜無波，看似哀傷。

原田先生半抬起身子，我這才發現他已滿臉通紅，無力地眨了幾下眼後，紳士頓時變成老人，他的眼眶和鼻頭下都濕了。

「對不起。」他從西裝暗袋掏出大手帕擦臉。那手帕燙得筆挺。

「小女闖的禍，是我們做父母的責任。我也向警方說過了，爲了找到小泉，爲了讓她好好贖罪，我們一定會盡全力配合。」

「我知道了，我也會把你說的這番話轉告其他同仁。我相信大家一定會諒解的，請你放心吧。」

原田拼命鞠躬，一行淚水也跟著滑下臉頰。一位想必有相當地位的紳士，現在不但必須在眾人面前承認自己是個失職的父親，還得極力道歉。我固然如此，但我想總編一定會覺得被他這麼道歉反而更鬱悶吧。

「這次之所以發生這種事，我們公司這邊或許也有某些過失，我很後悔沒有跟原田小姐好好談一談。」

總編說道。這是事發以來，一直縈繞在她心中的悔意。是我和谷垣先生怎麼勸都無法令她抹消的心緒。

對方以驚人的速度當下反駁：「不，不是那樣的。」

原田先生抬起頭，充血的眼睛直視著總編，然後斬釘截鐵地說：「您這樣想就錯了。各位沒有過失，錯的是小泉。」

我和總編有點愕然，不禁面面相覷。

「你的意思是？」

我代替啞然的總編發問。原田先生求救似地直視著我，轉爲傾訴的語氣。

「小泉闖下這種大禍，已經不是頭一次了。之前也發生過很多次，而且是接二連三。」

他那枯瘦的脖頸上，凸出的喉結正在上下聳動。

「每次，我和內人都在想，到底哪裡做錯了？是我們對小泉的教育方式錯了嗎？抑或，是我們做父母的太疏忽，在不知不覺中做了什麼讓那孩子的個性嚴重扭曲或深受傷害的事？我們一遍又一遍地討論過，也尋求可以改善的地方，自認爲已經很努力了。可是，小泉還是依然故我。那孩子無論何時何地，總是任性地闖禍，惹火別人，說盡謊話。她一直如此。」

一口氣說完後，他像個快溺水的人般急促呼吸。

「各位的好意安慰，對我這個做父親的來說實在是愧不敢當。不過，請各位千萬不要有懷疑自己也有過失的想法。我們夫妻，多年來也一直這麼想。我們一直相信，只要我們改變了，小泉應該也會改變。可是那是錯的。不管怎麼做，對那孩子都不管用，她永遠在對某些東西生氣，怎麼樣也無法平息那股怒火。」

園田總編當下僵住了。我笨拙地乾咳一下，重新坐好。

「警方已經向你解釋過，我們和原田小姐之間發生了什麼衝突嗎？」

原田先生搖頭。「詳情我不清楚。事實上，我就是來請教這個的。她這次，又向各位說了什麼謊，爲難了各位？」

我把一連串事件說明給他聽，也把我在編輯工作室「ACT」聽來的消息據實以告。要不是處於這種狀況下，這些事本來一想起又會令人惱火，可是我卻越說越難過。在原田先生專心傾聽的眼神中所浮現的深沉絕望，幾乎也感染了我。

「小泉給貴公司的履歷表能否借我看一下。」

聽到原田先生這麼要求，總編猛地起身，彷彿終於找到一個藉口逃離現場。

暫時只剩下我倆獨處後，原田先生再次用手帕擦臉。我把目光從他身上轉開。

「在這裡。請看。」

總編把履歷表放在桌上，又坐回原來的位置。她凝視著眼神不安地拿起履歷表的原田先生。

「我們不知道那孩子在東京的住址，也不知道她在做什麼工作。不過正如各位所料，這份履歷是假的，學歷是瞎掰的，因爲那孩子高中就輟學了。」

原田先生的目光追逐著履歷表上的記述，低聲如此表示。

「你和原田小姐沒有聯絡吧。」

「是的，已經失聯四年了。」

「剛才我提到的那位北見先生，曾經四處打聽，想聯絡原田小姐的家人，但是他查不出你們搬去哪裡。」

實在很抱歉，原田先生再次致歉，放下履歷表。

「我們是在躲那孩子，失聯這個說法並不正確，我們是抱著和她斷絕關係的打算。」

總編發出洩氣的嘆息。「怎麼會那樣……」

原田先生閉嘴垂下了頭。他的眼角濕了，再次拿起手帕按著。

「上面寫的出生年月日並不正確。小泉今年二十八歲，她少報了兩歲。」

「啊，噢。」我驚愕地出聲。「不管怎樣，原田小姐看起來都比實際年齡小。當初面試時，我還以爲她大學剛畢業。」

「這種事，對那孩子來說好像非常重要。」

我能理解，總編小聲說道。

「不管怎樣，可能也是爲了配合履歷表的學歷和職經歷，不得不調整年齡吧。」

原田先生公平地掃視總編和我，挺起原本駝著的背。

「跟兩位說這種丟人現眼的家醜，絕不是爲了迴避做父母的責任。這點我也對警方說過，我只是想讓你們理解，我們之所以會下定決心和那孩子斷絕關係，實在有不得已的苦衷。這不是爲了我也不是爲了內人，不如說是爲了我兒子。」

總編倏地動了一下眼皮。我點點頭，催原田先生繼續說下去。

「這已是陳年往事，我就不多贅述。總之小泉從小就是個難纏的孩子，她好強又不肯認輸，動不動就發脾氣，因此交不到朋友。一上國中，老是抱怨在學校被同學欺負，有一陣子還拒絕上學。我們和老師談過以後，替她辦了轉學，可是她在新學校還是不適應，直到畢業爲止都一直問題不斷。那孩子帶朋友回家的次數，我想應該寥寥可數吧。」

「我也有女兒。」我插嘴說，「雖然還是學齡前的幼兒，不過呃，像這種好強或不肯認輸的個性，不見得是壞事吧。」

原田先生微微一笑。不知爲什麼，他一笑，眼神看起來更哀傷。

「是啊。爲了考試分數、賽跑名次或是自己畫的圖有無入選全區展覽會這種事，和朋友競爭的確不是壞事。可是，事情總有個分寸吧。」

「對，那當然。」

「如果因爲嫉妒朋友的成績好，就拿尺劃破人家的臉，害人家縫了八針；把朋友參賽獲獎的圖畫當著人家的面撕破，這樣算不算太過火？」

我和總編，再次像傻瓜一樣面面相覷。

「她眞的做出那種事？」

「小泉的確做了。」

原田先生疲憊地深深吐出一口氣。

「當然，小泉每次一闖禍，我和內人都會嚴厲責罵她。我們自認爲已經很有耐性地教導她那種處事態度是錯的，可是她充耳不聞，反而開始撒謊。」

她開始編故事，說自己之所以做出會挨罵的行爲，其實是有不得已的正當理由。例如她會說：我打人是因爲那個人考試作弊，我親眼看到了。她會說：我撕畫是因爲那張畫不是那個人自己畫的，美術老師有幫忙，可是那個人卻神氣活現地說是自己畫的。像這樣，不是太不公平了？

她說得太合情合理，不止是原田夫婦，就連老師和其他家長都被她耍得團團轉。

「她小學四年級的班導，當年五十幾歲，算是老一輩的頑固老師。就在我和內人不知第幾次被找去約談時，那個老師直接告訴我們：小泉是個天生的騙子。」

太過分了，總編嘟囔著。原田先生微微搖頭。

「可是，連我們也只能這麼想。我兒子就完全沒這種問題。我和內人，都不覺得我們對兒子和小泉的教育方式有什麼不同。說起來反而對兒子更嚴格，因爲我們覺得他是哥哥，應該表現得更好。」

我的兄姊也經常被我父母這麼叨唸——你是哥哥，妳是姊姊，所以要更懂事。不知他們倆是否抱怨過不公平。

「她這種問題行爲是從什麼時候開始的？也是從上學之後嗎？」

原田先生想了一下。「應該是。不過，仔細想想，或許更早之前就已經萌芽了。」

「你說她常發脾氣的意思是……她無法控制怒氣嗎？」

「算是吧。不止是怒氣，她會突然放聲大哭，甚至連續哭上好幾個鐘頭，原因連我們和老師都無法理解。所以，我認爲她應該是無法控制情緒。」

從她在我們編輯部的表現，也可以看出這種跡象。只要稍微糾正或是要求她，她就會臉色大變。不過，倒也不是每次都會情緒失控，在她拿膠台砸總編的那件事發生之前，暴力傾向並沒有表面化。這是否可以解釋爲年近三十的她，至少變得比較成熟了？

然而在這次的安眠藥事件中，她把暴力行使得更加巧妙。

「剛才您提到過，小泉控告她之前任職公司的社長跟蹤並騷擾她。」

「對，不過那件事，沼田社長在處理上也有不妥之處。」

「可是，那也是小泉常用的手法。她會先偷走朋友的東西，然後說那本來是她的，卻被朋友偷走了，再不然就是到店裡偷東西，卻向老師告狀，栽贓給不相干的同學。」

「呃，恕我多嘴，」總編總算開口了。「當時，你們找過專家諮商嗎？」

「兒童諮商處不曉得去過多少次了。」原田先生苦笑。那已經不是表情，倒像是整個身體的苦澀，那笑容只是貼在臉皮上。

「當時雖然也有輔導員熱心協助，可是情況還是沒有改善。」

「那麼心理醫師或精神科醫師呢？我是說，呃，爲什麼不試著接受心理治療之類的。」總編慌忙補充說明。「現在不是常聽說小孩子會有ADHD（註）或行爲障礙之類的問題嗎？」

她迅速說完後，突然變得很不好意思。

「我也只是在報章雜誌上看到的，因爲我沒養過小孩。」

我說：「以原田小姐的年紀來看，原田夫婦爲這個問題所苦，已經是十五至二十年前的往事了。當時，恐怕還不像現在這樣，可以大大方方去找醫生或接受心理諮商吧。能夠商量的對象，想必只有學校老師和兒童諮商處。」

「啊，對喔……」總編頓時很洩氣。「說的也是，地方都市想必更保守吧。」

「不，我們直到四年前都還住在東京。」

不知爲何，原田先生像是被人碰到最大的痛處，表情扭曲地說出「東京」二字。

「我們決定和小泉斷絕關係後，才搬到札幌。我也換了工作。」

四年前，對原田家來說是發生最大悲劇的那一年——似乎是。
「小泉在孩提時代和少女時期都讓我們傷透腦筋。」
原田先生繼續說。他的聲音嘶啞。
「這中間有一個分水嶺，那就是高中輟學。那所學校本來就不是她想上的理想學校，不到一年她就輟學了，卻也因此安分下來。該怎麼說呢！看她失去精力雖然讓我們有點擔心，可是至少不再突然暴跳如雷、大吼大叫，也不會動不動就說謊。」
她在家裡幫忙家務，寵愛自己養的小狗，過了一段平靜時期。
「我和內人當時都以爲，這孩子過去之所以在學校鬧出種種問題，該怎麼說呢……，可能是因爲她做什麼都用力過度，或者對自己要求太高。當然她對別人也很嚴格，但對自己更嚴苛，才會覺得事事無法稱心如意，老是煩悶焦躁吧。」
他開始冒汗，取出手帕。
「啊，對不起。我並不是要袒護那孩子，也不是要辯解，呃……」
「沒關係，請繼續說。我也覺得原田先生……做爲父母的看法應該是正確的。」
那是一種直覺，自然而然地產生。她謊報學經歷，誇耀自己根本不會的技術，一被指出錯誤就抓狂的種種行爲，或許都是因爲她無法忍受本來的自我——理想中的完美自我——和現實中不完美的自我所產生的落差，試圖填補這個差距所造成的結果。

註：Attention Deficit Hyperactivity Disorder，注意力缺失／不全過動症。

「啊，所以，」原田先生用手帕半捂著臉，呻吟似地說，「窩在家裡和生活周遭切斷關係，就某種角度而言，或許讓她得以冷卻吧。起先她常常默不吭聲，漸漸地變得開朗了起來，也開始斷斷續續地打工。她本來就不笨，換句話說，成績也一直不壞。」

「是啊，我想也是。」

「她也說過，想去報考資格檢定唸大學。可是，她的想法一日數變。一下子說將來要當花藝設計師，一下子又說要當編劇或美容師，變來變去。我們那時也太天眞，以爲只要她肯安頓下來開朗過日子，隨她做什麼都好。所以，當她說想去上什麼課程或才藝班時，我們都讓她去了。雖然小泉沒有考取任何一種正式執照，但那時好像也樂在其中。」

然而她還是一樣，有時候會在打工地點或才藝班與看不順眼的人大吵一架，或是毒辣地（毒辣到令人懷疑究竟有幾分眞實）說某人壞話。但至少不再像國小和國中時期鬧得那麼嚴重了。

「我以爲那孩子畢竟也成長了。」

這並非完全錯誤的觀察。

「她就這樣過了二十歲。我們輕忽地以爲，只要過一陣子安排她去相親，在適當的時期結婚生子，對她來說就是最大的幸福了。她自己，雖然口口聲聲說想當職場女強人，但以她那種個性，如果想在社會上工作，肯定又會闖禍。想必她自己也會很辛苦。」

總編不合時宜地輕輕發出沉吟。

「不是我要唱反調，就算她要走入家庭，還是一樣很辛苦喔。尤其是一旦當上媽媽，還得打入『媽媽們』的社交圈，那說不定更難……」

說完，她才慌忙抬手在臉前猛搖，收回剛才那番話。
「對不起，我太多嘴了。」
「不不不，您說的沒錯。」原田先生垂落視線。「是我們的想法太天眞。不過，當時小泉的狀態眞的很穩定，讓我們忍不住會有這種想法。」
話題好像突然被打斷了，我們陷入一陣沉默。我茫然想著該請原田先生喝飲料，說了這麼多話，他一定渴了吧。可是，他一定不會喝。而我，也不知道該以什麼表情送上茶或咖啡。
「後來，我兒子先談起婚事。他交了女友。」
他說原田泉當時二十三歲、哥哥二十七歲。
「我兒子的女友在我當時的職場上班，擔任我的秘書，是個認眞開朗的好女孩。」
他的聲音一沉，同時肢體語言也開始出現痛苦的徵兆，彷彿坐的椅子變成刑具，他的整個身體開始呻吟。
「當時我相當忙碌，天天加班，假日不是陪客戶打高爾夫就是忙著新產品發表會，整天在外面跑。所以秘書也很忙，必須到我家替我拿替換衣物或送文件，她表現得很勤快。爲了表示謝意，我內人也很關心她。她從鄉下來東京一個人生活，所以我們偶爾也會請她來家裡吃飯。她就這樣認識了我兒子。」
到目前爲止，原田先生完全沒提及任何特定的地名、公司與人名。他小心地迴避。
「兩人交往半年後來找我，表示想結婚。我當然沒理由反對，我和內人都高興極了。不過，她一旦嫁給我兒子，當然不可能再繼續當我的秘書。我兒子任職的公司還算不錯，以他的年紀來說薪水也很優渥，所以不用擔心家計問題。她在步入禮堂的三個月前辭去工作，開始往返於娘家和我們這邊籌備婚事，還去上烹飪班，把學到的菜色做給我們吃。」

總編和我，一聲不吭地仔細聆聽。

「小泉也……」

唯有原田先生細瘦脖頸上明顯的喉結，宛如獨立生物般蠕動，把難以啓齒的話語與回憶，忙碌地搬了出來。

「她好像也很高興哥哥要結婚了，還說從小就想要個姊姊。和哥哥的女友似乎相處得很融洽，所以我們絲毫也沒想過要擔心。」

沒有任何危險徵兆，沒有不安的跡象，一切都圓滿順利地進行著。

「原田小姐和她哥哥的感情好嗎？」總編平靜地問。

「我認爲我兒子是個好哥哥。」原田先生閉上眼，輕輕地點頭，然後看著總編。「即使在小泉惹出種種問題的那段時期，他也沒有放棄她。」

「原田小姐也很敬愛她哥哥嗎？」

「我認爲是，要不然……」

話語驟然打住。我聽見原田先生的身體發出呻吟，那是骨頭傾軋，擠壓心臟的聲音。

「婚禮的日子來臨……」

他的聲音哽在喉頭。我很想打斷他，我已猜到接下來的發展。原田小姐想必以某種方式，破壞了哥哥的婚禮吧？哥哥本來只屬於她一個人，她不願最愛的哥哥被人搶走，於是再次說謊，逼退了哥哥的未婚妻吧。所以你們才會和原田小姐斷絕關係。光是這件事就夠了。

「那是所謂的公開婚禮。介紹人（或者說證婚人），是我兒子的上司夫婦。喜宴平和地進行著，我們都覺得兒子和紀惠很幸運能認識這麼多好前輩和好朋友……，啊！」

新娘的姓氏，我沒問。總編也沒問。

「喜宴進行到最後，應該是在贈花給雙方家長之前吧，司儀催小泉上台，以新郎妹妹的身分說幾句祝福的話。」

本來只是喜宴過程中穿插的一段致詞。但是，一旦開了口，才知道那並非祝福之詞。

「她當時結結巴巴的。事後回想，小泉自己大概也下不了決心做出那麼狠的事吧。早知道在當時就要阻止她。」

她說了一些自己和哥哥的回憶，話題跳來跳去毫無章法，但列席者都面帶微笑地寬容以對。

「最後……小泉她……」

原田先生的額頭因冷汗而發亮。他已經沒心思再用手帕擦拭了，他用力握拳。

「她說有些話還是非說不可。她說，今天想當著來賓的面，說出自己此刻眞正的心情。」

然後原田泉就說了。當著哥哥嫂嫂的面；當著雙方家長、親戚、友人、公司同事的面。

「她說：其實，我從小就一直被我哥騷擾。」

她說自己受到哥哥的性虐待。

原田先生喘息。總編閉上雙眼，嘴角扭曲。

我感到膝頭在顫抖。

「當著小姐的面，說出這種話實在是……」

原田先生用沙啞破碎的聲音道歉。總編依舊閉眼，只是用力地搖了搖頭。

「沒關係，因爲我知道說話的人更痛苦。」

「那是說謊吧。」我搶先說，不自覺地扯高嗓門。「全是鬼扯，對吧？」

「當然是謊言。我兒子絕非染指胞妹、做出那種獸行的人。我和內人都知道，在我們家中從未發生過那麼驚人、可怕的事。」

他們也知道女兒小泉是個多麼會說謊的人。

「小泉邊說邊掉淚。就在愕然的我們面前，說的跟眞的一樣。她說自己在還沒有來潮前就被侵犯了。小時候，不懂哥哥對她做了什麼，可是她喜歡哥哥，哥哥也說是因爲喜歡小泉才這麼做，而且哥哥說不能告訴任何人，所以她一直不敢說。因爲她怕如果反抗，會被哥哥討厭。」

等到她長大了，明白那種行爲的意義後，她開始想逃，可是逃不掉。哥哥和她住在同一個屋簷下，況且哥哥還威脅說，事到如今就算告訴別人也不會有人相信，反而只會讓人知道她已非完璧之身，到時候是她自己吃虧，所以她才不甘願地維持這種關係至今……

「即使和紀惠開始交往，甚至決定結婚後，他仍未停止這種行爲。小泉邊哭邊這麼爆料。」

原田先生不斷地吐出折磨自己的說詞。我彷彿看得見他吐出的話語，在桌上積成一灘，溢出，幾乎從桌緣滴落地板。

總編把眼睛閉得更緊了。

「我當場跳起來，我想當時大概有怒吼吧，好像大叫她住嘴，別再胡說八道之類的。我邊叫邊衝到她身邊，抓著她想把她拖離麥克風。」

全場的列席者陷入死寂，剛才會場內還洋溢著祝福氣氛與幸福光環，也全都蒸發了。

「那孩子拼命抵抗、打我的臉。她拼命掙扎，還想踹我，她腳上穿的草履順勢飛出，掉到新郎新娘坐的那一桌前。」

他說原田泉那天穿著和服。我費了好大力氣，才克制住不去想像那幅光景——一個長袖翻飛、髮髻凌亂、怒打父親的女兒。

據說她一邊抗拒，一邊還在繼續高喊。

「你們明明知道！」

「爸媽明知他的獸行卻佯裝不知！」

「我過得這麼痛苦，憑什麼哥哥一個人可以得到幸福！」

她又哭又叫，用不輸給父親的音量大喊。

「你明知道我還拿過哥哥的孩子！」

悶不吭聲，臉色蒼白得彷彿血液已被抽乾，一動也不動的新郎，這時終於站了起來。

「妳說謊！」

就在他放聲悲鳴之際，坐在他隔壁的新娘已昏厥，從椅子上跌落。

彷彿重現那時、那一剎那的靜寂，我們沉默不語，只聽見原田先生宛如啜泣的粗重呼吸。

「婚事毀了。」

他的眼神虛無，卻堅持繼續敘述。狹小的會議室幾乎被他內心溢出的追憶填滿，我們快溺斃了。

「我想紀惠是相信我兒子的，所以才會痛苦吧。她無法逃離小泉的謊言之毒，毒性已蔓延全身了。」

半個月後，紀惠自殺了。

縱使再怎麼信任，再怎麼深愛，也縱使兩人之間的感情仍在，然而當眾被潑上滿身污穢，親眼看到彼此的臉、身體，都被那種污穢泡沫化爲恥辱沾滿之後，已經無法再攜手生活下去了。

「眞可憐。」

總編幽幽地說，一手撫著臉。原田先生的頭垂得低低的，如同祈禱般，一遍又一遍地說著對不起、對不起。

原田先生表示接下來還要回港中央分局，陪同松井刑警一起檢查女兒留在公寓裡的行李，也得向房東致歉。

他離去的背影，變得好渺小。不管怎麼看，都不再是一位高雅的紳士，而只是一個疲憊、生病、希望破滅、無法向任何人討回這筆債、只能責怪女兒的老父親。

責怪自己的孩子，等於是責怪自己。這就是天下父母心。

原田先生離開後，總編和我依然留在會議室，我覺得好像不該隨便離去。原田家的過去，依舊充斥在這裡，好像不該帶出去，好像必須親眼目睹沖刷著膝頭的陰冷潮水退去之後才能移動。

「已經是午休時間了，」總編茫然將視線投向桌上，低聲說道。「可是一點胃口也沒有。」

我勉強擠出一絲微笑。「妳還好吧？」

「嗯。」總編也扯動一邊臉頰笑了，至少她打算笑吧，但我覺得她好像在哭。

「發生那種事，也難怪會和女兒斷絕關係。」

不僅破壞了長子的婚事，原田家也失去一切，他們不得不從所有知道那件事的人們面前倉皇逃離。

「就連公司也無法慰留他吧！」

「妳是說誰的公司？原田先生？還是他兒子？」

「兩邊都是，這還用問。」

總編繃著那張哭喪的臉發脾氣。我試圖想像一個男人，眼看著新兒媳（站在父親的立場）、疼愛的部下（站在上司的立場），被自己女兒的行爲逼上絕路的心情。也試著想像一個男人，被他那感情絕非不好、明知是惹禍精卻仍拼命愛護的妹妹，用謊言害死自己新婚妻子的心情。我試著忖度他們的生活。

想了又想，還是無法想像。沒辦法。宛如空白的內心唯一的念頭就是，世上怎麼會有這樣的事。

一個天生的騙子。

眞有這樣的人嗎？原田泉就是這種人嗎？她追求的是什麼？究竟爲何憤怒？爲何執著？懷著什麼樣的希望活在世上呢？

「我被哥哥騷擾。」

「那個人考試作弊，我親眼看到了。」

電話中那個彷彿沾沾自喜的聲音又浮現腦海——我今天不舒服，不能赴約了。我一宣稱要中止談判，她的聲音突然尖銳了起來——這是什麼意思？你太自私了吧，什麼玩意！

原田先生說，她對己對人都很嚴苛，要求太高。那個看法想必是正確的。不過，原田泉追求高度理想的「社會」，恐怕只是她腦中的幻想吧。

「喂！」

總編喊我。我在叫你啦。她好像已經喊了我很多聲。

「啊？」

總編這次瞪著牆壁。

「剛才聽到的事太噁心了，害我也忍不住反胃。」

「噁心的話題我聽夠了。我覺得已經一次聽完十年的份了。」

「可是我還是忍不住會想。」

會議室的牆上，好像黏著總編看不見的仇人。總編的視線充滿了犀利的恨意，尖銳得恨不得瞪死那個仇敵。

「搞不好是眞的。」

「啥？」

「我是說，搞不好是眞的。」

「妳在說什麼？」

「她哥哥的事……」

我驚愕得目瞪口呆。

「妳是說，真的對她性侵害？」

「不能說毫無可能吧？」

總編銳利依舊的目光射向我。她的眼神彷彿在說：全世界的男人都是我的敵人，而你就是敵軍的先鋒。

「她情緒不穩的原因，說不定就出在那上頭？你不覺得這樣就解釋得通了？」

我們互瞪了一會兒，最後我說：「拜託妳停止這種想像吧！」

16

身穿制服的美知香，在車站前的人潮中揮手。

我不知該擺出何種表情，忍不住想起上次跟她在「睡蓮」見面時被原田泉偷拍的事。在周遭的人看來，這樣的我，果然像個急於援交的好色上班族吧。

「幸好你肯答應我的任性要求，杉村先生，謝謝你。」

美知香兩手拎著書包，乖乖地行個禮。察覺到來往行人的視線，我的冷汗直流，連忙催她：

「好了好了，快走吧。」

目的地是奈良和子的公寓，地址是美知香查到的。我實在很好奇她到底是怎麼辦到的。就算問她，但在互通郵件的過程中，她也只用「保密」二字來打發我。

「我都陪妳來了，妳總該告訴我了吧。奈良小姐的住址，妳是從誰那裡打聽到的？」

美知香眼珠子滴溜亂轉地笑了。

「我拜託北見先生。」

「那個大偵探！」

「嗯，我找他商量。結果他就動用關係幫我查出來了。」

我顯得失望而不悅。北見看起來應該是個更懂得分寸的人，難道生病也讓他的判斷力減退了嗎？

大概是看出我的臉色不對，美知香收起小搗蛋的表情，肅然斂容。

「起先北見先生也勸過我。」

「那是應該的。」

「可是，他說他能體會我非見奈良和子不可的心情。於是，他就改變心意，認爲奈良小姐跟我見面說不定對她本身也有好處。」

這是什麼意思。

「如果奈良小姐……眞的和我外公的案子有關，跟我見面應該會讓她豁出去。如果她和案子毫不相干，那我們把話說清楚，應該也能互相安慰。他說不管怎樣都不是壞事。」

「豁出去？」

意思是主動招認犯行嗎？

「北見先生在懷疑奈良小姐嗎？」

「他說有那個可能。換句話說她有動機。」

「因為保險金？」

「嗯，如果她放任不管，外公說不定會在我媽的責備下把保險解約。就算奈良小姐會這麼想也不足為奇吧，所以不如先下手為強，警方好像也這麼認為。」

「現在，被當成犯人看待的可是妳母親。」

「奈良小姐也是第二人選呀。她又不是沒被懷疑。」

古屋曉子和便利商店的萩原店長，雖然有動機也有機會下手，卻查不出和凶器（也就是毒藥）的關聯。而奈良和子，她有動機（雖然純屬臆測），卻不可能有機會下手。至於能否弄到毒藥——這個我不知情，但警方是否已掌握了什麼證據？

「先去見個面，如果她只是一個因為外公這個前任情人過世而傷心的歐巴桑，那我的心情應該會比較輕鬆。」

情人，是嗎？

古屋先生，對奈良和子來說是亡夫的上司，也是照顧她生活的救命索。如果硬要追究，不見得真的是「情人」。即使古屋先生自認為是，也不知奈良和子心裡有何想法。

我們照著地址，從大馬路拐進小巷。雖然這裡離古屋家只隔了一個電車站，卻也因此從沒機會前來，美知香表示自己是頭一次來到這一帶。這是一個老房連綿的住宅區，雖有嶄新的公寓大樓和投幣式停車場，卻也有屋樑傾朽的木造公寓。

「網站那邊怎麼樣？」

我們在小巷中一邊和汽車錯身而過一邊前進。不能並排走，所以我跟在美知香身後，對著她的背影發問。

「收到不少信喔。」

「該不會也有惡意的回應吧。」

她把網址告訴我後，我也上網看過。她非常誠實地寫出自己對外公的回憶、現在的心境，以及控訴母親遭到懷疑是不當的。她那過於率直的文章，令我看得脖子一陣寒意。雖然會有許多人看了之後產生共鳴寫信來鼓勵她，但應該也有人被她挑撥到負面方向。

「不是有人在信上劈頭就說妳母親是殺人兇手嗎？」

美知香沒有回答這個問題，步伐依舊不變。

「每天放學後，我都會帶筆記型電腦去找北見先生。」

又是北見偵探嗎。

「他會陪我一起檢閱。我不是一個人看信所以不要緊，你放心。」

美知香轉身，我連忙收起臭臉。北見到底在想什麼，既然當過警察，被害者的（現在是頭號嫌犯）家屬這麼做的危險性有多大，他應該很清楚。

「有一封信，倒是令我有點在意。」

龐大的廂型貨車經過，我們側身避開。

「上面寫著『對不起』。就這樣，只寫了一句話。」

美知香仰望我。帶著車子廢氣的風吹亂了她的髮。

「妳認爲那是兇手寄來的？」

「不知道。但是我很好奇，北見先生也想了老半天。」

我開始對北見生氣了。他到底在利用這個小女孩做什麼。

「新聞媒體有跟妳接觸嗎？」

美知香對我這個問題搖搖頭時，忽然傳來救護車的聲音，越來越近。

「啊，朝這邊來耶。」美知香瞠目以對。

救護車跟我們在同一個拐角轉彎，緩緩駛進巷道，幾乎隨時要撞上路邊停放的腳踏車。警笛聲很急促，車體卻遲遲無法前進。我和美知香貼在住家牆上等它經過。救護車越過我們，在前方的T字路口右轉。

美知香拿著在奈良和子公寓上做了記號的地圖，她垂眼一看——

「往奈良小姐家的方向過去了。」她低語。

我不是直覺敏銳的人，自認爲沒有第六感，當然也不是什麼通靈人士。即便如此，我還是靈光一閃，內心有些騷動不安，平常沒使用的迴路蠢蠢欲動。救護車往奈良小姐家的方向過去了。

我一馬當先，加快腳步。

彎過T字路口一看，救護車已經停在拐角數來第四戶前面的電線桿旁。在車身緊靠的地方，看得到有白色外牆的四層樓集合住宅玄關，對開的大門被推開，那裡擠了一堆人，四周的住家也有人探出頭來。

「咦？」美知香拿著地圖歪起腦袋。

「那棟房子……」

我從美知香手裡搶過地圖。

「妳待在這裡，絕對不准離開，一步也不行。知道嗎？」

美知香好像被我的氣勢嚇住了，「嗯、嗯」地猛點頭。

陸續聚集而來的顯然是看熱鬧的人。非假日的白天在這裡閒晃，我忘了自己也是其中之一，一邊不耐煩地嘟囔著，一邊穿過人群走近救護車。擔架被抬了出來，卻苦無地方安置。

「在後面、在後面，從這裡可以穿過去。」

一個看似跟我同輩、身穿圍裙的女人指示救護員。

「快去救人，快點快點！」

說著便和救護員一起衝進建築物內。我看著地圖，確認四層樓門口旁的門牌，上面寫著「倉井之家」。那是奈良和子住的公寓。

在摩肩擦踵的人群中，我朝著周遭人不辨對象地喊道：「對不起，請問出了什麼事？」

靠我後方的中年男人，下巴朝倉井之家的方向一撇，說道：「有人跳樓，好像是這裡的住戶。」

誰報的警？打一一〇喔。各種聲音交錯著。

「是什麼樣的人？」

「好像是個女人。」

我內心平時沒使用的那個部分一旦啓動，連常用的部分也跟著開始共鳴。

「聽說是奈良小姐。」

人群中有人說道。我朝聲音的來源問：「是奈良和子小姐嗎？」

站在救護車旁的年長女人點點頭。

「對對對，就是四〇一號的奈良小姐。」

「您認識她嗎？」

「我也住這裡啊。」

她拎著超市的袋子。

「眞的是奈良小姐嗎？」

剛才那個穿圍裙的女人，正拿著手機走出來，臉色蒼白得像血液全被抽乾，一看到拎著購物袋的年長女人，就跟蹌著衝了過來。

「佐藤太太，妳通知房東了嗎？」

「沒有。因爲我才剛買東西回來……」

圍裙女人哆嗦著開始撥打手機。可能沒人接吧，她不耐煩地掛斷。

我觸碰她的肩。「奈良和子小姐眞的跳樓了？」

大概已經無暇確認我到底是什麼人吧。她大力地點頭，握著手機的手就這麼捂著嘴巴。

「從陽台上跳下來的，好像沒救了。啊，怎麼辦？」

另一種警笛聲響起，這次是警車，被看熱鬧的人群擋住了去路。進入建築物的救護員又跑回來，朝著擔架旁的同事大喊。同事轉往駕駛座，卻被人群擋著開不了門。對不起，麻煩讓一下。就在兵荒馬亂之際，警察終於從巡邏車走下來，開始疏散人群。

我像游泳般舞動雙手，穿越人潮離開玄關門口。胃已提到喉頭，雖然沒看到血，也沒看到屍體，卻感到內臟正在體內浮游。

美知香很聽我的話。她正不安地摸著旁邊住家的牆壁。一看到我，眼睛頓時瞪大。

「杉村先生……」

我一抓著她的手肘，立刻讓她轉身，什麼也沒說，開始拖著她邁步走出。我一心只想離開這裡，越遠越好。

「杉村先生，你怎麼了？那場騷動是怎麼回事？」

「沒什麼……，沒什麼。」

我不管三七二十一地繼續走。美知香問了又問，我也一次又一次地回以同樣的答案。沒什麼，沒什麼。被我拖著走的美知香，不斷地回頭，看著警車和救護車。我知道這樣已經嚇到她了，但我實在說不出口，現在我只想逃離這個地方。

17

奈良和子的自殺，從那天傍晚的新聞開始便陸續有詳盡的報導。

我家平日吃飯時不看電視，桃子就寢後，我們夫婦也很少看。但，這一天卻破例，容我一直追逐報導。因爲隨著時間過去，逐漸有新的消息傳來。

她顯然是自行從公寓四樓的陽台跳下。玄關的門上了鎖和門鍊，室內收拾得很乾淨，也打掃過了。

此外，還留有遺書。

留有遺書這件事很早就被報導出來了，信的內容卻是直到晚間十一點以後的新聞節目才提到。主播並沒有逐字唸出來，只是摘要說明，但那樣應該夠了，因爲內容似乎極爲簡單。

給古屋一家添麻煩，深感抱歉。一切都是我的錯，再怎麼道歉也後悔莫及。請原諒我。

文末據說有她的署名。

報導中，隱約暗示這可能是「犯案自白」。換言之，調查人員的見解應該是這樣吧——她在招認，用氰酸化合物毒死古屋明俊的就是她，而且應該是想用自殺來贖罪……

動機，是古屋指定她爲受益人的壽險金一千萬圓。

我告訴妻子，我和美知香正巧走到奈良和子自殺的現場，然後就被妻臭罵一頓。接著，我招認自己在車站前把美知香塞進計程車，在送她回家的路上告訴她詳情，一抵達她家就讓她下車，然後我就逃了回來，於是又被妻罵了一頓。

「曉子應該在家吧？美知香一定不知道該用什麼表情面對母親。她去奈良小姐公寓的事，本來就瞞著她母親。」

「嗯……」

「撇開那個不談，她本來就已經夠震驚了，你爲什麼沒有陪她一起回家？曉子想必也很慌亂。你爲什麼沒有暫時陪著她們？」

「我覺得就算在場也毫無用處。」

連我自己都覺得這個藉口很窩囊，我只是想逃離罷了。

「至少把美知香帶去奈良小姐公寓的事，你有義務爲此向她母親道歉。你不覺得嗎？就算是美知香請你陪她去，你不覺得就這樣帶她過去太輕率嗎？懂得輕重急緩的大人這時候就該阻止她。」

我感到沮喪而畏縮。桃子應該正在房裡睡覺，妻子的嗓門這麼大，很快就會把她吵醒。如果她看到爸媽在吵架，一定會嚇哭。

「桃子會聽見的。」

我軟弱地抗議，妻子氣得眼角吊起。「不要只在這時候才想到拿孩子當擋箭牌！」

這句話，以及妻子出乎意料的激怒令我倏然瞪大雙眼。我暗自稱奇。但這個念頭好像是一種很狡猾的情緒，好像在找對自己有利的解釋。

妻子接著說：「你這陣子根本沒把我和桃子放在心上，腦子裡好像總是被別人的事情佔得滿滿。爲什麼會這樣？你爲什麼對誰都這麼溫柔，涉入這麼深？」

妻子不僅對我溫吞猶豫的行爲生氣，原來也在吃醋。

這個節骨眼可不能笑，更不能得意忘形，必須誠心誠意地反省。

「我沒那個意思，對不起。」

我拼命道歉、認錯。妻子怒氣勃發，還翻出一堆舊帳，雖然每一件都是雞毛蒜皮的小事，實在沒必要過了這麼久還拿出來追究，但我沒有回嘴，我讓她說個痛快，全部聽進耳裡。

老實說，我多少覺得有點新鮮。過去我們從來沒吵過架，不是因爲刻意避免，而是我們無憂無慮地沉浸在沒必要吵架的生活中。

不過，顧及她虛弱的身體，也差不多該安撫她了——當鳴金收兵的時機一到，聰明的菜穗子也很清楚，她突然重重地往沙發一坐，像孩子般快哭出來。

「我累了。」她說，「我討厭這樣。」

「嗯。」

「你還敢嗯，我說我討厭耶。」

「嗯。」

「那我該怎麼罰你呢？」

「小的聽候差遣。」

我伏身跪倒，妻子忍俊不禁。

「你眞的很善良，善良得無藥可救。不過，或許我也是吧。我們眞是一對無藥可救的夫妻。」

她說想吃六本木某家知名餐廳的蛋糕。那家店我們去過幾次，營業到凌晨四點。我立刻搭上計程車，回程時拎著大蛋糕盒一鑽上車——

「是要向老婆賠罪的禮物嗎？」司機如此問道。「不過先生，我看你還沒喝醉嘛！」

「是吵架。」我說。

司機一臉好笑地說：「那可糟了。祝你馬到成功。不過買個蛋糕就能哄老婆開心，你老婆還眞善良。」

一回到家，桃子也醒了待在客廳。

「妳看，懲罰遊戲回來了！」

妻子變得很亢奮，好像還特地把桃子叫醒。到底是誰不懂大人的分寸。

午夜十二點已過，妻子吃了兩塊蛋糕，桃子吃了一塊，刷完牙，母女倆親親熱熱地鑽進桃子的被窩裡睡著了。我把盤子和叉子洗乾淨，檢查門窗都關好後，一個人上床。一沾到枕頭，我開始思考古屋曉子和美知香今晚是怎麼過的，明知就是因爲多管閒事，妻子才會生氣。

翌晨起床時，菜穗子正在廚房。她疲憊地眨著惺忪的睡眼。

「胃酸過多好難受。」

「誰教妳睡前還連吃兩塊蛋糕。」

「桃子還把我踢下床。」

「誰教妳不乖乖睡自己的床。」

「對喔，我應該把你踢下床才對，眞是失策。」

她嘴上這麼抱怨，還是替我準備了早餐，可見得氣已經消了。

在旁觀者看來，這大概正是所謂的「夫妻吵架誰都管不著」吧。但，一攤開報紙，雨過天青的氣氛頓時煙消雲散，報上有後續消息。

據說警方從奈良和子的公寓找到了氰酸鉀。

我急忙打開電視。除了穿插的氣象預報和路況報導，每家電視台都在報導這起事件。

正確說來，應該是從奈良和子住處的手提包中發現了小藥包，查驗之後確定那是氰酸鉀。各家電視台的記者從一早就殺紅了眼，口中頻頻喊著保險金凶殺案這個字眼。

某位評論家說，這次發現的氰酸鉀，如果和殺害古屋明俊的毒藥一樣，那就等於已經破案了。對讀者也表示，只要進行成分分析就可以立刻知道。

由於不管是毒物還是藥物，都不可能有百分之百的純度，一定會攙雜某種程度的微量雜質。只要檢查那種雜質，就能判別出案件A與案件B所使用的毒物是否相同。

這也正是爲何早在那名犯案少年還沒自首前，調查當局對於社會大眾以爲是四件連續隨機毒殺案，已經抱持懷疑的原因。第二起橫濱命案，和第四起古屋命案驗出的氰酸化合物，和另外兩起案子的毒物，分別含有不同的雜質。也就是說，毒物來源極可能不同。

社會大眾所知道的，是確定第二起命案是自導自演。當時，我記得同一位評論家也做過同樣的說明。

「據說橫濱命案那位自殺的社長，氰酸鉀是從某個客戶那裡偷來的吧？」

「嗯，好像是藥品公司吧。」

「犯下隨機殺人案的那個男孩是在網路上買的吧，不知奈良小姐是怎麼弄到氰酸鉀的。」
應該還是上網買的吧，我這麼一說，妻子拿著咖啡杯側首思索。
「那個奈良小姐多大年紀？五十歲嗎？」
「應該是。」
「那種年紀的獨居女性，會對網路這麼熟悉嗎？」
「就算不熟悉也做得到吧，只是購物而已。」
「可是，這跟買T恤又不一樣。」
我轉台，螢幕上的主播和評論家正在談論這起命案還有疑點。
「因爲自殺的奈良和子女士，應該沒辦法在古屋明俊先生喝的烏龍茶中攙入氰酸鉀，也不可能在那之前讓他喝下。那種藥一吃立刻斃命，吃下去不到一分鐘就會發作了。」
「如果使用膠囊呢？」
「如果是這樣，烏龍茶裡留有氰酸鉀不就太奇怪了？」
看來，今後的偵辦進度還有得等呢，主播匆忙說完，話聲方落就開始進廣告了。是乳品飲料的廣告，幸好不是烏龍茶。
「這時候，會怎麼發展？」
我問妻子，她愛看推理小說。這年頭的推理作家在寫作時都會詳細查資料以力求正確（當然也有例外），所以雖說是小說卻可以當作參考。
「嫌犯（或者說犯人）如果死了會怎麼處理？」

「在嫌犯死亡的情況下進行文件起訴吧。」妻子立刻回答。「不過，這次的情況應該還有很多疑點需要調查。那個評論家說的沒錯，還不知道奈良小姐到底是怎麼讓古屋先生服下毒藥的。」

「這一點要是也寫在遺書上不就省事了。」

妻子又露出斥責我的表情。

「老公，你好像一下子變得很輕鬆。」

「會嗎？」事實上，我的確如釋重負。

「嗯，我能體會你的心情。這下子曉子和美知香也能安心了。」

彷彿在呼應我們的對話，廣告過後，電視畫面映出古屋母女住處的玄關，記者上前去按對講機。我和妻子不由得盯著畫面。

從對講機中，傳來古屋曉子的聲音。「不好意思，現在我們無可奉告。」

畫面切回攝影棚內，我和妻子同時發出嘆息。

「至少今天一整天，她們會很難熬。」

我檢查手機，美知香並沒有傳簡訊過來。一早起來，我就打開書房的電腦收信，可是也毫無消息。

「回到老話題，烏龍茶倒是讓我想到一種可能。」

妻子雙肘撐著桌面，雙手合十，深思熟慮之後說道。

「假設眞的是奈良小姐讓古屋先生服下膠囊吧。古屋先生離開奈良小姐的公寓後，帶著狗繼續散步。這時候，體內的膠囊漸漸融解，古屋先生開始覺得不舒服。」

我嗯嗯有聲地附和。

「天氣又熱，他決定休息一下。於是走進便利商店買烏龍茶，一路上邊走邊喝，毒性發作倒地不起。聽懂了嗎？」

「嗯，然後呢？」

「無論是盒裝還是其他包裝，用吸管吸取飲料時，都不會把吸上來的液體全部喝完，有部分液體從吸管進入口中後又回到容器內。當然那個份量很少。」

「原來如此。」

「所以，古屋先生喝剩的烏龍茶裡面有毒——跟古屋先生的唾液混在一起。也不能說沒有這個可能性。」

「妳是說嘔吐時，毒物逆流和唾液混合在一起？」

「對，不過這只是我的想像。」妻子皺眉。「但是，氰酸鉀真的是發作很快的毒藥，一旦發作後或許不需要多少時間。也許要視攙有雜質的比例，以及氰酸鉀本身劣化的程度而定吧。」

氰酸鉀如果沒有密封保存，會吸收氧氣變成炭酸鉀，不僅毒性降低，同時也會令服食者嘔吐。所以就算服下氰酸鉀，偶爾也有被救活的例子。我想起在雜誌上看過的報導。

「哎呀糟糕，我得叫桃子起床了。」

妻子慌忙拉開椅子。我也從桌前站起開始換衣服。等我打好領帶，被叫醒的桃子苦著臉說：「媽，我肚子痛痛的，不想吃早餐。」我教她「胃酸過多」這個字眼，被妻子輕輕地瞪了一眼。

18

午休時，美知香打電話過來。她說為了躲記者，暫時向學校請假待在家裡。

「我媽想向杉村先生道歉，我讓她聽電話好嗎？」

該道歉的明明是我，古屋曉子卻絲毫沒有責怪我。她為美知香的任性致歉，並感謝我的熱心幫忙。

「想到女兒的心情，我至少該帶她去一趟奈良小姐家，但我沒想那麼多。」

「這也不能怪妳。美知香小姐的情況還好嗎？」

聲音聽起來雖然一如往常，我還是很擔心。

「她似乎很冷靜地接受了。不過，她那種脾氣一旦做了決定誰也阻止不了。如果杉村先生沒有陪她，她八成會自己跑去，受到更大的震撼吧。真的很謝謝你。」

她的語氣平淡。我不知道這是不是她的真心話，像她這種徹頭徹尾的商場女強人，即使在私人場合，或許還是把「我和今多財團有關」這一點算計在內。一想到初次見面時，她對北見毫不掩飾的低評價，這顯然極有可能。

「古屋小姐自己不要緊嗎？」

令人驚訝的是——不，其實也不會吧——她似乎倏然笑了。

「如果是那個人殺死我父親，那麼……，我也只能接受事實。」
這句話也不知是眞是假。
「我父親這輩子老是栽在女人手上，當然也包括我這個做女兒的。」
看來，奈良和子是犯人的這件事，她好像已經看開了。
「警方有沒有說什麼？」
「到目前爲止還沒有消息，大概是沒臉來見我跟美知香吧。」
「便利商店的店長萩原先生那邊……」
「我們最近沒見面，所以我也不知道。」
她終於流露出沒想到會被我這種人問起這種問題的驚愕語氣。
電話再次回到美知香手中，她向我說對不起。「我好像是杉村先生的瘟神。」
「沒那回事。」
電話彼端響起對講機的聲音。
「很煩吧，不過我想應該再忍一下就好了。」
「是啊。妳有好好吃飯吧？」
「吃了吃了，窩在家裡沒事幹，還跟我媽一起烤蛋糕。」
「小心別吃到胃酸過多。」
美知香狐疑地問我爲什麼，我笑了笑便掛斷了電話。
那天下午有每月例行的企劃會議。不過，下一期，也就是新年號的內容早已定案（光是集團各社社長的新年感言就已佔滿了頁數），可是又提不起勁討論二月號的企劃，所以我們只確認了配合的印刷廠過年休假必須比平時提前進行的作業流程。

最熱心的，是這次首度參加會議的小五。五味淵小姐有什麼意見嗎？她在總編的催促下起立，感覺好像有點緊張。

「妳坐著說沒關係。」

「啊，好。我是工讀生五味淵。」

她鄭重地自我介紹。谷垣副總編露出微笑，他似乎很喜歡小五，甚至還向我道謝，說那孩子眞是個好孩子，感謝我替大家找到一個好女孩。

「我從上個星期，就在整理讀者來函和電子郵件。上個月的〈次長大人揮刀出擊〉單元好像贏得不少迴響。」

她開始分發整理好的資料。

「內容是採訪今多物流倉儲的黑井先生，讀者反應最多的，不是關於黑井先生的工作，而是訪談最後順帶提及的Sick-house症候群。」

那是我自己做紀錄的訪談，我記得很清楚。黑井先生的女兒深受Sick-house症候群引起的氣喘所苦。在這個單元，順便介紹受訪者的家庭及家人已成慣例，通常一般人都會以「我很感激妻子的協助」或「就算是爲了家人我也會努力」這種說詞結束訪談。但是黑井的狀況不同，那件事在我的採訪稿中佔了不少篇幅。當然，這也經過黑井的同意。

「現在，全家人同心協力，努力克服這個看不見的敵人。」

這個，就是黑井訪談內容的結尾。讀者的反響就是由此而來。

「很多讀者的家人也同樣苦於Sick-house。光是電子郵件來函的件數就多得嚇人，其中還包括各位手邊的……」

小五翻開資料指出。

「也有人寫信過來，是一篇大作喔。」

整整寫了三張Ａ４大小的紙面。

「那個人遭遇的不是Sick-house，而是宅地土壤污染的問題。他說抽籤買到了興建中的分讓住宅，付了訂金之後才發現那裡有土壤污染的問題，正在為此傷腦筋。」

「咦，那是發生在大阪那邊的事吧？我在電視上看過。」加西探出身子說道。他也喜歡小五，而且喜歡方式和谷垣先生不同，他好像常約小五出去。

「土壤污染？」總編一頭霧水地複誦。「跟Sick-house不同嗎？應該說，這兩個我都不太懂。」

小五點點頭，「我本來也不懂，不過這封信寫得很詳細。所謂的Sick-house，正如字面所示是屋內的問題，也就是因爲壁紙黏著劑或地板蠟之類的塗料（偶爾也因房屋本身建材）產生的化學物質，導致居住者身體過敏。所謂的土壤污染則是……」

「就是土啦，土。」加西插嘴。「興建洋房或公寓的土地本身含有化學物質，對人體造成負面影響。我說的對吧？」

「對，就是這樣。最近，最有名的就是剛才提到的大阪某複合設施的問題。不過，這封信上的問題又是另一種。這個人買的公寓位於東京老街。」

在文筆流暢的信上，簡潔地道出事情原委。去年秋天，此人決定購買那棟新建公寓，但是過了半個月以後，他收到一封匿名信。寄信人自稱是原先在那塊土地經營廢鐵處理場的離職員工，工廠關閉後，業者在賣掉土地時，明明發現土壤遭到污染，卻沒有採取任何對策。寄信人強調這樣入住很危險。

此人大驚之餘向售屋公司查詢，得到的答覆卻曖昧不清。正當他感到懷疑又不知如何是好之際，又有一個自稱是購屋者的男子找上他。男子自稱代表全體購屋者，正在遊說業者針對此事召開說明會。那封匿名信，全體購屋者都收到了，事態早已啓動。

那名男性代表不僅和售屋公司交涉，也打聽了附近住戶對那棟公寓的評價——那塊土地不好喔。以前工廠還在的時候，旁邊公園的植樹都枯死了，建商在打地基時挖出來的泥土還散發出令人反胃的惡臭呢。住在下風處的居民，甚至不敢開窗。

購屋者團結起來逼迫業者檢驗。結果，證實的確有土壤污染，興建中的公寓被拆毀，再從去除土壤污染、改良地質開始重新施工。

「喔？如果不依法進行就違反了東京都法規耶。」

垂眼看著資料的總編，叼著香菸低聲說道。

「對啊，我也嚇了一跳。」

在買下現在的房子、進行裝修時，多虧做了小小功課（應該感謝妻子做的小小功課），我多少也有一點概念。東京都從平成十三年起，全面修訂「東京都公害防止條例」和施行規則，制定、實施「確保都民健康與安全之環境相關條例」這有點冗長但淺顯易懂的規則。其中也有不少土壤污染對策的相關條例。根據這些條例，處理有害物質的業者與土地變革者，有義務調查土壤污染，必要時還得採取對策。

乍看字面似乎很可怕，但是所謂的有害物質處理業者，指的是在工廠或作業場處理環境廳擬定基準選出的二十四種物質——在我印象中，有水銀、鉛、鎘、六價鉻、亞鉛、三氯乙烯等——的業者。至於土地變革者，乍看之下可能不知道這又是做什麼的，其實是指在三千平方公尺以上的佔地面積內進行切割或挖掘土地的人。

既然是「土地的變革」，拆除工廠、賣掉土地當然也列入其中。

「這個公寓建商怎麼這麼懶。或者是賣土地的人應該負責？」

「賣方當然有責任。不過，這種情況應該是雙方說好了故意打馬虎眼吧。如果是正派的土地開發業者，就算地主沒做到，也該採取對策，因爲有法規約束。」

「杉村先生，你很清楚嗎？」

小五瞪圓了眼睛。總編用短短的菸頭指著我。

「因爲這個人才剛蓋了棟新屋。」

買房子時，我內人做過功課，我向小五如此解釋。「她很勤快，房屋仲介商都很佩服她。甚至連沒有必要知道的東西也都教給她了。我只是在旁邊聽一聽，多少記得一點而已。」

「杉村先生的太太是個超級大美女，難怪房屋仲介商那麼賣力獻殷勤。」

加西是在開玩笑，小五卻當眞感嘆了起來。

「這種事我還是頭一次知道。寫這封信的人說，如果黑井先生在屋內查不出可疑物質，那麼也許是土壤污染。他提議在『藍天』雜誌上開闢一個單元，讓有相同煩惱的集團員工可以交換情報。」

大家正在熱烈討論之際，我把附上資料的那封信看完。位於老街的這棟公寓，業者隱瞞土地污染的眞相得以揭發，是因爲有工廠的離職員工檢舉。這個離職員工是誰，即便在事態告一段落後也沒查出來。但購屋者在調查相關人士時，發現當時有不少員工抱怨身體狀況欠佳。此外，令人驚訝的是，工廠東邊鄰近的幼稚園園童的氣喘發病率也高得異常，甚至被稱爲「氣喘幼稚園」。信上說，現在，這所幼稚園正在和那家工廠的老闆打官司。

不管是廢鐵處理廠還是其他處理有害物質的工廠，不見得都會發生這種問題。到頭來還是要看經營者。岳父要是看了這個不知會作何感想——我正在這麼茫然思索之際，會議已決定由加西負責執行這個提案，助理是小五。

「我家還有幾本內人買的書，可以拿來給你們參考。」我說。加西，這可是你在小五面前好好表現的機會。

「我可要先聲明，我們的雜誌不是留言板，一定要好好寫成報導喔。」

總編警告之後，會議結束。

回家的路上，我難得大手筆地買了一束花。一回到家，妻子就在玄關門口大笑。

「天啊，你還在悔過嗎？」

「那也是部分原因，不過太座大人，這是借書的謝禮，順便也要向妳請教一點知識。」

廚房的牆上貼著桃子在幼稚園畫的圖，標題是〈星星先生與月亮小姐〉。她畫得很棒，所以我發揮愚親精神大力讚美她（構圖非常有創意）。由於太感動了，哄桃子睡覺時，我甚至即興編了一個〈星星先生與月亮小姐〉的故事給她聽。故事情節是說星星先生與月亮小姐戀愛了，相約私奔到另一個銀河系，阻撓兩人（？）戀情的，當然是太陽老大。

「爸爸。」

「什麼事？」

「星星先生與月亮小姐，他們會一起去很遠的地方吧？」

「對呀，到一個不怕被太陽罵的好地方。」

「到了那個很遠的地方，就只有他們兩個吧。」

「對呀。」

「不會吵架嗎？」

我沉默了一下。

「只剩下兩個人如果還吵架，那就太寂寞了。」

「是啊，所以他們不會吵架的。」

果然，昨晚的不愉快還是被她聽見了。小孩的耳朵不可小覷。

桃子熟睡後，我忍不住思考，對於我和妻子而言，「太陽」是誰？是岳父嗎？是我父母嗎？抑或根本沒有「太陽」，只是我們自以爲是地逃避。

不管怎樣，我們都不會再吵架了。

也許是我事先聲明想請教吧，妻子早已泡好咖啡在等我。那盒蛋糕的下場不知如何？

「說吧，你想知道什麼，同學。」

她也不客氣地還以顏色。

即便在新家已安頓下來，她還是對我說的議題很有興趣吧。我一提起今天開會的事，妻子頓時兩眼發光。不只是書，連她自己整理的檔案和筆記都搬出來了。一看之下，果然，除了Sick-house之外，也記載了宅地土壤污染的內容。

「像我們的房子，前任屋主在這裡住了很久吧，原本又是住宅地，所以房屋仲介一開始也說不需要檢查土地，而我也不擔心。那時候，我的心思全放在裝修房屋用的建材上。」

沒想到，隨著裝修工程的進行，房屋仲介公司的老闆卻主動建議她做檢查。

「是一位八廣先生。你記得嗎？在我不知情的情況下，他一直在附近幫我們打聽，問出了十五年前，在我們家北邊隔著兩棟房子，曾經有一間很大的洗衣工廠。既然是洗衣店，當然會使用化學藥品。」

「在這種地方開洗衣工廠？」

「就是有啊。北邊那一帶屬於準工業區，正好位於邊界上。說到十五年前，正是泡沫經濟瓦解的時候。原來的地主把土地賣了，中間又轉手了好幾次，正想等地價上漲，沒想到泡沫經濟就崩盤了，歷經一場混亂，最後租給洗衣連鎖店。」

不過，據說洗衣店只開了三、四年。

「聽說和附近居民發生過不少糾紛，所以才持續不了多久吧。最大的原因，好像是車子一整天進進出出太吵了。」

消費者早上把衣服拿去送洗，傍晚便可領回乾淨衣物。這種便利的洗衣連鎖工廠，據說也有一些是二十四小時營業。

「總之不是什麼好名聲的工廠，所以他說廠商處理藥劑的方式也值得憂心，最好還是檢查一下。」

妻子攤開複印的藍圖。我還是頭一次見到。

「你看這上頭，這條藍色動線就是建築物的所在位置。上面不是做了記號嗎？共有六處打上編號，這就是採樣抽檢土壤污染的地方。」

「原來是這樣做的。」

「據說這種六點採樣法是最基本的程序。」

接著，妻又取出另一份文件。

「這是檢查結果。」

我拿起文件。上面的標題是〈濃度計量證明書〉。左上角寫有資料種類和採樣日期、採樣者、採樣地點，右上角記有負責檢查的公司名與計量管理者的姓名，還蓋了印章。

內文是詳細的一覽表。除了我隱約記得的化學藥品之外，還有四氯乙烯和硒或苯等有機磷化合物，以及砷（砒霜）、氟、烷基汞……，密密麻麻的，總共有二十六種。

其中有一項是「氰化物」——意思應該是指所有的氰酸化合物吧。我腦袋裡的記憶突然倒帶，閃過奈良和子的事，被警方認定偷藏在皮包裡的氰酸鉀，不知得花多少時間才能分析完畢。

「全部都在安全基準值以內，也有很多項目沒有檢測出有異樣。」妻子邊指邊說道。「所以這下子可以安心了。對於那間風評不佳洗衣廠的懷疑純屬多心。眞對不起。」

「連砒霜這種東西都要檢驗啊！」

「像這種東西，不一定是人爲污染，據說有些土地本身就含有這種物質。傳說拿破崙不是被砒霜毒死的嗎？因爲世人在他的遺體內驗出大量的砒霜。不過，也有人反駁，認爲那或許是埋葬遺體的土地本身就含有豐富的砷。」

這份文件不止一張，還有用釘書機釘著的附件，那是照片影本，旁邊註明「資料採集（土壤分析用）」。原來採集六處泥土時都有拍照，每一個採集點旁邊都豎立一塊黑板，上面註明了地址和採樣日、負責採樣的公司名稱，一起入鏡。連採樣的深度也有註明。

「眞是大費周章。」我看著妻子。「太座大人，這項檢查花了不少錢吧？」

「那當然囉，先生。」妻子一臉認眞地點點頭。「大約四十萬吧。我把收據全都收在一起了，你要看嗎？」

那是我家的隱私，所以我決定只做筆記。

「檢查費是我們付的。」

「對呀。」

「本來應該由賣方負擔吧？」

妻子微微嘟起嘴。「八廣先生一聽說洗衣廠的事時，就找賣方談過了。可是，對方生氣地表示不服。」

所以由我們自己出錢，她說。

「對喔，賣方是原先住在這裡的人，不是不動產或公寓開發業者，也不是有害物質處理業者，自然沒有『義務』檢查，況且土地面積也不到三千平方公尺。」

「對。可是八廣先生說，就算是個人業者，還是勸對方做一下檢查，這是爲了賣主好。」

「爲了賣主？爲什麼？」

「萬一之後發生問題就麻煩了。」妻子明快地回答。「假設買下土地、蓋房子住的人身體出了毛病，調查之後發現是土壤遭到污染。那麼就算賣方毫不知情也要負起責任。如果打官司，賣方絕對會輸。」

相當嚴格。

我很困惑。「那種情況也許不是賣方的錯吧？這樣還是要負責嗎？」

妻子啪地兩手一拍。

「沒錯。不愧是我的愛徒，果然注意到關鍵處。」

我什麼時候變成徒弟了。老師越講越起勁。

「關於土壤污染，他說那眞的是很複雜的問題。到底該由誰負起責任，負擔這筆清除污染的必要費用呢？」

是賣方喔，她肯定地說道。

「就算不是賣方污染的，也只能如此，因爲找不出其他人可以出錢。」

買方若是大型土地開發業者或公寓開發業者，既然是做生意，或許還可以在與賣方談判之後找出妥協點，雙方各負擔一部分。最終來說，那筆費用還可以還原到房子的販售價格上，可視爲必要成本開銷自行吸收。

可是，如果是個人的話怎麼辦。

「光是檢查就花了四十萬。如果檢查之後發現土壤被污染，還得再花多少錢改良呢？」

「那要看污染程度與化學物質的種類而定。不過要有心理準備，起碼得比檢查費多出十倍吧。」

這麼一大筆錢，賣方必須在賣出土地前先支付。或者，顧及改良耗費的工夫和資金，必須自動降低土地價格。

「容我再問一次，這一切在查明污染時，全都得由賣方負擔？」

「是的。」

妻子點點頭，交抱雙臂。

「所以八廣先生說，通常若覺得有點不保險，他就會勸對方做檢查，不過不接受這項提議的賣主通常佔多數。那種感覺的確很不合理，明明不是我的錯，卻得由我付改良費用。」

我也這麼覺得。

「除非是危險性非常明顯，否則賣方才懶得這麼做……」

「這位同學，關於化學物質的過敏反應，」

妻子的語氣像極了教師，該不會馬上從哪裡搬出黑板吧。

「這是因人而異的。有人體質敏感，也有人沒感覺，所以就算賣方居住多年毫無問題，有時候買方還是會出現症狀。若是遇上這種情況，會覺得更不公平吧。」

此外，就算住在被污染的土地上，大家還是有可能平安無事。既然如此，何必沒事找事，不調查也無所謂。

「賣方應該可以追溯前任屋主的責任吧？」

妻子笑了。「理論上應該可以，但你不覺得這是白費力氣？如果那裡一直是宅地，前前任的屋主很可能毫不知情。污染物質是來自別處。」

「那，就找出那個『別處』再追究責任不就得了。」

妻子做出抬起重物的動作。

「那可是非常、非常麻煩的調查喔。又要花上不少錢和精力，況且也很難舉證。」

妻子一做出這麼孩子氣的動作，好像桃子。

「不過，姑且假設可以吧。比方說，發現污染源是二十年前位於此地管理不當的板金工廠。那家工廠的經營者早已過世，工廠停業了，也沒有公司。板金工廠老闆的兒子，現在是個極爲普通的上班族。好，這樣還能索取調查費和改良費嗎？」

我不認爲能夠輕易做到，老師。

「很不幸吧。聽說這樣的例子還不少。」

據說發生過幾起受害者好不容易找出原因，可是造成污染的工廠或作業所的經營者（或他死後的遺族），連自己的生活開銷都無力支付的例子。時移事往，對方多半也是靠老人年金過活。

「況且，最大的污染源據說其實是『國家』。」

老師再次語出驚人。

「什麼意思？」

「戰爭呀。被空襲燒毀的地方，事後應該是把殘垣斷瓦就地掩埋、重新建設吧。如果不這麼做就無法振興社會，這也是迫不得已的下策。但就結果而言，東京都的地底下就算埋了什麼奇怪東西都不足爲奇。」

就地掩埋是個令人毛骨悚然的說法。

「所以不該打仗的。果然沒錯。」

妻子露出像小學生般正氣懍然的表情，說出像小學生般充滿正義感的用語。

我對妻子的用功再次感到佩服，內心也覺得支撐她這種用功精神的熱情，實在是很「安全」。不知怎地就是忍不住這麼想。

檢查費四十萬？賣方氣憤地表示沒有付錢的道理？那好吧，我們家自己出。如果發現有污染，清除作業需要四百萬？沒辦法，這是爲了安心生活必須花費的成本，我來付，況且打官司也很麻煩。

能夠這樣處理的妻子——我只是在心中默想，且容我直呼其名「今多菜穗子」——是因爲有優渥的經濟條件，支撐她的傲氣與知性的好奇心。

如果換做是我姊，她會有何反應呢？

假設她把現在住的房子和土地賣掉，擬定購買新洋房或公寓的計畫，使盡各種手段來籌款，也辦好了貸款。

這時，如果有人告訴她該處可能有土壤污染，最好做個檢查，得花上數十萬。不過爲了預防萬一，這筆錢最好還是花一下。

姊姊會同意嗎？她是個循規蹈矩的市民，如果要付調查費，就得刪減其他預算。因此，必須放棄渴望已久的系統廚具，改用次級品，搞不好連她的寶貝定存都得被迫解約。

即便如此，如果調查與檢查的結果確定沒事那還好，萬一檢驗出某種化學物質超過基準值，還得花錢改良土地。這次的費用比調查費多出十倍，債務增加，說不定得重新貸款。最糟的情況下，或許連賣屋和購屋計畫都得全盤取消。

活生生的想像，令我不禁縮起脖子，彷彿連我姊訴說苦情的聲音都聽得見。還要再花幾百萬？那我們根本負擔不起嘛……

這不只是姊姊的聲音，也是普通小市民的心聲。況且，還可能出現更糟的情況。如果連現在住房的貸款都付不出來，經濟狀況惡化了，說不定還得放棄新屋和土地呢。賣主本來恨不得把賣價抬高，沒想到卻得面臨這筆意外的開銷，不然有可能吃上官司，任誰聽到這種狀況想必也會痛苦不堪吧。

如果是在條例施行之前購入的分讓住宅，在不知情的狀況下所購買的土地若有污染，只需負責善後處理。

當然，不見得只限於正在買賣土地或房屋的情況。一旦是在現有住屋發現自己的健康出問題了，也必須自掏腰包改善。

「八廣先生說過——」

大概是想叫醒陷入沉思的我吧，妻子略微抬高音量。

「如果是個人住家，國家或自治政府應該要提供補助金。」

或者，請有害物質指定業者一開始就加入共濟基金，當某個業者附近的土地發生土壤汙染必須進行改良時，可以考慮從那筆基金中撥出一定的急救金。如果無法確定污染來源，國家或自治政府再出面救濟就行了。

「目前，還沒有這種制度嗎？」

「好像沒有，來日方長吧。畢竟條例也才實施沒幾年。」

就連知道Sick-house此一現象的小五，也大驚失色地表示初次聽說宅地土壤污染一事。而我自己，若不是爲了買新家，恐怕也是一無所知吧。

氣喘、偏頭痛、皮膚炎、低血壓、貧血、習慣性的暈眩和嘔吐感。這些症狀，以前多半會統稱爲「虛弱體質」，有時候也會以「心病」打發。肉眼看不見的毒素，直到變成具體的事態才初次外顯，但本體依舊潛在著。即便如此，這些毒仍然確實地滲入生活，也爲人們帶來不安與焦躁、因周遭親友的不理解所導致的勞心等二次受害，衍生出來的醫療費和經濟損失想必也很可觀。

房子病了，土地病了，人病了，換言之也就等於國家病了。

翌日，我整理好妻子給的資料，立刻帶去編輯部。加西和小五都很驚訝。

「你太太好厲害喔！」

「總之，先從網路搜尋和剪報著手。」

「如果是收集實例，整理成淺顯易懂的報導，應該更容易喚起讀者的回響吧？」

這個主意好，我鼓勵兩人，或許能藉此發現「藍天」的新用途。總編也許不滿，但「留言板」

的角色其實也很重要，我想。

由於得在年底之內完成，編輯部也充滿了歲末的忙碌氣氛。

爲了在今年之內做個了斷，掌管犯罪之神（如果眞有那種神）或許也大發慈悲。離平安夜還有一個星期時，新聞報導指出奈良和子擁有的氰酸鉀，和用來殺害古屋明俊的毒藥成分完全一致。

即便仍有尙未釐清之處，這件事似乎已塵埃落定了。

19

該買什麼聖誕禮物給菜穗子和桃子呢？

我搭電車時頻頻苦思。和設計公司開完會出來，繼續邊想邊走向地鐵車站，我忽然想起自己正在南青山，離北見一郎住的社區很近。

我和他，自從美知香被救護車送走的那場騷動後就沒再見過面。一方面是想到後來架設網站的事，同時也很擔心他的身體狀況，於是臨時起意去探望他。強勁的北風雖冷，天空卻是乾爽的冬晴，走走路也不壞。

熟悉的方形建築及社區內的兒童公園在眼前出現時，胸前口袋裡的手機響了，來電顯示「公用電話」這幾個字。

看到這行字，霎時閃過一個念頭。以前，這種事也發生過。

所以我緩緩出聲：「喂？」

沒有回應，但可以感覺有人。

「喂？我是杉村。」

一陣沙沙音傳來。或許是對方移動了話筒，然後傳來了說話聲。

「怎麼，你還活著啊！」

是原田泉。

我正在過馬路，保持手機貼著耳朵的姿勢走過馬路，進入兒童公園。倒也沒有因此心跳加快或氣得滿臉發熱。老實說，反倒鬆了一口氣。

妳也還活著啊，這句話已湧至喉頭，差點冒了出來。

這陣子，原田泉的動靜已不再是編輯部的話題。辦公室裡有種「警方遲早會逮到她，已不願再提起」的氛圍。尤其，總編和我在不巧得知她的過去之後，她在我倆之間似乎已成爲一種禁忌話題。

相較之下，在我家，妻子卻是常常想到就提起。然後，她會這麼說：「我想想，還是覺得她說的那個是謊言。」

「那個」，換言之，就是原田泉在親哥哥的喜宴上「爆料」的醜事。雖是那件事的內容令人作嘔，但我畢竟不擅長隱瞞，妻又越來越懂得問話，最後我還是告訴了她。

妻子的反應似乎不像我所擔心的那麼震驚，她只是皺眉，露出好像哪裡很痛的表情，陷入沉思。

「園田小姐假設眞有這回事，所以才導致原田小姐情緒不穩的說法，我多少可以理解，我也覺得那種說法很合理……」

「未免太合理了吧。」

「重點是，她如果眞是受到嚴重傷害的被害者，應該沒辦法以那種方式當眾揭發吧。因爲那實在太有攻擊性了。」

原來如此，我暗忖。如果是得知原田泉遭哥哥性侵害的第三者在看不過去的情況下，憤而出面告發那就另當別論，可是當事人自己突然爆料……，這的確難以想像。

話雖如此，我們畢竟不是處理這種不幸事態的專家，外行人的想法，最好還是適可而止。

不過，妻子擔心的，倒不是原田泉還會惹出什麼麻煩或採取什麼報復行動，而是怕她今後會變得自暴自棄。

「她該不會傷害自己，或是企圖自殺吧。被警方通緝，我想她應該很害怕吧。在走投無路之下，說不定會想要放棄自己。」

在電話彼端的原田泉還活著，我聽到她的鼻息。

「我活得好好的。」我慢條斯理地回答。「我們撿回一命，妳應該也從新聞報導知道了吧。」

「那點安眠藥怎麼可能會死。」

她用那種有段時期曾在我耳邊縈繞不去、既笑又怒的口吻說道。

「傷害我們不是妳的目的嗎？」

她哼了一聲，以鼻息代替回答。

「我只想嚇唬你們一下。只想讓你們想起，我到現在仍在你們身旁。」
「那……，妳現在在哪？」
大概是開門見山的問法奏效吧，她沉默了一下，然後簡短地反問：
「你猜我在哪？」
「我不知道。我只知道，原田小姐妳接下來該去的地方。」
「警察局嗎？」
「錯，是妳父母那裡。」
這次的沉默很長，時間像是嘎然而止，原田泉陷入沉寂。
「我見過令尊。他來編輯部找我們，專程爲妳闖的禍道歉，向我們鞠躬謝罪，還當場老淚縱橫，連我們看了都覺得心酸。」
她還是不發一語，大概正屏息著吧。我想像她的臉色；她那咬得死緊的嘴巴。
「妳如果不知道妳父母現在住哪裡，我可以幫妳聯絡。去見見他們吧。見面後，這次該由妳向父母道歉了，然後再一起……」
我還沒說去警察局自首，她那尖銳的聲音已撞入我耳中。
「你聽說了？」
「啊？」
「你從我爸那裡聽說了我對他們做了什麼吧，你說呀！他們不可能保持沉默，是那傢伙說的吧？他把一切都告訴你們了吧？他一定告訴你，小泉是個惡劣的女兒，把他們的人生都毀了吧？」

她說到最後，又恢復那種連珠炮般的亢奮語氣。

我依舊保持柔和的語氣。這並非難事。現在，我真的很同情她，連我自己都感覺得到。

「我聽說的，是妳對妳家人做過什麼。」

才聽見撕裂般的短促笑聲，緊接著原田泉忽然壓低嗓門，呢喃著：「大家都是這樣，每次都是這樣。每次，總是我被當成騙子。」

「那麼，妳的意思是妳在哥哥喜宴上說的話都是眞的嗎？」

「反正你也不相信。」

「是眞的嗎？」

三度沉默。不過，我聽見顫抖般的吐氣聲。

她在哭。

「什麼叫做眞的？」原田泉用哽咽的聲音問我。「眞相到底算什麼？對誰來說的眞相才是客觀的眞相？這是由誰來認定的？」

到底是誰有那種權利，說到這裡她已經放聲大哭，越說越激動。

「我遇到太多不愉快了，樣樣都讓人不愉快。不管在家裡還是學校，不管到哪裡都一樣，難道那就不是眞的？我受到的傷害是假的，我對別人造成的傷才是眞的？爲什麼會是這樣。」

我緩緩移動，在兒童公園的鞦韆坐下。是那天美知香坐過的鞦韆。

「妳所謂的『不愉快』，眞的是妳抖出的那種事嗎？」

再次降回囁語的音量。

「我最討厭我哥了。」

「令尊說，妳很敬愛妳哥，妳哥也很疼妳。他是個溫柔的哥哥。小時候妳在學校受到委屈時，妳哥並沒有放棄妳。」

哥哥對她來說，也許曾經是唯一的戰友吧。可是他長大了，開始走向自己的人生，邂逅了比有血緣關係的胞妹更重要的女人，並打算和那女人廝守終生。原田泉應該是無法容忍吧，也許她覺得與其被哥哥放棄，還不如毀了哥哥。

「騙人。」

她說得咬牙切齒。

「全部都是騙人的。」

「哪裡騙人了？是哪個『全部』？」

「我說你講的都是騙人的！」

我把手機從耳邊拿開。剛才那不是告白，不是自白，而是悲鳴。

「騙人，全都是騙人的。哥哥什麼也沒做。可是我討厭他，我討厭看起來幸福的哥哥，他丟下我一個人然後自己離開，太過分了，那樣太不公平了。」

「所以妳就說謊嗎？妳用謊話傷害妳哥，逼死了即將成爲妳大嫂的女人。這樣妳滿足了嗎？」

隔了一拍呼吸，經過一段憋氣般的空白之後，原田泉笑了出來。

「怎麼可能滿足？我恨不得把他們折磨得更慘，那樣一點也不夠。因爲哥哥和那個女的，嚐到的苦頭還不到我經歷過的一半。」

破裂般的哭笑聲，令我好一陣子說不出話來。無意識地一動腳，鞦韆的鐵鍊嘎然作響。那個聲音，令我想起那一天，古屋美知香獨自坐在這裡的身影；令我想起她頹然垂首的側臉；令我想起她最後像被風颳落般從鞦韆跌下，倒在地上的情景。

「妳被什麼折磨，怎麼折磨，這我不知道。」

爲了挽留，而非抹消腦中浮現的美知香身影，我閉上眼睛說道。

「可是，受傷痛苦的不止是妳。這世上不是只有妳一個人遭到不公平對待、特別不幸。每個人，都揹著某種包袱。」

原田泉立刻反駁：「眞是謝謝你的說教。」

她就像一頭強悍的野獸，一旦受到攻擊反而越挫越勇，並進入備戰狀態。她的聲音已經沒有嗚咽。

「杉村先生，至少我很清楚，你是一個會唱高調的人。我早就看穿你了，最好不要小看我識人的眼光。」

「我看起來像哪種人？」

「天眞的少爺。不知民間疾苦，也不知什麼是不幸，只會站在高處睥睨他人，說一些自以爲了不起的大話。」

我很難過，沒有反駁。

「你說每個人都揹著某種包袱？哼，像你這種人懂什麼？你自己明明沒有包袱。」

「那麼，到底什麼樣的人才能讓妳打開心房？什麼樣的人才能讓妳親近，值得信賴，願意尊敬？」

這個問題大概讓她很意外吧。過去，可能從來沒人這麼問過她，她自己也沒想過。我可以感覺到原田泉吸了一口氣。

「可以滿足妳的人，到底是什麼樣的人？」

在她使用的公用電話旁，好像就是大馬路。我聽見車子經過的呼嘯聲。相較之下，這座兒童公園很安靜。

「去找個這樣的人吧。」

我略微抬高音量，以免被吵雜的車聲壓過。

「只要妳眞心去找，應該找得到這樣的人。到時候妳就不用再靠說謊來保護自己，傷害別人了。妳不覺得嗎？」

她咕噥著什麼，我聽不清楚。

「我想說的，能跟妳說的，已言盡於此。我要掛電話了。」

當手機將要離開耳邊時，原田泉大喊：「我最討厭你這種人了！去死吧，混蛋！你等著瞧，我不會放過你——」她還沒罵完，我已掛斷電話。我保持那個姿勢一直抓著手機，但是她沒有再打來。

我從鞦韆起身，朝著北見的住處爬上三號棟的樓梯。

爬到二樓時，北見住的二〇三號室的門打開了，一名女子走了出來。她開朗地對著屋內說那我改天再來，然後把手放在沉重的門上，靜靜地關上。

她朝著樓梯的方向一轉身，和我四目相對。我欠身行禮，女子微微一笑，露出非常親切（爲什麼？）的表情。

對方是個年約三十五歲的美女，一頭短髮，穿著淺粉紅色罩衫，拎著撐得鼓鼓的大皮包，大衣搭在手臂上，腳上穿著一雙運動鞋。我看到罩衫已經猜到了，想必此人是看護。

「我能見北見一郎先生嗎？敝姓杉村。」

「請問你是他的友人嗎？」

「對，以前也來拜訪過。」

女人眨了一下眼，看著我。「是工作上的事嗎？」

「不，只是順路過來探望他。北見先生的身體怎麼樣？」

她瞥向關上的門。「一直很穩定，不過恐怕無法會客太久或聊太多。北見先生的病情，你也知道吧！」

這是在委婉地問我，是否知道他罹患的是絕症。我給予肯定的答覆。

「那好吧。我去問問他。」

五分鐘後，我坐在北見的床邊。

初次來訪時，沐浴在午後陽光的和室，現在放著一張電動床，北見就躺在那上面。他比起那天又瘦了一圈，臉色蠟黃，連頭髮都掉了。

不過，清澈的目光依舊。他很高興我的到訪。

「我正在想你也差不多該來找我了。」

他啞著聲音說著，莞爾一笑。

室內整理得很舒適，如果撇開那張大床、收在角落的點滴架等器具及獨特的藥味，其實和那天毫無改變。

由於我的來訪，穿罩衫的女人好像打算留下來多待一會兒。但北見客氣地拒絕了，他說還有人正在等佐藤小姐。

被稱爲佐藤小姐的罩衫女人，一臉抱歉地離去，臨走前再三吩咐北見千萬不要勉強。

「那位是護士還是看護？」

「都算吧。」北見一臉羞赧。「因爲我堅持不肯住院，反而害得大家更費心照顧我。」嘴上這樣說，卻又令人感覺他就像個病童得以恃寵其實心裡很高興。

「她不是區公所的職員，是安寧病房的人。」

「噢。」

「所以，也算是心理諮詢師吧。當然另外也有那方面的專家，不過我一個月只見一次。」

我垂下眼，看著北見細瘦的手臂，罩著乾淨床罩的毛毯與棉被看起來一片平坦，很難相信底下藏著一具成年男子的身體。

「杉村先生，」

躺在四十五度斜角的床上，北見喊我。我抬起眼，他愉快地吃吃笑，湊近窺視著我說：「算我拜託你，千萬不要擺出那種不知該用什麼表情面對我的表情。」

「呃，是。」

「事已至此，也無可奈何，生死有命。不過我算是很幸運的了，可以這樣安靜度過。」

我點點頭，努力擠出微笑。

「像這些醫院和安寧病房的事，全都是我前妻替我安排的。」

「嫂夫人？」

「對。第一次跟你見面後，我就被救護車送走了。」

「我聽美知香說了。」

「是嗎？那是我第三次住院，卻是我老婆第一次來醫院。我以爲她不知道我的病情，還嚇了一跳。」

從此，她就想盡辦法照顧我，他說。看得出來他喜不自勝，眼中蘊含著感激的光芒。

我覺得好像被某種溫暖洗滌，不由得放鬆了肩膀。

「我是個非常自私的丈夫，我老婆……，不是我自誇，她眞的是個溫柔善良的女人。大概是不忍心看我這樣吧，她說要陪我走完最後一程。」

眞好，我說。除此之外無話可說。

「可是，如果考慮到你的身體狀況，其實還是住院比較輕鬆吧。」

「沒錯。所以，我打算年底之前回醫院。這樣的話，我老婆可以安心過年，我也沒有遺憾了。」

我還沒開口問他是什麼意思，他就善解人意地繼續說：「我能這麼任性地待在家裡，是因爲我好歹也有一些不知該說是顧客還是老主顧，總之很信任我的委託人。我覺得如果有一天突然消失，只寄了張明信片說『我住院了，就此歇業』，未免太對不起人家。工作畢竟是工作。」

我很能體會他的心情。

「不管看起來是什麼模樣，總之在見完客人、向他們解釋清楚之前，我想留在這裡繼續努力。」

他說，現在已經做完了。

「你是最後一個。」

他直視著我。

「你和你同事遇上很大的災難。我看過新聞。」

「讓你擔心了。」

「關於原田泉小姐，我好像也有點看走眼了。」

北見的視線垂落床腳，低聲說對不起。

「我本來以爲她不是那種會做出危險舉動的女人。」

說來話長，我只好摘要說明，也順便說出和原田泉父親見面的事。

北見枕著枕頭，仰望天花板說：「聽起來眞慘。」

「的確。」

「老實說，萬一眞的發生過那回事固然淒慘，如果沒發生過也同樣不幸。總之，不管怎麼丟都丟不出幸運的骰子。」

「還有……，其實就在剛才，我過來這裡的途中……」

我一說出手機的事，之前表情沉痛卻還保持鎮定的北見，突然坐了起來。我慌忙扶著他。

「你、你不要緊吧。」
「杉村先生，這麼重要的事你怎麼不早說。」
「這事很重要嗎？你也覺得，我應該立刻報警比較好嗎？」
電話既已掛斷，應該無法追蹤，而且她打的又是公共電話，所以我以爲不重要。
「我不是這個意思。」
北見抓著我的手臂，在床上重新坐正。
「看樣子，原田小姐好像對你特別執著。否則，她就不會主動打你的手機找你了。如果只想嚇唬編輯部的人，打去辦公室應該最有效。」
「是沒錯啦，但我之前算是跟她談判的窗口嘛，如果因此比其他同事更讓她記恨，那也無可奈何。」
「我總覺得好像沒這麼簡單。」
北見明明已經瘦得只剩皮包骨，一皺起臉，眉心還是擠出深深的皺痕。
「杉村先生，你是不是還有事瞞著我？」
這個唐突的問題，令我瞪大了眼。
「有事？什麼事？」
「你自己的事。」
被他用銳利的眼神這麼盯著，我可慌了。
「那個呃，你的意思該不會是以爲我對原田小姐做了什麼見不得人的事吧？」

北見依舊沉著臉，卻忍俊不禁。

「你做了？」

「怎麼可能！別開玩笑了。」

「那你應該可以冷靜思考吧。歸根究柢你到底是什麼人？你說負責製作今多財團的社內報，但你入社以來應該不可能只做那個工作吧？」

我從沒想過在人生中，會有被人質問自己是什麼人的這一天。被他這麼一說，仔細想想，我到底是什麼人？

「我是……中途入社的。因爲跟內人的關係，才會進入今多財團。」

一提到菜穗子，北見就用右手按著額頭，大大地嘆了一口氣。

「啊，問題就出在那裡。」

「那裡？」

「我是說，你是今多財團會長的女婿，你妻子是有錢人，這件事原田小姐也知道吧？」

「應該不知道。在我們編輯部，她跟誰都不熟，只要我不說，她根本沒機會打聽。」

「說不定是聽其他部門說的，也或許聽到一些流言。原田小姐耳聰目明。杉村先生，之前她都讓你驚訝那麼多次了，你好像還是太小看她。」

我想起剛才原田說過的話。你最好不要小看我識人的眼光。這種情況用「識人的眼光」來形容或許不太正確，可是……

「那她爲什麼沒提過這件事？照理說她應該會冷嘲熱諷地罵我，說我是會長的跟屁蟲，或是靠有錢老婆吃軟飯之類的。」

北見大概是累了吧，在床上躺倒。我伸手幫他。

「因爲她對你和你太太心懷憧憬，同時又非常憎恨。」

「是因爲……家境富裕嗎？」

「那也是一大原因，但並非全部，應該說是萬事圓滿的幸福吧。即使在旁人眼中看來也絕對是幸福的。還有，恕我冒昧說一句，因爲你們不費吹灰之力就獲得了那種幸福。」

當然，我知道你也有你的苦處，你太太也有她的辛酸——北見特別聲明。

「不過，原田小姐並不明白。如果她能了解，也就不會變成那樣了。」

我提出一直哽在心頭的疑問。

「第一次在這裡跟你見面時，你曾經說過，原田泉是個誠實過了頭的普通女人。」

「對，我是說過。」

「我不懂你這句話的意思。她明明是個騙子，而且再怎麼看都不是普通人吧。」

北見用倦怠的語氣反問：「那，普通人又是什麼樣子？」

「你我應該算是普通人吧。」

「不對。」

「那，難道是優秀的人？」

「應該說是了不起的人吧。」北見滿臉疲憊地微笑。「在這麼複雜的社會裡，不爲別人製造麻煩，有時候還能對他人發揮善意，讓一起生活的人高興，即便渺小也能對社會發揮一己專長，安分地生活，這已經很了不起了。你不覺得嗎？」

「照我看來，那才叫做『普通』。」

「現在不同了。能做到這幾點，已經很了不起了。所謂的『普通』，等於是在這個社會『難以生存，難以幫助他人』，等同於『一無所有』；也就是無聊、無趣又空虛。」

所以她才會生氣，他低語。

「也不知是誰想出『自我實現』這種麻煩的字眼。」

我雖然覺得一頭霧水，可是同時又非常心慌。

「換言之，我和北見先生對『普通』的定義不同。」

「可是無論就你我的定義而言，你都超出了『普通』的範疇。」

「我，呃，並不是這樣，我不是因爲我妻子有錢才娶她的。」

北見發出低沉而流暢的笑聲。

「那是當然的吧。像你這種大好人，哪有本事爲了算計財產而結婚。」

這是褒還是貶？我不知該怎麼回答，只能抓抓頭。

「對，原田小姐正在生氣。」北見說。不是斷定，更不是定罪，那語氣聽起來就像在聊天氣。

「她父親也這麼說過，說她從小就經常在發脾氣。」

「她大概無法從中得到成長吧。」

「爲什麼會發生這種事？我實在無法理解。」

「我也不了解，誰都無法理解。只不過，我承認的確有這樣的案例。也只能如此。」

北見挺起上半身，伸手去拿放在枕邊小桌上的水壺。我繞到床腳，把水倒進杯中遞給他。

「謝謝。」

北見一點一滴像在咀嚼似地喝下後，看著我。

「以前，我任職警界。」

我點點頭。

「我參與犯罪搜查長達二十五年。」

這個人和一般所謂「刑警」的形象不同。我本來還在猜，就算他當過警察，也是在交通課負責安全指導或坐辦公桌處理事務工作，沒想到完全猜錯了。

「一般來說，犯罪者都是憤怒的人。這股怒氣有時候是出於正當理由，有時候不是。不，就算『不是』，那也純粹是看起來不客觀，對當事人來說其實是有正當理由吧。」

警察能做的，只是犯罪的善後處理，他說。

「有一天，我突然累了，我開始覺得應付這種『憤怒』好累。更別說還得收拾爛攤子，讓我覺得空虛不已。我開始思考，既然都要這麼辛苦，能不能早點……在更早的階段，在收拾爛攤子之前，搶先一、兩步做點什麼。」

可是，那在警察組織中是不可能的。所以我辭職了，他平靜地說道。

「這樣說明好像條理分明，其實沒那回事，這是後見之明。當時我只是一心想逃避，只是覺得受夠了、厭倦了。」

「可是最後，你當了偵探。」

北見笑開了。

「對，我當了。雖然不確定那樣是否眞能搶先一、兩步幫上忙，不過，至少我自己滿意了。代價是，失去了妻小。」

我從北見的手上接過喝光的杯子，放回小桌上。

「當時，我老婆罵我是窩囊廢，也氣我完全沒考慮到她和孩子，說我太自私。這是當然的。我老婆也有工作，所以用不著被我這種不中用的老公拖累。她當下就帶著孩子走了。」

「可是，現在她又回到你身邊。」我說。

北見緩緩點頭。「我眞的很感激。」

「你的孩子……」

「早已長大成人了，也已經有了自己的想法。從小看著母親吃苦，怎麼可能輕易原諒我這個老爸。孩子到現在還是不肯來看我。唉，說到我爲什麼會跟你聊起這種往事……」

他不好意思地舉起一隻手抹臉。

「這是我自己選的路，所以我想說，我對現況很滿足。正因爲如此，我要在這裡把接下的案子好好地做個了結，該交接的就交接，然後安心死去。你幫我把那邊那個櫃子打開一下好嗎？」

他指著房間角落，那個與和室很不搭調的辦公櫃。受到他那句坦然的「安心死去」影響的我，僵硬地站了起來。

那是兩個可以放進B４檔案夾的抽屜所疊成的櫃子。一打開，才發現重量很輕。這也難怪，上層是空的，下層也只放了一份藍色檔案夾。

「那個檔案是古屋美知香的，幫我拿過來好嗎？」

我取出檔案，交給北見。

「她來找我商量架設網站時，我這次簽約並正式受理了。」

說完，他露出辯解的眼神。

「我可是免費受理喔。她只要有時候來我這裡，讓我看到她健康的模樣就行了。我告訴她以這個當作酬勞就夠了。」

北見一直很關心美知香。當時，他在公園裡守候著昏倒的她，那表情在我腦中倏然閃現。

「我說這算是結束營業大方送，結果把她弄哭了。」

說這種話眞是害人。

「剛才我之所以說『你是最後一個』，是因爲看樣子我恐怕無法結束這個檔案了，所以想請你繼續接手。」

雖然直覺地接下了他遞來的檔案，但我很困惑。

「案子不是已經解決了嗎？」

不知爲何，北見稍微閉嘴，沉默了一下，然後才說「是啊」。

他的沉默令人介意。

「但是，對美知香來說還沒結束。她現在仍然繼續更新網頁，也依舊有人寫電子郵件給她。在她心中還沒有了斷，直到網頁不必再更新之前，你能不能替我守護她？我已經這樣跟美知香說過了。」

「我行嗎？」

「這本來就是你先開頭的。」

被他這麼一說，我已無處可逃。

「我想應該不會拖太久。不過，我的體力恐怕撐不到那時候。老實說，我已經無法集中精神閱讀瑣碎的文章了。」

以他這副模樣是當然的，就算勉強熬過新年，想必也看不到來春的櫻花了，或許連寒梅都看不到。

北見快死了。

「可以拜託你嗎？」

「好吧，我接了。」

兩手捧著檔案，我低頭行禮。

「太好了，你來的正是時候。你是聽美知香說的吧？是她跟你說我想見你的嗎？」

「不，我湊巧路過附近，只是臨時起意來探望一下。美知香還沒跟我談過。」

北見開心地笑了。「你果然是個大好人。」

這次算是褒獎嗎？

「你看了檔案就知道，出現了可疑郵件。」

那是在美知香得知警方要逮捕奈良和子，貼出文章後有人寄給她的郵件。

事件還沒結束喔。

我才是眞凶。
下次我會殺了妳。
據說內容是在威脅美知香。
「關於這個，我叫美知香拿去給警察看。我想應該只是惡作劇，不過，萬一她和她母親身邊眞的出了什麼問題，最好還是預先準備，讓警方可以立刻出動。」
「我也有同感。」
我忽然覺得脖子一涼。
「你別擺出那種表情好嗎。」北見換上嘲諷的口吻。「每次只要一發生轟動社會，引發媒體追逐的事件，就會出現這種人。這種人只會耍嘴皮子，其實無害。」
「我可不覺得完全無害。美知香沒被嚇到嗎？」
「人家膽子比你大。」
我被調侃了。
「還有一個人，同樣也是寫信給她。」
自稱曾在便利商店「拉拉・巴西利」當過店員的青年，表示想向古屋曉子和美知香當面道歉。
當過店員？我想起在店前掃地的那個沒什麼活力的小伙子。
「就住在附近，而且他好像到現在還經常撞見美知香她們。不過，他說當時沒有勇氣喊住她們，所以才寫信來說對不起。」
如此聽來，更可以肯定是他了。

「說來也巧，我應該認識那個青年。」

我一說出跟他見面的事，北見的眼睛倏然一瞇。

「掃地嗎？」

「他說是店長的父親拜託他的。那他和美知香她們見過面了嗎？」

北見不知在沉思什麼，依舊瞇著眼。我喊了他一聲，他才倏然地睜大眼睛。

「啊？噢，還沒有。美知香覺得，便利商店的店員並沒有責任，讓人家道歉太可憐了。」

「可是對方好像很內疚。他說是他們對商品管理不周。」

「應該也有這種想法吧。看來他好像會鑽牛角尖。」

仔細想想，他的確給人這種感覺。那個推著腳踏車緩緩離去的寂寞背影。

「你既然見過他，那就更好辦了。你能不能替我見見他，邀他一起去古屋家，在牌位前上炷香？」

「這是小事一樁，他既然說要道歉，應該早就想到那種道歉方式了吧。」

北見再次瞇起眼。「我是這麼想啦……，也許是緊張吧。我向美知香建議過，不妨在這裡跟他見面，也這麼跟他提過。但他好像到了緊要關頭就退縮了。」

那個青年，看起來的確不太會跟人應酬。

「那就拜託你了。那個青年姓外立，他有報上姓名。」

那個姓氏寫成漢字是外立，很罕見。

「這就是我要請你接手的工作。」

北見啊地吐出一口氣，用單薄的手掌，緩緩撫摸比手更單薄的胸部。

「原田小姐的事也還沒了結。」

「那個就交給警察吧，你別擔心。」

「不，我很擔心。」

他的聲音強硬起來。

「杉村先生，你千萬要小心，絕對不能小看她。」

由於他的眼神太直接、語氣太認眞，我本來還想笑著說聲沒事了。

「眞有那麼嚴重嗎？」

「我是這麼認爲。」

「你覺得我把她惹火到如此地步？」

北見沒回答。

就在這曖昧的沉默之際，電話響了。分機放在枕邊，北間接起。

「啊？噢，我醒著。」

他一開始說話，我立刻聽出是他太太打來的，通話很快就結束了。看樣子，對方好像要過來。

我拿著檔案，決定先走一步避開他太太。因爲不管有什麼理由或有誰在，在這裡都是電燈泡。

20

十二月二十三日放假，那一天，桃子唸的幼稚園舉辦了一場親子同歡的聖誕派對。

我帶著妻子一同參加。這所教會辦的幼稚園，每年在這場聚會都會讓小朋友演出關於耶穌誕生的簡單音樂劇。桃子扮演「東方三博士」之一，拖著披風下襬登場。

「那件披風是我縫的，不過好像太長了。」妻子說著，一臉憂心。

怎麼會怎麼會，這齣戲演得很精采，我可是看得很樂，桃子把台詞背得很熟，唱歌也很好聽。

散會後，我們在幼稚園附近的餐廳共進遲來的午飯。桃子氣嘟嘟地抱怨「人家其實比較想演瑪利亞」，等到我把錄下的畫面一播給她看，她立刻大爲得意地轉怒爲喜。還有人演的是馬廄裡的馬，所以演東方三博士已經很好了。

我把母女倆送回家後，前往萩原貨運。雖然答應了北見，但眼前應接不暇的工作令我抽不出空，一直拖到今天。今天雖是假日，但這是貨運公司，還是有可能照常營業。

我先去「拉拉．巴西利」的店面看了一下。拉下的鐵門前堆滿了乾枯的落葉，今天，那個姓外立的青年好像還沒來打掃。

我一邊看著窗上貼的佈告，一邊打電話去萩原貨運。幸運的是，立刻有人接聽。今天果然有營業。我向對方請教公司的地址。

「對不起，年底之內的預約已經額滿了。」
「不，我不是要搬家，我想找外立先生。」
「外立？」
接電話的是一位小姐，大概是辦事員吧。她那可愛高亢的嗓音頓時拔尖。
「我們這裡沒有這個人……」
「應該有個年輕人之前在社長經營的『拉拉．巴西利』當店員，現在也常來打掃店面吧？」
噢，那個——這次，我聽見對方恍然大悟的聲音。
「如果是那個人……，請、請等一下。」
她猛喊社長、社長。我聽到有個聲音回應，可是聽不清楚在說什麼。
「那麼，請你過來吧。」
萩原貨運，地點近得甚至不用打聽該怎麼走。公司包括可容納三、四輛卡車輕鬆進駐的寬敞停車場及組合屋辦公室。遮雨篷上橫掛著「萩原貨運股份有限公司」的招牌，字體像古早時代武俠電影的標題一樣豪放粗厚。
我站在辦公室入口，一表明我是剛才來電的人，萩原社長立刻出現。雖然電視畫面只拍到他的頸部以下，但他肯定就是那個魄力十足的大叔。
「你是哪家電視台的？還是週刊雜誌？又想找研治做什麼？」
該說是態度不客氣嗎，他簡直像要拿沙袋砸我。
「你說的研治，是指外立嗎？」

霎時之間，我還以爲是那個敗家的店長兒子。

「對呀，你又想叫他說什麼。那種不知世間險惡的孩子，請你不要哄他利用他好嗎。你們好歹都是成年人了。」

我諄諄說明：外立寄信到古屋美知香的網站，而我是協助管理那個網站的人，之前和外立見過一面。

「噢，研治這麼說過啊。」

社長的語氣突然放軟，請我在旁邊的摺疊椅坐下。他自己先行落座，椅子吱呀作響。

「他也眞是傷腦筋。我還擔心他是不是神經衰弱呢。」

「爲了古屋先生的事，他好像很內疚。」

女辦事員送來茶水。其他員工大概出去工作了吧，辦公室裡沒有別人。

萩原社長的體格健壯，白襯衫罩著厚重的開襟外套，底下是一條寬鬆的長褲，一頭白髮似乎剛修剪過，梳理得非常整齊。脖子上掛著平安符，而且是成田山新勝寺的平安符。

「我們都勸他別在意了，這又不是他的錯，都是我那笨兒子不好。最該死的，還是那個兇手，是那個女的吧，不是自殺了嗎？聽說是古屋先生的情婦。」

來此造訪前，爲了談恐嚇信和外立的事，我和美知香聯絡過。當時，她說警方還在調查中。

「警方表示還沒查出奈良小姐是用什麼方法讓外公服毒的，所以還不能斷定她就是兇手，據說專案小組內部也是意見分歧，雖然小組人數減少了，但還沒解散。」

關於恐嚇信，警方也說會立刻調查發信來源。不過這些動向報章媒體已經不再報導，難怪社長什麼都不知道。

「居然爲了保險金殺人，膽子可眞大。這年頭，中年女人最可怕了。誰也說不準她們會做出什麼事來。」萩原社長唏哩呼嚕地喝著茶，如此說道。

「外立在令郎的店裡做了很久嗎？」

「沒有啊，頂多三個月吧。他是我兒子僱的。」

社長說他是這附近的小孩。

「所以，我也認識他家的阿婆。本來想讓他在我這裡上班，可是那孩子身體太差沒辦法幹粗活，也不會開車。所以我以爲能在我兒子那裡上班最好，結果你知道嗎？那起命案發生以後，我兒子居然不管店員死活，自己就落跑了。」

他單手握著繪有達摩圖案的茶杯，勃然大怒。

「我第一次看到外立時，也覺得他好像不太健康，他果然有什麼毛病嗎？」

「氣喘。」說著，社長把喝完的杯子砰地一放。「很嚴重，動不動就發作，好像從小就這樣了。我本來還以爲只是小兒氣喘，長大以後自然會好。」

「他現在多大年紀了？」

「二十二、三歲吧，大概那個年紀。他瘦得像根豆芽菜，所以看起來像高中生對吧？」

萩原社長扭頭瞥了女辦事員一眼。她坐在桌前，正在整理收據。

「我們公司的員工，尤其是女孩子，都覺得那孩子令人發毛。大概是因爲長相比較陰沉吧。」

「是啊。」

「我也勸過他，叫他抬頭挺胸、開朗一點，不然原本找得到的工作也會找不到。不過那孩子很可憐，跟父母沒什麼緣分。」

「拉拉．巴西利」歇業後讓他繼續清理店面，好像也是社長爲了給外立一點薪水所刻意安排的。

「他一個人住嗎？」

「他跟我剛才提到的阿婆相依爲命。對那孩子來說，阿婆應該是他祖母吧，已經高齡八十了，長年臥床不起。」

「那他父母……」

「跑了。」又是一個明快的回答。「那是十年前的事吧。那時，研治應該還是個小學生。」

外立的家，在他祖父（也就是現在跟他同住的祖母的丈夫）那一代，據說經營小型印刷廠。現在住的一樓，就是當時的工廠兼辦公室。

「老先生是個很規矩的人。我們公司送給客戶的月曆，當時也是請外立印刷做的。可惜那個人太愛喝酒了，所以活不長。」

工廠，由他的獨子；也就是外立的父親繼承。

「他是老先生一手訓練出來的印刷工，頗有工匠氣質，手藝很不錯。可是，該怎麼說呢……」

萩原社長仰望著天花板嘆氣。

「他不擅長做生意，嘴笨又不懂得跟人交際，在客戶面前連一句好聽的話都說不出來……」

也許該說，工匠氣質和身爲經營者該有的才能本就互相牴觸吧。我這麼一說，萩原社長苦著臉頻頻點頭。

「如果是受人僱用或許還撐得下去。工廠雖小，但他畢竟是老闆，那樣是行不通的。」

眼看著工廠的生意逐漸傾頹。據說，情況慘到幾乎聽得見土崩瓦解的聲音。

「通常，如果變成這種狀況，下場已很明顯了。宣佈破產，工廠、房屋和土地都被銀行查封，變成窮光蛋。不過，那個阿婆在還沒病倒之前，倒是相當精明能幹。」

據說，她年輕健康時也算是個厲害的角色。

「雖然像隻蚊子般弱不禁風，可是嗓門大得足以響徹四鄰，一天到晚罵兒子，叫兒子振作，好像也成天和兒媳婦吵架。」

與兒子夫婦不和的原因，一部分也是她掌控了外立家的一切。

「阿婆把錢牢牢地捏在手裡，不過就結果來說這倒是好事。工廠垮掉時，由於阿婆牢牢看管老先生遺留的壽險金，他們才能把債務還清。土地和房子也是歸在阿婆名下。如果是在兒子名下，恐怕只會讓債主撿到便宜。」

難怪丈夫過世時，她不讓兒子繼承任何遺產，全部歸自己所有。眞是個握力強勁的女人。不過有個字眼更讓我在意，我插嘴反問：「他們有債務？」

「嗯。」萩原社長回答之後，看著我笑了。

「沒那麼嚴重啦。像我們這種中小企業，爲了一些設備投資或周轉，借錢是家常便飯。」

「可是他們家明明有現金……」

社長笑得更大聲了，他說，你們上班族不會懂的。

「那是兩碼子事。如果把現金拿去周轉，一旦出了問題不就糟了。況且，研治他老爸的債務也沒有多少，因爲僱的人不多。通常，資方最大的開銷就是人事費。」

於是，外立的父親轉爲東京都內某印刷公司的職員。自家用不上的機械和器材全都拍賣了，一樓改裝成住家。

「我以爲這下子總算可以穩定下來了，結果你知道嗎？杉村先生。」

萩原社長喘了一口氣，靜靜地瞪大眼睛叫喚我，比了一個敲擊的手勢。

「研治的老媽居然離家出走了，跟男人私奔。」

據說，她在外面有了男人。

「我到現在還是無法相信，因爲她看起來實在不像會一聲不響地，若無其事地勾搭上別的男人。女人心，海底針，我實在搞不懂。」

坐在感慨萬千的社長身旁，我想的是有一天突然被母親拋棄的少年外立。

「他們夫妻的感情……」

「不知該說是好還是壞。」

社長不屑地說著，像要掩飾尷尬地用力咳嗽。

「一般人不都是這樣嗎？理所當然地過著家常生活，對於夫妻感情好不好這種問題，就連自己也不會去傷神，更何況是別人家。」

不過，畢竟有婆媳問題嘛，他小聲地補充道。剛剛才提過，婆媳成天吵架。

「就算是這樣，難道她沒想過帶孩子一起走嗎？」

「所以說囉，」社長瞇起眼，像要安慰我似地傾身向前。「我就說搞不懂女人嘛。」

妻子出乎意料的背叛，想必令外立的父親傷心而消沉吧。不久，他就辭去了工作，在家鬱鬱寡歡地（同時還得挨母親的罵）過了一陣子，最後忽然離家出走，從此下落不明。

「該說是世事無常還是什麼呢？其實他應該很愛他老婆吧。」

萩原社長的銅鈴大眼，蘊藏著該稱爲憂愁的色彩。

「或許已不在人世了……」

不管怎樣，外立在不明白父親爲何絕望、想跟什麼斷絕連繫的情況下，再一次被遺棄了。

「外立當時幾歲？」

「小學五、六年級吧，還沒變聲呢。」

社長像是在重新咀嚼不幸般蠕動著嘴巴，最後什麼也沒說，只是從鼻子噴出一股粗重的氣息。

「不過，幸好還有他祖母，牢牢地鎮守那個家，所以那孩子才能勉強長那麼大。阿婆還沒老得動不了以前，一直在拼命打工或接副業賺錢，不然他們早就變成遊民了，遊民你懂嗎？」

社長應該是在同情他們吧，但是語氣很粗魯。從他這段敘述中，不時流露出了解內情的鄰居才會有的肆無忌憚。

「那麼，現在全靠外立一個人照顧祖母嗎？」

「是啊，生活費應該是靠祖母領的年金吧。因爲那孩子從來就沒有固定工作。」

祖孫倆省著用，又不用付房租，應該勉強過得去吧。

「我們好歹當了這麼多年的鄰居，所以我當然也想照顧他。」

萩原社長靈活地蠕動著嘴。

「可是，就算再怎麼同情，你也知道的，我總不能白養他吧。畢竟是外人，對吧？」

「是啊，是這樣沒錯。」

「這次出事之後，研治那傢伙還被當成寶呢。那些記者拼命想從他嘴裡套話。至少我看起來比較吃得開，如果他們敢亂寫我也不會保持沉默，可是研治太老實了，但我也沒阻止他。因爲那孩子覺得接受採訪多少可以拿到一點錢，就算只是一點零用錢也好。」

「我也在電視上看過外立接受記者採訪。」

啊，是喔，社長說著哼哼有聲地點點頭。

「不過好像沒賺到什麼錢，報社根本不付錢，你說有這種道理嗎？」

「應該要看情況而定吧。」

如果外立屬於更核心的重要人物，想必記者會競相採訪他，禮金也會水漲船高，可惜他只是個小配角。

「都怪我兒子不成材。」

社長又生氣了。看來他只要一提到兒子就火大。

「歇業或許是無可奈何，但我明明再三交代他要好好照顧研治，他居然丟下人家不管，又跑去搞什麼戲劇。」

「這麼說來，令郎又投入演戲事業了。」

「正忙得起勁呢，好像在新宿還是澀谷租了一個像地窖的場地，演什麼不來……不來洗車的戲。」

「是布萊希特（註）嗎？」

「總之就是那種前衛劇吧，劇名好像叫等待什麼……。成天只會說夢話，一點用處也沒有。」

他表現得很火大，不過好像還蠻常與兒子交談的。

「我問你喔，杉村先生。」

社長確認我名片上的姓名後，又瞥了女辦事員一眼，然後壓低嗓門。

「既然你認識去世的古屋先生，那你知不知道我兒子那傢伙現在還有沒有跟古屋曉子小姐見面？」

我不禁苦笑。「這可問倒我了，我也不知道。」

社長晃著厚實的肩膀嘆氣。「那陣子，他才剛跟人家拉近關係就惹上警察，連我都沒臉去見來往銀行，丟臉死了。可是我兒子就是學不乖。」

「就我個人所知，他們倆現在好像沒什麼來往。就連之前有來往時，恐怕也只是單純的朋友關係。」

是嗎，這樣啊，社長嘟囔著。

時候差不多了。我起身告辭。

「那我不打擾了。我想去外立家看看，能否告訴我地址。」

眞的很近。當我正要走出辦公室時，社長又連忙叫住我。

「杉村先生，你說你是古屋先生的朋友，又是今多財團那種大公司的職員，所以我相信你，還把那些事情告訴你。在研治面前，你可別讓他知道我說了那些話。」

那當然，我回答。這位社長雖然親切又多嘴，但他應該沒有因爲自己的多嘴而失敗過吧。他懂得看人說話，如果我不是長得一副——連北見都笑我的「大好人」面孔，如果我遞上的是不同的名片，萩原社長的態度想必會完全不一樣。

前來採訪的電視台人員，碰上這個嘴裡嚷著笨兒子敗家子想說什麼就說什麼的人，恐怕也傷透腦筋吧。一想到這裡，我的心情好像比較愉快了。

「這個，你幫我送過去好嗎？」

社長慌忙從懷裡掏出皮夾，猛催女辦事員拿信封過來，然後把一萬圓塞進那只茶色信封裡。

「你就說是我給的慰問金。研治那小子，八成又身體不舒服躺在床上。」

據說從三天前就是這樣，所以才會連「拉拉．巴西利」也沒去打掃。

「他好像又發作了。不過，說是慰問金好像不妥吧，那樣他八成不肯收。你就說是薪水好了，告訴他這是清掃費。」

「我知道了，那我先收下。」

我接過信封，走出辦公室，正想往停車場的反方向走去，才發現組合式辦公室彼端的灌木叢裡矗立著一棵聖誕樹。

陪我一起出來的萩原社長，迎著寒冷的北風整張臉皺成一團。

註：Bertolt Brecht，一八九八～一九五六，德國作家，立志改革自然主義式的傳統戲劇。

「員工說這樣比較有過節的氣氛，每年都會擺出來。」

那棵樹不大，卻是眞的樅樹，樹上纏繞著綴滿小燈泡的電線。到了晚上，想必會閃爍著美麗燈彩。

「明天就是平安夜了。」

「反正跟我們的生意沒關係。」

社長打了一個大噴嚏，拉攏外套的前襟，鑽回辦公室裡去了。

「研治」的漢字原來是這兩個字。我看到在日曬雨淋下已褪色的塑膠門牌上用麥克筆寫的字才恍然大悟。

不知何處隱約傳來「聖誕鈴聲」的旋律，也許是小型商店街的擴音器播放的。我此刻仰望的這間老舊木造房屋，沒有任何和聖誕節有關的裝飾品。和「聖誕鈴聲」的旋律也很不搭調。

馬路兩旁聳立著小巧美觀的住宅，腳踏車來往穿梭。如果這棟雙層樓房不是蓋在這種住宅區，而是孤伶伶地佇立在半山腰或田野中，誰也不會把它當成住家，肯定會覺得是棟廢棄屋。

由於房屋破損得太嚴重，已經看不出屋齡，不過顯然比我還要年長。從地基開始傾斜，牆上的護板也處處剝落，翹起來的邊緣都泛白了。鉛板屋頂的溝槽裡積著淤泥，暗綠色的排水管有兩處折斷垂落，前端觸及地面。乍看之下，幾乎會有種錯覺，以爲是從地面長出某種細長的怪物，像新品種的怪異爬藤糾纏至屋頂。

右鄰是現代化的三層樓住宅，左鄰是約可容納十輛車的投幣式停車場。外立家的房子往右傾斜，所以看起來像是倚著時髦三層樓房的肩膀，好不容易才勉強站立的傷兵。

從馬路這一頭可以將房子左側一覽無遺。簷下橫著一根晒衣竿，上面掛著晾曬的衣物，除了襯衫與內衣，還有兩套女用睡衣。在緊鄰投幣式停車場的邊界處，躺著兩個髒兮兮的垃圾桶，前面停放了一輛眼熟的腳踏車。

門牌上方設有圓形按鈕，按鈕沿伸出的電線，通往玄關拉門消失在屋內。應該是門鈴吧。我用力按了一次，什麼也沒聽見，於是再按一次，這次傳來低響。

玄關的拉門是鋁框鑲著毛玻璃，同樣也歪斜了。我看裡面沒反應，正想按第三次時，一個灰色人影倏然浮現，拉門喀答地晃動。

「打擾了。」

我向探出臉的外立打聲招呼。

他的臉色比起初次見面時更糟，身上穿著皺巴巴的運動衣，腳上沒穿襪子。說不定剛才正在睡覺。

外立好像還記得我。我不想過度驚嚇他，立刻扼要說明來意，也為初次見面時的含糊態度向他致歉。

「噢……，原來是這麼回事啊。」

他好像突然清醒了，用運動服的袖子猛搓臉。對不起，這副打扮，他用卡在喉頭的聲音說道。

「該道歉的是我，突然來訪。」

他沒請我進去，我也沒那個意思。因爲外立看起來就是一臉尷尬地縮著身子。

屋內很暗。外面明明還有陽光，投幣式停車場彼端的窗子也透進光線，不知爲何就是給人一種陰暗的感覺。或許是因爲一切都老舊、雜亂，每個角落堆放著生活用品，所以通風不良吧。

我坐在玄關入口凸起的門檻上，外立則端正地跪坐著。我忽然想起我的老家。

我父親以前是公家單位的職員，家裡也經營果園。我們的住家和篩選水果進行分裝的作業場是連在一起的，後門有一塊泥地。鄰居的大嬸們常常跑來坐在那裡。緣廊雖然也有同樣用途，但在那裡說話太顯眼，所以祖母和母親，以及親近的鄰居閒話家常時，幾乎都是坐在後門那邊。

那間房子已經不存在了。到我哥這一代就拆掉重建，變成電視廣告上那種二代同堂的氣派住宅。那棟房子的門口既沒有泥地，也沒有讓來客隨意坐下的門檻。

我一個人滔滔不絕地述說著這種情境有多麼令人懷念。外立只是默默傾聽，表情幾乎文風不動，冒出稀疏鬍碴的下巴又瘦又尖。

「我去拜訪過萩原社長，他說你家就在附近。」

我遞上社長給的「薪水」，外立不肯接受。他說薪水已經領過了，甚至還想縮手。

「可是，這是社長的心意。」

我把信封按在他手裡，逼他握住。他點頭行個禮，然後塞進運動服的口袋。

「聽說你身體不舒服。」

他再次點頭行禮。「向來如此，我已經習慣了。」

屋內深處好像有人在走動，我聽到隱約的腳步聲，外立立刻做出反應。

「抱歉失陪一下。」

他倏然起身，快步走回短短的走廊。他喊著奶奶。

半開的紙門彼端，隱約瞥見一個瘦小的老太太，駝著佝僂的背，緩緩移動著枯瘦如柴的雙腿，橫越而過。雖然萩原社長斷定她「臥床不起」，看來並非如此。

外立過了很久才回來。剩下我一個人，之前忙於說話和傾聽，一直安分守己的嗅覺開始蠢動，沉澱在這個家中的生活氣息，就這麼經過鼻子重重地滲入我的胸腔深處。

「不好意思。」

匆匆回來的外立，已經穿上襪子，剛才的運動服換成了毛衣。

「我去買罐裝咖啡。」

「不用了不用了，你別這麼客氣。」

正欲出門的他被我按住肩膀坐下。

「你奶奶的身體怎麼樣？」

外立的眼中，浮現（是社長告訴你的嗎）狐疑的神色，旋即消失。

「她不是生病，只是年紀大了，倒也沒有哪裡特別有問題。」

「這樣啊，聽說是你在照顧她。」

他認真地搖頭。「每個星期有兩天，老人保健中心的人會過來。不然靠我一個人，沒辦法幫奶奶洗澡。」

「那你自己呢？應該有固定看診的醫生吧？我聽說你有氣喘。」

外立終於正面看著我。那蒼白的臉孔、邋遢的外表、瘦削的下巴和尖凸的喉結，的確不怎麼受女性歡迎吧。但，近距離細看，才發現他的眼睛澄澈透亮。

「沒什麼大不了的。」

他聳聳肩，那雙漂亮的眼睛低垂著。

「只要按時吃藥就沒事了。」

在我聽來那是逞強，我不認爲一切都「沒事」，包括他的身體，他的生活方式，他受困的環境。

一陣尷尬的沉默。

「古屋小姐那邊，我是眞的很想道歉。」

外立依舊垂著頭，冷不防地呢喃著。話一說出口就立刻失速，然後如塵埃飄落。第一次見到他時也是這樣，才剛剛說了什麼，就把自己說的話和店前步道上散落的落葉及紙屑掃成一堆，想要裝進畚箕裡。

「美知香和她母親都說你沒有任何錯。知道你這麼自責，她們倆都很心疼，也很擔心你。」

外立放在膝上的手猛然握拳。那拳頭也好瘦弱。

「要不要跟我一起去上個香？如果你想去墳前祭拜也行。不要寫信了，直接和美知香見一面吧。如果能和她當面談一談，我想你的心情應該會輕鬆許多。」

外立依舊低著頭，不停地眨眼。他的雙頰凹陷，稀疏的睫毛格外醒目。我暗忖他該不會哭出來吧，這樣看著實在教人於心不忍，我不禁撇開目光。

把長袖毛衣捲到手肘處，裸露的手臂上起滿了雞皮疙瘩。玄關處的確很冷，門不僅開關不便，門縫又夾著門鈴的電線，所以拉門根本關不緊。冷風從門縫吹過，我穿著大衣還好，可是對外立的身體恐怕有影響……

他在發抖，端正的坐姿就這麼僵持著，微微打哆嗦。那種顫抖方式，顯然不止是寒冷。

我緩緩地，連大氣也不敢出，悄無聲息地抬起頭，看著一逕垂頭的外立。我一直憋氣，因為怕如果不小心一吐氣，會忍不住叫出聲來。

都是我造成的，他說。

他說那是他的責任，是他的錯。

這些話，我和古屋母女及萩原社長聽了之後都沒有當眞。

我以爲，這一切都是因爲個性認眞的外立有一顆敏感的心，因古屋的橫死而受傷，變得過度自責。

我這種想法絕非輕率的自以爲是，想必人人都會這麼想吧。外立怎麼可能有錯？當他說「是我的錯」時，怎麼可能從中讀取到不同的意味？

那樣的事，誰都想不到。

那樣的事。

不會吧。

他在「拉拉·巴西利」上過班，可以把攙有氰酸鉀的飲料放進冷藏櫃。他有機會，絕對有。

可是，他沒有理由做那種事。

這次輪到我感覺渾身僵硬。出乎意料的念頭佔據腦袋，害我頭昏眼花。

突然間，我還在猜想是不是他發出如變調笛音的聲音在吸氣，他已經開始猛咳，激烈地扭動身體、喘個不停，一邊把手伸進口袋，取出吸入式噴劑。我伸手想拍撫他的背，但直到他吸藥勉強穩定下來爲止，我始終只是心慌意亂地看著。

「對……對不起，我沒事了。」

外立一邊調整呼吸，一邊想收起噴劑，然而卻沒拿好掉到了地上。我撿起來交給他，只在刹那間輕觸，他的手指冰涼。

「很苦吧。」

「沒什麼大不了的，眞的。」

外立以那張像是洗曬多次又褪色的舊布般臉孔，企圖朝我微笑。然後——

「那就請你幫我介紹古屋小姐，麻煩你了。」

說著深深一鞠躬。我總算可以喘口氣，嗯嗯有聲地回應。

導致氣喘發作的原因有很多，但極度緊張應該也算其中之一吧。還有心理障礙及壓力。

對於我的造訪，外立有什麼好緊張的。在這種狀況下，到底是什麼對他造成壓力？

我的心臟響如銅鑼。不會吧，不會吧。

幸好我現在不必與外立四目相對。如果看著他的眼，說不定會被他看穿我的心思。

抑或他已知道我的想法，看穿了我的心思？他會再度發作嗎？抑或他會張嘴，開始述說究竟是什麼在折磨他？

一定是我想太多了，不可能有那種事。

「那你什麼時候方便？」我問。

外立軟弱地歪起脖子。「隨時都可以，但如果奶奶突然身體不適就不行，除此之外，我閒得很，反正也沒工作。」

「你的身體吃得消嗎？」

「沒事。不過……」他舉拳抹嘴。「年底正是最忙的時候，我怕打擾到古屋小姐。等她哪時候方便就可以了。」

「明天就是平安夜呢。」

脫口而出後，我暗自對這話的空虛感到尷尬。外立過的生活，哪有平安夜這種節日可言。

「我先問問美知香。那我該怎麼跟你聯絡？寫電子郵件可以嗎？」

他表示沒有自己的電腦，並且尷尬地解釋，他寄給美知香的信，都是利用附近網咖裡的電腦寄的，然後把手機號碼告訴我。

「那好，我再打電話給你。你要多保重，打起精神來，知道嗎？」

外立送我出去後，吃力地關上晃動的拉門。

我撇下他邁步走出。不知爲何就是沒有那種結束採訪可以打道回府的心情，總覺得自己像是遺棄了他，彷彿是我把傾頹的房子和折斷的排水管、冷風從門縫灌進的昏暗和室、需要他看護的老太太、衰老多病的氣息、阻礙他自由的疾病、困苦的生活、看不見前途的孤獨……，種種的不幸通通推給他。

因爲他是外人。

可是，來時尚未同行的麻煩同伴，在我踏上歸途時暗藏在大衣底下。是「疑惑」；是某種難以言喻的直覺所產生的不安。

我像被誰追趕似地加快步伐，又回到了萩原貨運。社長看到我時驚訝地瞪眼。

「社長對不起，我想跟令郎見個面，請問該去哪裡找他？」

21

萩原社長稱之爲「地窖」並非耍嘴皮。他的「笨兒子」主持的劇團「星雲」的聖誕節公演，在新宿三丁目某住商綜合大樓的地下二樓深處、據說以前是機械室的空間裡舉行。

當我好不容易找到那裡時，還差五分鐘就要開演了。萩原弘——藝名「昴小路」——據說是導演兼主角之一，恐怕不管怎麼拜託都見不到他。無奈之下，我只好買了一張戲票。

那裡的空間很小，座位頂多五十個吧。舞台也很寒酸，整體很像是附有台階的KTV包廂。想必這裡原本就不是演戲的場所吧。不知這種設定是否就是導演所要的效果，現場沒有舞台裝置也沒有大型道具，只有一組梯子。

但還是有觀眾入場。我坐在最後一排的旁邊，座位是摺疊椅。不久，從舞台右邊走出一個穿著厚重的男人，停在梯子下面，在聚光燈的照射下開始說出大串台詞。我凝神細看此人是否就是萩原弘，但他掛著假鬍子又把帽子拉得很低，根本看不出長得像不像社長。之後，又有三個同樣裝扮的男人，從舞台左方陸續登場，開始滔滔不絕地說著冗長而無聊的台詞。

我離開座位。剛才賣票的櫃檯有名年輕女子，雖然她凶狠地瞪著中途離席的我，但我決定不理她。

我應該和妻子聯絡，念頭一轉立刻取出手機，這才發現她已寄了三通簡訊給我，內容問的全是「一去不歸的先生，你現在在哪裡？」我急忙爬上陡峭的樓梯，走到大樓外面打電話。妻子還來不及開罵，我就先說了三次對不起，然後才解釋臨時有急事。

「你在哪裡？」

「新宿某個正在上演超級無厘頭戲劇的地方。」

「蘋果劇場？」

「離那裡大概有百萬光年那麼遠。我是說就品質而言。」

我的愛妻寬大地連哼了三聲，只說了一句「誰理你」就原諒了我。

「今天趕不回來就算了，晚餐我和桃子先吃。不過，你明天一定要準時回家。」

「那當然！」

「你別回答得那麼好聽。老實說，我眞希望你白天也在家。」

古屋小姐來過了，她說。

「美知香？」

「她母親也來了。她說給我們添了不少麻煩，還帶來手工餅乾和桃子的聖誕禮物。」

「虧她們找得到咱們家。」
「在醫院碰面時，我打過招呼，也邀過她們來家裡玩。」
菜穗子會說出這種社交辭令，可見得她既非難以相處，也不討厭和別人接觸，但她平常生活在非常狹小的世界裡，不習慣與別人往來。
「妳一個人應付一定很不自在吧。對不起！」
妻子咯咯地笑了。「那你就錯了，一點也不會，開心得很呢。我們三人一邊喝茶，一邊聊天。美知香眞是個坦率可愛的小女孩，曉子也是好人。」
搞什麼，害我替她白擔心了。
「我還答應要教美知香編織呢。」
妻子喜歡做手工藝。在我看來甚至有點三分鐘熱度，總之她什麼都想嘗試。現在熱衷的是編織。
「學校要放假了，她應該有時間學。她說她媽媽的生日在一月底，她想親手打毛衣送給媽媽。可以吧？」
我當然沒理由反對，美知香對網站之外的事情感興趣是件好事。
「那就拜託妳了，老師。她們沒有提到命案嗎？」
「一點也沒有。我也忘了問。」
這下更好了。
「啊，對了。安眠藥事件發生時的那家醫院打過電話來問地址，對方說當時忘記開立正式收據，現在想郵寄過來。」

收據？到底有沒有拿過，我也不記得了。那才眞是忘得徹底。

「拖到現在？」

「對方說是行政手續出錯才會拖至現在，還向我道歉呢。說完了，只有這個要報告。」

妻子想掛電話，我連忙喊住她。事實上……，我說，然後就接不下去了。

「怎麼了？」

「不，沒什麼。」

我本來想把外立的事告訴她，卻又吞回肚裡。現在還只是毫無根據的推測，想必妻子也無法給我意見吧。

「你說臨時有急事，該不會又在玩偵探遊戲吧？」

我嘿嘿嘿地乾笑。刻意讓她聽清楚我是在乾笑。

「我只是來看戲。」

「在蘋果劇場的百萬光年之外？」

收起手機下樓一看，櫃檯已空無一人，椅子也空著，於是我在那裡坐下。指名送給「昴小路先生」的花籃，放在櫃檯底下已經快枯萎了。這齣戲上演的時間長得足以讓鮮花枯萎嗎？抑或是哪個奇人爲了配合這齣戲故意送枯花過來？這個問題令我想了半天。然後，爲了確定「思考這個問題」和「正在上演的戲」，究竟何者令我更感興趣，我又回到觀眾席。我把剩下的九十分鐘看完，決定如果下次有機會，我也要送枯萎的花籃給昴小路執導的戲。

接著又耗了三十分鐘，終於找到一名穿著「星雲」外套的女性員工帶我去見萩原。他在休息室，還沒卸妝，依舊穿著笨重戲服、臉上掛著假鬍子。也因此，我總算發現第一個出場的男人就是他。

如果本行是偵探，應該只要遞上名片說聲「我是私家偵探」就能解決，可惜照妻子的說法我只是個「在玩偵探遊戲」的上班族，只好長篇大論地自我介紹。也不知萩原是否聽懂我的說明，他邊聽邊不時發出啊或喔之類的聲音附和，等他一開口，問的竟是：「你覺得這齣戲怎麼樣？」

「是一齣耐人尋味的作品。」

「我就知道、我就知道。」

他開心地再三重複，長相倒是還算英俊。

「這是布萊希特對貝克特〈等待果陀〉的詮釋版本。本來，等待果陀的不是個人，應該是群眾。」

正好這時候，進出休息室的其他工作人員和演員都走了，我終於切入正題。「我是爲了外立研治，有點事想來請教你。」

萩原下一句想說的話就這麼保持張開的嘴形，倏然靜止。

「是你那家店的店員，你跟他應該很熟吧。」

他誇張地閉嘴，像是發出喀嚓般的聲音，挑起一邊眉毛。說不定，這是在展現理論派演技給我看。

「你說研治怎麼了？」

「正如我剛才說的，我見過他，他的身體狀況好像很糟。」

「喔，他向來如此。」

萩原轉身面對鏡子，用小心翼翼的動作開始剝除假鬍子。休息室蓋得比舞台像樣。在這棟大樓內，也許還有不是兼作機械室的小劇場。

「我去拜訪過令尊萩原社長，他說從研治小時候就認識他了，因爲是鄰居。你跟他很熟嗎？」

「談不上多熟，我老爸應該比較了解他吧。」

一拿下鬍子，他的臉突然看起來圓滾滾的。

「勾起你不愉快的回憶實在很抱歉，但那起命案發生時，你和外立應該都曾接受警方的偵訊。當時，外立看起來是什麼樣子？」

萩原的臉上第一次浮現並非演技的驚訝，他瞪圓了眼。

「什麼怎麼樣……，你有什麼權利問這種事？」

拜剛才那齣動不動就咬文嚼字卻毫無意義的舞台戲所賜，我已經失去平日的鎮定，改而採用短兵相接的問題攻勢。

「對不起，事情原委正如我剛才所解釋的。外立那種沮喪的模樣，令我不得不在意。」

休息室的門開了，之前在櫃檯瞪我的年輕女子走了進來。萩原朝她投以一瞥。

「千佳，妳先出去，暫時別讓任何人進來。」

名叫千佳的女子，又瞪了我一眼。

「幹嘛？」

「妳出去就對了。」

他命令人倒還挺有威嚴的。千佳乖乖聽話，用力地甩上門。

「謝謝。」我說。他的確是個自大又愛演戲的笨兒子，不過好像並非不知輕重。

「你這話是什麼意思？你在懷疑我和研治嗎？我再問你一次，你有什麼權利過問？」

我也再次重申。這次他好像聽得很認真，雖然依舊帶著反感與質疑，但眼中已逐漸浮現理解的神色。

「研治絕對做不出那種驚天動地的大事。當然我也是。」

他眨動著塗了誇張眼影的眼皮，倏然撇開目光。

「曉子她……，古屋小姐還好嗎？」

萩原社長問我，兒子和古屋曉子是否還在交往。做兒子的也一樣，急著探問古屋曉子的狀況。

「她很好，看起來終於從種種煩惱中振作起來了。」

「那就好。」

單聽他這樣嘟囔，我就知道他對古屋曉子依然戀戀不捨。

「事情變得這麼尷尬，是我對不起她。」

「這不是你的錯。」

「這麼說來，你並沒有懷疑我囉。哈，這倒是新鮮的見解。」

「應該沒有人會懷疑你了。」

「現實情況可沒這麼單純。」

他又恢復了理論派演技，像勞勃狄尼洛那樣聳聳肩。

「就算奈良和子自殺了，這案子也沒破，還是會有警察在我身邊虎視眈眈地監視。」

「聽說專案小組已經縮編了。」

「但是並沒有解散吧。」

「古屋曉子小姐根本沒有被監視的跡象。」

「也許只是她自己沒發覺。」

他拼命唱反調，但那張側臉卻顯得很軟弱。

「算了，反正不管怎樣，警方在意的只有我和曉子，研治根本沒被懷疑過，他一次也沒被盯過。」

「有什麼明確的理由嗎？」

「誰知道？刑警不會把這種事告訴嫌疑犯的。」

他一邊自棄地說著，一邊起身脫下戲服，掛在衣架上。

「案發當時，古屋明俊先生來買烏龍茶，你好像在店裡吧。」

「我在收銀台。」

「外立在嗎？」

「在呀，因爲他上日班。」

「當天早上，古屋曉子小姐在你店裡買過提神飲料。店內的監視器拍到了她，所以警方才會開始懷疑她。是這樣沒錯吧？」

「是的，不過那純粹是起因，焦點還是放在我和曉子的關係，再加上她老爸的財產。」

「可是要查出這一點……」

這你就不懂了，萩原說著笑了。他的牙齒非常整齊。

「這種事，警方查起來可快了。」

他倚向化妝台邊緣，交抱著雙臂。

「你沒聽曉子說嗎？她大概不想說出自己的糗事吧。起先她接獲老爸橫死的消息，同刑警見面時，她的模樣顯得太怪異了。她馬上跟我聯絡，她說我們被懷疑了，問我該怎麼辦。你說這樣還能拗多久，當然是馬上就被警方發覺了。」

如此說來，早在媒體報導之前，早在我聽說之前，打從更早的階段，偵辦人員就已經鎖定萩原與古屋曉子嗎？

仔細回想起來，這不也正表示，外立的存在打從一開始就是盲點嗎？

「監視器的事，也害我被逼問得很慘。」

「你是說曉子小姐被拍到的畫面嗎？」

「不是，是監視器安裝的位置太外行了。」

據說放置攙毒烏龍茶的那個冷藏櫃，始終就在監視器拍不到的死角。

「監視器拍得到曉子買提神飲料的那個貨架。可是，烏龍茶的位置在前面，那裡拍不到。警方懷疑我是故意調整的。」

萩原胡亂地抓抓頭。他沒戴假髮，那是眞髮，他有一頭卷曲濃密的頭髮。

「簽經銷契約時，總公司曾經指導過監視器的安裝位置，因爲保全很重要。可是，我根本不想做生意，所以隨便聽一聽。眞的，其實我只是太馬虎，沒想到卻被警方想成那樣，拿那個來逼問我。」

他表示自己也被「拉拉．巴西利」的總公司罵了一頓。由於涉及信用問題，因此挨罵也是應該的，但他極爲不滿地嘟起嘴。

「就算我眞的想殺人，也不會在自己的店裡，而且就在眼前下手。更何況，用那種手法根本無法確定攙毒的烏龍茶會落到誰手上。太危險了。」

說了這麼多，他突然激動地把衣服脫掉，背對著我開始更衣。

「不過，我做夢也沒想過，事到如今居然會懷疑研治。」

「我不是在懷疑他，只是有點好奇，因爲他實在太自責了。」

「他本來就是這種小孩。他是那種會把全世界的不幸都怪到自己身上的小孩。就連別人的不幸，他也覺得都是自己的錯吧！」

他說得毫不客氣。但，他對外立的評語或許是正確的。

「那孩子根本不可能殺人，他和古屋先生無冤無仇，恐怕連人家的長相都記不得。」

「不見得是想殺古屋先生，也可能是隨機殺人。」

「那才眞是研治最不可能做的事，他連隨機的動機都沒有。」

他在笑。聽起來像在袒護外立，又像是輕蔑。

「警方當然也找過研治做筆錄。他完全排除涉嫌，始終被認定是清白的。老兄，是你想太多了。」

一坐回鏡子前的椅子，他就湊趣地雙眼發亮，仔細打量我。

「不過，只要見到研治，任誰都會想照顧他一下，可是只能一下子，不能深入，因爲他太陰沉了，就像宇宙黑洞。」

我想起端正跪坐著發抖的外立，瘦削的下巴和瘦骨嶙峋的肩膀，聽到一丁點動靜，立刻出聲喊奶奶並起身招呼。那雜亂昏暗的和室內，傾頹的家屋，老婦人腳步踉蹌地橫越而過時，那蒼白如蠟的雙腳。

「我老爸雖然也想幫忙，可惜這當中還是有很多問題，最後只好抽手。」

我忽然念頭一動，不禁脫口而出：「那棟房子……，房子本身或許已經不值錢了，但是如果把土地賣掉呢？應該可以換到一筆不小的金額吧。比方說用那筆錢送他奶奶住院。總之，最起碼眼前的生活絕對可以改善。」

支肘坐在鏡台前的萩原，一臉意外地直起身子。

「怎麼，我老爸沒告訴你嗎？」

「告訴我什麼？」

「那塊土地不能賣。」

「但我聽說那塊土地在他奶奶的名下。」

「對，不是那個問題，是土地本身不能用。」

因爲被污染了，他說。

「研治之前也打算賣掉，我記得是兩、三年前吧。那時，那傢伙的奶奶第一次住院。」

我現在想到的，原來外立也曾經想過。

「他奶奶叫他去找萩原社長商量。我老爸不僅認識那個老奶奶，自己又是里長，所以在地方上還算有點聲望。」

萩原社長在受託之餘，據說介紹了他熟識的當地不動產業者，很親切地提供協助。可是……

「那個不動產業者很在意研治的氣喘病。其實那傢伙不只有氣喘，偏頭痛的毛病也很嚴重，血壓低得嚇人，還有貧血。他在我店裡打工時，也昏倒過幾次。」

我凝視著萩原點點頭。

「於是，他們調查了土地吧？」

「對，結果一查之下問題全跑出來了。我是不知道詳情啦，不過據說驗出多達十種的有毒物質。這下子賣地的事當然吹了。」

就像攪動池水一樣，妻子教我的少許知識，頓時從我腦海底層湧起。

「那是正式的地質調查吧？也就是所謂的六點採樣……」

「詳情我不知道，不過不動產業者給我老爸看了這——麼厚的文件。」萩原用右手的大拇指和食指比出兩公分左右的厚度。「應該是很正式的檢查吧。」

「那筆檢查費是誰付的？」

外立家的土地雖小，不過肯定還是得花上可觀的檢查費。

「由我老爸代墊，研治再一點一點地慢慢攤還。現在應該還在還吧。至少，他在我店裡工作時還沒還清。每個月從他的薪水裡扣個一萬或五千，我老爸說那樣就夠了，也沒收他利息。」

這已經是對外人竭盡所能的善意了。

「不僅如此，我老爸說既然都花錢調查了，最好還是把土地賣掉。他極力說服研治，還找人估算地質改良所需的費用，主動提議由萩原貨運貸那筆款子給他。」

社長說等到土地賣掉了，再把錢還給他就行了。儘管外立家得到的現金會因此而變少，至少可以打破現在的窘境。

「最後研治也動心了。沒想到……」

不知是演技派還是天生的，萩原誇張地聳動雙肩，嘆了一口長氣。

「這次輪到他奶奶不答應。怎麼解釋她都不肯聽，那個不動產業者和我老爸聯合起來勸說，表明這塊土地目前是這種狀態，如果不採取這樣這樣的程序就找不到買主。但還是沒用。」

「爲什麼？」

「她堅信那是騙人的，她說憑什麼要花那麼多錢，太奇怪了，還哭嚷著萩原社長和不動產業者串通好了騙她，想從她們祖孫倆手中騙走這塊地。」

那枯瘦蒼白的雙腿，再次浮現在我眼前。

「她還劈頭把研治臭罵一頓，說這種鬼話他居然也相信，還罵他不知世間險惡，說今後再也不能相信萩原社長。」

我也發出嘆息。

「唉，跟那種老人講道理恐怕也沒用。我老爸只能苦笑以對。」

做兒子的顯然到現在仍一肚子悶氣，眼中也燃起怒火。

「我老爸好歹也是資產家，絕不是黑心商人。我敢發誓，他絕對沒有任何企圖，他只是看研治可憐，又沒有別人可以幫忙，不忍心見死不救才拔刀相助。結果，他幫助的人卻忘恩負義，片面指控他是騙子，這樣誰受得了。」

說來說去，萩原父子的感情應該不錯吧。他喜歡父親，也信賴父親，所以才敢跟父親撒嬌。

「誰會為了那區區十二、三坪的土地費那麼多工夫。」

「那麼，他們就在那個階段徹底打消賣地的念頭了……」

「只要他奶奶還在世就絕對不可能。反正，那塊地遲早也會變成研治的。」

可是他那個奶奶，偏偏就是不肯死，說著，他笑得很毒。

「外立的那種症狀如果是土壤污染造成的，那他奶奶就算健康出什麼問題也不足為奇。」

「誰知道。聽我老爸說，她從年輕時身體好像就不太好。」

「無法查明污染來源嗎？」

「怎麼可能查得出來。」萩原抬手在臉前猛搖。「範圍太大了。單就我記憶所及，那一帶曾經有過各種小工廠，板金廠、鍍金廠、油漆廠……，研治家隔壁；就是現在變成投幣式停車場的那塊地方，你知道吧？那裡以前本來是鐵絲加工廠。當時，路邊總是堆著扭曲生鏽的零散鐵絲，堆積如山。現在如果業者敢那樣做，恐怕會立刻引起軒然大波，但在我小時候誰也不當一回事。」

那個時代就是那樣，馬馬虎虎的，誰也想不到，報應會拖到現在才降臨。

「連外立家也是，從研治他爺爺那一代就開設印刷廠。像那種印刷業，以前因應工作所需，應該也用過有機溶劑之類的吧。」

「如此說來，外立家那一帶，直到最近才蓋起住宅區？」

「泡沫經濟是分界點。當然，並非全都如此，有的老房子也還在。」

在泡沫經濟的顛峰期，小商店和小工廠被寸土寸金的狂飆地價所惑，就此結束代代相傳的家業，賣掉土地房子的情形並不罕見。此外，推波助瀾的開發業者也拼命撒錢。因此，東京的街區形成蟲蝕狀態。泡沫經濟的狂瀾過後，那些地方就這麼荒廢著任憑風吹日曬，頂多只能興建停車場。

隨著如今這波回歸都心的熱潮，人們蓋起比較便宜的成屋，公寓林立，那個傷痕總算慢慢結疤。不過，泡沫經濟的黃金期和後來的凋零與復甦，其實我自己都沒有親身感受過，這些純粹是從財經雜誌看來的知識。

「大田區的小工廠，歷史悠久又引以爲傲，即使在泡沫經濟時大家也不爲所動地熬了過來。可是，被眼前利益吸引的人畢竟不少，這一點不能怪任何人。」

滔滔雄辯的萩原，令我有點羨慕。這是他家鄉的故事，我不禁雞婆地暗忖，他何必迷戀故作艱深的舶來哲學，如果把這段親身經歷發揮在戲劇上，不是能寫出更好的劇本嗎？

時移事往，周遭的土地也轉了好幾手，要查明或追究污染來源，恐怕都是白費力氣吧。就算眞的查出來了，也無法保證能夠獲得賠償。

「研治的老爸那時如果繼續開印刷廠，或許情況還會有點不同。研治也眞是個倒楣透頂的孩子。」

我兩手啪地往膝上一拍，打算把話題告一段落。

「不過，倒也不是毫無希望。他遲早會繼承一定的遺產，到時候自然可以開拓自己的人生。」

萩原嘲諷地聳動眉毛，露出笑容。「喔，你改變主意了？不再懷疑研治啦？」

雖然還是半信半疑，但我點點頭。

「你說的沒錯，或許是我多心了。」

「你看吧、你看吧。」他一臉滿足。

「我眞的很想幫外立打打氣，他好像也沒有同輩朋友。」

「對，他沒有。那傢伙眞的很孤獨。」

才看他慢慢地用力點頭，接著又忽地雙眼發亮。

「我忽然有點創作靈感了。」

「啊？」

「唉，這種事，我以前只跟我老爸提過一次，實在不足爲外人道。不過，土地污染的過去消磨著現在的人，帶來孤獨，這種情節還不壞吧？」

土地本就是人類的歷史嘛，他說。

「土地刻畫著當地居民的作爲。可是，不見得都是好事，也浸染了種種邪惡。那就是『毒』。」

「那是化學物質。」

可以透過人類的手播種，也可以透過人類的手去除、分解。

「拜託，如果要這麼說不就沒戲唱了。老兄，你眞是一點也不了解創作。不過，或許就是因爲這樣才叫做菁英份子吧。」

臨別之際，萩原對我說了聲聖誕快樂，腔調有板有眼非常道地，我模仿不來，只能朝他揮揮手。撇開我是不是菁英份子不論，萩原果然是個演員。

新宿街頭擠滿了追求歡樂直到平安夜的人們，依舊雜沓。我和身邊有伴侶共享幸福的人們互相推擠，擦身而過。

等我回到家以後也有妻小等我，雖然今天放了她們鴿子，但明天的平安夜我們會一起吃蛋糕。爲了女兒，我會和妻子扮演聖誕老公公，然後並肩看著女兒的笑容。

照理說我應該不孤獨，但我此刻卻感到寂寞。籠罩街頭令人浮躁的喧囂，對我施展了負面的催眠術。我知道那只是法術，我明白一旦回到家它就會消失，所以我想我還是幸福的。

據說，聖誕節這天自殺的人會增加。

22

集團廣報室正值最忙碌的時期，並沒有特別舉辦聖誕派對。就連尾牙，也是淡然地決定在二十八日當天結束所有工作之後再一起慶祝。

在今多財團，各部門或公司都會自行舉辦年終派對，但是除非有採訪，否則誰也不會邀請我們編輯部的人。說是交換條件或許有點怪，但每年的十二月二十四日，一到下午，會長室就會送來聖誕蛋糕。

小五很激動。「會長好體貼呀！哇，這是代官山『帕布羅』的蛋糕，要提早半年預約才買得到，眞是厲害耶！財界鉅頭果然不一樣。」

自從安眠藥風波以來，她自稱「已留下心理陰影」，死也不肯接近咖啡壺，今天卻喜孜孜地替大家煮咖啡。我們齊聚一堂共享下午茶時光。

「小五，平安夜要怎麼過？」

我冷眼暗覷加西，輕鬆地問她。今天的加西，看打領帶的方式就知道他卯足了勁。身上的西裝應該也是新的吧？

「啊，我要去阿省那裡。」

我彷彿聽到加西頹然跌倒的聲音。

小五是秋山省吾的表妹這件事，我個人是很想一直隱瞞下去，但不知不覺中大家還是知道了。一問之下，據說是小五自己不小心說溜了嘴，她的話題中實在太常出現「阿省」了，或許想瞞也瞞不住吧。不過，到目前爲止，在同事之間倒也看不出有「既然如此那就盡量利用小五吧」的傾向。這或許也是因爲小五的人緣好，任誰都不願意爲難這個小女孩。

「妳要幫他工作？」

「對，我得盯著阿省吃飯。他成天嚷著好忙好忙，已經連續熬夜很多天了。」

他也處於年底趕工的水深火熱之中，所以小五這陣子常跑他的工作室。

「像前天，阿省家大門開著，他躺在地上。一瞬間，我還以爲他被誰攻擊，昏倒了呢。乍看之下，還分不出他到底是睡死了還是眞的掛了。」

加西哈哈地笑到抽筋。既然要約人家，就應該早點下手。小五可是很忙碌的哩。

「那，妳要不要切一塊蛋糕帶去給他？」總編很好心。「反正我們這幾個人也吃不完。」

「謝謝總編！阿省最愛吃甜食了。」

一聽到秋山的名字，我暗忖，如果是他，不知會怎麼看待我昨天的小小驚慌失措。他同樣也會笑我，說我「想太多」嗎？

我也想起北見的臉孔，他現在應該住院了，更何況，我已接手處理這個案子，不能再去煩他了。如果想把我無法釐清的疑問，找個人幫我一笑置之或理出頭緒，秋山是唯一人選。我，是個無法自立的「偵探」。

「他一整年都會很忙嗎？」

被我這麼一問，小五用力回答「他說會一直、一直忙下去」。

「連正月新年也是，所以反而不用跟他客氣。我本來還打算叫他帶我去滑雪，要是不用強迫的，他也沒辦法休息，而且就算等再久他也不會有空閒的時候，所以沒關係。」

既然如此，我也可以不客氣囉。「能否替我轉告他，這幾天我會去打擾他一下？」

「遵命！」小五精神抖擻地向我敬禮。

我向要留下來加班的谷垣先生道歉（沒事沒事，你別客氣。只有孩子小的時候，過聖誕節才有意思），準時離開公司。加西和我一起走到車站，顯然很失望。

「正值青春年華的女孩，老是跟表哥膩在一起，這不太好吧。」

他不滿地發牢騷。

「有什麼關係，反正就算跟表哥結婚也不犯法。」
加西露出好像哪個柔軟部位被挖掉一塊肉的表情。
「做什麼事都要講求步驟，谷垣先生不是每次都這樣教你嗎？這次你事前準備得不夠。」
我朝他背上拍了一下，逕自去搭電車。
妻子早已在家中等急了。去年只有帽子和白色假鬍子，今年卻準備了全套的聖誕老人裝。
「縫這個，可是很麻煩的。」
我們在蛋糕上點蠟燭，拉響拉砲，我呵呵地大笑，桃子高唱「耶穌降臨」。比聖誕老人裝更令我驚訝的是，今年居然還有道地的火雞大餐。人家去上過烹飪課啦，妻子害羞地說道。
晚飯吃得差不多時，電話響了，是岳父打來的。他好像剛結束一個會議，正搭車趕赴另一場宴會。我說我們寄了禮物給他，差不多該送到了。
「對對對，謝謝你們送的盆栽。」
我和妻子苦思良久，於是送了盆栽給岳父。那是一株體形嬌小但形狀優美的南天竹。
「您還喜歡嗎？」
「嗯，放在書房。我從以前就喜歡南天竹，虧菜穗子還記得。」
（我媽啊，以前難得有機會和父親出門時，總是穿著南天竹花紋的和服。）
「至於我送的禮物，因爲今年決定換個方式送去，所以遲了一些。順帶一提，新年之前恐怕都沒時間跟你們見面，所以先打個電話聽聽聲音也好。」
在今多家，元旦的中午會聚集在大哥家，互道恭喜後一起舉杯慶祝。不夠格當經營者的我和妻子，也會以家人身分列席。之後，岳父和兩位兄長還得應付源源不絕上門拜年的客人。
「桃子正在期待玩新年紙牌。」
那是她和表哥表姊們玩的遊戲。
岳父和桃子說完話，最後話筒轉到妻子手上。爸你的血壓怎樣，妻子問。這時，玄關的門鈴響了，桃子大喊「送來了」，便飛奔出去。
今多家常年愛用的某百貨公司派來的送貨員扮成聖誕老人，笑咪咪地扛著大袋子。
「有兩個聖誕老公公！」
桃子興奮得跳來跳去。我和送貨員相視而笑，他對著桃子「呵呵呵」地送上禮物（我還是覺得我的喉音比較厲害），然後小聲向我道歉：「這是從今年起本公司貴賓獨享的特別服務，不過我回去會建議公司，這樣有可能在送貨時與貴賓府上的聖誕老人撞衫。還請見諒！」
「這身打扮很適合你。」
被我這麼揶揄，他隔著帽子尷尬地猛抓頭。
「哪裡，還是您扮得最逼真。」
我們一家三口，忽笑忽驚、吵吵鬧鬧地拆開彼此互贈的禮物和岳父與大舅子們送的禮物。我和妻子拆開禮物才發現，彼此送的都是書。
「咱們夫妻還眞像。」說著，妻子笑了。
桃子送給我一張畫。畫的是山。
「我想畫爸爸喜歡的景色。媽媽說，爸爸喜歡山。」

桃子爲我畫的圖，和我記憶中的山河不同。這孩子知道的山景，是輕井澤與蓼科。她從沒去過我從小生長的地方，因爲我沒帶她去過，桃子不知道祖父母的長相，也沒見過堂哥堂姊。

我的故鄉，就算和記憶中的景物有多麼不同，如今也只能在桃子爲我描繪的山河中。是我選擇了這樣的人生。

岳父每年送給妻子的禮物都是首飾。給桃子的是外國的蠟筆組合。給我的，還會附上一張卡片寫著「是菜穗子替我挑的」，往年我收到的通常都是皮製品之類的小配件。

今年不同。是用薄紙包得很仔細的手寫裁縫劵，那是多年來替岳父做西裝的那家「KINGS」的老闆親手寫的。

「意思是說，你已經到了可以在這裡訂做西服的年紀了。」妻子率直地爲我開心。

我本想問她這是否意味著我已被認可，成爲今多家的一份子了，但話到嘴邊還是打住。我說了聲眞好，就珍惜地收了起來。

我們比平時晚睡，因而桃子就像沒電了一樣昏睡過去。我負責收拾善後，妻子去洗澡，她說要立刻試用她大嫂送的浴室芳香蠟燭。

說是收拾善後，其實只需把餐具放進洗碗機。我調暗房間的燈光，就著明滅閃爍的聖誕樹燈飾，獨飲剩下的紅酒。

我在想我的父母和兄姊，今晚不知是怎麼過的。

想必他們各自過得很愉快。就算我已被趕出家門，父母如果出了什麼事，兄姊還是會通知我。沒消息就是好消息。他們大概齊聚一堂，正平安地吃著平安夜的蛋糕吧。

抑或父母和兄嫂也會說「只有孩子還小的時候才會覺得過聖誕節有趣」，照常吃晚餐、照常看電視。哥哥家的小孩已經唸高中了，想必忙於自己的約會吧。姊姊夫妻沒生小孩，他們也不是那種會耍浪漫的人。

「耶穌降臨，耶穌降臨。」

我試著小聲歌唱。走音了。

不知加西昨晚在哪裡度過的，只見他帶著驚人的一臉宿醉來上班。才剛進辦公室就返身衝進洗手間，憔悴不堪地回來後，搖搖晃晃地坐回位子。

「天啊……，你是怎麼了，加西先生。」

小五開朗地關心問道。放寒假以後，她每天都來上全天班，唯有今天我還眞希望她請假。因爲一早就看到這張天眞無邪的面孔，對加西來說太殘酷了。不過，如果小五眞的請假了，他大概也會煩惱小五昨晚不知幹什麼去了，所以小五請不請假都沒有多大差別吧。

「年輕眞好。」總編支肘不停地抽菸，賭氣地說道。

「就算年輕也不能喝太多喔。」

小五哼著走調的小曲開始剪報，總編冷眼看著她說，「妳眞是個討厭的丫頭。」

「啊？我嗎？」

「對，討厭的丫頭，意思就是好丫頭。」

我以聯合國停戰監視團的肅穆態度，埋首做自己的工作。

雖然不是爲自己決心裝傻的態度道歉，但我還是決定請小五吃午餐。因爲附近的義大利餐廳推出聖誕節特製午餐。

「今天是眞正的聖誕節耶。」

本來很開心的小五，突然壓低嗓門說道：「我是不是闖了什麼禍？」

「妳是指什麼？」

「總編今天心情不好吧？」

「不是妳想的那種心情不好，妳用不著在意。」

「我喜歡總編，因爲她是個非常直的人。」小五正經地說，「可是，我不知該怎麼讓她明白。」

嗯，我很能夠理解。

「如果一不小心說出這樣的話，我覺得反而眞的會惹火她。」

「她不會生氣，不過大概會害羞吧。然後，就假裝生氣。」

「原來是這樣啊……」

小五清澈的眼神，突然黯淡了下來。

「那個原田泉小姐，也是這樣嗎？她也不知道該怎麼表達嗎？」

年輕的小五，不知是怎麼看待原田泉的。這正是好機會，於是我試著把之前和北見舌戰的「普通論」告訴她。

「杉村先生和那位北見先生的意見，我好像都可以領會。」

小五難得皺起了眉頭。

「不過，我還是覺得，北見先生對『普通』這個字眼的定義太偏激了。當然，或許他是故意這麼說的。」

我也有同感。但，也無法完全否定北見的說法。該說是多少可以理解嗎？總覺得好像被說服了。在現代社會，「普通」等於是難以生存、難以幫助他人……

「普通」的價値已淪落到這種地步嗎？那麼，它的反義詞「特別」，又有多大的價値呢？

「那位北見先生，眞是可怕。」

「可怕？」

「對，『都是因爲某人想出自我實現這個麻煩的名詞』，這種說法對我們來說，是非常辛辣的批判。」

沒想到她會用辛辣來形容。

「我們都不是什麼大人物，對吧？雖然抱著將來要成爲大人物的心願拼命努力，但誰也不知道將來是否能如願以償，也看不出有成就的人和沒有成就的人到底差別在哪裡。」

午餐送來了。

「如果打從一開始就不用認爲自己非成爲什麼大人物，那該有多輕鬆。可惜已經沒辦法了，因爲我們知道都非得這樣不可，因爲我們已經覺醒了。」

覺醒了，是嗎？

「那位原田小姐，我沒見過她本人，所以只能猜測，不過我認爲她或許是滿懷這種強烈的念頭，卻又獨善其身不管別人死活，以致白費力氣屢屢失敗，老是忿忿不平地覺得自己爲什麼特別倒楣。」

稍微側首思索後，她又說：

「原田小姐討厭的是看得到臉孔的對象。她跟那種憎恨世人、不管對象是誰都想傷害的變態殺人魔不同。她憎恨的應該是那張臉孔就在身邊、看得見那張臉孔在笑吧。」

即使對方不是在笑她。

只因爲她自己無法那樣笑。

所以她連親哥哥的幸福也破壞了。結果，也徹底地毀了自己。那個殘酷謊言的揭發，使她越出了故障安全系統（fail safe（註））的範圍，從此只能硬著頭皮走下去，即便那條路有多麼錯誤。

「笑其實是很簡單的。」

小五說著，拿起叉子。

「有人請我吃這麼好吃的東西，啊，我眞是賺到了，杉村先生眞是好人。光是這麼想，我就覺得很幸福。我要開動了！」

註：裝設在武器系統、核反應堆或其他危險系統的電子裝置，當這些系統一旦不能正常運轉時，這個系統即可發揮安全閥的功能。

23

跟隨小五再次造訪秋山的工作室，是在二十八日的那天下午。

這是結束一年工作的日子，集團廣報室也沒什麼稱得上工作的工作要做，大家各自整理自己的桌面，互相舉杯用啤酒慰勞一年來的辛苦，然後早早解散。因而，我才會決定一出辦公室就直接去找秋山。

根據秋山表示，就是因爲很忙才會無聊得要命，如果可以提供什麼好玩的話題，他隨時歡迎。聽說他愛喝波本威士忌，我事先向小五打聽了他愛喝的牌子，拎著酒去找他。

「眞好，大家今天都收工了吧。」

今天的秋山沒倒在地上，也沒睡覺，更沒有滿臉鬍碴。工作室也比我初次造訪時整齊多了，這大概是小五努力的成果。

「秋山先生也是，就算趕在新年之前交稿也來不及了吧，因爲印刷廠已經休工了。」

「是沒錯啦，可是得趁責編休假期間看完的校對稿還是堆積如山。」

哀嘆歹苦也是因爲他太紅。校對稿果然堆積如山。但，旁邊還放著許多本滑雪套裝行程的介紹。我微微一笑。即便是舌鋒銳利的年輕評論家，終究拗不過可愛的小表妹嗎？

小五在路上把日用雜貨一一採購回來。她對表哥家瞭如指掌，這邊收拾那邊整理，開始勤快地行動。

「阿省，你這樣不行啦。昨天是廚餘回收的最後一天，你居然沒有倒垃圾！」

「只要再過一個星期，不就又會來收垃圾嗎？妳就那樣擱著沒關係。」

先幫我煮咖啡啦，他提出要求，「別放安眠藥喔。」

被他這麼一調侃，小五氣炸了。

「你少開這種無聊的玩笑。」

「說的也是。這是妳本年度最大的話題嘛，妳這個青春女大學生，除此之外竟然毫無斬獲嗎？」

「你少煩！」

秋山在小五煮的咖啡裡，滴進不少威士忌。

「這是我從某本翻譯的私家偵探小說看來的，裡面的主角每次都這麼喝。這樣的話，就算從白天開始喝也不會醉。加了咖啡，即使酒醉還是可以保持清醒。」

但，據說那個偵探最後會酒精中毒。

「我只要咖啡就好。」

秋山大笑。「杉村先生，你真是個安全的人。在你過去的人生中，一定沒有冒過什麼險吧。」

「阿省你真是的，怎麼又這麼沒禮貌。」

我笑了。「的確沒有。」

頂多只有……我的婚姻吧。

「所以才能活得好好的呀。阿省你也該學學人家。」

小五一邊教訓他，一邊爲我和她自己打開餅乾罐。

「所以呢？讓這麼安全的你如此苦惱的問題，到底是什麼？」

「苦惱嗎？」

「你的表情看起來就是心事重重，你是個很容易看穿的人，不知區區在下我是否幫得上忙。」

雖然他嘴巴很毒，說出來的話卻很親切。我好像可以理解小五這個家教良好的大小姐，爲何會喜歡親近這個毒舌又能幹的表哥了。撇開這種親密是否會發展爲戀愛暫且不談，總之他對加西來說是個勁敵。

我從拜訪萩原社長的事說起，娓娓道出我對外立的懷疑。秋山在這當中又喝了一杯咖啡。

第二杯沒加威士忌。我看得出來，他聽到一半表情就越來越陰沉。這讓我很緊張。

「我是抱著被你嘲笑『想太多』的心理準備來找你的。」

秋山依舊沉默，不看我卻看著小五。她不再吃餅乾也不再喝咖啡，只是不安地猛眨眼。

「丫頭，妳先回去。」

「爲什麼？」

「叫妳回去就回去，這不是妳該聽的事。」

「可是人家好奇嘛。」小五把眼睛轉向我。「杉村先生，你眞的認爲那個人是兇手嗎？」

「不……不知道。」我慌忙潑冷水。「純屬想像，我自己也不太清楚，妳千萬別當眞。」

「何不確認一下？」小五這次對著她表哥說。「再見他一面，跟他談談看說不定就知道了。」

「就算是這樣，也與妳無關。」

「誰說的。那是美知香她外公的命案耶。」

我們可是一起被人下過安眠藥的同志喔，她說出令我冒冷汗的辭令。

秋山非常無奈地嘆了一口氣。「去逼人家自白？妳說得倒簡單。」

逼他自白。好直接的說法。

「你覺得他可疑嗎？」我問。

秋山點點頭。「至少，我感覺不對勁。」

最重要的是，他有下手的機會，秋山說。

「不過，我只是……，或許只是憑印象自以爲是地認定。況且警方也斷定殺害古屋明俊的是奈良和子。」

「警察也會出錯。」

他不當一回事地輕鬆反駁。

「警方也會看走眼。尤其是這起案子，打從一開始外立這個店員就被警方擺在搜查圈外。而奈良和子的涉嫌，也只是根據她的自殺狀況推測而已……」

說到一半，秋山倏然噤口不語，眼中燃起不一樣的光芒。

「啊，不過還有毒物的問題。」

「什麼意思？」

「就是氰酸鉀。她持有的氰酸鉀和古屋先生服下的完全一樣，那應該會成爲最有力的物證吧？」

小五啪地兩手一拍發出輕響。「也有遺書吧？」

差點忘了，她說著瞪大雙眼。我也壓根兒忘了這回事，被她這麼一說，我才想起來。

「等一下。」

秋山輕巧地從椅子上起身，從桌旁成堆的剪報簿中取出一冊開始翻閱。大概是專門蒐集古屋命案的報導吧。

「說到這裡我才想起，阿省，那篇稿子你寫了嗎？你之前不是說人家跟你邀稿。」

包括古屋命案在內，關於一連串毒殺案的稿子。他一邊查閱剪報一邊搖頭。

「我推掉了，根本無從寫起，那本來就不是我擅長的領域。」

「可是，你對案子有興趣吧。」

還不都是妳害的，他回嘴說道。意思是指小五和古屋美知香成了朋友吧。他果然體貼。

「找到了，就是這個。」

他拿著剪報簿，開始朗讀。

「給古家一家造成麻煩我很抱歉。一切都是我的錯，請原諒我。」

他保持拿著剪報簿的姿勢，聳了聳肩膀。

「單憑這點程度的內容，根本不能當成物證。」

「爲什麼？」小五追問。

「因爲她並沒有自白古屋先生是她殺的。」

「可是，遺書上明明就是這個意思。」

「那可不一定，也可以是別種解釋。」

我仰望秋山。「比方說，奈良和子以爲殺死古屋先生的是他女兒曉子，是嗎？」

他點點頭。「比方說，她認爲會引發這種事態都是她害的，所以很內疚之類的。」

「這樣就自殺？那她也太脆弱了吧？」

秋山問我：「聽說奈良和子在經濟上完全仰賴古屋先生資助。」

「好像是。所以古屋先生也考慮再婚，再加上她又體弱多病……」

「那麼，失去古屋先生對她來說想必打擊很大吧？而且殺死他的兇手可能是親生女兒，事情演變到這種地步都是她所造成的，她很內疚。對於今後的生活也感到不安。怎麼辦……，於是，她想不開尋短見也不足爲奇了。」

意思是說，也可以解釋爲她的自殺是追隨古屋而去。

「換句話說，用不著太在意遺書。」

秋山肯定地說著，啪地闔起剪報簿，放回原來那堆小山上，然後輕輕張開雙手。

「可是，她持有氰酸鉀仍是不爭的事實。那是和用來殺死古屋先生的成分完全相同的氰酸鉀，不可能純屬巧合。」

也就是說，奈良和子仍是嫌疑最大的人。我也一起確認剪報簿的報導，據說氰酸鉀是放在她持有的皮包中。

「物證是不會說謊的。」

說的對極了。我無話可說。

「我忘了氰酸鉀的存在。」我一手撫額。「眞丟臉。看來，外立的事果然是我想太多了。」

「但還是令人好奇。」

聽到秋山這麼嘟囔，小五苦笑。

「阿省你到底是支持哪一邊的。」

「這還有分什麼支持或敵對？我是心裡納悶。」

他站著交抱雙臂，臉皺成一團。

「我對犯罪雖然不清楚，不過倒是常看刑案報導文學。」

阿省他呀，只要上面有寫字他什麼都看，小五如此解釋。

「過去就有過這樣的例子：命案發生後，警方逮捕嫌犯，嫌犯在自白之後也出庭受審，判刑定讞……。可是後來，卻出現另一個人，向他身邊的人暗示那件案子其實是他幹的。另外也有眞凶自殺或失蹤的例子。」

「也就是說，調查當局沒有鎖定的人才是眞凶。」

「對，像這種情況下，據說眞凶的行爲舉止總是怪怪的，大概是難以承受良心苛責吧。」

我想起外立頹喪的身影。打從心底折磨他的自責，眞的只是出於店員的責任感嗎？抑或是基於某種更直接的理由？

然而，殺害古屋的氰酸鉀在奈良和子手上，外立並未持有。這是鐵的事實。

「有些人什麼事都往壞處想，就是喜歡鑽牛角尖。」

小五小聲說，像要打圓場似地來回看著我們。

「外立這個人應該也是這種個性吧，他並不是兇手。」

前店長萩原說過，他是一個會把全世界的不幸都怪到自己身上的青年。

「身邊發生這種殺人案，他一定很震驚。」

小五的臉頰有點僵硬。

「像我雖然只能想像，可是，上次不是發生過安眠藥事件嗎？就連那樣的事都讓我到現在還是很害怕。」

如果那攙的不是安眠藥……

「假使，有人在那場騷動中受到更嚴重的傷害，就算受害者不是自己，我想我也會一直耿耿於懷。」

「小五會經歷那種不愉快，歸根究柢都是我們集團廣報室造成的。小五只是受到池魚之殃，根本沒有任何責任。」

我努力和善地說。她嗯嗯有聲地猛搖頭。

「這個我知道。只是，我害怕的是發生過那種事的事實本身。所以如果親身經歷的是殺人案所受的震撼會更嚴重吧。那個外立，一定心地很善良，所以受到的打擊才會更大……」

「簡而言之就是軟弱。」表哥訂正道。小五噗哧一笑。

「是啊，不過，我也沒資格批評他。世上可不是人人都像阿省這麼堅強。」

其實我也沒那麼堅強啦，秋山慌忙表示。他突然尷尬了起來，乾咳了一聲，對我說：「這丫頭的說法應該比較妥當吧。」

我也點頭回應。「也就是說，外立需要的不是自白，而是安慰與鼓勵吧。」

「再加上實際的援助。」

秋山替我補充說明。

「工作和金錢，還有健康。不過說到健康，以他的狀況，只要經濟問題一解決，身體應該就會好起來吧。」

眞諷刺，說著，他的語氣再次尖銳了起來。

「雖然那塊土地只有那麼一丁點大，可是只要祖母一死，就會歸他所有吧？到時候他的問題即可迎刃而解。可是，那個祖母又是他唯一的骨肉至親，正需要他的照顧，他不可能對祖母見死不救。」

在那個昏暗、充斥著酸臭味的屋子裡，祖孫倆相依爲命。

「所謂的不幸，通常都是這樣的，顧得了那頭就顧不了這頭，彼此互相牽制，就像一團解不開的繩子。」

而如果在焦躁之下放棄解開線團的努力，索性一刀兩斷，往往會釀成案件。

「在這個案例中，至少値得安慰的是，外立是個孝順祖母的青年。」

秋山說。看起來不是在對我說，倒像是在開導小五。

拜秋山所賜，我心頭的陰影一掃而空，用不著把外立的事告訴妻子了。對於自己的自以爲是和過於武斷，雖然事後想想很心虛，不過總算勉強按捺住那個念頭。

妻子正和女傭一起爲過年做準備，張羅裝飾品還要購買食材。委外印刷的賀年卡已經做好了，那晚，我們一起檢查收信人名字，親手在卡片上添上幾句話。

「明天，美知香還會來。」
今天她也來了，妻子說道。
「妳說過她要織毛衣。」
「對。她還跟我道歉，說年底正忙會打擾到我。其實我根本沒做什麼，所以忍不住跟她說，只要她有空，除夕那天也可以來我們家。可以吧？」
大掃除是委託清潔公司做的，早已做完。只要把賀年片寄出，公司放假以後，我待在家裡也只是遊手好閒。
「如果會吵到妳們，那我和桃子出去好了。」
桃子的才藝課應該也會停課到過完年為止。陪她一起去書店買幾本故事書吧，看電影也可以。新年期間人會很多，這兩天正是好時機。
「那麼，你順便幫我買東西好嗎？」
妻子說她擬了一份採購清單，一邊叨念著放到哪去了，一邊開始搜尋。此人有這個毛病。同時具備了想做什麼時一定會做份備忘錄的一絲不苟，和不小心隨手一放就想不起擱在哪裡的粗心大意。
「我想起來了，放在皮包裡。」
過了一會兒，她靦腆地笑著走回來。
「今天啊，我去過銀行……」
她翻著大皮包，再次搜尋。

說著，她的手忽然停下。

「這是什麼東西。」

她從皮包取出一個小小的粉彩信封，上面裝飾著可愛的花朵圖案。

「該不會是情書吧？」

聽到我的調笑，妻子啪地打我一下，然後打開信封，頓時笑不可抑。

「你看，是桃子寫的信。」

最近我家寶貝女兒很熱中寫信，內容其實沒什麼，大字沒幾個，有時候全是圖畫。

通常，這些信會藏在家中的某處，例如洗手間的置物櫃、沒看完的書本中，也曾經發生過早上準備穿鞋出門上班時，卻在鞋裡找到信的情形。

「媽媽，妳好。嚇了一跳嗎？」

那封信是這麼寫的，還畫了一個表情驚訝的媽媽。

「新招耶，居然藏在我的皮包裡。」

桃子已經睡了。

「不知她什麼時候放的。白天妳沒發現嗎？」

「完全沒有，我的皮包裡總是亂七八糟。」

那也是此人的毛病。明明家中整理得幾乎可以稱她為「收拾狂」，皮包裡卻總是一團混亂。

「要不是有這件事，我搞不好永遠都不會發現。那樣桃子一定會很失望。」

如果找到信，就得跟桃子說：我看到囉，謝謝。然後桃子就會像我常常採取的誇張做法……，像被騷癢時呵呵笑著落荒而逃。

「果然是情書。」

我笑著說完，倏然屏息。正在重看那封信的妻子，訝異地抬起眼。

我瞪視著妻子的皮包。

「這種事常有嗎？」

「你是說什麼事？」

「我是說，不知不覺皮包被塞了什麼東西。」

妻子的大眼睛認眞地打量我。

「要是常常發生就麻煩了。」

「不過，有吧？」

「嗯，是吧。」

「這表示有時候就算放了什麼也不會發覺。」

「大概吧。這不就是最好的例子。」

妻子揮舞著那封信。

奈良和子皮包裡的氰酸鉀。

「等一下。」

我冒出白天秋山說過的那句話，衝向書房。這次爲了避免過於武斷，我得先確認一下。

我沒有剪報，但是做過筆記，我看著筆記本。爲了謹愼起見，也檢閱了美知香的網頁。

沒錯。氰酸鉀包在小紙包裡，放在奈良和子的皮包內被發現的。根據附近居民和友人的證詞，確定那個皮包是她平時隨身攜帶之物。

因爲是在奈良和子的皮包裡找到的，所以被視爲她的持有物。

我的背脊升起一陣寒意。

翌晨起床後，我等到上午十一點。我認爲，禮貌上應該等到那時候再打擾習慣晝伏夜出的秋山。

我利用那段時間牽著桃子出門散步，在附近十點開始營業的書店裡挑選她喜歡的故事書。本來打算今天帶桃子去看電影，可惜爸爸臨時有急事，對不起喔。我向桃子道歉。

一回到家，我把女兒交給一臉訝異的妻子，便衝進書房打電話。響到第五聲時，聲音帶著睡意的秋山接了起來。

我劈頭就說：「氰酸鉀之謎已經破解了。」

稍做沉默後，他說：「你眞是急性子。總之，先過來再說吧，我正在煮咖啡。」

三十分鐘後，我抵達他的工作室。秋山穿著整套運動服正在喝咖啡，臉上的鬍子還沒刮，頭髮也亂七八糟。

他一手拿著馬克杯，一手插在腰上，慵懶地站著。但，眼睛是清醒的。

「說吧，你是怎麼破解的？」

我把妻子的皮包和女兒寫信的事告訴他。有可能在當事人毫不自覺的情況下，被人放了什麼東西在皮包裡，如果沒發覺或許會一直放著。想必奈良和子直到她從自家陽台縱身一躍的那一刻，都還沒發現自己隨身攜帶的皮包內藏有殺害古屋的毒物吧。

「你所謂的可能性，我已經聽懂了。」

秋山慢吞吞地嚥下咖啡，一邊緩緩點頭。

「可是，不見得是他幹的吧？」

「你說的沒錯。但是外立應該有機會與奈良和子接觸，那是古屋曉子和萩原店長都沒有的機會。」

不是別的，正是「拉拉．巴西利」。

「奈良小姐的立場畢竟尷尬，她和曉子之間暗潮洶湧，所以古屋先生的守靈夜及喪禮她都沒辦法參加，也無法去古屋家上香。這樣的她如果要找個地方悼念古屋先生，想也知道會是哪裡；就是命案現場。若不是他昏倒的馬路上，就是他買到有毒烏龍茶的便利商店。兩邊都去的可能性也很高。」

帶著花去，合掌膜拜。

秋山挑起濃眉。「在那時候遇到？」

「我猜她應該遇過外立，就像我去那家店時一樣。」

他每天都會去掃地，做事一板一眼，是個認眞負責的青年。但是，我心裡卻萌生另一種想法，他該不會是想待在那裡吧。他希望有人懷疑他，質疑他爲何天天出現。或者，也許他只是不想離開犯下殺人案的現場。很難想像這是什麼心理，也許是爲了確定那件事已經結束了吧。抑或，他天天去命案現場，用每次在腦海中鮮明復甦的犯行記憶來折磨自己，企圖藉此贖罪？

我彷彿可以想見，被悲傷擊垮、因蒙上殺人嫌疑的恐懼而憔悴的奈良和子，手持鮮花來到「拉拉．巴西利」。而外立就站在那裡，正在歇業的店外仔細掃地，他主動出聲招呼。妳是哪位？是古屋先生的朋友嗎？

奈良和子未必只去過一次，或許去了好幾次。如果我是她，一定會這麼做，趁著花還沒枯萎之前再次前往吧。

第一次是巧遇。但，第二次之後呢？外立或許在等她。而奈良和子，當親切的前店員把店面四周打掃乾淨，或許她還會再帶新的花束過去。

那束花，這次妳要放在哪裡？在妳合掌膜拜時，我先幫妳拿包包吧……

「停！」

秋山大聲打斷我。

「杉村先生，你的想像力太豐富了。」

我彷彿大夢初醒，噤口不語。

「你這套說法連假設都算不上了，這只是想像。奈良和子或許去過便利商店，也或許沒有去過。」

「是的，這一點必須再確認。」

「就算眞的去過，也不見得和外立見過面，就算見過面……」

看我還想抗辯，他揮手阻止我，叫我冷靜一下。

「假設，你的想像都是正確的。這是假定，純屬假定喔。雖然這是個大膽的假說，但姑且假設是這樣吧，」

我定定地看著秋山，在手邊的椅子落座。他的臉色非常陰沉。

「他是這樣的人嗎？」

「你的意思是……」

「他是那種會嫁禍給別人的人嗎？」

我啞口無言。

「就我之前聽你所言，他好像不是有這種惡意的人。不過當然啦，我們正懷疑他用氰酸鉀犯下隨機殺人案，所以不能把他當成天使。但是，我實在很難相信他會做出那種事。如果換個說法，影響他的並不是這種邪惡的念頭，不是嗎？」

我的腦袋好像已經脫序，不斷地打轉，死也不肯朝著回答秋山務實疑問的方向運轉。

「你說的對……，我也這麼想……」

「對吧？」

秋山把馬克杯往桌上一放，垂下雙肩，嘆了一口氣。

「不過，問他自己最快。你等我十分鐘，我去換件衣服。」

我愕然張大嘴巴。「啥？」

「我說我要去見他。」

「現在嗎？」

「打鐵趁熱。」說著，秋山只有嘴角泛起笑意。「重點是，我開始擔心他了，雖然這樣很難婆。」

昨晚我想了很多，他說。「害我無法專心，連工作都沒有進展。」

對不起，我向他道歉。

「算了。這不是你的錯，我本來就是這種人，做的又是這一行，什麼都想插手，一看到拖拖拉拉的人，就忍不住想給點意見或出手幫忙。這是天性。」

他邊說邊換衣服。

「就算你沒打電話告訴我這個新見解，我也打算跟你聯絡，請你帶我去外立家。」

我驚愕之下，再次啞口無言。

「他已經發現了。」秋山一邊套上襯衫一邊說道。「他知道你在懷疑他。」

我不太懂秋山的意思。「我告訴你的這些事，一個字也沒跟他……」

「就算你不說，他也感覺得到。在你起疑的那一瞬間，他應該察覺到了。因爲這是一種相互作用，我很擔心這對現在的他會造成什麼影響。」

「即使他不是眞凶？」

「對，跟那個無關。」秋山斬釘截鐵地斷言。「外立研治是眞凶的說法，我完全不採信。這只不過是憑著一丁點狀況證據，加油添醋、誇大妄想的假說。」

眞是不留情面。我脖子一縮。

「不過，那個和某種難以言喻的直覺，又是兩回事。」

秋山的側臉突然一暗。明明今早也是晴天，從拉開窗簾的窗口正射進滿滿的陽光。

他搖了搖頭，甩去那個陰影。

「總之，他本來就在自責，現在又加上你的懷疑，這塊重石或許會讓情況一下子朝壞處發展，況且時機也不妙。」

因爲正值年底？所以他才會這麼急？

「每逢聖誕節或正月新年這種人心浮動的時期，自殺的人就會增加。」秋山繼續說。我頓時恍然大悟，用手捂住嘴巴。

「如果放著不管，他……說不定無法度過這個新年。」

這句話，狠狠地打擊到我。

「我再重複一次，不管他是不是眞凶，都極有可能陷入這種心理狀態。你明白嗎？」

明白，說著，我頻頻點頭。那正是我在平安夜的前一天初次造訪外立家的感想。在這充滿明朗幸福的世間——雖然那只不過是擬似狀態——他是何等孤寂。

聽到我這麼說，已換好衣服、連鏡子也沒照、正在用電動刮鬍刀的秋山，發出令我刺耳的嘲諷笑聲。

「像你這種看起來很好命的人跟他接觸本來就是錯誤。沒有惡意，才是最糟糕的。」

我無言以對。雖然理解他話中之意，但我還是不懂自己到底做了什麼。不，如果說得更正確一點，或許該說我不明白要用什麼分界點來判定自己做的哪件事很糟糕？哪件事不算糟？

「在這個案子中，奈良和子已經死了。就連她，撇開她是不是兇手不談，也同樣是個不幸。不能再發生不幸了，我們走吧！」

在秋山的催促下，我跟著出門。

秋山在計程車上擬定接下來的作法——就當作是我在調查這個案子吧，我湊巧跟你認識，聽說了外立的事，正想採訪相關人士，你及時伸出援手替我介紹。

「你別多嘴，只要一臉認眞地保持沉默就行了，知道嗎？」

我堅定地答應他。

24

小時候，我喜歡歲末勝過新年，滿懷著新年即將來臨的期待感，就連看慣的街景都變得份外美麗，彷彿熠熠生光。那讓我覺得很新鮮，心情雀躍。

站在外立家的門前，我又回想起那種遺忘多年的感覺。那應該不僅限於小孩，而是人人都有的心情吧。比起置身於幸福時刻，想必每個人更期盼的是「幸福即將來臨」的那一刻吧。

外立家，看起來不曾幸福過，今後也毫無幸福的可能。

希望似乎早已斷絕。

唯有那裡，看起來既沒有歲末也沒有新年，想必聖誕節也是如此吧。所以那天晚上，走在新宿街頭的雜沓中，我才會那麼寂寞，甚至不得不刻意想起自己並非孑然一身，因爲我拖曳著外立家的幻影。

有人在嗎？秋山揚起爽朗的聲音。

一瞬間，我暗忖，但願外立不在。也許他規矩地去「拉拉．巴西利」打掃了，氣色也變得比較好，他奶奶今天的狀況也不錯……

宛如獨行的暗影般，外立從走廊深處倏然現身。

他的裝扮跟上次我來找他時一樣，說不定是同一套衣服。反正看不出來，也毫不在乎，更不會有人在意，這就是他的日常生活。

你好，我出聲招呼。年底正忙的時候來打擾，眞不好意思。

秋山流暢地按照之前擬定的說法說出開場白。他的態度親切開朗，但不狎暱，笑容也很自然，語氣毫無窒礙。至於我，像個傻瓜似地笑嘻嘻並不時點頭附和，這已是竭盡所能了。

就在傾頹的老舊木造家屋的玄關門口，外立用孩童般的眼睛，凝視著我倆在酸腐的昏暗中演戲。像個被外國人喊住的小孩；像個被迫附和大人開玩笑的小孩。

外立緩緩曲膝，跪坐在玄關入口，雙手依舊捧著秋山遞上的名片，彷彿收到極爲貴重的入場券。

他垂下一直仰視秋山的雙眼，定定地注視名片，像要確認般仔細閱讀。

然後，他看著我。「這個名字，我知道。」

「你是說秋山先生？」

反問的我，感覺自己的聲音拔尖，眞是丟臉。

「對。」外立再次仰望秋山。「我在圖書館借書時看到的，你有出書吧？」

「嗯。」秋山爽快地點頭。「很高興你看過，謝了。」

「你是個名人。」

視線再次落到名片上。外立淺淺微笑。

「你是媒體的人，是記者。」

聽起來，他的呢喃帶點唱歌的抑揚頓挫。

「其實也不像你說的那樣……」

秋山如豪爽大哥的回答，說到一半便嘎然而止。

外立捧著名片的手開始打哆嗦，不止是手指，手肘以下都在晃動，最後連肩膀都抖了起來。他的頭也上下晃動著。我發現那是在點頭，差點屏息。

「沒錯。」

外立像裝了彈簧的人偶般，一邊晃著腦袋一邊低語。他繼續點頭，不斷地重複：沒錯、沒錯。這句話令我赫然醒悟，想必秋山也懂了吧，我感覺他倒抽了一口氣。

外立臉上的微笑消失了，另一種表情即將浮現。但我看不出那是什麼表情。說不定他也不明白自己對什麼有感覺，所以才做不出表情。人們，只有心裡能夠理解的情緒才會浮現在臉上，表情不會隨意造反。

只是，有時候它會稍微搶先一步。

外立的眼睛不停地眨動，正咀嚼著這個現實，不久，內心終於理解了，他瘦削的臉頰線條也柔和了許多。

終於，表情具體了起來。

我認爲那是「如釋重負」。懷著這個念頭，一心只期盼能早點得救。

「我早就知道，杉村先生已明白一切了。」

我愕然呆立。秋山微微弓身向前。

「本來，上次就想坦白告訴你。我應該這樣做的。」

可是我說不出口——伴隨著這句嘶啞的低語，他的左眼落下淚水。

「我以爲你會去報警，我早就希望有人這麼做了。」

嗯……，秋山無言地點了一下頭。

「雖然我很想說出來，可是又開不了口。」

「你想說什麼？」

我小聲地問道，秋山立刻使個眼神制止我。他的嘴抿成一條線。

外立似乎沒聽見我的問題。潰堤的話語，脫離他的意志力汩汩溢出。現在，那股奔流令他震顫不已。

「可是，我說不出口。想到杉村先生可能也很爲難，我就更不知道該怎麼辦了。我想了很多，可是思緒一直在原地打轉，原本想和杉村先生聯絡，卻連電話也不敢打。」

突然間，他的身體一垮，差點從玄關處跌落。彷彿話語的奔流，終於令他的身體潰堤了，我慌忙用雙臂撐著他。外立的軀體比外表看起來更乾瘦。

外立緊抓著我，試圖微笑。他努力想擠出開朗的表情。

「你替我把媒體的人帶來了，其實找警察就好了，那樣更省事。」

我無話可說。感受到外立的顫抖，我也跟著發抖。秋山站得筆挺，就各種意味而言，只有他屹立不搖。

外立哭了出來。

「是我幹的。」

如果以發音來計算，只有四個字。爲了說出那四個字，外立不得不自我毀滅。

「是我幹的，害死古屋先生的人是我，是我在烏龍茶裡攙入氰酸鉀。」

現在，他整個人被我抱在懷裡，他的聲音在我胸前發出悶響。

即便如此，還是不可能聽錯。

我仰望秋山，秋山正看著外立，這次輪到他失去表情。我這才發現，他那雙細長的鳳眼和瘦挺的鼻梁，和小五很像。爲什麼這時候會想到這種事呢？

我抱著外立，又提出更不合時宜的問題。因爲霎時之間只有那個疑問浮現腦海。

「你奶奶的身體怎麼樣？」

外立勉強直起身子，用手背抹抹臉。

「不要緊。」

「她在屋裡嗎？」

「她在……睡覺。」

「你不想讓奶奶擔心吧？」

還有很多問題該問，而我卻這麼問。因爲這麼想所以這麼問，我不是在這種狀況下還能理智行動的人。

外立的眼中溢出了新的淚水。他哽咽得無法開口，只見他拼命吸氣，試圖說話，雙眼緊閉，雙手握拳。

「對不起。」

這是他終於擠出的話。

「對不起、對不起。」

或許又會引發氣喘。我用掌心拼命拍撫他的背。外立越縮越小，我爲了抱著他，也不得不弓身彎腰。

「本來……是想給奶奶……」他上氣不接下氣地說，「想給奶奶吃的。起初我是這麼打算。」

因爲活著也沒好處。

「因爲我也想喘口氣。」

我繼續拍撫他的背。

「因爲我厭倦了一切。」外立痛苦地喘息，一邊滴滴答答地掉淚，一邊繼續說，「有幾次，我好想這麼做。可是，到了緊要關頭，還是下不了手。」

秋山依舊保持沉默，兀自點頭。拜託你也說句話安慰他好嗎？你應該知道這時候說什麼最恰當吧！我在心裡怒吼似地祈求著，卻還是說不出任何話，只能一逕地拍撫著外立的背。

「我好難過。」

爲這個家，爲這個人生。

「奶奶好可憐，我受不了了。」

爲什麼非得做這種事？爲什麼非得有這種念頭？

爲什麼連我也不得不期盼輕鬆一點呢。在這世界上，明明有無數個年輕人，享受到的樂趣別說是一點點，簡直數都數不清；明明有許多人就算什麼都不求，照樣也能事事如願以償。

爲什麼只有我一個人被排除在外呢？

「不是我奶奶的錯，因爲奶奶什麼壞事也沒做。」

你也一樣。你並不是因爲做了壞事才會被困在這樣的人生中，這不是你選擇的人生，你毫無選擇的餘地。

包括這塊被污染的土地、貧困的生活、被雙親拋棄的遭遇、怎麼樣也離不開這棟傾頹舊屋的命運。

「於是，我忽然覺得很氣憤。我很不甘心，氣到連晚上都睡不著。」

外立依然閉眼，但是張開拳頭，用那隻手做出朝空中亂抓的動作。他的手指碰到我的肩膀。

「該吃下氰酸鉀的，不是奶奶，絕對不是，我開始這麼想。可是，我覺得一定要有人吃掉它，因爲奶奶什麼壞事也沒做。」

他第一次對外……，對著擠滿外人的世間噴發的怒火，在便利商店的冷藏櫃找到了發洩處。

秋山低垂著頭，輕輕乾咳，然後緩緩彎身，貼著外立的耳邊慢條斯理地問：「氰酸鉀是怎麼弄來的？」

外立睜開眼，把臉轉向秋山想回答。但，他不停地抽泣，發不出聲音。

「網路嗎？」

聽到秋山這麼問，他用力點了兩、三次頭。

「一定花了你不少錢吧。」

外立再次點頭。他顫抖著做了一個深呼吸後說：「是我用打工賺的錢買的。」

彷彿那才是最可恥、罪孽最深重的事，他咬緊牙關。

「用什麼方式拿到的？郵寄吧。」

「對。」

「起先收到時就包在紙包裡？」

外立搖頭，用大拇指和食指比出五公分左右的長度。

「裝在這麼大的瓶子裡。」

「喔，賣家應該有提醒你一定要密封之類的吧。」

幹嘛問這個。

「你是先用水溶解後，再攙進烏龍茶？」

「是的。」

「怎麼放進飲料盒裡的？」

「用……用針筒。」

「那也是在網路上買的？」

看到外立點頭承認，我忍不住插嘴：「那種事不重要吧，交給警方處理就行了。」

秋山的眼神變得有點悲憫，瞥了我一眼，旋即把目光放回外立身上。

「那個針筒是後來才買的？應該在同一個網站買的吧。」

「是的。」

「如果只是要給奶奶吃，應該沒那個必要吧？只有讓陌生人服用時，才需要針筒那種東西。」

「對……」

秋山用力閉眼，說了聲「我知道了」。

「當時，那個網站的管理者或者該說是賣家吧，對方什麼也沒說嗎？沒有懷疑你爲何需要那種東西？」

外立茫然地搖頭，彷彿連想都沒想過。

「要是有人能在那時候阻止你就好了。可是，那個網站卻沒有那樣做。」

眞遺憾，秋山說。那是我至今聽他說過的話語中，聲音最溫柔的一次。想必連小五也沒聽過吧。

「再回答我一個問題好嗎？便利商店事件後，你爲何把瓶中剩下的氰酸鉀分裝在紙包裡？」

外立一邊擤鼻涕，忙碌地呼吸，一邊斷斷續續地表示怕留下證據。

「是嗎？那麼，那個紙包爲什麼會在奈良和子小姐的手上。你應該也看到電視新聞了吧？她自殺了，從她家陽台跳樓自殺。」

「奈良……小姐？」

「就是和古屋明俊先生交往的女性。」

也許是發作前的徵兆吧，我聽見外立的喉頭發出不穩定的呼嚕聲。爲了讓他坐得比較輕鬆，我換了一個姿勢。

「我見過她。」

「在那家便利商店前？」

「對。那個人常常來，還帶著花。」

她每次來都會哭——隨著這句話，他的眼淚潸然落下。

「你和她是點頭之交。」

秋山的語氣很肯定，像是要確認似地，然後繼續問：「那，是你把氰酸鉀紙包放進她皮包裡的？」

對，說著，外立點點頭，喉頭依舊呼嚕作響，蠟黃的臉色幾近蒼白。

「你爲什麼要那樣做？」

「別問了。」我插嘴制止。「這不是現在該問的問題。」

秋山的聲音頓時轉爲尖銳。

「不，這是現在該問的，我們應該親耳聽到。」

你會告訴我們吧？說著，他湊近外立，窺視著對方。

「因爲，我不想再留著。」

「你不想再留著氰酸鉀。」

「對，所以我想扔掉。」

他說一直帶在身上，又不敢隨便亂扔。他老是覺得有人在盯著。

「我怕被抓。」

秋山更溫柔地低聲說，是啊。

「那樣就只剩奶奶一個人了。」

今後就會如此。如果外立被捕了，誰來照顧他奶奶呢？

「那個人，我遇過好幾次。」

遇到悲嘆古屋橫死、畏怯自己立場遭到警方懷疑的奈良和子——即便涉嫌不如古屋曉子和萩原店長那麼嚴重。

「只要交給她……」

「只要交給奈良小姐就會怎樣？」

「我以爲她會幫我扔掉。」

因爲她也是涉嫌人，一定會慌忙扔掉。

「或者該說，」外立猛然搖頭。「我以爲她會去找警察，因爲我……，藥是我放的，這一點她應該知道。」

雖然怕被抓，又渴望被抓。秋山靜靜地嘆息。

「可是，奈良小姐好像沒發現皮包裡的藥包。」

就這樣毫不知情地跳樓自殺了。

「奈良小姐自殺時，你一定嚇了一跳吧。」

「對……」

外立又恢復剛見面時孩童般的眼神，看著秋山。

「她爲什麼會自殺？」

秋山回答：「因爲寂寞吧。」

外立說：「是我害的？」

這不是肯定句，而是疑問句。是我害的吧？但秋山沒回答，只是在一瞬間，避開了外立的注視。

「現在你會跟我們一起去警察局吧？我和杉村先生都會陪著你。」

霎時之間，外立的身體僵住了。喉頭本已平息的咕嚕聲，隨著不規律的呼吸再度激動了起來。

「一起去吧。」

秋山把手放在外立肩上，只是把掌心擱在上頭，並沒有抓他。

「就讓它到此結束吧。」

對我來說，經過一段漫長得幾近永恆的時間之後，外立說了聲「好」。

「你最好帶件外套。你奶奶沒問題嗎？要不要找個鄰居幫你看家？」

看來似乎無人可托，這個家孤立無援。我看外立遲疑著不知如何是好，於是說：「我幫你打電話給萩原社長。以那位社長的個性，一定會幫忙的。」

不好意思，外立說，然後轉身走回走廊深處。

「讓他一個人去沒關係嗎？」

我壓低嗓門問秋山。

「你剛才爲什麼要問東問西？有他那句『是我幹的』就夠了。」

秋山看也不看我，一逕地盯著走廊深處回答：「有那個必要。」

「有什麼必要？」

「說不定，警方打算讓他說出另一種犯案情節，只爲了尋求更通俗的動機，更淺顯易懂、足以坐實罪狀的犯案理由。你懂吧！」

利用隨機殺人案蓄意犯案，以殺人取樂，並且企圖陷害奈良和子……

「萬一眞的發生這種事，我們必須替他的第一自白做證。既然是我們引導他自白，就有那個責任，你也得做好心理準備。」

我在電話中無法詳談，但是荻原社長大概從我的語氣中察覺到什麼吧，還不到五分鐘，他就趕來了。身上穿著跟上次見面時同樣的開襟外套，腳上趿著拖鞋。

一發現秋山和我，還有滿臉淚痕的外立，社長大感不安。不管他之前是怎麼猜的，總之他已發現這裡發生的事遠比他之前猜的更嚴重。這個老江湖，不可能察覺不出現場的氛圍。

「研治，你怎麼了？」

他直接走近外立，轉身用背部擋著外立並護著他，掃視著我和秋山。他的表情陰沉，猛喘粗氣。可能也是因爲急著趕來吧，呼出來的氣凍得發白。今天很冷。

「搞什麼鬼，杉村先生。喂？」

他瞪著想回答的秋山。

「小兄弟，你是誰？」他質問。

「是我朋友。」我說。

「我沒問你！」

外立喊社長。萩原社長像個母親在傾聽背上的幼兒說話般，只是扭頭回看他。

「社長，對不起。」

「研治……」

外立有點站立不穩，秋山連忙伸手去扶他的手臂。萩原社長僵硬地轉身，眼睛依然盯著外立，像趕蒼蠅般揮開秋山的手，然後自己牢牢抱住外立的雙肩。

「是我幹的。」

「你幹了什麼？」

反問的聲音，有點嘶啞。

「便利商店的事。」

社長的肩膀一垮，手臂從外立的肩上掉落。

「你……，你這孩子。」

社長戰戰兢兢地移開目光，看著我。這刺骨的北風吹得他眼泛淚光，他的臉上褪去血色，漸漸轉爲蒼白。

「是眞的嗎？杉村先生。」

我只是默默地點頭。這樣就夠了。

「我要去警察局。」

外立緩緩地弓身行禮。

「奶奶要麻煩你了，老是讓你照顧我們，眞是對不起。」

我們撇下萩原社長，走上大馬路，攔下計程車，鑽了進去。

車子一發動，外立就用雙手抱頭。

我不放心，忍不住回頭看。萩原社長衝到我們攔計程車的街角，他趿著拖鞋跟著車子追了上來。他追了又追，最後追不上了，終於放棄。他雙手撐膝，弓身彎腰。大概很喘吧。

斷斷續續地有聲音傳來。

研治——是社長的喊叫聲。

「沒事的，」他雙手圈著嘴像喇叭一樣，放聲大喊，「你放心。我一定會……幫忙。你奶奶她……交給我……就好。」

外立沒有抬頭。

25

計程車平順地行駛著。為什麼今天偏偏遇不到紅燈呢？

我一說要去當地的警察局，司機就在衛星導航系統輸入目的地。雖然沒有面露疑惑，卻也什麼都沒問。車子就在一片死寂中默默地奔馳。

當衛星導航系統的電子語音宣告「前方兩百公尺處右轉」時，我胸前口袋裡的手機響了。

「老公！」是妻子的聲音。「你現在在哪？你在哪裡？」

囁語聲帶著迫切，聽起來又像是刻意壓抑的悲鳴。我從沒聽過她用這種聲音說話，當下愣住了。

「你馬上回來。拜託，馬上！」

頓時，我醒悟一定是桃子出事了。我心中身為「父親」的迴路，偵測到緊急事態的電流。會讓一個母親發出這種聲音的，只有孩子發生意外。

「怎麼了？桃子出了什麼事嗎？」

「你快回來。求求你、求求你。」

妻子的聲音因哭泣而混亂，還夾雜著痛苦的喘氣聲。她緊抓話筒的模樣，就像午夜的惡夢般污染了我的腦海。

「那個……，那個人來了。」

「哪個人？」

秋山凝視著我，外立也坐直身子，滿臉淚痕地盯著我。

「原田小姐，原田泉小姐。」

我感到暈眩，一陣惡寒。

誰？誰？在說誰？

（你等著瞧吧。）

是那個原田泉。

「她找上門了。我……沒認出是她，她整個人都變了，所以我沒認出來，不小心就開了門。」

妻子在抽泣。但她還是拼命繼續說：

「那個人說要找你，她說沒見到你之前，絕對不走。」

「妳沒事吧？桃子呢？」

桃子呢，桃子呢……

「那個人……把桃子……」

「桃子在哪裡？」

電話彼端響起雜音，我聽見古屋美知香的聲音。「杉村先生！」

從手機逸出的聲音也傳進秋山和外立的耳中。秋山對司機大吼：「停車！立刻停車！」

車子緊急煞車，然後緩緩地靠向路肩，車體劇烈搖晃。

「我是美知香。」

她的聲音尖銳得破嗓。對了，美知香今天在我家，她來學織毛衣。

「那個女人拿著刀子，她挾持桃子當人質。」

桃子當人質，桃子當人質，有刀子，有刀子。

「她恐嚇我們如果報警就死定了，還要求先見到杉村先生再說。你說怎麼辦？怎麼辦？」

有人一把拽住我的手臂，是秋山。我整個人像被凍結了，發不出聲音。

「告訴她，你馬上趕回去，說你現在就回去，叫你太太轉告對方，先等你回去再說。」

我已動彈不得，渾身像麻痺了一般，把手機貼在耳上。秋山從我手裡搶去手機，好像恨不得立刻撲上去抓人，但他的聲音卻異常冷靜。

「喂，我知道了。杉村先生正趕往那邊。是家裡吧？他太太沒事吧？」

我們都沒事，美知香匆匆說。這個節骨眼上，彼此都管不了對方是誰了。

「司機先生，我們要改去別的地方。」

然後，秋山用力捅我一下。

「你家在哪裡，杉村先生，你振作一點！」

車子開始朝另一個方向奔馳。我依舊呆然，看著秋山按下我的手機按鍵。但，下一瞬間我赫然回神，一把搶回手機。

他正打算撥一一○。

「你幹嘛？我們得報警。」

「不行，不行。」

我的下巴直打哆嗦，無法好好說話。

「如果報警，桃子會被殺掉。」

「怎麼會……」

「總之，我沒回去之前不行，不能報警。」

如果敢報警你們就死定了。原田泉這麼說，就一定會這麼做。那個女人，說得到做得到，絕對會。

（你等著瞧吧，我不會就這樣放過你的。）

一頭霧水的外立半張著嘴，夾坐在我和秋山之間。司機一陣慌亂，但車子還是持續奔馳。快點，快去我家。

「是那個女人吧！原田泉。」

秋山像是要咬碎那名字似地忿忿吐出。

「就算你乖乖聽她的，她也不會善罷干休。那女的可是警方指名的通緝要犯，你爲什麼不報警？真是笨蛋！」

我只是不停地搖頭，那是我唯一能做的。不行、不行、不行，我一定要設法，沒其他辦法了，因爲那女人是在生我的氣，因爲她想報復我。

「那女的怎麼會知道你家？」

秋山大聲問道，像是無法忍受按兵不動，就算出個聲音也好。

「大概是調查過吧。」
「就算是那樣……」
「她發起狠來才真的是不擇手段呢。」
妻子最近剛說過的話，倏然在我腦海中復甦，宛如炸彈核心區的空白——醫院說要寄收據過來，打電話來確認我們家的住址。
就是那時候，八成不會錯。原田泉處心積慮地縮短我與她的距離，她一直在等待報復的機會。我卻連她這個人都快忘了，忘了她的憤怒、她的恨意。
一下車，我拔腳狂奔，衝向眼前的家；妻子與我的家；我倆和桃子一家三口的家；看似平靜的家；聖誕燈飾已取下，正準備迎接新年的家。
我穿過玄關、奔進走廊，焦急得腳步踉蹌，發出聲響，還撞上牆壁。
美知香打開客廳的門。我收不住腳差點撞上她。
「桃子呢？桃子在哪裡？」
我的眼睛在空中游移，但未喪失功能，我看到蜷縮在皮沙發腳邊的妻子。她看起來比今天早上小了一、兩圈，哭得滿臉淚水。
我本來渾身發冷，可是一看到妻子，頓時熱血回流。她搖搖擺擺地站起來，我立刻衝上前用雙臂抱住她，妻子哭倒在我懷裡。
「對不起……，對不起！我在家還發生這種事。」
沒事，沒事。我像唸咒般反覆呢喃，妻子如此纖瘦，但我用盡力氣仍無法抑制她渾身的顫抖。

美知香走到我們身旁，她也在發抖。但我在那蒼白的臉上看到了恐懼以外的東西。美知香在生氣，她的大眼睛炯炯發亮。

「這種事，絕對不可原諒。」

她咬牙切齒地說道。她的聲音令我精神一振。是的，不可原諒。

「桃子在哪裡？」

「在廚房嗎？」

美知香指著客廳通往廚房的隔間門，動作像是在接觸爆裂物般地小心翼翼。

美知香點點頭。「直到剛才，她還嚷著不准靠近。所以我們……」

「內人要拜託妳了。」

美知香點點頭，蹲下身子，用雙臂抱緊我的妻子。

我走近隔間門。

「原田小姐。」

我不能流露出任何情緒，包括恐懼、極度憤怒或輕蔑。我得冷靜，保持鎮定。

「原田小姐，我是杉村。」

沒有回應。

我感到體內的壓力幾乎快令我崩潰，因爲恐懼、極度憤怒與輕蔑。

「我是杉村。妳在那裡吧？請放過我女兒。妳要找的是我，不是我女兒。」

我沒聽見哭聲。桃子在那裡嗎？她現在怎麼樣了？

她沒事嗎？

「就算做這種事也無濟於事，這一點妳應該很清楚。」

一陣笑聲傳來，彷彿正在被誰搔癢——像桃子被我搔癢時發出的聲音。

「你終於露面了。」

是原田泉。這不是惡夢是現實，她的確在那裡。

「高興了吧，妳那個儒弱的爸爸終於來了，我還以爲他會逃走咧。」

她是在跟桃子說話嗎？

「我女兒沒事嗎？讓我見見她。」

「才不要。」原田泉像唱歌似地打著節拍回答。「我偏不。」

有人輕觸我的背，是秋山。他湊近我耳邊，壓低嗓門問：「廚房有窗子嗎？」

我點點頭。

「我從外面繞過去看看情況。」

我抓住他的手臂。他對我點頭回應，彷彿在說——我會謹愼行事的。然後直視著我的眼睛囁語：「只是去看看。」

美知香緊抱著我妻子，癱坐在地，外立就站在她身後。他怎麼會在這裡？我的腦中一片混亂。對了，我本來要帶他去警察局。

從妻子打電話過來的那一刻起，我的現實人生就此斷裂。外立的存在顯得極爲格格不入。

他凝視著美知香，似乎無法把目光從美知香身上移開，即使美知香並未察覺到他的存在。

「原田小姐。」我擠出聲音呼喚。「妳想要什麼？請把妳的需求告訴我。我知道妳在生我的氣，可是，那是我們之間的問題，跟我女兒無關。」

妻子悶聲哭泣。美知香撫著妻子的頭髮，用力咬緊嘴唇。

「你很在乎你女兒？」

「那當然。」

「嗯……」

原田泉似乎愉快得不得了。現在，我已經成為她愉悅的泉源，就算她再怎麼粗暴，再怎麼胡來，也不必擔心被我哄騙，因為有桃子這塊擋箭牌。

她打從心底感到高興，享受著傷害別人、折磨別人的痛快滋味。

岳父說過。掌握他人的生殺大權，才是最大的權力。他說那是禁忌的權力。可是，面對想行使那種權力的人所犯的錯，我們毫無抵抗力。

那時，岳父很生氣。和現在的美知香一樣氣憤——這算哪門子的財界大老，我和一般小學生一樣無力。

我也很無力，岳父大人。連區區一塊像裝飾品的隔間門都無法踢破。

「那麼，如果你女兒死了你會傷心嗎？」

原田泉的問題，令妻子全身戰慄。她甩開美知香的手，朝我這邊爬過來，邊哭邊重複著：求求你、求求你、求求你。

「別傷害我女兒，算我求妳。拜託！我什麼都願意做。」

眼看著妻子想朝著那扇門爬去，我不得不用盡全力阻止她。
「請妳放了我女兒。」
我懇求。妻子在我的壓制下拼命掙扎，用她那孱弱卻頑固的力量。
「如果不原諒我，那就殺了我好了，這不關我女兒的事。我求妳！」
「那我考慮看看。」
她又笑了。笑得非常開心。
「其實我根本不在乎會有什麼下場，反正我遲早會被警察抓到。可是，說什麼我也不能讓你們稱心如意。」
妻子撲上來緊摟著我。
「幸福那種玩意，一眨眼就毀了。眞的是這樣。可是你們一定不知道吧，沒有親身經歷過，一定不會懂吧。」
突然間，她的聲音因憤怒而爆裂。
「所以，我現在就是要讓你們搞清楚！」
毫無預警地，隔間門發出轟然巨響。那是原田泉踹的。
那女人緊靠著門的彼端。桃子呢？桃子怎麼了？
我扯開妻子的手臂，跪爬著靠近門，大衣下襬在地上拖行。我爬到臉頰幾乎快碰到那扇門的距離。
「我沒報警。妳的要求我都可以答應，所以……」

「那好，先拿錢來。」

「沒問題，妳要多少？」

「你們全部的財產。」

說完，她放聲大笑。

「別傻了，騙你的啦。就算被搶走再多錢，對你們來說也不痛不癢。」

「錢我會準備，還有呢？」

「你要道歉。」

「向妳道歉就行了？是爲了解僱妳的事嗎？」

「你說什麼屁話！」

罵聲近在耳邊。原田泉也緊貼著門。

「我是叫你爲所有的事情道歉，爲你們的存在道歉。你根本搞不清楚狀況。」

妳夠了沒啊。某人在低語。是美知香，她瞪著門大剌剌地站著。

「開什麼玩笑。」

這次不是低語，那句話說得很清楚。我幾乎嚇昏，不行，不能刺激原田泉。

就在這時候。

原本站在牆邊的外立，無聲無息地走上前。當他經過美知香身旁時，悄悄地窺視了她一下，然後像要制止自己似地搖搖頭。他就這麼經過我妻子，走到我身旁。

他看著那扇門。

「對面的人，請妳出來。」
就像在問候般，他若無其事地喊著原田泉。
縱使隔著門，我也能感受到她的困惑，也知道這個陌生的聲音令她擺出防衛姿態。
「你是誰？」
外立雙手緊貼褲縫，端正地站著，他的表情沉穩，頭部微微左傾。
然後，他回答原田泉的問題：「我是殺人兇手。」
美知香原本燃著怒火的眼眸深處，頓時失去了光芒，取而代之的是驚愕。她的嘴唇蠕動，囓咬著空無。
我望著外立的側臉。妻子雙手撐地，支撐著搖搖欲墜的身體，仰望著外立，淚水從她的下巴滑落。
「我是殺人兇手。」
外立對著那扇門發話。他，和門，和門彼端的女人，世上只剩下這三者，我們退至背景處。
「妳說幸福一眨眼就會毀滅，這一點我很清楚，因爲我摧毀過。」
平淡、毫無抑揚頓挫，卻又溫柔的聲音響起。
「你到底是誰?你在說什麼鬼話?」
原田泉的聲音拔尖，嘶啞走調。
「我用氰酸鉀殺了人。」
外立這句話令美知香恢復行動，那動作僵硬得連旁觀者也看得出來。我只用眼光暗示她別動，別動，別阻攔，就這麼安分地待著。

「我那樣做的時候，以爲自己是對的。」

因爲我非常憤怒。

外立繼續說，「我對世上的一切都感到憤怒，我以爲自己有權利這麼做，所以毫不遲疑。」是誰都無所謂，他不在乎死的是誰，因爲自己這麼痛苦，就算讓某人遭遇同樣的下場又有什麼關係。爲什麼不行？

「可是，我錯了。」

妻子的手臂用盡力氣，幾乎趴在地板上，美知香立刻趕到她身旁，像之前那樣抱緊她。但，這次不只是美知香抱著妻子，美知香也在依賴著妻子。

也許是察覺到這一點吧，妻子也環抱著美知香。兩人像是一對畏懼暴風雨的年幼姊妹般緊緊相擁。

「就算奪走人命也沒有意義，我一點也不覺得出了氣。」

彷彿說話對象就在眼前，外立對著那扇門搖頭。

「我判斷錯誤。我做了錯誤的決定。」

妳最好住手……。他說道。

「妳在氣什麼，妳跟杉村先生之間有什麼仇恨，這我不知道。但是，我很清楚就算這樣做也沒有用，妳最好住手。」

外立低下頭，雙肩下垂。他的站姿和不久前的萩原社長很像。你……，你這孩子。社長也是肩膀一垮，這麼呢喃著。就跟那個姿勢一模一樣。

「即使傷害杉村先生的女兒、折磨杉村先生，對妳來說也沒有任何好處。只會讓妳產生跟我一樣的心情。妳一定會。到時候，就算再怎麼做都彌補不了。」

我是殺人兇手，外立再次重複。

「因爲殺過人，所以我知道殺人有多麼空虛。妳不能變成這樣，現在回頭還來得及，請住手！」拜託！就像把奶奶託付給萩原社長那樣，外立欠身行禮。他的腰彎得太低，以至於踉蹌之下差點跌倒。

美知香赫然倒抽一口氣的聲音，引我回頭。

一手抱著桃子的秋山，正從後方走廊緩緩地抬腳進來。他把桃子夾抱在腋下，好像抱著一具眞人大小的洋娃娃。桃子的眼睛張得很大，穿著深棕色背心裙、白色圓領毛衣、紅色褲襪。這是她今早和我去書店的裝扮。裹著褲襪的兩條腿在半空中晃動，桃子的小手緊抓著抱住她的秋山的外套前襟。她正抓著。

眼睛張著。還活著，平安無事。

秋山騰出來的那隻手立刻伸指豎立在嘴前，然後放下桃子，再把手指豎立在她的嘴前，對她點點頭。桃子堅定地點頭回應。

由於妻子把臉埋在美知香的肩上，所以還沒發覺。我滑過地板，用掌心捂住妻子的嘴。

「安靜，千萬別出聲。」

我在她耳邊低語，然後抓著她的肩膀讓她轉身。妻子一認出桃子，頓時無聲地張大嘴巴，像是一頭剛從陷阱逃出來的野獸，飛快地撲向桃子。她是爬著衝過去的。

妻子緊摟著桃子。因爲憋著，所以哭聲在喉頭破碎。桃子抱緊著母親，但是沒出聲。這孩子很聰明。

秋山和我回到門邊。我倆把垂著頭、弓身彎腰的外立悄悄地架到一旁。外立搖晃著身體，仰起臉看著我和秋山，也許是從我們臉上看出了什麼吧，接著又轉頭看我妻子和桃子。

他的臉頰放鬆了，閉上雙眼，爬向房間角落，然後抱膝坐在那裡縮成一團。

「我說你啊，我不知道你是誰，不過你也太笨了吧？」

原田泉一個人還在惡毒地謾罵。

「他一點也不笨。」

爲了引她上鉤，我說。

「他只是說實話。」

「少囉唆！我又沒有問你！」

「妳不敢相信他說的嗎？」

「說什麼殺過人，這種話也太假了吧。怎麼殺的？你倒是說說看呀。說不出來了吧，因爲那是騙人的，就算編這種鬼話來安撫我也沒有用。」

她完全沒發覺，人質已經不見了。笨的是妳。我心中的怒火如電光一閃。這個滿口謊言、該死的笨女人。

「喂，我說你啊，剛才那個笨蛋，你還在吧？如果對殺人那麼有興趣，那我就讓你見識一下眞正的殺人吧。」

我和秋山達成默契。

一、二、三！

我們並沒有事先說好，但是都沒用手，我倆一起抬腳踹門。腳上傳來一陣快感，原田泉朝後飛去。隔間門的正面有個大餐具櫃，我聽見她的後腦杓碰地撞上櫃子側面的聲音，她的身體從餐具櫃緩緩地滑落。

秋山立刻走進廚房，抬腳踢掉原田泉右手的小刀，刀子不停地旋轉，滑過地板的磁磚。我不管三七二十一地撲向她，抓住首先碰到的部位，把她拽起來，朝牆上一撞，然後把她拖出廚房。走到門框處，她的腦袋再度撞上，發出響亮的碰撞聲。她像濕毛巾般沉重，毫無抵抗。但我還是忍不住手癢，重新拽起她的衣服，想要再次把她往牆上砸。

「夠了，杉村先生！」

秋山攔住我，我揮肘甩開他。原田泉的腦袋晃來晃去。

「別打了，杉村先生，住手！」

他反剪我的雙臂，我的手鬆開了原田泉的衣服。看到她滾落至地板，我還想抬腳去踹。

「她已經昏過去了，不能再打了，太過火了。」

我上氣不接下氣，秋山也氣喘吁吁，雙眼佈滿血絲。

「你流血了。」

他指著我的嘴。一摸，指尖是濕的。

「用力過猛咬到了吧。」

說著，他突然雙腿一軟彎下身子，雙手撐著膝蓋，大口呼氣。這個姿勢，令我想起之前的萩原社長。

「啊，好險。」說著，他從喉頭擠出嘔吐般的呻吟。

我的耳朵恢復了聽覺。之前只聽見自己粗重的喘息和秋山的聲音，現在漸漸分辨得出其他聲音了。

妻子在哭，桃子也在哭。母女倆貼著額頭在哭泣。

我到底是怎麼走到她們倆身邊的，事後完全想不起來。我不相信自己還能走，因爲我已經腿軟了。

但至少，我還留有足以抱緊妻兒的臂力。

「這女人，剛才很粗暴嗎？」

秋山在癱軟的原田泉腳邊重新站直，他是在問美知香。她就這麼愣住了，凝視著蜷縮在角落的外立。

「古屋小姐，古屋美知香小姐。」

秋山又喊了她一次，她才宛如清醒般轉頭看著秋山。

「這傢伙，是用什麼藉口找上門的？一進門就亮出刀子嗎？」

美知香瞥向我妻子，但妻子的狀況顯然不適合說話。我也抱著妻子與桃子望著她。

「她說是杉村先生公司的人。」

「集團廣報室的？」

「不，她說是什麼秘書室。」

原田泉謊稱替會長送東西過來，手上還拿著點心盒。那個盒子滾落在客廳的桌子旁，連桌子本身也被撞歪了，椅墊掉在地上，地毯凌亂起了皺褶。

「我和杉村太太正在這裡打毛衣……，杉村太太說聲『辛苦了，請進』，就讓她進來了。」

岳父派人來找妻子，雖不頻繁卻也不足爲奇。岳父一向很體貼周到，派人過來時，一定會挑選女性員工。所以，妻子絕不會在門口隨便打發，一定會請對方進屋，除非對方堅持不肯進來，否則通常會請對方喝杯咖啡之後才走。雖然我不認爲原田泉如此了解——不，或許她事先調查過吧。

「她坐在這張桌子前，杉村太太起身去泡茶，然後她就……」

美知香指著其中一張沙發。

「一把拽住坐在這裡的桃子的手臂，然後拿出刀子……」

秋山交抱雙臂，俯視著原田泉。

「她的髮型變了，好像還染過。」

所以，只看過她照片的妻子才會認不出來。她穿的也是休閒外套和長褲，就連只見過她穿套裝的我，如果看到她以這副裝扮出現，一時之間也會認不出來。

「好像還戴了眼鏡，大概就掉在附近吧。」

「還經過變裝嗎？哼！」

然後，秋山喊住我。「這次我眞的要打一一〇了。」

我頻頻點頭。「順便幫我叫輛救護車。」

只見妻子看起來很痛苦，她一手緊抱著桃子，另一手卻按著胸口。每次呼吸，肩膀就不規律地聳動，失去血色的臉，已變成蠟黃色。

「我太太的心臟不好。」

「那麼，你先帶她到別的房間休息吧。你太太和桃子應該不想再待在這裡了。」

我摟著母女倆走出走廊。

妻子不願和桃子分開，說什麼也不肯躺下，我只好讓她坐在床上，從我床上扯來毛毯裹住她們倆。

桃子臉上的淚痕未乾，不停地喊著爸爸。我不斷地誇獎她，誇她好棒好棒，摸著她的頭告訴她已經沒事了。但桃子依然不停地喊著爸爸。或許她年紀雖小，卻已懂得用呼喚讓我冷靜下來。

妻子的呼吸幾乎有出無進，她以四吐一吸的比例，像溺水的人那樣短促吸氣。

可是，當我想返回客廳時，她卻氣喘吁吁地抓住我的手指。

「妳得好好休息一下。沒事，我馬上就回來。」

「不是……這樣。」

她要我打電話給橋本。

「找廣報部……的人。懂嗎？必須通知他。否則，會給父親……添麻煩。」

我說了聲知道了，握緊妻子的手。即便在這種情況下，妻子依然惦記著父親，這雖令我驚訝，但我沒有多餘的心情去咀嚼那種感情。的確，一想到這次真的會變成大新聞，我的心自動放棄去牽扯更多問題。

我回到客廳。秋山和美知香、外立、原田泉，都待在剛才的位置，保持同樣的姿勢，彷彿變成一尊尊人體雕塑的奇特現代藝術品。

「看來也不必綁了。」

秋山說道，彷彿把昏倒的原田泉當成搬家的麻煩行李。

「就這樣交給警方吧。」

啊，眞想抽根菸，我嘀咕著。可惜，我家沒菸也沒有菸灰缸。

「廚房的窗戶開了這麼大的縫。」

秋山用手指比出十公分的寬度。

「那是上推式窗戶，所以也可以從外面伸手進來開窗。」

原田泉貼在隔間門的那段時間，桃子被她塞進系統廚具對面的流理台下方。

「我隔著窗戶，可以清楚看到桃子在裡面。可是，我看不到那女人。」

秋山打開窗戶一做手勢，桃子就悄悄地從流理台底下鑽出來，走近窗口。然後，秋山探進身子輕輕抱起桃子，就這麼把她帶了出來。

「那扇隔間門，從窗戶看過去正好位於死角，我這邊看不到，那就表示那女人也得轉身伸長脖子才看得到窗戶。所以我才會一不做二不休……」

他擦拭額頭說，現在回想起來還會冒冷汗。

「這女人當時正沉迷於無聊的演說，以至於讓我得手了。否則，這麼做反而會讓小妹妹身陷險境。」

感激不盡，我說。秋山閉眼搖頭。遲來的震驚，似乎令他打從心底戰慄。

「這是託外立的福。」我說。秋山彷彿接獲暗示，眼睛瞥向外立。我也是。

美知香從一開始就盯著他。

外立依舊抱膝蜷縮著，彷彿恨不得從地面消失。實際上，他宛如一塊岩石，那種河岸的岩石，在山坡上卡住樹根的岩石。毫無所感，毫無所思，毫無作爲，只是待在那裡。

「杉村先生。」

美知香喊我，視線依然膠著在外立身上。

「還有……，你是秋山先生吧。」

「嗯。」秋山看著她。

「我們在醫院見過吧。你是小五的男朋友。」

「不是，我是她表哥。」

是誰都行，美知香說著發出輕笑，喃喃問道：「那番話，是眞的嗎？」

我和秋山都沒有回答。不是互相禮讓，而是互相推托責任。

「剛才這個人說的，是眞的嗎？」

在我們繼續沉默的期間，美知香點了點頭，然後仰望天花板。

「怎麼可能騙人嘛，是眞的。」

我們本來正要一起去警察局自首，我說。聽起來很像在找藉口。

「他本來是那家便利商店的店員。」
美知香的臉上浮現理解的神色。
「是嗎？原來如此。難怪，我總覺得好像在哪裡見過他。」
說著，她毫不遲疑地走到外立身旁。
「你叫什麼名字？」
外立依然不動如石。在我看來，甚至縮得更小了。
「我是古屋美知香。你殺了我外公，他叫做古屋明俊。」
美知香的聲音乾澀。
「我的名字是外公幫我取的。」
這時，她的聲音第一次顫抖。
「我很喜歡外公，雖然他有時很固執，講話莫名其妙，那時候我們會吵架，不過感情還是很好。」
外立僵硬不動。
美知香調整呼吸，然後說：「或許你剛才說的都是眞實的心情。可是，就算這樣我還是無法原諒你，絕對不會原諒你。」
外立說了什麼，我聽不清楚。
蜷縮的外立，終於鬆開雙臂抬起頭來。然後，緩緩地，用額頭碰撞身旁的牆壁。咚地一聲。
「對不起。」

這次我聽見了。對不起！隨著第二聲低語，他再次撞牆，聲音比剛才響亮。

「對不起、對不起、對不起……」

他不斷地重複著，每道歉一次，就撞一次牆。撞得毫不留情，彷彿那不是他自己的頭，彷彿把自己的身體當成某件物品。他在懲罰這個無藥可救的爛東西，懲罰它，懲罰它。

想把它毀掉算了。

「住手！」

美知香尖聲制止。

「別撞了。」

第二句話帶著溫柔。

「就算你那樣做，我外公……」

也回不來了。我猜她應該是想這麼說。可是美知香遲疑了一下，然後，以超乎我想像的渺小推測，選擇了另一句話。

「……我外公也不會高興。」

外立呻吟著哭了。

「對不起。我先出去。」

美知香垂眼撂下這句話，便一個轉身，打開客廳後方的落地窗，走進院子裡。

十二月底的現在，院子裡沒有花。但是，我想起美知香現在站的地方，以前曾經種過可愛的黃花。那是爲了調查土壤污染所種植的實驗植物，就像礦坑裡的金絲雀，當時的包商如此解釋。

原田泉在秋山的腳邊發出低吟，扭動身體。她正逐漸恢復意識了嗎？

秋山像要避開穢物般移開腳，我撇開目光。

我這棟房子沒有污染，屋裡很乾淨，我自以爲是地認定，它將永遠保持乾淨，我深信不疑。然而那是不可能的，只要有人住，就會有毒滲入。因爲，我們人類就是一種毒。

原田泉有毒，外立也有毒。外立曾經試圖吐出，藉此消滅那種毒，可是毒並沒有消失，只是毫無道理地奪走他人的生命，他的毒反而變得更劇烈，更加折磨他。

至於原田泉呢？她的毒，沒有侵襲她自己嗎？她的毒會不會無限繁殖，怎麼吐也無法乾涸？

那種毒，以何爲名。

過去，面對在幽暗森林中橫行的獸牙，渺小的人類無力對抗。但是某一天，自從那隻獸被捕，賦與獅子這個名字之後，人類便創造出擊退牠的方法。那就是藉由命名，令無形的恐懼化爲有形。既然有形，自然可以捕捉，也可以毀滅。

而我，很想知道我們體內毒物的名字，誰能告訴我，這毒物以何爲名。

「渾蛋！」

美知香的聲音傳來。她蹲在院子裡，雙手蒙著臉，放聲大叫，她在對著天空大叫。

「渾蛋！」

我和秋山都沒有制止她，我也好想跟她一起大叫。

即使救護車與警車的警笛聲逐漸接近，美知香依然大叫著。

26

原田泉在我家的犯行，本身並沒有什麼大不了，但由於外立的自首導致另一起命案宣告偵破。再加上當紅評論家秋山省吾也在犯行現場的這個戲劇化情節，使得這起事件成爲年底最熱門的報導話題。

值得慶幸的是，我們一家及今多家族都沒有被大批記者包圍，想必又是田邊和橋本大顯身手，而今多家的顧問律師也處理得當吧。

秋山和認識外立的鄰居們——當然以萩原父子爲首——可就沒有這麼輕鬆了。古屋母女也差點被扯出來（尤其美知香又在現場），幸好她們已有之前的經驗，表現得很堅強，僅隔著對講機簡短回應就脫身了。

隨著新年的到來，報紙暫停出刊，電視台則以綜藝節目爲主，新聞報導和八卦新聞節目的時段頓時大減，這對所有相關人士來說都是一種幸運。秋山談論自己如何救出小小人質的情景，我在電視上只看過一次，再也沒有第二次。而萩原父子也出現在除夕短暫的日間新聞，之後再也沒有接受過採訪。新年假期結束，社會恢復正常運作之後，白天的八卦新聞節目或許又會開始報導這個話題，不過當時的案子早已不再是「剛出爐」的了。我們預測，一旦又出現什麼新話題，媒體的興趣一定又會轉向吧。

今多家族當然對我們保護有加，再三地安慰我們，爲我們的平安脫險慶幸。自從案發的二十九日晚上以來，我們一直在世田谷的岳父家留宿。警方做筆錄期間，負責本案的刑警也不得不專程來岳父家。

桃子恢復得出乎意料地快，嫂嫂們紛紛慶幸地分析：「她還小，根本不了解發生了什麼事，對她來說這反而是一種幸福。」

相較之下，菜穗子病得很重。警方之所以如此謹愼周到，主要也是因爲她。

妻子自從案發之後，對於那棟花了那麼多工夫與精力打造的「我們的家」，突然非常嫌惡，甚至感到害怕。

她也變得對桃子過度擔心，就算時間很短暫，只是去上個廁所，她也不肯讓桃子離開她的視線，只要稍微沒看到人，就會陷入恐慌。晚上也堅持跟桃子一起睡，但是睡得很淺，最後不得不緊急請來替岳父看診的醫師開鎭定劑給她服用。

兩個嫂嫂和岳父家的女傭，乃至姪子、姪女們，對於這樣的菜穗子以及她對桃子造成的影響深感憂心，因此對我們關懷備至。我得接受警方偵訊，也必須出門做各種善後處理，而他們總是代替我，輪流陪在菜穗子與桃子身邊。桃子得以和表哥、表姊們開心玩耍，連瑣碎的小事都有人代爲打點。

而菜穗子，在家人環繞身邊時，表現得和事件發生前完全一樣，又恢復了原來那個溫柔婉約的女子。

但是當她與我獨處時，就有點不對勁了。

起先，她頻頻向我道歉，說桃子有她陪著還遇險，自己不配當母親。如果她只是說了聲對不起那就算了，但是當她跪地磕頭說著「對不起，請原諒我」時，我真的慌了。每次我都極力開導她，會招來那種事態是因爲我太大意，況且本來就錯在我對原田泉的處理態度有誤，妻子沒有任何過失，我竭盡所能地安慰邊哭邊道歉的她。但不管我怎麼安撫，她都不肯停止對自己的責難，這令我束手無策。

然而，這種情感風暴並不是整天肆虐。有一陣子很嚴重，但只要發作時的風暴過了，妻子就會恢復平靜。在這樣不斷重複的過程中，至少表面上看來，風平浪靜的時間好像變長了。

靠著今多家族的協助，基本上我們總算可以安穩地迎接新年。我後來才知道，許多客人來向岳父和兩個舅子拜年時，也都沒有提起這件事，反倒是岳父他們主動表示「不好意思，讓各位擔心了」。採訪記者也沒出現過。

在事件被大幅報導的三十日早上，我母親曾經打電話到那個鬧空城的家中，我聽到答錄機的留言之後，連忙打回家。

我爸沒接電話，我媽大發雷霆，而且語出驚人。

她居然說「叫菜穗子過來聽電話」。

「我要向她道歉。都是因爲你笨，才會讓菜穗子和桃子身陷險境。你真的是笨到家了！這麼大的男人，你在搞什麼啊？連自己的老婆小孩都保護不了嗎？」

她一邊質問我，一邊哭了出來。我很高興。我媽聽到我說謝謝，更火大了，她把我徹頭徹尾地痛罵了一頓，就像我小時候那樣。不管她怎麼罵，我都嗯嗯有聲地洗耳恭聽，等我媽差不多罵累時，我才回答：媽，妳說的對，連我都覺得自己很沒用。我媽一聽，頓時壓低嗓門，像囁語般問我：「你該不會被今多家趕出來吧？」

不知道，我老實地回答。

「萬一被趕出來，你沒打算回來吧？」

「嗯。」我說。

「到底是哪種『嗯』？要回來還是不回來？」

「不知道。」

眞是窩囊到了極點，怎麼一問三不知!?——罵到這裡，我媽就把電話掛了。菜穗子雖然沒接聽這通電話，但我轉告了她。這次輪到她掉淚，她說讓我爸媽操心，實在很抱歉。

我哥和我姊分別打了手機找我，他們比我媽冷靜多了，在慶幸我們的平安之餘，更想知道我們爲何會捲入這樣的事件中。

是我姊先打來的，輪到我哥打來時，我笑著跟他說：「你直接去問老姊。」

「就算是同樣的情節，一再重複也會膩，忍不住想要改編一下。」

「怎麼改編？」

「把自己描述得更威猛。」

我哥笑了。「你還能這樣開玩笑，顯然沒事嘛。」

大概吧，我說。

不用我說，你應該也知道——我哥先這樣聲明，然後才說：「你要好好珍惜菜穗子和桃子。」

「嗯。」

彷彿還有什麼沒說完，我哥就這樣結束了通話。

新年假期結束，即將恢復上班時日，我和妻子之間終於出現了問題，或許可以稱爲這起事件的顯性後遺症。起因是我不經意提起那棟新屋該怎麼辦。

「你說怎麼辦是什麼意思？」

妻子以從未聽過的尖銳語氣反問我。

「就是字面上的意思呀。」

「你該不會想搬回去住吧？」

如果照我的意思，我覺得遲早都得回去住。當然，我也知道妻子會抗拒，所以心想不妨多花點時間緩衝，重新改裝廚房也行，或者乾脆把客廳換個樣子吧。

但，菜穗子似乎不打算接受我這種樂觀的建議。

「我已經沒辦法住在那裡了，我們搬家吧。」

她的話聽起來是「提議」，但語氣和表情卻是「要求」。不，應該說是「裁決」吧。

「父親說，我們想在這裡住多久都沒關係。你住在這裡，不也可以每天和父親及兩個哥哥一起去上班，趁機討論公事嗎？先住這裡慢慢考慮，另外再找房子吧，用不著心急。」

「這段期間，那房子怎麼辦？」

妻子的表情，彷彿聽到我問流浪狗的屍體該怎麼辦。

「空在那裡不就得了。」

我一想到桃子被劫持的那一瞬間，至今仍嚇得兩腿發軟。儘管不願回想，但那一幕卻常常突兀地在眼皮下復甦，有時候打斷了我和別人的對話，有時候會讓我身邊的人察覺有異。

我很能體會妻子的心情，她不想回到發生那件事的現場，那棟房子已經髒了。這種情緒我完全了解。所以，我並未多說什麼，只是隨口說了聲是啊。

年假結束後，大家回到集團廣報室上班，我先向全體同仁道歉。同事們的反應不一，依個人作風安慰我，爲我們的平安脫險而安心，也爲原田泉的所做所爲表示憤怒、恐懼。對於外立的事，則是單純地表露驚訝。

「我做夢也沒想到她會闖下那麼大的禍，眞是個可怕的女人。」

谷垣先生說自己新年喝多了，整張臉浮腫不已。他說一想到這次的事件，就不能不喝酒。

「杉村先生，雖說這是無妄之災，有件事你可不能忘喔。抓到那個年輕男人的是你，連警方都看走眼了吧？你是大功臣。」

他指的是外立。谷垣先生提到這個話題時，從來不喊他的姓名，總是說「那個年輕男人」。而且，那態度就像要吐出飛進嘴裡的小蟲一樣。

「不是我的功勞，應該歸功於秋山先生。」

「對對對，秋山老弟！小五，妳表哥眞的很了不起！」

小五在谷垣先生的讚美攻勢下，笑得很困窘。園田總編總是在絕佳時機潑冷水：「是因爲小妹妹幸運獲救才變成大功勞，要是稍一不愼反而會釀成大災難。根本不値得這樣大肆誇讚。」

「總編說的對。」小五嚴肅地點頭。「我也狠狠地訓了阿省一頓。」

事後，總編悄悄湊近我，小聲地說：「抱歉。」

「啊？」

「這次的災難，本來應該落在我頭上。」

她的表情如漆黑的深夜；如月亮的背面。

「才不是呢。」

不……。她搖搖頭。

「抱歉，從今天起，我不會再提這個話題。你不想再重提舊事吧，我已經交代過大家了。」

總編受傷了。那個傷口，比我和菜穗子的傷更隱晦，因而更難以癒合。對總編來說，原田泉依然是近在身旁的暗影。

正要下班時，我和小五才有點時間單獨交談，我也向她道歉，但她說：「沒什麼好道歉的，幸好阿省有幫上忙。」

儼然是秋山的媽。

「杉村先生和太太還有桃子都沒事嗎？或者該說，最好不要以爲這樣就沒事了，一定要小心喔。你知道的，通常都會產生PTSD（註）之類的後遺症。」

我問秋山最近過得怎麼樣。

「你們後來就沒再見面嗎？」

「嗯，因爲偵訊是個別進行的。」

「也沒見過美知香？」
「對呀！」
小五不怎麼遺憾地表示，滑雪之旅泡湯了。
「阿省在我家過年。他說要寫稿，有時候會去工作室忙，或是跟人見面，除此之外，在家裡都是吃飽了睡、睡飽了吃。」
結果反而變胖了，所以她保證秋山好得很。
「元旦那天，美知香打電話給我。她說跟媽媽一起溜出東京，待在溫泉區。」
那就好。
「美知香也很關心你們喔，還問杉村先生要不要緊。她很擔心桃子，可是又很內疚，所以不敢跟你聯絡。」
我很驚訝。「這又不是她的錯。」
「對呀！可是，在美知香看來，總覺得是自己把杉村先生捲進這些糾紛裡。」
我才這麼覺得呢。所以，直到過完年，我都沒有寫過任何電子郵件給她。我以爲美知香再也不想跟杉村三郎這個人扯上關係，想必是不想看到我，也不想聽到我的聲音吧。
不，錯了。這時候我才發覺，其實是我自己這麼想，是我不想聽見自己談論那件事。
「看來，你們都替對方想太多了。」

註：Post Traumatic Stress Disorder，創傷後壓力症候群。

小五露出遙想美知香的眼神，如此低語著。

我覺得自己學到了一課。不，也許該說，去年夏天受岳父之託處理梶田姊妹的事件時就已學過的，現在總算學會了。

事件，在膠著的狀態中，憑著種種情感與思緒所產生的磁力，把相關人士互相吸引在一起，然後產生一種共同鬥爭的感覺。但，無論過程如何，一旦塵埃落定，那種磁力就會消失，接著產生的是斥力。

最強烈的情緒，便是希望能夠就此遺忘。即便對方再怎麼親近，即便是一起克服危機的夥伴，事後就連提到相關的事也會厭煩。如果面對面，只有那個話題可談，也未免太可悲了。自己的人生中明明還有很多好事，卻老是被困在這起事件裡，真是令人氣憤，而那種氣憤又令自己心虛。

那天下班時，我順道回到那個家。

「禁止進入」的封鎖線依然圍著，我跨過那條圍在玄關前的封鎖線，插進鑰匙開門，關掉警報器，打開電燈。

站在客廳中央，放眼環視，一片死寂。

案發後，警方在進行現場勘驗時，曾經四處採集指紋，那些痕跡還留著，連歪掉的地毯也維持原狀。我和秋山一起踹開廚房的隔間門，絞鏈已鬆脫。原田泉猛然撞上的餐具櫃，如果走近仔細一看，就會發現玻璃已出現裂痕。

我回到了可怕的案發現場，心情卻平靜得不可思議，縱使站在案發當時的相同位置，看著同樣的景物，鮮活的記憶與情緒也沒有復甦。

相對的，我感覺房子正怯生生地屏息以待。

在害怕什麼？原田泉嗎？還是外立？無法遏止的暴力，以及從人類身上汩汩滲出、污染四周的毒嗎？

不是的。這棟房子，已明白會被我們拋棄所以才害怕。我們一家三口，再也不會像事發前那麼愛惜這棟房子了，就算我們將來搬回來，也不可能回到從前那樣的生活。

如同一對不再相愛的情侶。

對不起。

我對著空蕩蕩的空間，囁聲低語著。

我本來打算看一下就回岳父家。可是，當我把室內整理過後，心中漸漸升起某種東西。

我打電話給妻子，表示我今晚要在這裡過夜。

「為什麼？」

妻子立刻反問，毫不掩飾語氣有多麼尖銳。

「我忽然覺得這房子很可憐。」

就像妳對桃子做的，我也想陪這房子睡覺。雖然這麼想，我還是沒說出口。

噢——她回答，又補上一句，那你自己小心，就把電話掛了。我不知道她在生氣還是心情鬱悶。在她身後，正響起桃子和表哥表姊打鬧的嬉笑聲。

一個人吃完便利商店的便當，解決了晚餐，我無事可做，連電視也沒開，一直癱坐在客廳的椅子上，茫然發呆。

這時，手機響了。

一看來電顯示，是岳父打來的。

「聽說你要在那邊過夜。」他劈頭就問。

「對。」

「那我過去一下。」

「現在嗎？」

已經過了晚間十點。

「我等菜穗子與桃子睡著才出來的，我馬上過去。」

「您現在還在家裡？」

「在你家附近的停車場，就在大馬路上吧？」

我急忙穿上鞋子，在街道上奔跑。以前，送快遞的業務員曾說：「這一帶都是豪宅，環境很棒耶。」如果就「附有庭院的大型獨棟洋房櫛比鱗次，綠地很多，很安靜」的意味而言，應該是這樣沒錯吧。可是，豪宅區的夜路空無一人，只有路燈照亮冰冷的柏油路和圍牆，看起來份外冷清。

在清冷的光線中，裹著灰色大衣、圍著圍巾的今多嘉親，獨自緩緩走來。

我吐出來的氣是白色的。岳父看到我便招招手。

「怎麼搞的，小心會感冒喔。」

我身上只有一件襯衫，大衣和外套都沒穿。被他這麼一說，才忽然打起哆嗦。

案發後，岳父安靜得令人悚然，對於我和菜穗子，他什麼也沒問。兩個大舅子，或許是要當作今後危機處理的參考吧，倒是要求我做詳細說明，我在自責之餘也相當配合。這還是結婚以來，我頭一次和菜穗子的兩個哥哥聊這麼多。

唯有岳父保持沉默。即便問過我們的身體狀況、有沒有哪裡不舒服，也從未問起具體的情況和經過。當我爲了讓妻女——岳父的女兒和外孫女身陷險境而道歉時，他也只是簡短地說了句：「這不是你的錯，別放在心上。」

對於菜穗子，想必是怕問得不好又讓她想起不愉快的回憶。可是對我呢？

我猜不出他突然造訪的意圖。

岳父一進屋，就脫下大衣和圍巾，一絲不苟地摺好，放在旁邊的沙發扶手上。他穿著西裝，但沒打領帶，腳上就著襪子也沒穿拖鞋。

「在哪邊？」他沒看我便逕自問道。

「廚房。」

我率先帶路，還沒發話，岳父已經注意到隔間門傾斜了，稍微碰了一下，然後輕輕挑眉。

廚房水槽的瀝水盆裡，倒扣著我吃寒酸晚餐時用過的茶杯。岳父一直走到前面。

「就是那扇窗嗎？」

他指著那扇上推式窗戶，現在關得緊緊的。

「對。」

「秋山這個青年，我也想見見他。你替我介紹一下，我得好好向他致謝。」

岳父走近窗子，打開鎖扣把窗子掀起來，然後又關上，發出很大的聲音。

「桃子當時沒有被綁起來吧？」

「沒有。」

原田泉並沒有帶著膠帶或繩索之類的東西來綑綁桃子，只在皮包裡藏了一把小刀，揮舞著虛張聲勢。光是那樣已經夠凶惡了，不過從她劫持桃子的行動看來，也很難相信她腦中有周詳的計畫。就我對她的脾氣和情緒波動的了解程度來看，的確很像她的作風。

「桃子就是被塞在這下面嗎？」

岳父蹲下身，窺探著流理台深處。

「要不是小孩子，這點空間根本塞不進去。」

警方想從桃子口中問出她被挾持後發生了什麼事，我們夫妻也小心翼翼地問過她，不過她好像不記得了。

不過，當妻子問她「有沒有被啪啪打耳光」時，她說「沒有」。

「那有沒有咚咚挨拳頭？」

「沒有。」

「那個女人，表情很凶吧？」

這次沒有回答。

「妳不願再回想吧。算了，沒關係啦，桃桃，妳就忘了吧。」

但我還是又問了一個問題，我問桃子，那女人有沒有對她「用力擠擠」。因爲按照我（想必妻子也是）的想像，總覺得原田泉當時一定是抱著桃子，用手臂勒著她的脖子，讓她無法動彈。

桃子跟著複誦了一次「擠擠」，認眞思考著。妻子叫我別再問了，於是我就此打住。

可以解釋爲原田泉認爲對象是個小孩，只要厲聲威脅兩句，大概就會乖乖聽話，因此並沒有對她動粗。反過來說，她一開始就打算傷害桃子，所以覺得沒必要再綁住手腳或毆打。

「那個姓外立的青年……」

岳父說話時，並沒有擺出像是要把飛進嘴裡的小蟲吐出來的態度。

「要不是他引開那女人的注意，事態本來會變得更麻煩。」

「我也這麼想。」

「就算他殺了人，對桃子來說仍是救命恩人。」

水滴，從水槽的水龍頭滴落。

「我說這種話，你會不舒服嗎？」

我盯著岳父，搖搖頭。

「是嗎？」

岳父無聲無息地走出廚房，回到客廳。他仰望天花板上的燈，然後看著表面已積了淺淺塵埃的電視。

「菜穗子說想搬家。」

「嗯，她也跟我說了。」

岳父緩緩轉身，終於看著我。岳父的體型矮小。我垂下視線。

「一般來說，家裡發生過殺人或搶劫案的住戶，後來會怎麼做？你知道嗎？」

「不知道……」

「還是沒辦法繼續住下去嗎？就算經濟上增加負擔，咬牙硬撐也要搬家嗎？」

這應該是人之常情吧。

「雖然飽受驚嚇，不過幸好桃子得救了。」

岳父用沉穩的語氣說道。

「到目前爲止，那孩子身上好像也沒留下什麼明顯的後遺症，倒是菜穗子有點神經過敏。」

就算岳父只是在徵求我的附和，我也答不上來。如果是在詢問我，那就更不用說了。

「不是這房子不好。」

岳父對著房子說。「這房子」聽起來像在說「你」。

「不管在哪裡，都會遇上可怕和骯髒的事物，那些東西沒辦法擋在外面。」

活著無非如此——他低聲說著，一手輕撫壁面。

「這是個好房子，眞可惜。」

這句話，聽起來像是在安慰這棟房子。我只能默默點頭。

「今後的事，在我家慢慢商量就好，反正我一個人住也太大了，你們就放心住下去吧。」

「謝謝您。」

那我不打擾了，說完他輕輕揮手就要離開，我不由得喊了聲「爸」。

「什麼事？」

「您不是有話跟我說嗎？」

「我只是想來看一下現場。」

「您生氣是應該的，我……」

岳父搖搖頭，打斷我的話。「我沒生你的氣，之前我也這麼說過。」

我忽然覺得自己很像站在父親面前的小一生，喉頭倏然哽住，我閉上眼。

「但是，我在氣其他事。」岳父以平靜的語氣繼續說，「也覺得很虛無。爲自己的無能感到可悲，對於今後的社會感到不安。」

可能是因爲我老了吧。

讓今多嘉親說出這種話的，是我這個女婿。

一陣沉默。岳父上前半步，輕拍了我的肩頭兩下。

我感到他手掌的溫熱。

我陪著岳父一直走到大馬路上。做爲一個謹慎的隨從，我沿路都走在他後面。

今多財團的會長專車停在停車場裡，司機一看到岳父便連忙下車，打開車門在一旁恭敬等候。

岳父這次不再揮手，也不再看著我，就這麼離開了。我低頭行禮，並沒有注視著車子尾燈。這樣就好。如果看了，或許就得承認自己哭了，淚水模糊了光線，我自己覺得眞丟臉。

在總編的協調下，那件事在集團廣報室內雖然沒有成爲話題，但我還是接到一些外界打來的慰問電話。其中，也包括了物流倉儲的黑井次長。
眞是無妄之災。讓您擔心了——我們重複這段如今已成老套的對話。正值午休，黑井次長好像是從員工餐廳打來的，我聽到喧鬧吵雜的人聲。
「令嫒還小，這算是不幸中的大幸，不過還是請多多保重。」
我再三致謝，不想就這樣掛斷電話，於是主動告知，他的那篇專訪刊出以後，編輯部打算在「藍天」開闢一個可以交換Sick-house和宅地土壤污染相關情報的專欄。
「啊，說到這裡，也有人直接寫電子郵件給我。」
「年輕的編輯同仁正卯足全力，我們應該謝謝你提供了這麼好的話題。後來，令嫒的氣喘病好一點了嗎？」
黑井次長略微沉默。
「關於那個嘛，」聲音似乎帶著嘆息。「唉，病情倒是穩定了。」
「啊，那太好了。」
「年底時，終於找出原因。」
我連忙把手邊的便條紙和原子筆抓過來。「調查出來了嗎？是什麼問題？」
一陣低沉的苦笑傳來。「根本不是Sick-house症候群，也不是土壤污染。」
「啊……」
「是學校的問題。她和班上同學的相處出了問題。」
簡而言之，是霸凌。

原子筆的筆套從我嘴裡掉落。

「我們也責備過她，既然發生這種事，爲什麼不早點說。不過這種問題，子女好像很難對父母開口。再加上我們做父母的，又認定是有害物質造成的，四處追究，最後我內人甚至揚言要控告售屋業者，還找了律師認眞討論，站在早苗的立場，可能更難以啓齒吧，最後都哭了。」

對，他女兒叫早苗。早苗怎麼樣了，還好嗎？

「錯就錯在不該搬家轉學，造成她的心理壓力，然後便以氣喘這種身體症狀形諸於外。就這個角度而言，或許還是可以把房子看成病因吧。」

他的笑聲比起剛才少了幾分苦澀。

「雖然得搭電車通學，不過我們正在討論要不要讓她回到原來的學校。」

「令嬡在新學校適應不良嗎？」

「她的個性有點神經質。而且，不是我要批評，那所學校本來就有霸凌問題。鬧到這種地步，到處都有類似的小道消息傳來。校方當然不肯承認。」

班上有個女孩很像大姊頭，所有學生都怕她，早苗和那女孩不對盤。據說起因是早苗看不慣那女孩的行事作風，對方老是對她發號施令，早苗也爲了一點小事起而反抗。

我不假思索地說：「這是毒。」

「啊？」

「果然還是中了毒。」

黑井遲疑了一下，然後也說：「對，沒錯。你說的完全正確。」

27

那是只有人類才有的毒……

進入一月份的第二個星期，我接到秋山的電話，聽到他若無其事的爽朗聲音，我總算安心了。我們互相報告了後來的狀況。然後，我問：「外立的案子，你有沒有打聽到什麼消息？」

一過完年，就有報導說外立在偵訊時坦承不諱，並已被檢方提起告訴。

「比起原田泉，你更關心他？」

「這個嘛……，被你這麼一說，順序應該顛倒過來。」

你還是老樣子，杉村先生。秋山笑著調侃我。

「好像沒什麼異狀，他也沒受到苛刻的待遇，目前不用擔心。」

順遂──用這個字眼形容好像怪怪的，他說著便發出苦笑。在我腦海中，浮現當時他說我們有責任替外立的自白做證的陰沉側臉。

「賣毒藥給他的網站好像被舉發了。看來，警方只要認眞辦案，這點小事馬上就能查出來。」

對了，外立的奶奶已經住進老人養護機構了，他說。

「運氣不錯，正好有空床位。不過事態緊急，萩原社長好像也四處奔走，他還送吃的給外立。」

「你見過社長？」

「有時候會去露個面。」

我再度爲自己感到可恥。這種事，我連想都沒想到。

「萩原社長是個有趣的大叔。說到這裡就讓我想起，前幾天，我聽過一個故事。那天我去看他時，一個跟社長很熟的不動產業者正巧也在才說起的。」

據說，那是社長借錢給外立調查家中土壤污染時所發生的事。

「聽說那種調查，會選幾個定點採集土壤。」

「那叫六點採樣法。」

「你挺清楚的嘛。」

按照不動產業者的說法，即便是看似嚴謹的檢驗法，也有漏洞可鑽。

「總之，只要在六個地點採樣就行了吧？即使是被污染的地面，有害物質也不可能平均滲入每個角落，一定會濃淡不均。只要先進行預備檢查，查出這一點，然後從有害物質含量稀少的地方採集六個樣本，到時候在文件上的採樣地點欄照常填寫六處不同的地方，這其實是很單純的障眼法。」

當初調查外立家的土地時，不動產業者曾經開玩笑說，萬一驗出大量的有害物質，這一招還可以派上用場。

結果，外立一聽勃然大怒。

「他說不可以玩那種花招，絕對不行。他激烈反對，連萩原社長都說是頭一次看到那孩子大發雷霆。」

不可以玩花招，不能做不正當的事。

我聽到秋山說出了我的心聲：「很諷刺吧！」

如果當時玩點花招，把土地賣掉，讓生活穩定下來，外立也用不著買氰酸鉀，更不至於害死古屋。

小花招，大罪行。

不知爲什麼，我忽然想起握著纖細拳頭怒喊著「那樣不對」的小五。

「對了，雜誌企劃了一個專題報導，現場實驗用針筒在盒裝烏龍茶中注入液體。我很好奇也跑去看了，結果還挺困難的。」

據說，不管針頭刺在紙盒哪裡都會留下痕跡，裡面的茶液也會漏出來。

「一定要在紙盒的邊角，小心翼翼地插進針頭。不過就算這樣，如果不小心用力一捏，茶液還是會流出來。」

秋山默然，我也不吭聲。

「這種話題也不重要就是了。」說著，他又笑了。

「總之，我也該去跟萩原社長打個招呼，我都忘了這回事……」

「不能怪你。你爲了你太太和桃子的事就夠累了，哪像我這種光棍輕鬆逍遙。」

況且這也能當作工作題材，他輕快地補充說道。

「你要寫這件事？」

「四面八方都有人不停地逼我寫。」

「那，你會寫嗎？」
「不知道，或許得再過一陣子，至少等話題退燒之後再說。」
「原田小姐的事……也是嗎？」
他沒有回答我這個畏縮的問題，倒是稍微換個語氣壓低聲音說：「你猜，她現在怎樣了？」
她被捕時雖然很戲劇化，但是後來或許是外立的案子搶盡了風頭吧，媒體並沒有關於原田泉的後續報導。我在接受偵訊時問過刑警，對方只說她相當難纏。這一點我早就知道了。
「起先她的態度很強硬，不過最近變得很安分，聽說甚至心情很好。」
「心情很好？」
「聽說她很中意某位偵訊官，只要是那個刑警來問話，她可以連續講好幾個小時。她還告訴父母替她請的律師，說她有生以來，終於遇到一個肯認眞聽她說話、能夠理解她的人了。」
我試著想像。偵訊室裡的原田泉，和一個用溫柔眼神看著她，一邊不時附和，提出她想被問的問題，傾聽她渴望有人傾聽的情節，替她補上自己不知該怎麼形容的字眼的成年人面對面，忽笑忽啼的情景。
「聽說她告訴警方，那起安眠藥事件，以及持刀威脅你太太、挾持桃子，都不是事先計畫好的，純粹是一時衝動，情急之下才鋌而走險。」
我想也是。對她來說，想必是眞的吧。
「她好像還沒說過懺悔或道歉的話，不過，你應該也不期待吧！」
「或許爲了她著想，我應該期待一下。」

「又來了，你眞是大好人。」
「你知道她父母後來怎麼樣了嗎？」
「有一陣子好像被記者追著跑，但是他們沒逃避。說起來令人心酸，但我覺得他們很了不起。」
他父親再次低頭猛說對不起——但小泉畢竟是我們的女兒，是我們的孩子。
原田泉，眞的這麼想嗎？她覺得過去從來沒有人肯聽她說話，沒有人肯理解她。抑或，在她腦海中，父母和哥哥都被排除在「人」的範圍之外？
「好像是昨天吧，電視上還秀出她國中的畢業照，可能是有人主動提供吧。」
現在這個社會眞討厭，秋山說。我知道他說這話是眞的很生氣，但我感覺到，那句話的背後隱含著（不過也因此才有趣）的意味。
因爲他是個觀察者，是個評論家。
「你沒事吧？」我問道。
秋山好像很驚訝似地說：「我有什麼好擔心的？」
「沒有，算我多問。」
他沉默了一下，然後說：「偶爾，我腦中會閃過一個念頭，幻想當時要是失手，沒能救出桃子，會變成怎樣的情景。」
但那並非現實。
「我沒事，你也要保重，或許會給你添麻煩，不過眞弓還是要拜託你多多照顧。」
這次，他沒有像平時那樣說「小五」或「那丫頭」，而是正經地說出她的名字。

反倒是我害羞了起來。

除了萩原社長，還有一個我該見卻未見的人，那就是北見。

我只知道他的住址，不知道他住在哪家醫院。用這個當藉口，總算可以和美知香聯絡了，我先寫了封電子郵件給她，不到一個小時，她就打電話過來了。

「啊，太好了！杉村先生你聽起來也很有精神。」

對不起好久沒跟你聯絡——她用快得令我無處插話的速度一口氣道歉，然後向我報告近況。

「我家已經平靜多了，只不過可能是發生太多事了吧，我媽病倒了。」

她說她母親在年初七就發高燒，被救護車緊急送醫。醫生診斷是腎盂炎，現在還在住院。

「她現在已經好多了，差不多可以出院了，所以你別擔心。」

「那就好……，妳現在一個人住吧？」

美知香毫不遲疑地說：「才不是一個人，還有外公。」

因爲骨灰尚未納骨安葬。

「況且兇手也逮到了……」

她說到兇手這個字眼時，彷彿那個字眼有刺，忽然變得難以啓齒。她也同樣不提外立的名字。

「等我媽出院以後，就會納骨。」

「是嗎？」說到這裡，我想起來了。「對了，狗呢？那隻狗叫小白吧？」

「咦？我沒跟杉村先生說過嗎？外公出事以後，狗就送給我媽公司裡的人了，因爲我們看到小白就會很難過。」

可是，小白也等於是外公留下的紀念，還是再要回來養好了——她的聲音很純淨。

「現在不是扯這些閒話的時候。杉村先生。」美知香正經了起來。「關於北見先生。」

「嗯。」

「我知道他住哪家醫院。不過，他已經離開了。」

「又回到社區了嗎？」

美知香默然。我也懂了。

「他過世了。」

據說在一月九日過世。

「他是在醫院過世的，聽說他太太和小孩只是辦了一個簡單的家祭，因爲房子還牽涉到租約，找過小海的爸媽幫忙，所以我才知道。」

是嗎，我說。

「杉村先生。」美知香的聲音變得很溫柔。「你別哭喔。」

「我沒哭。」

「喔，可是我哭了，小海也哭得很慘，甚至慘到令人懷疑『應該沒有到那種交情』的地步。」

雖然還在談傷心事，我和美知香卻一起笑了。

「你的信寄來得正是時候，小海和我正打算去北見太太那裡上炷香，杉村先生也一起去吧。」

美知香說，她打算在北見的遺照前合掌膜拜，把這件事寫出來貼在網路上，然後關閉網站。

北見的前妻住在離南青山社區不到十分鐘的地方，那是一間僅有六疊大的套房。一問之下，據說當她得知北見的病情，決定照顧他時，僅帶著隨身物品就搬過來了。的確，室內幾乎沒有任何家具。

她是一位用「勤快」來形容會比任何字眼都適合的女性。比起北見，似乎年輕一些。

她一邊瞥向骨灰盒和遺照一邊說：「本來想帶他回家，可是我兒子反對，他說還沒辦法原諒老爸。」

不過，她的表情並不凝重，談起北見和兒子時，語氣充滿了愛憐。

「兒子規矩地出席了告別式，也替他撿了骨，心裡應該是原諒他了吧。只是或許要讓父親進家門又另當別論吧。畢竟兒子是一路看我苦過來的。」

我們輪番向遺照合掌頂禮，小海又哭了，美知香像是在跟某人交談似地講了老半天，我只有在心裡向他報告：雖然過程很混亂，但是總算可以把你託付給我的案子結束了。

「他倒是個怪人。」

他太太也燃起線香，對著遺照露出苦笑。

「在人生的尾聲，還能認識這麼多好人，甚至交到高中生當小女朋友，我覺得他很幸福。」

「工作方面……」

「他說會做個了斷。私家偵探這種工作，想必也找不到人來繼承吧。」

美知香的表情突然像是從驚奇箱彈出來的娃娃，她說：「杉村先生，你來做不就好了。」

「妳說什麼？」

「我是說，你來當私家偵探。」

我笑了。可能無人察覺我的心情，但我故意笑得很誇張。偵探嗎？太好笑了吧。

忘了是三十日還是除夕那天，我接到城東分局卯月刑警的電話。當然，他是聽說了那起事件才打來的。

「記得很久以前，你好像跟我聯絡過。」

記憶猶新的聲音，公事化地俐落表明。

「我當時遲疑了一下，但想說如果你有事應該還會再打來。不好意思，後來我也就這麼忘了。那時你打電話找我，該不會就是和這起事件有關吧？」

多少有點關係，我說。「說起來很複雜。不過，就算那時有卯月先生提供意見，恐怕還是無法對這起事件防範未然。」

「是嗎？眞是無妄之災。」刑警又用公事公辦的語氣說。「幸好你太太和女兒平安無事。而且就結果來說，也等於是一次解決了兩起案子。」

我除了說了聲是啊謝謝，好像沒別的話可說。

「可以請教一個問題嗎？」刑警問道。

「請說。」

「杉村先生，你終於幹起偵探了？」

我笑了出來。電話彼端，一直沒傳來附和的笑聲，我只好慌忙說：「我哪行！？純粹是受到連累。」

「受到連累，所以陪殺人案的嫌犯一起自首？」

「是的。」

「是嗎？」

放下電話後，我嘟囔著幹偵探啊，然後又一個人笑了。這怎能不笑呢？誰會沒事找事涉險……可是，美知香和卯月刑警一樣，說得異常認眞。

好友小海從旁勸阻。「小美，妳知道自己在亂說什麼嗎？人家杉村先生可是大公司的上班族耶。太浪費了。」

「可是他很有錢呀，有什麼關係，反正又不愁吃穿，就把幹偵探當成消遣也好，那樣不就可以追求正義了？」

北見的前妻笑了出來，她說偵探的確不算是一種職業。

「我以前也跟我先生說到嘴都發酸。我說你那個根本不是工作，只是消遣。」

「北見先生怎麼回答？」

霎時，北見的前妻彷彿被北見附了身。從臉頰的動作、眉尖乃至抿嘴的方式。

「就算是消遣，只要能幫助人又有什麼不好。」

我說要送小海與美知香回家，但美知香說：「今晚我要在小海家過夜。」

那就更省事了。我一邊聽著前面兩個高中女生交談，在冬日的晴空下，走過新年的南青山街道。

社區的兒童公園遙遙在望，不知從哪傳來熱鬧的音樂，她們停下腳步，四下張望。

「那是什麼？」

我立刻猜到。「是鑼鼓陣。」

不久，音樂的源頭出現了，是三人搭檔的「鑼鼓陣」，領頭的是一名扮成藝妓的女子，揮舞著印有「今日新裝開幕」的廣告旗幟，笑容親切可掬，一邊散發傳單，一邊列隊悠然走來。

假日的都心區，路上人潮不少，大家跟我們一樣，紛紛停下腳步。

「哇，真有趣。」

兩個高中女生很開心。音樂之間還咚咚咚地穿插著響亮的擊鼓聲。

「唉，妳看妳看。」小海拽著美知香的袖子。「大家看起來都好開心。」

駐足的人們個個面帶笑容，表情悠閒又開心。

「眞好，簡直像魔法！」

小海說的沒錯。我們彷彿正在欣賞一種魔法，行人只要路過，就能得到幸福。

「這首曲子，我以前聽過。」美知香低語。「小海，妳知道嗎？」

小海搖搖頭。「沒聽過，這是以前的歌謠？」

兩人仰望我。無所不知的杉村大叔發話了。

「是〈越過山丘〉。」

我還記得一點歌詞，於是試著哼了一下。美知香連聲嚷著「對對對」。
「外公以前常哼這首歌，比方說洗澡的時候。」
「那麼老的歌？」
「對喔，這可是比古屋先生那一代還要早的暢銷金曲呢。」
「杉村先生，你再唱一次看看。」
隨著漸去漸遠的音樂，我用怪怪的調子一唱，美知香也斷斷續續地跟著哼了起來。

越過山丘　向前走吧
清澈的天空　晴朗無雲　快樂的心
響著胸中的熱血滔滔　讚美我們的春天
走吧　越過遙遠的　希望之丘

「這首歌在新春聽來很應景耶。」
小海做個深呼吸，冒出了這句優美的感言。
「不，應該說是最適合妳們的歌。因爲這個『春』，指的是青春。」
小海發出一聲悶笑，美知香凝望著音樂消失的彼方。外公唱的，原來就是這個歌詞啊，她小聲地說道。
「我一定要學起來。」

美知香鏗然有力地宣言，像是在就業或結婚等人生重大十字路口做出抉擇般。

「我要學會這首歌。」

就像外公一樣。

抵達小海位於社區的家之前，這一路上我不時教授歌詞，兩人繼續唱著，唱著外公留給孫女的歌。

送她們回去後，我索性走到北見以前住的房子前面。

門鎖著，窺視孔內側的布已被摘下。

我沒有什麼目的，只是覺得，既然要告別北見，好像也有必要造訪這裡，即使只是來看看。

我背對著門，雙臂放在水泥扶手上，沐浴著冬陽茫然佇立。不知是否鑼鼓陣又繞回來了，風過之處，我又聽見了〈越過山丘〉。

一陣上樓的腳步聲，引起我轉向聲音來源。

來人吃力地爬上二樓走道，在那裡稍微喘口氣。那是個六十歲左右的老翁，或許更老，頭髮稀疏雪白，一手持著拐杖，也許是腳痛吧，看起來好像因爲生病或受傷，顯得非常虛弱。

他的目光一跟我相對，便點頭行禮，我也回以一禮。老人一邊確認並排的房門號碼，一邊篤篤地敲著拐杖朝我走來。

他緊靠在我身邊駐足，仔細仰望北見住處的那扇門。

「請問……」

他還沒喊我，我已猜到了。

「你是來找北見先生？」

聽到我這麼問，老人像是得救般放鬆臉頰。「對，是這個房號沒錯吧？」

沒拿拐杖的那隻手握著便條紙。他打開來給我看，上面寫著北見的姓名、住址和電話號碼，以及從地下鐵表參道車站過來的簡單路徑。

「是沒錯啦……」我盡量放慢速度說。

「但是北見先生已經不在這裡了。」

「喔，」老人愕然地半張著嘴。「不在嗎？」

「他過世了。」

這次的「喔」沒有出聲，只有嘆息。

「這樣嗎……，那就沒辦法了。」

他一把握緊便條紙，視線兀自垂落在那隻手上，像是要辯解似地，吶吶低語。

「是我朋友介紹的，他說有個調查員很可靠，只要交給這個人，對方一定能幫我解決。可是，我遲遲下不了決心，現在好不容易來了，沒想到卻……」

過世了。裹著厚重大衣的肩膀似乎倏然萎縮。

「眞不好意思，謝謝你。」

他深深一鞠躬，幾乎站不穩，然後緩緩轉身，倚著拐杖，以顫巍巍的步伐往回走。雖然會比上樓時輕鬆一點，但下樓想必也很吃力吧。

我望著北見住處的房門。

你說已經把所有案子都結束了；你說把唯一來不及解決的案子交給我，已經毫無遺憾。

可是現在，還是有這樣的人來找你。一個遲遲拿不定主意，好不容易下定決心親自來訪的人。

那個老人想委託你什麼？他有什麼問題？你一定很好奇吧，北見先生。我在心中如此呼喚。

〈越過山丘〉的旋律隱約傳來。

即便辭去警職、毀了家庭，你仍想選擇這個「消遣」來「助人」，想繼續走這樣的人生。你說你已疲於在案發後收拾善後；你說你已經受不了了；你說你開始思考能不能搶在收拾善後之前先做點什麼。

說穿了，那其實是一種淨化世間之毒的工作。你渴望思考，若是不惜放棄警職也要成為這世間的解毒劑，究竟該怎麼做。你想摸索、想嘗試。

那時，北見或許在人生的前方，發現了應該翻越前進的山丘吧。縱使青春不再，還是會感到熱血澎湃，心跳加快吧。真傻，太莽撞了，毫無意義。即便遭人如此指責，讓妻子悲憤不已，北見還是大步邁出。

縱使沒有任何保證，足以確定那裡還有希望。

但是希望的確存在，北見就找到了，他的腳步的確幫助過一群人。

正因為知道這一點，所以他的妻子原諒了他。因為她知道，他的所作所為，絕非毫無意義。

「太早了。」

這次，我出聲說。

「本來你還有很多該做的事。」

話聲方落，我聽見北見回答了什麼，雖然低微，但的確在耳中深處響起。也許是我的心，借用北見的聲音囁語。

（那麼，你去做吧。）

就像接下美知香的案子。

（杉村先生，你去做不就好了。）

如果想知道這世界上的毒素之名，那你自己去發現。你，要自己去找出來。

除非運氣不好，不幸被那個毒素腐蝕。我們活在世間，向來避免去思考這世間的毒。若想安穩度日，這是唯一的辦法。

如果只是杵在原地發問，誰也不會把毒素告訴我們，不會告訴我們那來自何處，因何而生，如何擴散。

也不會告訴我們該如何防範。

我下樓，像那個老人一樣，留意腳邊慢慢地走下樓。我總覺得好像把某個很重要的東西，某種剛發現的寶物留在那裡了。如果回頭，或許會看到那東西正在閃閃發亮。

但我沒有回頭，我一邊哼著〈越過山丘〉，一邊繼續走——走向我的家，有岳父和菜穗子和桃子的那個屋簷下。

（全文完）

解說　陳國偉

荒蕪時代

每年的十二月十二日，是京都音羽山清水寺一年一度的盛事，在這一天，由日本漢字檢定協會每年舉辦的「今年的漢字」募集，將由清水寺的住持寫在特定的紙板上揭曉，並放置於本堂供遊客觀賞。

而二〇〇七年，民眾來函投票所選出最能代表日本這一年的漢字，卻讓住持森清範感到「悲憤得難以承受」，因爲選出了一個相當令人震驚的漢字：

「僞」

究其原因，是因爲這一年日本爆發太多百年老字號名店竄改賞味期限、標示造假或竄改，甚至運用過期材料重新加工的駭人事件，再加上政治上一連串與誠信有關的醜聞，社會的集體意識便反映出「僞」這個年度代表字。

這一連串的造假事件，每每都讓人震撼不已，因爲社會大眾無法想像，爲何這些赫赫有名的商家，願意付出數十年甚至上百年聲譽這樣昂貴的代價，來作出這樣欺騙的「僞行」。

在他們決定開始說謊，心中蠢動的種種「僞念」背後，到底是什麼在驅動著他們，作出這樣令人難以理解的行爲呢？

或許，他們也不清楚吧，到底那是種怎樣無以名之的毒素……

而二〇〇六年宮部美幸出版的《無名毒》，竟有如預言般，預示了這樣的社會與人性心靈圖景。

宮部美幸的「高度」

二〇〇六年出版的《無名毒》，是宮部美幸繼二〇〇三年出版的《誰？》之後，以今多財團女婿杉村三郎爲偵探系列的第二作，不僅得到了該年度「週刊文春傑作推理小說 Best10」的第一名、「這本推理小說了不起！」的第六名，更讓她獲得「吉川英治文學獎」這樣具有終身成就獎意義的大獎，不論是作爲推理作家或大眾文學作家，當年以她一個四十代的作家而言，所得到的榮耀，已經締造難以跨越的成就與「高度」。

然而，爲人所嘖嘖稱奇的是，宮部美幸其實並非如她的父親——松本清張（註）那樣，是以特殊的歷史高度，去撥開「日本的黑霧」，以道德的上帝之眼，去逼視日本社會的醜惡與污穢。宮部美幸選擇的卻是從與她心靈齊高的高度，去平視、貼近現代日本人的內心，甚至是從更低的角度——與榻榻米等高的庶民視野，去探看個體與個體間形成的微妙人際關係，以及在這樣一種網絡中，人的存在樣態。

像是台灣讀者所熟悉，得到山本周五郎賞的《火車》，處理的是信用卡所引發的個人信用議題，直木賞得獎作《理由》處理的則是法拍屋引起的社會問題，同時獲得文部科學大臣賞、司馬遼太郎賞等大獎的經典作《模倣犯》，處理的是與現代人息息相關的媒體問題，這些作品可以說統括了宮部美幸對於二十世紀末日本社會的獨到關懷。

然而隨著世紀的轉輪，新世紀不斷地向前開展，宮部所見到的日本社會，又開始有所不同，正如她在接受獨步文化的專訪時說到的，這些年來日本發生了許多年幼的犯罪者犯下的案件，那些毫

註：由於宮部美幸有「松本清張的女兒」的美譽，故筆者在此援引爲譬喻。

無緣由的傷害，是讓人難以理解而嘆息的。所以《無名毒》可以說是宮部在新的二十一世紀，對於日本社會與日本人，所投注的溫柔眼光。她以憐惜與憐憫，取代可能造成二次傷害的批判；她直視那些因為某個時間斷片中不幸被他人傷害，如今卻再也無法得到救贖的，現代日本人徬徨又無助的荒蕪內心。

也正是這種有別於一般作家的解剖式俯瞰觀點，宮部美幸不僅橫切過日常生活事物的內裡，更橫切過現代人幽微的內心，以這樣特殊的高度，奠定出她文學事業的不凡「高度」。

不安的居所：家屋與大地之毒

在《無名毒》中，我們所能看見的，是宮部美幸延續她一貫榻榻米式高度的視野，隨著九〇年代泡沫經濟在經濟、法律、媒體等層面的後遺症一一迸發後，進一步地深入到最日常的生活底層，去關心土壤與家屋的問題。延續著《理由》中觸及的家屋與法律糾紛，她在《無名毒》將眼光投注在一個更為本質性的問題，那就是家屋的構成到底是否安全？環境與治安的安全疑慮是「可視」的，但隱藏在家屋及土壤裡的毒素，卻是「不可視」的，那些在小說中提及因有毒建材與塗料而引發的Sick-house症候群，成為現代人更可怕的夢魘。

家屋對於人類來說，是如心理學家榮格（Carl Gustav Jung）所說的「心靈整體的象徵符號」（a symbol of psychic wholeness）（註），不僅乘載著個人最原始的記憶，更是個人認同基本型態的建構之源。也因此，宮部美幸所揭露的問題，的確是現代人最根本的恐懼，也是最本質性的不安的來源。當人失去了可供信賴的庇護之所，人該往何處去？或許家屋可以重建，但若連立足的土地中，都隱藏著難以辨識的毒素，那我們究竟該怎麼辦？

這些隱藏在土壤、建材或是塗料中的毒素，肉眼難以辨察，若非經由專業的科學檢驗，無法預先查知。但土地不會自我污染，溯其根源，終究還是人去毒害了自己賴以生存的土壤。宮部雖然說的委婉，但卻直指這一切問題最重要的根源，其實與「國家」脫不了關係。從二次大戰後的國家復原過程中，以國家利益之名而行的政策，其實無形中掩埋了大量的污染源；而泡沫經濟時期所颳起的土地買賣旋風，卻又讓大量的建築物，在沒有經過嚴格檢測的過程中被興建，有毒的建物建築在有毒的土壤中，人陷入了毒害的循環中，難以回溯，更難以復原。就像是應了古屋曉子的那句話一般，「留在世間的人，必須設法好好地活下去。光是這樣就已費盡力氣了。」生存，反倒是最大的挑戰。

然而國家是由誰組成的？土壤與家屋又是誰在開墾與建築？這答案其實不證自明。被染污的土地與家屋，其實正刻畫著人類的作爲，見證著人如何將惡意灌注到土壤中、塗抹在家屋裡。宮部想要指出的眞正問題核心，其實不只是國家，不只是這個時代，而是這些毒素，正是來自於人。

荒蕪的時代：人心與存在之毒

然而，人的體內如何產生這些毒素？又將在哪裡釋放這些毒素？宮部敏銳地察覺到，其實往往是在最平凡的日子裡，與他人接觸的每個瞬間，都有可能是製造毒素的緣由。有時來自於他人刻意的攻擊與批評，但有時卻只是無意的語言。

但更多時候，是人與人之間比較之後的落差，因爲發覺自我的平凡與普通，既無法改變自己

註：克蕾兒．馬可斯（Clare Cooper Marcus），徐詩思譯，《家屋，自我的一面鏡子》（台北：張老師文化，二〇〇〇），頁七十三。

（如小說中講述的自我實現）也對他人無益（幫助他人），無法建立良好的人際互動，尋求到存在的「實感」。就像自首犯下第一及第三起埼玉市命案的少年，對於他來說，在某個明確的人際關係中的存在，才是眞實的存在，才有眞實的意義。他在意的只是想讓關係之內的女友知道他的犯行，但在關係之外的，包含他殺害的對象，以及他們的家屬，他都漠不關心。

然而很多時候，就算在既定的關係脈絡中，人也無法得到拯救，因爲在那樣的關係之中，人我之間幸福刻度的微小差異，就會益發地凸顯，而引發強烈的失落情緒，侵蝕掉對於世界的信任，最後轉變成無邊的憤怒與不滿。即便這樣的憤怒與不滿，在本質上也是一種悲傷，但這樣的悲傷無法以眼淚來坦白時，就只能轉成無力的憤怒，將原本悲傷專注的自我，投擲向他人，向那些存在於幸福中的他人，就像今多嘉親所說的，「因爲飢餓。就是這麼深切難耐的飢餓。爲了避免那種飢餓噬穿自己的靈魂，必須把它餵飽，所以利用他人當餌食。」試圖奪走他人的幸福，讓他人也感受到那種徹骨的悲傷。

而這正是原田泉與家人的悲劇，躲藏在她內心中的毒素，已經緩慢地豢養成一頭巨大的毒獸，早已侵蝕掉她所有的道德良知、至親之情，將她的內在完全地敗壞。所以當原田泉將強大的毒素以惡意的力量塗抹在哥哥身上，哥哥的未婚妻已經完全無法抵抗，而沉溺在原田泉的謊言之毒中，毒性蔓延全身，她的內在已經完全被摧毀，最後結束了自己的生命，因爲就像被染上毒性的婚姻，已經無法被拯救，宮部以極爲哀慟的筆調，寫出了這個悲劇中最殘忍的「毒相」：

縱使再怎麼信任，再怎麼深愛，也縱使兩人之間的感情仍在，然而當眾被潑上滿身污穢，親眼看到彼此的臉、身體，都被那種污穢泡沫化爲恥辱沾滿之後，已經無法再攜手生活下去了。

然而，儘管成功地傷害他人，卻無法改變內在的虛無，罪惡可以用制度來抑制，用法律來制裁，然而人身體內的無名毒，那無形的存在，如何能消除？是否唯有自己將其嘔吐出來？宮部在最後藉由主角之口，思考原田跟外立或許也曾試圖將其吐出，但可能仍是失敗。但換個角度來想，一旦他們眞的嘔吐出，他們的內在還留存著什麼？這正因爲空虛而誕生於體內的無名毒，讓現代人以爲有了內在的充實，可是其實只是徒然，就像原田泉一樣，那樣的「飢餓」從來不曾飽足，因爲只要一天存在著，那麼日常性帶來的荒蕪也就不斷地吶喊及索求著，也因此她最後鋌而走險，犯下無可彌補的過錯，終究仍是無法得到一絲一毫的救贖。

毋須華麗的謎團，毋須精巧繁複的詭計，日常生活中最普通、微小的傷害，卻能製造出最大的傷害，宮部美幸由日常中挖掘人性的非常，卻發展出最讓讀者震撼，也讓人內心最隱隱作痛的犯罪故事，且具有極爲強烈的眞實感。不僅如此，宮部美幸更深刻地掌握到，在現代社會中，人存在的意義與實感的異變，那樣荒蕪的時代精神圖像，可以說是爲二十一世紀初期徬徨的日本人，立下了鮮明卻令人嘆息的精神塑像。

本文作者簡介

陳國偉

筆名遊唱，新世代小說家、推理評論家，現爲國立中興大學台灣文學所副教授，並執行有關台灣本土推理小說的學術研究計畫。

宮部美幸

作品集 / 31
Miyabe Miyuki

無名毒

家圖書館出版品預行編目資料

無名毒 / 宮部美幸著；劉子倩譯. -- 二版. -- 臺北市：獨步文化：家庭傳媒城邦分公司發行, 2015〔民104〕
面； 公分. --（宮部美幸作品集；31）
譯自：名もなき毒
ISBN 978-986-5651-20-6（平裝）

861.57　　104003762

著書名 / 名もなき毒・作者 / 宮部美幸・翻譯 / 劉子倩・責任編輯 / 王曉瑩（初版）、陳盈竹、陳亭妤（二版）・發行人 / 涂玉雲・總經/ 陳逸瑛・發行人 / 涂玉雲・行銷業務部 / 陳亭妤・陳玫潾・版權部 / 吳玲緯・出版 / 獨步文化 城邦文化事業股份有限公司 台北市中山民生東路二段141號5樓 電話 / (02) 2500-7696 傳眞 / (02) 2500-1967・發行 / 英屬蓋曼群島商家庭傳媒股份有限公司城邦分公司 台北中山區民生東路二段 141 號 2 樓・讀者服務專線 / (02)2500-7718; 2500-7719・服務時間 / 週一至週五：09：30-12：00、13：30-17：・24 小時傳眞服務 / (02)2500-1990; 2500-1991・讀者服務信箱 E-mail / service@readingclub.com.tw・劃撥帳號 / 19863813 書虫股份有公司・香港發行所 / 城邦（香港）出版集團有限公司 香港灣仔駱克道 193 號東超商業中心 1 樓 電話 / (852) 25086231 傳眞 / (852) 789337 E-mail / hkcite@biznetvigator.com 馬新發行所 / 城邦（馬新）出版集團 Cite (M) SDN. BHD. 41, Jalan Radin Anum, Bandar Baru Sri aling, 57000 Kuala Lumpur, Malaysia. 電話 / (603) 9057-8822 傳眞 / (603) 9057-6622・美術設計 / 謝佳穎・印刷 / 中原造像股份有限公・排版 / 浩瀚電腦排版股份有限公司・2008 年（民 97）1 月初版・2019 年（民108）10 月 22 日二版三刷・定價 / 450 元
nted in Taiwan　ISBN 978-986-5651-20-6